DANS L'AIR CE SOIR-LÀ

MARIE FORCE

Dans l'air ce soir-là
Marie Force
Copyright 2024 HTJB, Inc.
ISBN: 978-1958035917
Publié par HTJB, Inc.

DESCRIPTION DU LIVRE

J'étais là. J'ai vu ce que vous avez fait.

Blaise

Je n'étais pas censée être présente ce soir-là, mais mon amie Sienna m'a convaincue de l'accompagner à la fête de Land's End pour garder un œil sur son petit ami. Cachées dans les bois, nous avons assisté à un crime odieux. Et ensuite, nous avons fait tout de travers.

Les liens dans notre petite ville sont profonds.

On m'a forcée au silence, même si tout en moi s'y opposait. Je croyais que j'agirais toujours selon ce qui est juste, dans toute situation. Mais j'avais tort sur ce point, comme sur bien d'autres.

Ce que j'ai vu m'a anéantie. La façon dont la victime a été traitée par des jeunes que je connaissais depuis toujours me hante. Je ne m'en suis jamais remise, même lorsque j'ai fait de mon mieux pour tourner la page, loin de la ville où j'avais grandi.

Quatorze ans plus tard, j'apprends que l'auteur de ce crime inqualifiable est candidat au Congrès, et quelque chose en moi *se brise*.

Je ne peux pas supporter le poids de ce secret une seconde de plus.

Finalement, je décide de dénoncer ce que j'ai vu, et c'est l'enfer non seulement pour moi, mais aussi pour quelques-uns présents à cette fête, il y a bien longtemps. Ceux-là sont prêts à tout pour empêcher la vérité d'éclater au grand jour… y compris me tuer.

Au cœur d'une bataille épique, un nouvel amour me donne la force de tenir bon, de me battre pour ma vie et de réparer une terrible erreur.

Avertissement sur le contenu : L'histoire d'une agression sexuelle peut perturber certains lecteurs.

CHAPITRE 1

Blaise
LE PRÉSENT

Je rentre tard du travail et je suis d'une humeur exécrable après une autre longue journée où mon crétin de patron, Wendall, m'a aboyé des ordres qui n'auraient pas pu être exécutés en un mois, et encore moins en une seule journée. Mais c'est à cela qu'il s'attend – à tout, tout de suite. Il y a six mois, j'ai cessé de prendre ses appels en dehors des heures de travail parce que je ne suis pas payée pour m'occuper de lui plus de huit heures par jour. C'est tout ce que je lui accorde maintenant.

Il n'a pas apprécié le changement.

C'est le dernier de mes soucis. Nous sommes arrivés à un point où il a besoin de moi bien plus que je n'ai besoin de lui, et il le sait.

Mes amis en ville étaient verts de jalousie quand j'ai décroché un job d'assistante personnelle de la star la plus sexy de Broadway. Ils ne savent pas que cet homme est un cauchemar. Personne ne le sait, à part moi et les personnes avec lesquelles il joue dans *Grey Matter*, le spectacle qui a fait le plus d'entrées sur la Grande Voie Blanche[1] cette année. Au fur et à mesure que la série gagne en succès, il devient de plus en plus con avec son entourage.

Je vais lui consacrer encore six mois avant de passer à autre chose. La vie est trop courte pour travailler pour quelqu'un que je ne supporte pas.

Je suis à peine entrée dans mon appartement que mon téléphone sonne.

---

1. Surnom de Broadway.

C'est un appel de ma mère. J'hésite à le prendre parce que je suis d'une humeur massacrante, mais elle s'inquiète quand je ne réponds pas. J'appuie sur le gros bouton vert.

— Salut, Maman.

Après avoir enlevé mes baskets, je laisse tomber mon sac sur le canapé. Il contient mon ordinateur portable et les talons que je porte au théâtre où je passe mes journées.

— Je suis tellement contente que tu aies répondu, ma chérie. J'ai essayé de te joindre hier, mais je suis tombée sur ton répondeur.

Je lui ai dit à maintes reprises que je ne vérifie jamais ma boîte vocale et qu'elle devrait m'envoyer un texto si elle veut bavarder, mais elle ne s'est jamais habituée à envoyer des messages. Mes frères et sœurs et moi-même avons essayé de lui apprendre. Elle dit qu'elle fait un blocage mental. Moi, je dis qu'elle ne veut pas faire d'effort.

— Quoi de neuf ? demandé-je.

— Teagan est à nouveau enceinte.

Je suis choquée. Ma sœur a quatre enfants de moins de sept ans.

— Waouh. Quatre, ce n'est pas assez ?

— Apparemment, non. Elle est tellement heureuse ! Cela s'entendait dans sa voix lorsqu'elle m'a appelée pour me faire part de la nouvelle. Doug a un nouveau poste important qui permet à Teagan de rester à la maison avec les enfants. Elle est ravie d'être une maman à plein temps maintenant.

— Je suis contente pour elle. C'est beaucoup de choses à jongler avec un travail.

— C'était trop, et les frais de garde absorbaient la majeure partie de son salaire de toute façon.

— Je lui enverrai un message pour la féliciter.

— Je sais qu'elle aimerait avoir de tes nouvelles.

J'entends la tristesse dans la voix de ma mère. Comment pourrais-je ne pas l'entendre ? Elle est là depuis le jour où j'ai quitté la maison pour ne plus jamais y retourner. Au fil des ans, ma famille m'a demandé pourquoi je ne rentrais jamais à la maison, même pour les fêtes que j'aimais tant auparavant. Je n'ai pas réussi à leur donner une réponse qui les satisfasse. Mais c'est ce qui me convient. Le fait de rester loin de là-bas, loin des souvenirs, est ce qui m'a permis d'avoir une vie qui ait un sens, sans que la culpabilité m'engloutisse tout entière.

Depuis mon départ pour l'université, il y a près de treize ans, je ne suis rentrée chez moi qu'une seule fois, lorsque mon père est mort subitement.

J'ai toujours eu la certitude que si j'y retournais pour plus longtemps, le château de cartes que j'ai soigneusement construit s'écroulerait.

Ma mère me parle de gens dont je me souviens à peine, d'enfants avec lesquels j'ai grandi et qui sont maintenant parents de plusieurs enfants, des petits-enfants de ses amies et d'autres potins de chez nous.

— Ryder Elliott était-il de ton année scolaire ou de celle d'Arlo ?

À la mention de ce nom, mon monde s'écroule.

Ryder Elliott.

— Blaise ? Allô ? Tu es là ?

Je ravale ma salive.

— Je suis là. Qu'est-ce que tu as dit ?

— Ryder était-il de ton année ? Ou celle d'Arlo ?

Ma bouche s'est asséchée, et je me retrouve dans la forêt, la nuit qui a tout changé. L'odeur de la fumée de bois est à jamais associée à cette nuit-là, tout comme la chanson de Steve Miller « Jet Airliner ».

— Je, euh, mon année, parviens-je à dire.

— Il se présente au Congrès. Tu arrives à y croire, toi, que des gamins avec qui tu as été à l'école font maintenant des choses comme ça ?

Un rugissement résonne en moi, si fort qu'il étouffe toutes mes pensées.

— Non.

— Quoi ? Tu as dit quelque chose, ma puce ?

En mon for intérieur, je crie. *Non, non, non, non.* Il se présente au Congrès ? Oh, non. Non, il ne peut pas. Ce n'est pas possible. Quelque chose dans ces mots, *il se présente au Congrès*, me pousse dans le vide, par-dessus le rebord auquel je me suis accrochée pendant quatorze longues années. Je ne peux pas y rester perchée une seconde de plus.

Je me souviens de chaque détail de cette nuit-là comme si elle avait eu lieu il y a cinq minutes. C'est aussi clair aujourd'hui qu'à l'époque, contrairement à d'autres choses qui se sont évaporées avec le temps.

— Maman ?

— Tu me fais peur, Blaise. Qu'est-ce qu'il se passe ?

— Je rentre à la maison.

Blaise
LE PASSÉ

Ma mère a préparé un pain de viande, l'un des cinq plats que nous mangeons tous. Fatiguée de se battre contre quatre enfants difficiles, elle alterne les mêmes recettes, mais le pain de viande est généralement ce que je préfère. J'arrive à peine à en avaler une bouchée tellement je suis nerveuse. Alors que mes parents, mes sœurs et mon frère ne cessent de bavarder, j'essaie de ne pas vomir par excès de nervosité.

Je suis à un mois de mon dix-septième anniversaire et en ce premier soir de vacances d'été je m'apprête à faire quelque chose que je n'ai jamais fait auparavant : désobéir directement à mes parents. Bien sûr, j'ai raconté quelques petits mensonges ici et là, j'ai bu quelques bières et j'ai même fumé de l'herbe deux ou trois fois. Mais je n'ai jamais pris la voiture pour aller à un endroit où ils m'avaient spécifiquement interdit d'aller.

Mon téléphone vibre avec un texto de Sienna Lawton, ma meilleure amie. *Toujours bon pour y aller ?*

Nous ne sommes pas censés envoyer des messages à table, alors je garde le téléphone sur mes genoux en répondant à Ya.

Je vais être malade.

— Qu'est-ce qui ne va pas, Blaise ? me demande Maman. Pourquoi tu ne manges pas ? C'est ton plat préféré.

— J'ai mangé un gros repas en rentrant de la plage. Je peux l'emballer pour plus tard ?

— Bien sûr, ma puce. Pas de problème.

— C'est délicieux, Maman. Merci pour le dîner.

Elle me sourit.

— Il n'y a pas de quoi.

Je suis bonne élève. Je travaille dur à l'école, j'ai d'excellentes notes et généralement je fais ce qu'on me demande, contrairement à ma sœur Teagan, qui a trois ans de plus que moi et qui ne leur cause que des soucis. Je passe inaperçue et j'aime cela. Je ne voudrais jamais qu'ils m'accordent le genre d'attention qu'ils donnent à Teagan, et qui comprend beaucoup de cris, de claquements de portes et globalement, des conflits.

Mon frère Arlo, qui a un an de plus que moi, est mon héros. Il parvient à faire tout ce qu'il veut sans hic et sans se faire prendre. Mes parents pensent que c'est le fils parfait. Cependant, je sais où sont enterrés la plupart de ses squelettes. J'emporterai cette information dans ma tombe. Lui et moi veillons l'un sur l'autre. Nous n'en parlons jamais, mais nous nous couvrons l'un l'autre.

Ma petite sœur, Juniper, surnommée June ou Junie, parle sans arrêt, ce qui normalement m'agace. Ce soir, je lui suis reconnaissante de la distraction qu'elle apporte.

Je prends la voiture pour aller à une fête de l'autre côté de la rivière, à Land's End, où je n'ai absolument pas le droit d'aller. Mes parents disent que les longues routes sinueuses et sombres qui mènent à Land's End sont un lieu d'accident pour un adolescent. De plus, il est bien connu dans notre ville de Hope que certains jeunes de Land's End, qui prennent le bus pour venir à notre lycée parce qu'ils n'en ont pas là-bas, sont des fêtards.

Mes parents deviendraient dingues s'ils savaient ce que j'ai prévu pour ce soir.

Ils ne surveillent pas mon téléphone parce que je ne leur ai donné aucune raison de le faire, alors qu'ils paient un supplément pour une nouvelle technologie qui leur permet de suivre les moindres faits et gestes de Teagan. Elle m'appelle l'Enfant sacré. Ce n'est pas un compliment venant de l'agitateur en chef de la famille Merrick. Mais ce n'est pas parce que je ne m'attire pas constamment des ennuis que je ne sais pas m'amuser. D'accord, je ne fais pas partie des filles super populaires comme Teagan l'était au lycée, mais ça me va. J'ai plusieurs bonnes amies, même si aucune d'entre nous n'est perçue comme « cool ».

Sienna est en quelque sorte à cheval sur les deux mondes grâce à son petit ami, Camden Elliott. Son frère aîné Ryder et lui, qui sont tous deux dans notre classe grâce au fait que Ryder a commencé la maternelle un an plus tard, sont les mecs les plus populaires de notre école. Ils sont co-capitaines de l'équipe de foot, ainsi que des stars du baseball (Camden) et de l'athlétisme (Ryder).

Ce sont aussi les amis les plus proches d'Arlo. On pourrait penser que le fait d'avoir un meilleur ami et un frère parmi les enfants les plus populaires de l'école me rendrait plus populaire, moi aussi. Ce serait une erreur.

Sienna et Cam forment un couple depuis toujours. Je me souviens à peine d'elle sans lui. Cependant, les choses sont devenues tendues entre eux ces derniers temps, et c'est pourquoi nous risquons gros pour aller espionner une fête à laquelle nous n'avons pas été invitées. Cam a fait semblant de ne pas être au courant de la fête, alors Sienna est devenue méfiante et parano. Quand elle n'a pas pu emprunter la voiture de sa famille pour la soirée, sa paranoïa est devenue mon problème à moi.

À l'étage, j'enfile un short en jean à ourlet brut et un dos nu. Dans l'éventualité peu probable où nous parviendrions à nous introduire dans la fête, je me maquille en insistant sur les yeux bleus que les gens disent être mon meilleur atout. Je passe une brosse dans mes cheveux roussâtres que j'ai lissés un peu plus tôt. Je veux changer de couleur de cheveux, mais ma mère me l'interdit. Quand on s'appelle Blaise[2], c'est difficile d'avoir les cheveux roux. On m'a donné tous les surnoms, de Fourmi de feu à Boule de feu. Je déteste surtout quand les garçons m'appellent Braise Ardente. Le pire de tous les surnoms.

Pour finir, je vaporise un peu du parfum de luxe que ma grand-mère m'a offert à Noël. Je n'avais jamais entendu parler de ce parfum, mais ma grand-mère m'a dit que c'était mieux de ne pas sentir comme tout le monde.

Alors que je suis prête à partir, j'ai encore l'impression que je vais être malade. Je frappe à la porte de Teagan. Elle n'est à la maison que parce qu'elle est punie –une fois de plus.

— Quoi ?

---

2. Blaise en anglais est un homonyme de blaze, qui signifie incendie.

Elle a vingt ans et a terminé sa deuxième année au community college[3] au mois de mai, avec des notes qui lui ont permis tout juste d'échapper au rattrapage. Elle doit encore compléter un semestre pour obtenir son diplôme d'associé. La semaine dernière, elle s'est fait attraper dans un bar à Newport, alors qu'elle n'a pas l'âge minimum requis. Mes parents ont pété un plomb et ont exigé qu'elle leur remette sa fausse carte d'identité. La connaissant, elle en a deux autres cachées dans sa chambre.

— Tu as des Tums ? demandé-je.

Elle me lance la bouteille, qui frôle ma tête. Je l'attrape, j'en sors deux, et je la pose sur un bureau couvert de vêtements et d'autres conneries. Il n'a jamais vu un livre d'école depuis que Maman nous a acheté les bureaux à Pottery Barn Kids il y a bien des années.

— Merci.

Elle grogne quelque chose en réponse, mais ne lève pas les yeux du téléphone qu'elle a récupéré après la dernière altercation parentale en échange d'avoir fait des tâches ménagères.

D'une certaine manière, je lui suis reconnaissante. Elle détourne l'attention de moi. Dans le couloir, je croise Arlo. Ses cheveux châtain clair sont mouillés après sa douche et ses yeux bleus me scrutent rapidement.

— Qu'est-ce que tu fais ?

— Rien. Pourquoi ?

— T'es bien habillée. Il se penche pour me sentir. Du parfum et du maquillage. Où tu vas ?

— Nulle part.

Si quelqu'un peut voir à travers mes mensonges, c'est bien lui, ce qui peut être réconfortant et agaçant à la fois.

— Je ne veux pas te voir près de Land's End ce soir, tu m'as compris ?

— Pourquoi irais-je là-bas ?

Il me lance un regard noir que les grands frères lancent à leurs petites sœurs depuis la nuit des temps.

— N'y. Va. Pas.

— J'ai mieux à faire que d'aller à ta fête de merde.

— Et ne dis rien à Papa et Maman à ce sujet, ou je te tue.

Je lève les yeux au ciel, pour dire « comme si j'allais commencer à parler maintenant ». Pourquoi leur dirais-je que les parents de Houston Rafferty sont absents et qu'il organise une fête avec de l'alcool ? Sa bringue est le sujet de conversation de notre ville et de LE[4] depuis des jours. Cela m'étonne que mes parents n'aient pas encore flairé le coup.

---

3. Établissement d'enseignement supérieur généralement de deux ans, et plus axés sur le monde professionnel.
4. Land's End

J'arrive en bas, me sentant un peu mieux après avoir pris les Tums.

Mon père fait la vaisselle. Elle cuisine. Il nettoie. Ils s'entendent très bien et ne se disputent qu'à propos de Teagan. Il est dur avec elle. Maman se laisse faire, et cela exaspère mon père qui, comme il dit, essaie de lui éviter la prison. Maman dit qu'il exagère, mais j'ai tendance à être d'accord avec lui. Ce n'est probablement que grâce à lui qu'elle n'a pas de graves ennuis.

Papa tourne son regard vers moi et sourit.

— Tu es prête à y aller ?

Ses yeux s'attardent sur ma tenue. Il déteste les hauts courts qui font fureur chez les filles de mon âge, mais heureusement, il n'en fait pas tout un plat.

Je ravale la boule dans ma gorge.

— Oui.

— Et vous allez au cinéma et peut-être en ville, c'est ça ?

— Oui.

Je me sens mal de lui mentir.

— Tu rentres avant minuit ?

— J'essaierai. Si je suis en retard, je t'enverrai un message.

Il me remet les clés de son SUV Toyota et m'embrasse sur la joue.

— Merci pour ta prévenance. J'apprécie vraiment.

Je suis à deux doigts de lui dire la vérité. Mais il ne me laissera jamais prendre la voiture pour aller à Land's End, et Sienna compte sur moi.

Combien de fois regretterai-je de ne pas lui avoir dit la vérité sur mes plans pour cette nuit-là ?

Tous les jours, jusqu'à la fin de ma vie.

CHAPITRE 2

Blaise
LE PASSÉ

Sienna saute dans le SUV avant qu'il ne soit complètement à l'arrêt, et elle pousse un cri d'excitation qui met mes nerfs à rude épreuve. Ses cheveux bruns bouclés et sauvages sont encore mouillés par la douche et elle embaume la voiture de son spray corporel de Victoria's Secret.

— J'ai vraiment cru que tu te dégonflerais, dit-elle.

Elle change la station de radio de B101 à WHJY et monte le volume de « Freebird ».

— J'ai failli. Je vais peut-être vomir.

— Ça va aller. On va aller voir ce que fait Cam et on revient. Pas de soucis.

C'est ça. Pas de soucis. Ce n'est pas sa peau qui est en jeu si on se fait repérer là-bas. Les gens connaissent la voiture de mon père, alors nous roulons pendant une heure jusqu'à ce que l'obscurité nous donne la couverture dont j'ai besoin pour mettre ce plan à exécution.

Nous traversons le pont qui mène à Monroe, la ville située entre la nôtre et Land's End. Avant, les jeunes de Land's End allaient au lycée de Monroe, mais pour des raisons qui m'échappent, ils se sont retrouvés à l'école avec nous. L'école est devenue beaucoup plus intéressante lorsque les élèves de Land's End nous ont rejoints en première année, et surtout Dallas Rafferty.

Non pas qu'il sache que je suis en vie, mais peu importe. Une fille peut bien rêver. Personne ne sait que je l'aime bien, même pas Sienna, parce qu'autrement elle voudrait essayer de me caser avec lui, comme Cam joue au foot avec Dallas et qu'il est ami avec lui en dehors de l'école.

En fait, c'est Houston, le frère aîné de Dallas – leur mère est originaire du Texas et leur sœur s'appelle Austin – qui organise la fête de ce soir. J'ai été surprise d'apprendre que Houston organisait une grande fête, car son père est le commissaire de police de LE. Sienna a entendu dire que ses parents font une croisière et ne sont plus dans les parages, d'où la fête. Houston est en dernière année d'université et il est en âge de boire, ce qui signifie qu'il y aura beaucoup de bière et d'autres alcools à la soirée. Cela attirera beaucoup de jeunes de Hope, depuis l'autre côté de la rivière, ce qui est une raison de plus d'avoir peur. Quelqu'un pourrait bien reconnaître la voiture de mon père et me dénoncer.

J'ai tellement d'amis qui peuvent faire tout ce qu'ils veulent. Leurs parents ne leur demandent jamais où ils vont, avec qui ils y vont ou quand ils rentreront. Même si une partie de moi pense que ce serait bien, je suis reconnaissante que quelqu'un se soucierait suffisamment de moi pour se demander où je suis si je ne rentrais pas à la maison. Mes parents appelleraient la police si je ne revenais pas à la maison.

Sienna est pratiquement en train de rebondir d'excitation sur le siège passager.

— Tu conduis comme ma grand-mère, dit-elle.

Elle devient hyperactive quand elle est stressée, et comme Cam lui a menti, elle est sur les nerfs depuis des jours.

— Pourquoi tu ne lui demandes pas ouvertement s'il y va ?

— Je ne veux pas qu'il sache que je suis au courant de la fête.

— Pourquoi pas ?

— Il va penser que je ne lui fais pas confiance.

Je ne suis pas sa logique.

— Eh bien, tu ne lui fais pas confiance.

— Mais si, je lui fais confiance ! Ce n'est qu'un petit incident de parcours. On est un couple solide. On l'a toujours été et on le sera toujours.

— Bien sûr que vous l'êtes.

Je lui dis ce qu'elle a besoin d'entendre, même si je n'en suis pas si sûre ces derniers temps. J'ai remarqué des signes subtils que Cam s'éloigne, même si elle ne peut pas l'admettre.

Je ne veux pas être dans les parages s'ils se séparent. Il faudra que j'organise un voyage d'urgence en Sibérie ou quelque chose comme ça pour éviter d'avoir à m'occuper d'elle si ça arrive. Ce n'est pas que je ne veux pas être là pour ma meilleure amie, mais elle sans Cam, c'est inimaginable. Ils sont une institution, le couple le plus ancien de toute l'école, le roi et la reine du bal deux années de suite et le couple le plus susceptible de se marier. Ils prévoient même d'aller à l'université ensemble en Arizona. Toute sa vie est liée à lui et vice versa.

J'espère désespérément que nous ne le surprendrons pas en train de faire quelque chose d'impardonnable à cette fête.

Des voitures arrêtées longent la route qui mène à la maison des Rafferty.

— Où devrions-nous nous garer ? Si Arlo voit la voiture, je suis dans la merde.

— Il y a une route secondaire que Cam m'a montrée une fois. Passe la maison. Tu peux faire le tour. On pourra revenir à pied par le pâté de maisons suivant.

Je suis ses indications jusqu'à la rue plus loin et je me gare dans un endroit sombre entre deux lampadaires. Dès que nous sortons du SUV, j'entends la fête. La musique, les voix fortes et les rires alimentent mon anxiété pendant que nous traversons un bosquet, le bruit devenant de plus en plus fort à mesure que nous nous rapprochons. L'odeur de la fumée de bois d'un feu de joie emplit l'air. Houston est célèbre pour ses feux de joie épiques, c'est du moins ce que l'on m'a dit. Je n'ai jamais été invitée à l'une de ses fêtes.

Sienna me saisit le bras pour m'empêcher d'aller plus loin.

— On voit bien d'ici, dit-elle.

La fête est énorme. À mon avis, tous les jeunes de Hope, Monroe et LE sont là, sauf nous.

J'écrase un moustique qui se pose sur ma nuque.

— Merde, on a oublié le spray contre les insectes.

Elle fouille dans le gigantesque sac à main qu'elle emporte partout.

— J'en ai.

Nous disons en plaisantant que tout ce qu'il nous faut pour le reste de la vie se trouve dans le sac de Sienna.

L'odeur de la fumée de bois et de la bombe insecticide me rappellera à jamais cette nuit fatidique.

— Il est là, Cam, lui dis-je à voix basse.

Elle se penche pour mieux voir.

Il ressemble beaucoup à Ryder, quoiqu'avec des cheveux plus clairs, mais il n'est pas aussi musclé que lui. Sienna dit que c'est parce qu'il aime beaucoup la pizza.

Merde, il parle à Brooke, qui a un an d'avance sur nous et des seins deux fois plus gros que ceux de Sienna.

— Ils ne font que parler, lui dis-je à voix basse. Ce n'est rien.

Je jette un coup d'œil sur le visage de Sienna et je vois que c'est loin de n'être rien pour elle. Dernièrement, je voulais lui demander comment ça se passait entre eux quand ils étaient seuls, mais je n'ai pas osé. Vu de l'extérieur, quelque chose a changé. Si moi je peux le voir, elle aussi doit pouvoir.

Mon estomac me fait mal, comme tout à l'heure, et je prie pour que Cam ne fasse rien qui ne puisse être défait ou ignoré. Le fait même que nous l'espionnions de la sorte devrait être le plus grand signal d'alarme en ce qui concerne leur relation, mais je ne suis pas prête à le lui annoncer.

Je vois Arlo se mêler aux autres jeunes, tenir sa cour comme il le fait toujours. Tout le monde l'aime bien. Il est grand, brun, beau et facile à vivre. J'aspire à lui ressembler davantage et à ne pas être aussi anxieuse et angoissée par mes insécurités. Je suis un travail en cours, et lui est déjà arrivé à sa destination. Je pourrais le détester pour cela si je ne l'aimais pas autant.

— Qu'est-ce qu'elle fout ici, *elle*, bordel ? murmure Sienna.

Au début, je ne sais pas de qui elle parle. Puis je la vois, la nouvelle, Denise Sutton, qui se fait appeler Neisy. Les garçons sont fous d'elle. Les filles la détestent parce qu'elle est superbe, avec ses gros seins, sa longue crinière ensoleillée et ses lèvres pulpeuses. Elle est arrivée dans notre école en septembre dernier, au début de notre première année, avec l'impact d'une tornade de niveau F5 et elle a complètement bouleversé l'ordre social. Même les filles les plus populaires de notre classe ne lui arrivent pas à la cheville, et elles le savent. C'est pourquoi elles la méprisent.

Elles la traitent comme si elle était radioactive, traversant le couloir pour l'éviter, se levant et s'éloignant de sa table peu importe où elle s'assoit à la cantine, et répandant des rumeurs vicieuses à son sujet, comme celle selon laquelle elle aurait baisé toute l'équipe de football après un match l'automne dernier, et que quelqu'un de son ancienne école aurait dit qu'elle avait avorté en première année.

J'ai été surprise et honteuse de voir comment des filles que j'ai connues toute ma vie la traitent.

Il est difficile de savoir que croire. Chaque jour, il y a quelque chose de nouveau. Je ne serais pas étonnée si certaines filles inventaient des conneries juste pour la décrédibiliser. Les garçons sont trop éblouis pour se soucier de ce qu'on dit d'elle.

Oh, merde. Cam est en train de parler à Neisy.

Sienna tremble d'indignation à côté de moi.

Il se penche plus près pour entendre ce que dit Neisy, puis son grand rire retentit si fort qu'on a l'impression qu'il est tout près de nous.

— Je vais le poignarder, putain, murmure Sienna.

— Il ne fait rien de mal en parlant à d'autres filles.

— Il sait comment je me sens par rapport à elle.

C'est nouveau pour moi qu'elle ait une opinion sur Neisy.

— Comment te sens-tu par rapport à elle ?

— C'est une salope.

— Quoi ? Tu n'en sais rien.

— T'as entendu les rumeurs comme moi.

— Ça ne veut pas dire qu'elles sont vraies !

— Dans quel camp es-tu ?

— Je suis de ton côté, lui dis-je. Toujours.

Nous sommes les meilleures amies du monde depuis le CE2.

— Mais on ne la connaît pas assez pour l'appeler comme ça, ajouté-je.

— D'après ce que dit Cam, toute l'équipe de football se l'est faite.

— Y compris lui ?

— Il ne ferait pas ça.

Je n'en suis pas si sûre, mais je garde ça pour moi, aussi. Depuis qu'ils ont enfin fait l'amour l'hiver dernier, Sienna est très possessive à son égard.

Les minutes passent et Cam circule, et il semble parler à tout le monde. Mais Sienna se tait, et ça, ce n'est jamais une bonne chose.

Je commence à avoir des crampes dans les jambes à force de rester en position accroupie.

— Voilà Ryder, murmure Sienna. Ne bouge pas ou il va nous voir.

Je pense que Ryder Elliott est canon depuis que je sais ce que signifie l'expression « être canon ». Avec ses cheveux noirs ondulés, ses yeux bleus rêveurs et son corps musclé, il est comme un dieu dans notre école, vénéré par tout le monde, repéré par les universités qui le veulent pour le football et l'athlétisme. Toutes les filles aimeraient être sa petite amie, mais il sort avec Louisa Davies depuis la troisième. Ryder et Louisa seront le couple de notre classe, et il va de soi qu'ils se marieront dès qu'ils auront terminé l'université – si elle est encore en vie.

Louisa lutte contre la maladie de Hodgkin depuis l'âge de 14 ans. Ryder l'a toujours soutenue, organisant des collectes de fonds pour sa famille et veillant à ce qu'elle ait tout ce dont elle a besoin. Ils ont récemment célébré sa rémission après des traitements épuisants qui l'ont empêchée de venir en cours pendant la majeure partie de notre deuxième année et la dernière moitié de notre troisième année.

Tout allait pour le mieux jusqu'à ce que nous apprenions récemment qu'elle avait fait une nouvelle rechute. Elle a repris son traitement et son système immunitaire est fragile, si bien qu'elle n'a pas le droit de sortir de chez elle. J'ai appris que Ryder laissait des fleurs devant sa porte tous les matins. C'est une fille adorable et nous prions tous pour sa guérison. Personne plus que Ryder.

Nous sommes à environ deux mètres de l'endroit où il s'arrête et se tourne pour parler à quelqu'un.

Neisy.

Je suis en état de choc. Ce n'est pas possible. Qu'est-ce qu'elle fait avec lui ? Elle doit savoir qu'il a une petite amie de longue date. Peut-être que ce que les gens disent d'elle est vrai.

Je veux dire à Sienna que nous devrions partir, mais je n'arrive pas à prononcer les mots.

Je me demande sans cesse ce qui aurait été le pire : ce que nous avons vu ou que personne ne sache ce qu'il lui a fait.

Au début, ils ne font que parler.

Nous arrivons à entendre tout ce qu'ils disent.

Il boit une gorgée d'un gobelet de Solo rouge.

— Tu sais que tu me rends dingue avec ta façon de me regarder à l'école.

— Comment je te regarde ?

— Comme si tu voulais me baiser.

Elle croise les bras.

— Eh bien, ce n'est pas le cas.

— Mais si, tu le veux.

— Non, pas du tout.

— Il n'y a rien de pire qu'une allumeuse. C'est ce que tous les mecs disent de toi. Que tu es une allumeuse, entre autres !

— Ils peuvent dire ce qu'ils veulent. Je connais la vérité. T'as pas dit que tu voulais me parler de Louisa ?

Comme si elle n'avait rien dit, Ryder s'approche d'elle.

— Tu te fiches de ce qu'ils disent de toi ?

— Pourquoi pas ? Je ne les connais même pas. Je ne te connais pas non plus. Pourquoi penserais-tu que j'ai envie de te baiser ?

Il bouge si vite qu'elle ne le voit pas venir – et nous non plus. Une minute ils sont à un mètre l'un de l'autre, la suivante ils sont au sol, et il est sur elle, sa main sur sa bouche alors qu'il lui arrache les vêtements.

Elle se débat contre son emprise, le combat avec acharnement, mais elle ne fait pas le poids.

Les doigts de Sienna s'enfoncent dans mon bras.

Je veux me tirer de là tout de suite. Je ne veux pas voir ça. La bile me brûle la gorge.

Neisy lui mord la main, et il la gifle violemment.

Elle crie, mais personne ne l'entend au-dessus des centaines de voix et de « Empire State of Mind » qui joue à plein volume.

— Il faut faire quelque chose, murmuré-je à Sienna.

— On ne peut pas. On va s'attirer de gros ennuis.

— Il va lui faire du mal.

Sa main est entre ses jambes.

Je détourne le regard. Je veux partir. Je tire sur le bras de Sienna.

— S'il te plaît. Partons.

— Il va nous voir si on bouge.

La bile me brûle la gorge.

Neisy le supplie de ne pas faire ce qu'il fait déjà.

— S'il te plaît, je n'ai jamais…

Elle crie de douleur.

— Ferme-la, dit-il en grognant. Ferme-la et prends ce que tu cherches depuis le jour où on s'est rencontrés.

Je veux mourir.

Je n'ai jamais rien vécu qui aurait pu me préparer à cela.

Sienna pleure en silence à côté de moi, ses doigts enfoncés si fort dans mon bras que je vais avoir des bleus.

Si on bouge, il nous verra.

Nos parents sauront que nous étions là. Nous serons punies pour le reste de notre vie. Nous serons détruites pour avoir espionné la fête. Pour avoir espionné Ryder.

Nous connaissons à peine Neisy.

Mais lui, nous le connaissons. Nous l'avons connu toute notre vie.

Je suis dégoûtée.

Après avoir terminé en gémissant bruyamment, il se lève, remonte son pantalon et s'éloigne d'elle, la laissant par terre en train de sangloter.

— Il faut qu'on aille la voir, chuchoté-je à Sienna.

— On ne peut pas, Blaise.

— Qu'est-ce que tu veux dire ? On s'en fout si on a des ennuis.

— C'est le frère de Cam et le meilleur ami d'Arlo. On *ne* peut *pas*.

Je la regarde comme si je ne l'avais jamais vue auparavant.

Neisy est en boule, toujours couchée par terre, ses sous-vêtements autour de ses chevilles, et elle sanglote.

Sienna me tire vers le SUV.

— On ne peut pas la laisser là.

— On ne la connaît même pas, dit-elle dans un sifflement.

— Sienna ! Qu'est-ce que ça peut faire qu'on la connaisse ou pas ? Il l'a *violée*.

Elle m'entraîne vers l'endroit où nous avons laissé le SUV.

— Rentrons à la maison et oublions tout ça, dit-elle.

— Tu es folle ? Je n'oublierai jamais ça.

— Tu dois l'oublier. Elle n'est rien pour nous. Lui, fait partie de notre vie depuis le début. Il sera dans ma vie pour toujours. Tu ne peux rien dire. Personne ne nous croira de toute façon.

Elle a raison, et cela me fait horreur.

À l'école, les gens détestent Neisy.

Lui, ils l'adorent.

Ce serait notre parole – et celle de Neisy – contre celle de Ryder. Nous serions diabolisées.

Je me penche et je vomis le pain de viande qui me brûle l'estomac en sortant.

Je ne mangerai plus jamais de pain de viande.

— Pour l'amour de Dieu, Blaise, tu dramatises.

Nous rentrons chez nous dans un silence de pierre. Mes mains tremblent tellement que j'ai du mal à maintenir le véhicule sur la route. Quand je pense que ma plus grande crainte en quittant la maison était de me faire prendre avec la voiture de l'autre côté de la rivière ! Aujourd'hui, c'est le dernier de mes soucis. Je m'arrête devant chez elle, une maison coloniale à deux étages avec des volets noirs.

— Il ne faut jamais souffler mot à propos de tout ça, dit-elle.

Je garde un silence de pierre. J'ai l'impression de ne pas la connaître du tout.

— Jure-moi que tu ne diras rien, Blaise. Personne ne le sait, mais Ryder est sur le point d'être nommé à l'Académie navale.

En entendant cela, je me sens à nouveau malade. Sa vie dorée continuera comme si de rien n'était alors que Neisy ne sera plus jamais la même. Et moi non plus.

— Blaise ?

Presque dix ans d'amitié se résument à cela. Si je fais ce qu'il faut, je perdrai ma meilleure amie et je serai une paria à l'école. Sans compter qu'Arlo me détestera. Ryder est son meilleur ami depuis le T-ball[1]. Je n'ai jamais été autant tiraillée. Si je dis ce que j'ai vu, la vie telle que je la connais sera finie. Les gens me détesteront pour avoir pris le parti de Neisy contre Ryder.

— Je ne dirai rien.

— Bien.

Sienna sort de la voiture et claque la portière. Elle disparaît à l'intérieur de la maison, me laissant en proie à des tremblements incontrôlables. C'est si violent que je crains de ne pouvoir parcourir la courte distance qui me sépare de mon domicile. Je reste assise pendant un long moment, essayant de me ressaisir pour arriver à rentrer chez moi en toute sécurité.

Je sanglote si fort que j'ai peur à nouveau de vomir.

Plus tard, je ne me souviendrai pas d'avoir conduit jusqu'à la maison. Ces quelques minutes ne seront qu'un blanc total alors que tout ce que j'ai vu dans les bois existera dans ma mémoire en couleurs vives et éclatantes pour toujours.

Ma mère est dans la cuisine lorsque j'entre par la porte du vestibule.

— Tu rentres tôt, dit-elle en préparant l'infusion du soir qui, selon elle, est indispensable pour trouver le sommeil.

— Je ne me sens pas bien. Mon estomac.

Elle s'approche de moi pour me toucher le front.

— Tu as pleuré ?

— Je me sens mal.

— Tu n'as pas de température. Tu as bu ?

---

1. Version simplifiée du baseball, pour les jeunes enfants.

— Bien sûr que non. Je conduisais. Je veux juste aller me coucher.

Elle sort de sous l'évier le bol couleur citron vert qui a servi de seau à vomi toute ma vie.

— Prends ça avec toi. Juste au cas où.

Je le lui prends, en espérant qu'elle ne remarque pas que mes mains tremblent.

— Bonne nuit.

— Viens me chercher si tu as besoin de moi pendant la nuit.

— D'accord.

Mon papa est dans le séjour quand je le traverse en me dirigeant vers l'escalier.

— Qu'est-ce qui se passe ? demande-t-il. Je pensais que tu serais sortie pendant des heures.

— Je ne me sens pas bien.

— Oh, c'est dommage.

— Ouais. À demain matin.

— Remets-toi bien.

— Merci.

Je ferme la porte de ma chambre et me laisse glisser sur le sol, enfouissant mon visage dans mes mains, sanglotant plus fort que jamais de ma vie, même après la mort de mon grand-père. Tout en moi en est malade. Nous avons eu tort de laisser Neisy là. On m'a appris à traiter les autres comme je voudrais être traitée. Si quelque chose comme cela m'arrivait, j'ose espérer que quelqu'un m'aiderait.

Ce que je ne pouvais pas savoir à ce moment-là, c'est que ce sentiment de malaise resterait en moi pour toujours.

CHAPITRE 3

Neisy
LE PASSÉ

Je suis en état de choc. Ce doit être la raison pour laquelle mes bras et mes jambes refusent de suivre les instructions de mon cerveau, qui me demande de me lever et de partir de là avant que quelqu'un ne me trouve à moitié nue et en sang. L'idée de devoir expliquer ce qui s'est passé me pousse à me redresser et à essayer de me ressaisir. Mes mains tremblent violemment lorsque je remonte mes sous-vêtements sur des cuisses striées de sang.

Ryder Elliott m'a violée.

Même si ces mots traversent mon esprit, je n'arrive toujours pas à croire que c'est arrivé.

L'odeur hideuse de la bière dans son haleine me donne la nausée. Je vomis dans les feuilles sèches qui jonchent le sol à côté de moi. Je déteste l'odeur de la bière, et maintenant je la détesterai toujours.

Je me lève sur des jambes tremblantes, glisse mes pieds dans mes sandales qui se sont détachées à un moment donné, baisse ma jupe et me fraye un chemin à travers d'épaisses broussailles jusqu'à la route où j'ai garé ma voiture. Lorsque j'émerge sur la chaussée, mes bras sont égratignés et ils saignent.

Je suis insensible à la douleur qui vient de toutes les parties de mon corps, surtout d'entre mes jambes. Contrairement aux rumeurs qui courent à mon sujet, j'étais vierge.

Je ne le suis plus, ce qui brise mon cœur en mille morceaux.

J'ai du mal à respirer quand le poids de cette nouvelle réalité s'installe sur ma poitrine. Je revois le visage souriant de Kane. Il était censé être mon premier. Si je pense à lui maintenant, je perdrai le sang-froid dont j'ai besoin pour me sortir d'ici.

Mon Dieu, où sont mes clés ?

Je porte toujours mon sac à main en bandoulière, mais mes clés n'y sont pas. Elles ont dû tomber.

Je ne peux pas retourner les chercher là-bas.

Je ne peux tout simplement pas.

Au cas où je serais enfermée dehors, mon père a mis une clé cachée sous le pare-chocs arrière de la Honda Civic blanche qu'il m'a achetée. Je cherche à tâtons la boîte aimantée dans laquelle il l'a mise et je réussis à la faire tomber par terre. Je dois m'agenouiller pour la récupérer, reconnaissante à mon père de veiller à ma sécurité.

Un sanglot jaillit de ma poitrine.

Il ne doit jamais apprendre tout cela. Il tuerait Ryder.

Des larmes coulent sur mes joues lorsque je monte dans la voiture, et je pousse un cri lorsque ma chair douloureuse entre en contact avec le siège. Alors que j'appuie ma tête sur le volant, mes pleurs secouent mon corps, et mes larmes obstruent ma gorge. Quand Ryder a dit qu'il avait besoin de me parler de Louisa, il ne m'est jamais venu à l'esprit que je ne devrais pas l'accompagner dans un endroit discret pour parler.

Tout le monde sait qu'il est fou amoureux de Louisa et qu'il a été bon avec elle pendant sa maladie.

Je démarre la voiture et m'engage dans la rue. Je ne devrais probablement pas conduire, mais je dois partir d'ici avant que quelqu'un ne me voie et ne commence à poser des questions. Je conduis lentement, ce que mon papa m'a dit une fois être un signal d'alarme pour les flics qui cherchent des conducteurs ivres. Je préfère penser aux choses que dit mon père plutôt qu'à ce qui s'est passé dans les bois.

Je me déplace sur le siège et je me rends compte que mes vêtements sont mouillés. Est-ce du sang ou... Je ne peux pas. Je ne peux pas, tout simplement.

Pour la première fois, je suis reconnaissante à mon père d'être plus souvent en déplacement qu'à la maison. Passer devant ma mère ne sera pas un problème. Ce ne serait pas le cas avec lui.

Je tremble encore et j'ai de nouveau la nausée alors que je traverse le pont qui mène à Hope et que je prends la sortie pour aller à la maison à deux niveaux que mes parents ont achetée lorsque nous avons déménagé ici en juin dernier, afin que ma mère puisse se rapprocher de ses parents vieillissants. Cela me semble loin déjà, après une année infernale au lycée de Hope, avec des jeunes qui m'ont détestée d'emblée.

L'été dernier, j'ai travaillé dans le restaurant de mon cousin avec Houston

Rafferty, et c'est la seule raison pour laquelle j'ai été invitée à sa fête. Je n'aurais pas dû y aller. Je le savais avant d'y aller, mais je refuse de me cacher des salopards de l'école.

Lorsque je m'imagine en train d'accuser Ryder Elliott de viol, une puissante vague de nausée m'oblige à me garer sur le bas-côté et à me pencher pour vomir. La bile me brûle la gorge pendant que je suis violemment malade. Je veux que ça s'arrête pour pouvoir me tirer de là avant d'attirer l'attention de la police. C'est la dernière chose dont j'ai besoin.

Personne ne doit jamais être au courant, sinon ma vie ici sera encore plus horrible qu'elle ne l'est déjà. Mon père étant un officier de marine de haut rang, j'ai l'habitude d'être la petite nouvelle de l'école. Cela n'a jamais été aussi difficile qu'ici. Le premier jour de ma première année, les autres jeunes m'ont tout de suite rejetée, et ça a été la fin. Depuis, ma vie est un cauchemar.

Houston est l'un des seuls vrais amis que je me suis faits ici. Il me dit tout le temps d'ignorer les connards et de continuer à être géniale. C'est facile à dire pour lui. Personne n'a jamais été méchant avec lui de sa vie. Il me traite comme sa petite sœur, Austin, ce que j'apprécie. Mais comme il est à l'université à Boston presque tout le temps depuis que je vis ici, il n'est pas d'une grande aide pour moi à l'école.

J'ai tellement envie de lui dire ce qui s'est passé avec Ryder, mais je ne le peux pas. Le père de Houston est le commissaire de police de Los Angeles. Si je le dis à Houston, il le dira à son père et tout le monde le saura.

Personne ne doit jamais le savoir, ou mon enfer s'empirera encore.

Je m'engage dans l'allée de la maison. Je ne l'appelle jamais « chez moi », parce que je ne le considère pas comme tel. Ce n'est qu'une maison de plus dans une longue série de maisons qui nous ont servi d'abri le temps que nous vivons dans un endroit donné. Après avoir coupé le moteur de la voiture, je reste assise un long moment à essayer de me ressaisir avant d'entrer à l'intérieur.

Ma mère est généralement déjà dans les vapes à l'heure qu'il est, ayant consommé au moins deux bouteilles de vin depuis l'après-midi. Normalement, sa consommation d'alcool me dégoûte. Ce soir, je lui en suis reconnaissante. J'entre par une porte latérale qui mène au garage, puis à la cuisine. Je passe sur la pointe des pieds devant le salon où elle est endormie sur le canapé et je monte à l'étage, pour aller directement à la douche qui se trouve en face de ma chambre, de l'autre côté du couloir. En me déshabillant, je suis alarmée par la quantité de sang, mélangée à d'autres fluides qui me font frissonner.

Et si je tombais enceinte ?

Cette possibilité me fait vomir à nouveau par vagues presque sèches, jusqu'à ce qu'il ne reste plus rien dans mon estomac.

Je jette mes vêtements dans la baignoire et j'entre dans la douche.

L'eau chaude n'a jamais été aussi agréable. Je me frotte le corps du sommet de la tête à la base des pieds, en grimaçant de douleur lorsque le savon rencontre la chair malmenée entre mes jambes. Puis je me remets à sangloter. Je glisse le long du mur pour m'asseoir dans la baignoire tandis que l'eau continue de ruisseler sur moi, effaçant une partie de l'horreur.

Je ne suis pas naïve après avoir vécu dans dix endroits différents au cours de mes dix-sept premières années, et pourtant je n'ai jamais pensé qu'une telle chose m'arriverait. Je suis prudente. Intelligente dans la rue. Consciente. Mon père s'en est assuré. Je repense sans cesse à Ryder qui m'a demandé s'il pouvait me parler de Louisa. Elle était dans ma classe d'anglais avant de devoir quitter l'école. Je la trouvais très gentille et il me semblait qu'elle m'aimait bien aussi.

Sa gentillesse m'avait frappée parce que tous les autres étaient des abrutis.

Je n'avais aucune raison d'avoir peur de Ryder.

Bien sûr, il avait déjà flirté avec moi de par le passé, mais c'est le cas de tous les garçons. C'est pour cela que les filles me détestent tant, mais je ne fais rien pour encourager les garçons. Mon petit ami, Kane, vit en Espagne en ce moment. Nous nous sommes rencontrés lorsque nos familles étaient en poste ensemble à Jacksonville, en Floride, pendant quatre ans, la période la plus longue que j'aie jamais vécue dans un même endroit.

Nous sommes en couple depuis que nous sommes en cinquième, ce qui paraît fou, je sais. Mais notre lien était profond et immédiat, et il l'est resté, même si Kane est à l'autre bout du monde.

Il s'est demandé s'il était sage que j'aille à la fête de Houston, à laquelle participeraient certainement les mêmes jeunes qui ont fait de moi une paria. Il sait que Houston est mon seul bon ami ici, et je ne voulais pas rater sa fête à cause de ces connards. J'aurais dû écouter Kane.

J'enroule mes bras autour de mes genoux et je laisse tomber ma tête sur mon avant-bras.

Kane...

Il aurait dû être mon premier, mon seul. Je sais depuis des années qu'il est l'amour de ma vie et vice versa. Oui, nous sommes jeunes, et nous avons entendu tous les dénigreurs nous conseiller de ne pas nous faire trop d'illusions l'un sur l'autre. Mais quand on est sûr, on est sûr.

Comment vais-je jamais pouvoir lui en parler ?

Je suis encore sous la douche un bon moment après, quand l'eau chaude commence à se tarir. L'eau froide est comme une gifle qui me remet sur pied. Je remarque une teinte rose dans l'eau à l'endroit où j'étais assise et je frissonne à cause du froid et du traumatisme.

Bien qu'il fasse encore chaud dehors et que mon père déteste payer pour la climatisation, je m'habille de mes sweats les plus douillets et d'un T-shirt à manches longues avant de me glisser dans le lit et de remonter les couvertures sur ma tête. Si je pouvais, je resterais ici pour toujours.

Personne ne doit jamais savoir ce qui s'est passé. Même sous le choc, je suis certaine de cela. Ryder Elliott est le roi du lycée de Hope. Je pourrais le crier sur tous les toits ce qu'il m'a fait, que personne ne me croirait. Ils le connaissent depuis toujours. La plupart d'entre eux sont allés à l'école maternelle ensemble. Leurs parents étaient camarades de classe au lycée.

Je suis une étrangère dans tous les sens du terme.

Et ils pensent que je suis une salope, et c'est ce qu'ils diraient de moi si je l'accusais.

J'ai vu une fois un film sur une fille qui avait dénoncé un viol et dont la vie a été détruite par les amis et la famille du coupable. C'est ce qui se passerait ici aussi. C'est pourquoi je ne suis pas allée directement à la police comme j'étais censée le faire.

Ce serait ma parole contre celle de Ryder Elliott, même si j'avais pris la peine de préserver les preuves.

Ils me mettraient en pièces.

***

Blaise
LE PASSÉ

Le lendemain, nous devons nous rendre chez ma grand-mère pour une réunion de famille prévue de longue date et que j'attends avec impatience depuis des mois. Je ne vois pas souvent mes cousins et la plupart d'entre eux seront là.

Je n'arrive pas à me lever.

Teagan arrive à la porte, une expression hargneuse sur le visage.

— Mais qu'est-ce que tu fous ? Tout le monde t'attend.

— Je suis malade.

— Moi aussi, mais j'y vais.

— Je ne peux pas.

— C'est quoi ce bordel, Blaise ? Tu as participé à l'organisation de cette réunion débile et maintenant, tu ne veux pas y aller ?

— Je veux y aller. Je suis malade.

— Qu'est-ce qui se passe, les filles ?

Maman fronce les sourcils en me voyant encore au lit.

— Lève-toi, Blaise, dit-elle. Nous sommes attendus chez Mamie dans trente minutes.

— Je suis encore malade, comme hier soir.

Maman me touche le front.

— Tu as un peu de fièvre.

— Elle fait *semblant*, dit Teagan.

— Chut, répond Maman. C'est ton truc à toi de faire semblant, pas le sien.

Teagan me fait une grimace méchante.

— Tu es sûre de ne pas pouvoir venir, ma puce ? demande Maman. Tu avais tellement hâte d'y aller. Le photographe vient prendre une photo de toute la famille.

Elle est terriblement déçue quand elle réalise que je ne serai pas sur la photo, mais je ne peux pas me joindre à eux, même pas pour elle.

— Je suis désolée, Maman.

— Ce n'est pas grave. Tu n'as pas été malade depuis longtemps. Je suppose que cela devait arriver.

Je me sens deux fois plus coupable de lui avoir menti.

— Passe le bonjour à tout le monde et dis-leur que je suis désolée de rater ça.

— Je n'y manquerai pas.

Elle se penche pour m'embrasser sur la joue.

— Je peux t'apporter quelque chose avant de partir ?

L'idée de manger quoi que ce soit me donne une nausée infinie.

— Non, merci.

— Je te ramènerai des brownies de Mamie.

— Avec plaisir. Merci.

Je retiens ma bile qui remonte.

Maman quitte la pièce.

Teagan reste.

— Tu racontes n'importe quoi. Pourquoi tu fais semblant ?

— Je ne fais pas semblant.

— Si, et je vais découvrir pourquoi.

Elle quitte la pièce en trombe, me laissant l'estomac noué à l'idée qu'elle trouve pourquoi je ne participe pas à la réunion de famille.

Deux heures plus tard, mon téléphone sonne.

C'est Sienna.

— Salut, dis-je.

— Tu es à la réunion ?

— Je suis malade.

— Pour de vrai ?

— Oui.

Elle me semble être une étrangère après la façon dont elle a agi hier soir. Son premier réflexe a été de couvrir Ryder, pas d'aider Neisy. Je la déteste pour ça autant que je me déteste moi-même pour avoir été si faible que j'ai cédé à sa forte pression de pair.

— La nuit dernière était à chier, dit-elle.

— On peut dire ça comme ça.

Elle se racle la gorge.

— Je, euh… Tu ne l'as dit à personne, hein ?

— Non.

— Ah, dit-elle en expirant longuement. C'est bien. C'est bien.

— Ce n'est pas bien. Rien de tout cela n'est bien. Ryder l'a *violée*, Sienna.

— Ne dis pas ça ! Quelqu'un pourrait t'entendre.

— Il n'y a personne ici.

— Ne le dis quand même pas à voix haute.

— C'est mal. Tu le sais aussi bien que moi.

— En quoi est-ce mal de protéger quelqu'un avec qui on a grandi d'une personne qu'on ne connaît même pas ?

— C'est lui qui lui a fait ça, à *elle*, et non l'inverse.

— Elle a dû faire quelque chose pour lui en donner envie.

— Sienna...

Ai-je jamais su qui était cette fille, ne serait-ce qu'un peu ?

— Le viol n'est jamais la faute de la victime, ajouté-je. Dis-moi que tu le sais.

— Comment sait-on qu'ils n'avaient pas déjà fait ça avant ? C'est peut-être comme ça qu'elle aime ça. Un peu brutal.

J'ai encore plus la nausée qu'avant.

— Je dois y aller.

— Tu ne peux rien dire à personne. Tu m'as promis de ne rien dire.

J'ai envie de lui dire d'aller se faire foutre et au diable avec la promesse qu'elle pense que j'ai faite.

— Blaise… Dis-moi que tu comprends que tu ne peux rien dire. Personne ne le croirait.

— Ils le croiraient si on le disait toutes les deux.

— Je ne le ferai jamais. Ni maintenant, ni jamais.

— Comment peux-tu faire comme si tu n'avais pas été témoin d'un crime ?

Son rire brutal me frappe tel un poignard dans la poitrine.

— Un *crime* ? Qu'est-ce que tu racontes ? Deux ados en chaleur se sont amusés dans les bois, et tu veux appeler ça un *crime* ?

— C'est ce que c'était, et tu le sais.

— Je nierai avoir été là. Si tu dis quoi que ce soit, je le nierai.

— Comment peux-tu te moquer à ce point de ce qui lui est arrivé ?

— Elle n'est rien pour moi.

Elle me dégoûte. J'ai toujours su qu'elle pouvait être un peu superficielle, mais là, ça passe au niveau supérieur.

— C'est un être humain, dis-je.

— On a grandi avec lui. Il est l'un des nôtres. Pas elle. Ça ne vaut même pas la peine d'en débattre. D'ailleurs, si elle est intelligente, elle gardera le silence à ce sujet. Les gens la détestent déjà. Si elle essaie de s'en prendre à Ryder, ça ne se passera pas bien pour elle.

— À moins qu'un témoin ne soutienne son histoire.

— Tu n'oserais pas.

Je n'ai rien à répondre à cela.

— Dis-moi que tu ne diras rien, Blaise. Tu vas tout gâcher si tu le fais ! Tu ne te soucies pas du tout de moi ? Que dira Cam si ma meilleure amie accuse son frère d'un crime ?

— Mais son frère a commis un crime !

— Ce serait sa parole contre celle de Ryder, et personne ne la croira. Tout le monde sait qu'il est fou amoureux de Louisa.

— Si c'est vrai, pourquoi a-t-il attaqué Neisy ?

— Qui sait ce qu'elle a dit pour le pousser à bout ? Il a été tellement stressé à propos de Louisa. Peut-être que Neisy le draguait depuis des semaines, pour ce qu'on en sait. Elle l'a peut-être bien cherché.

Je pousse un cri, dégoûtée par ma soi-disant meilleure amie.

— Comment peux-tu dire ça ? Personne ne mérite d'être violé, Sienna.

— Tu as bien vu comment elle se comporte avec les garçons. Elle est toujours en train de les aguicher et de flirter avec eux.

— Elle pourrait se pavaner nue devant eux, qu'elle ne mériterait toujours pas d'être violée.

— Je ne parlerai plus de ça. Ferme-la ou sinon.

— Sinon quoi ?

— Sinon, il y aura des problèmes quand tout le monde te détestera pour avoir pris son parti plutôt que celui de Ryder.

Ça coupe.

Je n'arrive pas à croire qu'elle m'ait raccroché au nez, ni aux choses qu'elle a dites.

Une nausée intense me fait courir dans le couloir vers la salle de bains, où je suis à nouveau saisie de haut-le-cœur. Il ne reste plus rien dans mon estomac que de la bile qui me brûle la gorge et la bouche. Je pensais m'être sentie aussi mal qu'il était humainement possible après la mort de mon grand-père l'année dernière. Aussi terrible que cela ait été, ce n'était rien comparé à ceci.

Sienna a raison, et cela me révolte. Si je dis quelque chose ou si je prends la défense de Neisy, ma vie ne vaudra plus la peine d'être vécue dans cette ville. Tout le monde me haïra, même ceux des parents qui m'ont toujours considérée comme une bonne fille. Personne ne voudra entendre que Ryder a attaqué et agressé sexuellement Neisy. Et même si je me présentais pour soutenir son histoire, personne ne nous croirait.

Ryder est le fils que tout le monde aimerait avoir. Quand j'ai travaillé à l'épicerie de McChord l'été dernier, j'ai entendu des gens le dire. Il sera le premier de sa classe en juin prochain. Il est la star de plusieurs équipes sportives et est en bonne voie pour être nommé à l'Académie navale. L'une des femmes qui travaillaient avec moi à l'épicerie fine a demandé comment cela devait être d'avoir un fils qui réussit aussi bien à un si jeune âge. Elle avait dit pour rire que son fils à elle avait à peine réussi à passer le cap de la troisième.

Tout en moi tremble pendant que je réfléchis aux implications de faire la chose juste.

Tout le monde me détesterait, même mon propre frère.

Je laisse tomber ma tête sur mes genoux alors que des sanglots m'arrachent la poitrine.

Si vous m'aviez demandé avant-hier si j'étais le genre de personne qui fait toujours ce qu'il faut, j'aurais dit oui, absolument.

Maintenant, je sais que l'absolu n'existe pas.

Je me déteste autant que je déteste Ryder et Sienna. Je déteste savoir que des jeunes avec lesquels j'ai grandi et que je considérais comme des amis sont capables de telles choses.

Plus que tout, je déteste savoir que je vais devoir vivre avec ce que j'ai vu pour toujours. Je déteste qu'une jeune femme souffre après avoir été victime d'un crime hideux, et qu'il n'y ait pas la moindre chose que je puisse faire sans ruiner ma propre vie.

CHAPITRE 4

Neisy
LE PASSÉ

Ces dernières semaines ont été difficiles. J'ai du mal à quitter mon lit. J'ai été renvoyée du restaurant qui appartient au cousin de ma mère parce que j'ai manqué trop d'heures de travail. Pour la première fois, je suis reconnaissante d'avoir une mère alcoolique qui est tellement égocentrique qu'elle me remarque à peine.

Cependant, mon père doit rentrer à la maison plus tard dans la journée, et il verra ce que ma mère n'a pas vu. Lui et moi avons toujours eu une relation très proche, et même si j'ai répondu à tous ses messages quotidiens pendant son absence, dès qu'il jettera un coup d'œil sur moi il saura que quelque chose ne va pas du tout.

Une partie de moi espère qu'il comprendra qu'il s'est passé quelque chose de terrible.

L'autre partie redoute qu'il le sache.

Que lui dirai-je lorsqu'il exigera de savoir ce qui ne va pas ?

Il est bien conscient que la vie a été difficile pour moi ici et que c'était probablement une erreur de laisser ma mère le convaincre de m'installer dans sa ville natale pour mes deux dernières années de lycée pendant qu'il est en poste à Washington. Ma mère détestait être là-bas autant que je déteste être ici.

Les amis que j'avais en Virginie, avec lesquels je suis toujours en contact et que j'espère rejoindre à l'université de Virginie après une autre très longue année au Rhode Island, me manquent.

Je me languis de Kane, qui s'inquiète beaucoup pour moi. Même si des centaines de kilomètres nous séparent, il voit bien que je ne suis pas moi-même et il n'arrête pas de me demander ce qui ne va pas. Hier soir, il m'a demandé par texto si j'avais rencontré quelqu'un d'autre et si j'avais peur de le lui dire.

Non ! ai-je répondu. *C'est juste toujours la même merde ici. Ce n'est certainement pas par rapport à toi. Tu es le seul point positif de ma vie.*

J'aimerais que tu n'aies pas à rester là-bas. Pourquoi tu ne peux pas retourner à Washington avec ton père et aller à ton ancienne école ?

Parce qu'il est trop occupé pour gérer une adolescente, ou du moins c'est ce qu'il dit. Il travaille genre, douze heures par jour.

Pourtant, tu serais mieux là-bas que là où tu es.

Ça n'arrivera pas. J'ai perdu cette bataille il y a un an quand ils ont absolument voulu déménager ici.

Ils se faisaient des soucis à propos du groupe « d'intrépides » avec lequel je traînais en Virginie. J'ai essayé de leur dire qu'ils se trompaient au sujet de mes amis, que nous étions des adolescents ordinaires. Ils n'y ont pas cru. Lorsque mon père a pris le parti de ma mère de déménager au Rhode Island, je ne lui ai pas parlé pendant un mois.

J'ai bien vu que cela le contrariait vraiment, mais pas suffisamment pour le faire changer d'avis.

S'il savait ce qui s'est passé avec Ryder, il en perdrait la tête.

Il ne doit jamais l'apprendre.

En préparation de son arrivée au cours de la journée, je me force à me lever et à prendre une douche. Pour la première fois depuis des semaines, je soigne mon apparence en me séchant les cheveux et en me maquillant un peu pour cacher les cernes sous mes yeux. Je fixe mon reflet dans le miroir, comme si je regardais une étrangère. Qui est cette fille après ce qui lui est arrivé ?

L'injustice me prend aux tripes. Je suis dévastée, et lui vit sa vie dorée comme si de rien n'était. J'ai vu sur Facebook qu'il avait organisé sa collecte de fonds annuelle pour la famille de Louisa, ce qui a attiré une foule massive et permis de récolter près de cent mille dollars. Il a posté des photos de lui souriant jusqu'aux oreilles, son bras enroulé autour de sa jolie petite amie toute frêle, alors que leurs parents se tenaient à leurs côtés.

Son hypocrisie me rend malade.

A-t-il décidé de m'attaquer parce qu'elle n'est pas en mesure d'avoir des relations sexuelles avec lui ? Est-ce qu'il m'a choisie parce qu'il sait que les gens me détestent et que je n'oserais pas le dénoncer ?

Kane et moi attendions qu'il vienne me rendre visite le mois prochain pour faire l'amour, ce qui est une autre chose que Ryder m'a volée – ma première fois avec quelqu'un que j'aime vraiment. Maintenant, je ne peux pas imaginer faire ça, ni avec Kane ni avec qui que ce soit.

Jamais.

Ce qui était auparavant quelque chose que j'attendais avec impatience et un tout petit peu de crainte est maintenant devenu quelque chose qu'il faut éviter à tout prix.

Je veux que Ryder paie pour ce qu'il m'a pris.

Je suis en colère, blessée et terrifiée à l'idée qu'il ait pu me mettre enceinte. J'ai mes règles dans deux jours et si elles n'arrivent pas à temps, je ne sais pas ce que je vais faire.

Quelques heures plus tard, je fais semblant de lire un livre allongée sur mon lit, qui est fait pour la première fois depuis des semaines, quand mon père apparaît dans l'embrasure de la porte.

— Et voici ma petite.

— Salut, Papa.

Je me lève pour le serrer dans mes bras. Il est grand, brun et beau, et c'est ainsi que ma mère le décrit encore.

Dès que je sens son parfum familier lorsqu'il m'enlace, j'ai envie de craquer et de lui raconter toute l'histoire sordide.

Mais je ne peux pas.

Je ne peux tout simplement pas.

— Comment va ma fille préférée ?

— Toujours ta fille unique, que je sache.

Le va-et-vient du dialogue avec lui est l'une des meilleures choses de ma vie.

Son sourire s'estompe un peu, et il demande :

— Comment va ta maman ?

— Un peu plus mal que d'habitude.

— Comment est-ce possible ?

— Je n'en suis pas sûre.

Il se passe la main dans les cheveux, ce qu'il fait chaque fois qu'il est soit agacé, soit frustré. Je suis sûre qu'il est les deux en ce qui la concerne, elle.

— Je dois trouver une place pour elle dans un programme quelque part.

— Ça ne sert à rien tant qu'elle n'est pas prête.

Nous avons fait des recherches. Il y a un an, un établissement local était prêt à l'accueillir pour trois semaines de traitement intensif en milieu hospitalier, mais elle a refusé d'y aller. Nous avons découvert que nous ne pouvions pas l'y obliger. Elle a des droits.

Qu'en est-il de nos droits à nous ? avait demandé mon père à l'époque.

— Ronnie a appelé l'autre jour.

Mon estomac se tord.

— Il t'a appelé, *toi* ?

Ronnie est le cousin germain de ma mère. C'est le propriétaire du restaurant où je travaillais.

— Il s'inquiétait pour toi quand tu as cessé de venir au travail.

Il s'appuie sur le cadre de la porte, et ajoute :

— Ta mère ne répondait pas à ses appels et tu es restée vague sur ce qui se passait. Tu ne m'as pas dit que tu avais quitté ton travail. Je pensais que tu t'y plaisais.

— C'est vrai. Je veux dire que c'était le cas.

— Que s'est-il passé ?

— Je ne me sentais pas bien depuis quelques jours, et Ronnie s'est énervé quand je l'ai appelé.

— Il a dit que tu n'as jamais appelé. Tu ne t'es pas présentée sans prévenir, ce qui ne te ressemble pas non plus.

Putain, putain, putain. Je ne pensais pas que Ronnie lui parlerait.

— J'ai été un peu déprimée ces dernières semaines.

En entendant ça, il se redresse.

— Comme avant ?

— Peut-être. Un peu.

J'ai eu un épisode dépressif, comme on l'appelait à l'époque, en cinquième. Après plus d'un an de conseils intensifs et de médicaments que je prends toujours, j'ai commencé à me sentir à nouveau moi-même.

— Nous devons faire suivre cela. Il se peut que tu aies besoin d'un dosage différent maintenant que tu es plus âgée. Je vais prendre rendez-vous pour toi au dispensaire de la Marine.

— Merci, Papa.

— Tu aurais dû m'en parler, Neisy.

— Je ne voulais pas que tu t'inquiètes alors que tu es si occupé.

— Je ne suis jamais trop occupé pour toi, et tu le sais.

Il me regarde plus attentivement.

— Ça va mieux avec les jeunes en ville ? demande-t-il.

— Bof, lui dis-je. C'est comme ça.

— Je suis désolé que ce déménagement se soit transformé en un tel désastre pour toi, ma petite. Je déteste ça.

Oh, Papa, tu n'as pas idée…

— Ce n'est pas grave, dis-je.

Je veux le supplier de me ramener à Washington avec lui, mais il ne le fera pas. La plupart du temps, il partage le mois entre les deux endroits et ne me laisserait jamais seule là-bas quand il faut qu'il vienne ici.

— Il ne reste plus qu'un an, ajouté-je. Je vais y arriver.

Mais est-ce que je peux le faire ? Comment vais-je pouvoir retourner au lycée de Hope, le voir, l'autre, dans les couloirs et faire comme si rien ne s'était passé ? Pour lui, rien ne s'est passé. Pour moi, tout a changé, et c'est lui qui m'a fait ça.

— Neisy ? T'es partie où, là ?

— Nulle part.

— Je m'inquiète pour toi, ma petite.

— Il n'y a aucune raison de t'inquiéter.

— Laisse-moi aller prendre ce rendez-vous pour que tu te sentes mieux.

— D'accord.

Deux jours plus tard, mon père me conduit au dispensaire de la Marine. J'ai essayé de le dissuader de venir, mais il a insisté pour m'y conduire et m'a dit que nous pourrions aller déjeuner ensemble après.

Je me rends compte qu'il a pris un jour de congé pour cela et j'apprécie l'attention, même si j'ai peur de m'effondrer devant lui et d'avouer toute l'histoire.

J'en ai envie.

Je veux le lui dire.

Je veux le voir perdre la tête et faire de la vie charmante de Ryder l'enfer que la mienne est devenue.

Parce que c'est ce qu'il ferait.

Mais il devrait alors entendre que toutes les filles de l'école pensent que je suis une salope simplement parce que leurs petits amis me trouvent attirante. Il apprendrait qu'elles disent que j'ai baisé toute l'équipe de football universitaire et que j'ai des vues sur la prochaine équipe de basket, ou n'importe quelle autre connerie qu'elles inventeraient.

Je vois bien l'ironie de la situation. J'étais vierge jusqu'à ce que Ryder me dérobe cela, mais grâce à ces garces vipérines, personne ne le croirait.

— Tu veux que je vienne avec toi, ma petite ? demande Papa quand nous sommes dans la salle d'attente.

— Non, ça va. Je suis sûre que ça ne sera pas long.

— N'oublie pas de lui dire à quel point les médicaments t'ont aidée à te sentir mieux la première fois que c'est arrivé.

— Oui, oui.

— OK. Envoie-moi un texto si tu as besoin de moi.

— Denise ?

Personne ne m'appelle comme ça, alors c'est bizarre quand on le fait. Je me lève pour suivre le jeune médecin dans le dispensaire.

Heureusement, il laisse la porte ouverte lorsqu'il me pèse et prend ma tension, sinon je lui aurais dit de l'ouvrir. Je remarque que son regard se pose sur mes seins pendant qu'il prend mon pouls.

Je suis tentée de lui dire que mon père, capitaine de vaisseau, mettrait fin à sa carrière s'il le voyait me regarder de cette façon.

C'est une pensée que je n'aurais jamais eue avant que Ryder ne me viole. J'avais l'habitude d'apprécier discrètement l'attention que me portaient les garçons et les hommes. C'était avant que je ne découvre de quoi ils sont capables. Maintenant, je ne veux pas qu'ils me regardent, qu'ils m'imaginent nue ou qu'ils pensent à d'autres choses ignobles.

— Le docteur Cummings ne va pas tarder à arriver, dit-il en sortant.

Je pousse un soupir de soulagement et prie pour que le docteur Cummings soit une femme. Les médecins militaires font des rotations dans le dispensaire. On ne sait jamais qui on va voir.

Je ne veux pas d'hommes près de moi, même dans un endroit comme celui-ci, qui est censé être sans danger.

Existe-t-il un endroit sans danger ?

Le docteur Cummings est petite, blonde et très enceinte. Elle porte sa chemise d'uniforme kaki par-dessus son pantalon, sur son ventre rond. Je jette un coup d'œil à l'insigne doré sur son col. Lieutenant-commandant. Mon papa serait fier. À six ans, je connaissais déjà tous les grades.

— Bonjour Denise. Je suis le docteur Cummings. Comment allez-vous ?

Elle va au lavabo pour se laver les mains.

— Bien.

Elle utilise du papier absorbant pour s'essuyer les mains et s'assoit sur un tabouret.

— Qu'est-ce qui vous amène aujourd'hui ?

— Je me sens un peu déprimée ces derniers temps.

— Cela vous est-il déjà arrivé ?

— Quand j'avais douze ans. Depuis, je prends des médicaments. Mon père pense qu'il faut peut-être ajuster la dose.

— Laissez-moi regarder ce que vous prenez maintenant.

Elle clique sur mon dossier et récite le nom et le dosage actuel de mon ordonnance.

— Nous pourrions essayer d'ajouter dix milligrammes par jour pour voir si cela peut aider.

— D'accord.

— Y a-t-il eu des changements dans votre régime alimentaire ou votre activité physique au cours des dernières semaines, ou autre chose qui se passe ?

J'ai à peine mangé ou quitté ma chambre depuis trois semaines, mais je ne peux pas lui dire cela.

— Non.

Est-elle formée pour savoir ce qui s'est passé rien qu'en me regardant ? Je veux m'enfuir, mais si je le fais, où irai-je ? Comment vais-je expliquer mon comportement au médecin ou à mon père ? Je suis au bord de l'hyperventilation, et tout ce qu'elle a fait, c'est taper des trucs sur un ordinateur.

— Ça va ? me demande-t-elle, les sourcils froncés par l'inquiétude.

— Je suis juste… nerveuse.

J'ai tellement envie de lui dire la vérité, mais quand je pense à la méchanceté dont ces filles ont fait preuve à mon égard, je ne peux pas. Personne ne me croirait et les choses ne feraient qu'empirer.

— Respirez profondément et essayez de vous détendre. On va juste parler, d'accord ?

— Hm-hm.

— J'ai un questionnaire que je donne systématiquement et qui couvre des sujets standard.

Je réponds à un tas de questions sur ma santé : âge des premières règles, règles les plus récentes et dépistage complet de la dépression, que j'ai déjà subi. Les questions me rappellent des souvenirs de l'époque où je me sentais si mal que je me demandais comment je pouvais encore être en vie. Je ne savais pas alors qu'il était possible de sombrer davantage.

— Y a-t-il une chance que vous soyez enceinte ?

J'ai envie de mourir sur-le-champ. Peut-elle voir si je le suis, et saura-t-elle si je mens ?

— Ne vous inquiétez pas, Denise. Vous pouvez me parler.

Comme si un barrage venait de céder, je me mets à pleurer si fort que je ne peux ni respirer ni penser. Je ne peux que sangloter.

Elle se tient à mes côtés, me prenant la main alors que le tsunami émotionnel me submerge. Je suppose que ce n'était qu'une question de temps avant que tout ne se brise.

— Je vais vous chercher de l'eau.

Elle me tend un autre mouchoir, et dit : Je reviens tout de suite.

Lorsqu'elle réapparaît avec un gobelet d'eau en plastique, elle me frotte le dos et tient le verre pendant que je bois quelques gorgées.

— Je suis désolée, dis-je.

— Ne le soyez pas. Comment puis-je vous aider ?

— Vous ne pouvez pas. Personne ne le peut.

— Ce n'est pas vrai.

Un rire amer m'échappe, et j'éponge mes larmes avec un troisième mouchoir en papier.

— Dans ce cas, si, dis-je.

— J'ai constaté qu'il est utile de parler de tout ce qui vous pèse. Lorsque vous le partagez avec quelqu'un qui peut vous aider, vous vous libérez d'une partie de votre fardeau.

Ses mots m'enveloppent comme une couverture chaude. J'ai tellement envie d'en parler à quelqu'un, mais je suis terrifiée par les conséquences.

— Seriez-vous obligée de dire à mon père tout ce que je pourrais dire ici ?

— Absolument pas. C'est entre nous, mais je peux vous encourager à lui parler, à lui ou à quelqu'un d'autre qui peut vous aider.

— Suis-je enceinte ?

— Je ne peux pas le dire avec certitude sans faire d'autres tests.

Un sanglot jaillit de ma poitrine alors que mes pires craintes se réalisent.

— Peut-on tomber enceinte la première fois ?

— Oui.

Ce n'est pas ce que je voulais entendre. Cela fait des semaines que je suis tentée de poser cette question à Google, mais j'avais peur de la réponse. Les cours de santé qui traitaient de ces questions remontent à des années maintenant, et je ne me souviens plus des détails. D'ailleurs, je n'ai jamais eu besoin de connaître ces détails auparavant.

— Vous avez une relation avec quelqu'un ?

— Oui, mais il vit en Espagne.

Elle ne répond pas à cela, espérant sans doute que j'en dise plus.

— Ce… Ce qui s'est passé… Ce n'était pas…

Je n'arrive pas à parler ou à respirer à cause de la vague d'émotion qui me prend à la gorge.

— Denise, avez-vous été violée ?

Nous y voilà. Le moment de vérité. Si je le lui dis, ce ne sera plus jamais seulement mon secret – et celui de Ryder. Quelqu'un d'autre le saura.

Elle continue de passer sa main en cercles apaisants sur mon dos.

— Vous êtes ici en sécurité. Tout ce que vous me direz restera confidentiel, à moins que vous ne le vouliez pas.

— Devrez-vous le signaler à la police ?

— Seulement si c'est ce que vous voulez que je fasse.

Un autre long moment de silence s'écoule avant que je ne puisse plus me retenir.

— J'ai été violée. Il y a trois semaines.

— Connaissez-vous la personne qui vous a agressée ?

J'acquiesce.

— Nous allons à l'école ensemble.

Je n'arrive pas à croire le profond soulagement que je ressens de savoir que quelqu'un d'autre est au courant de ce qui m'est arrivé.

— Et c'était votre première fois ?

— Euh… oui…

— Je suis vraiment désolée que cela vous soit arrivé, Denise.

— Mes amis m'appellent Neisy.

— Neisy.

Elle me donne d'autres mouchoirs au fur et à mesure que j'en ai besoin.

— Avez-vous été blessée ?

— Je crois que… Peut-être. J'ai eu mal longtemps après.

— Accepteriez-vous un examen pour que je puisse m'assurer que vous avez bien cicatrisé ?

— Je ne… je ne pense pas pouvoir le faire.

— Ce n'est pas grave. Ça peut attendre.

— Que… qu'est-ce que je dois faire ?

— Je ne peux pas vous le dire.

— Que feriez-vous ?

— Je voudrais qu'il paie pour ce qu'il m'a fait.

— Personne ne me croirait. C'est le meilleur ami de tout le monde, un athlète et un étudiant de haut niveau. Il a soutenu sa petite amie de longue date pendant son traitement contre le cancer. Je suis nouvelle à l'école depuis l'année dernière, et ils me détestent tous. Ce serait ma parole contre la sienne.

— Si vous êtes enceinte, l'ADN du bébé confirmera votre histoire.

Je n'y avais pas pensé, et pour la première fois, je ressens une étincelle d'espoir que je puisse obtenir justice pour ce qui m'a été fait. Mais ensuite, je pense à ce qui se passerait si j'accusais Ryder Elliott de m'avoir violée, et je me recroqueville en une boule d'effroi.

— Je ne peux pas le dénoncer. Je ne peux pas. Ce serait un cauchemar.

— Vous êtes la victime d'un crime, Neisy, un crime qui n'était pas du tout de votre faute.

— Les filles de mon école diraient que je l'ai bien cherché. Elles ont décidé dès le premier jour que j'étais une salope, et depuis, elles ne cessent de dire des choses horribles sur moi.

— Je suis désolée que vous ayez eu à faire face à cela.

Je hausse les épaules.

— La plupart du temps, je me fiche de ce qui se dit parce que je connais la vérité. Mais là… ce serait différent. Ils ont grandi avec lui. Ils le défendraient et diraient que c'est impossible. Ils me feraient passer pour une pute et diraient que je l'ai bien mérité.

Je frissonne rien que d'y penser.

— Toutes ces choses pourraient arriver, mais vous l'obligeriez à se défendre contre les accusations au tribunal. Même s'il est acquitté, l'accusation resterait à jamais gravée dans sa mémoire. Vous pourriez aussi découvrir que vous n'êtes pas la seule personne qu'il a attaquée.

Cette possibilité ne m'est jamais venue à l'esprit.

— Ou alors, vous êtes la première, mais peut-être pas la dernière.

Une poussée de bile provenant de mon estomac me brûle la gorge et me donne envie de vomir.

Elle me tend le verre d'eau et j'en bois plusieurs gorgées avec précaution.

Quelqu'un frappe à la porte.

Elle va répondre.

— Le père de votre patient demande si tout va bien.

— Dites-lui que nous avons besoin de quelques minutes supplémentaires.

— Tout de suite.

Elle ferme la porte et s'y adosse.

— Si vous voulez, je peux faire un test de grossesse, pour qu'on soit sûres dans un sens ou dans l'autre.

— En quoi ça consiste ?

— Un échantillon d'urine.

— Euh, d'accord. Je suppose.

— Prenez une minute et retrouvez-moi dans mon bureau, de l'autre côté du couloir. J'aurai tout préparé pour vous.

— Je peux vous demander quelque chose ?

— Tout ce que vous voulez.

— Si je suis enceinte, dois-je arrêter mon traitement ?

— Non, nous ne le recommandons pas.

— Oh, c'est bien. D'accord.

— Je serai en face de l'autre côté du couloir.

Une fois qu'elle a quitté la pièce, je me dirige vers le lavabo et me passe de l'eau froide sur le visage. Je prends ensuite deux minutes entières pour respirer avant d'ouvrir la porte et de traverser le couloir jusqu'à son bureau.

— Vous savez comment faire un prélèvement d'urine ?

J'acquiesce.

— J'ai eu des infections de la vessie quand j'étais plus jeune.

Elle me tend la lingette antiseptique et le récipient.

— Les toilettes sont deux portes plus loin sur la gauche. Je vous attendrai ici.

La possibilité que je sois enceinte est trop lourde à envisager.

Et si Kane ne croit pas que j'ai été violée et pense que je l'ai trompé? Comment pourrai-je lui parler de tout cela ? M'aimera-t-il encore lorsqu'il l'apprendra ? La possibilité qu'il ne m'aime plus est plus que je ne peux supporter. Il est mon roc et mon meilleur ami face à tout ce qui se passe depuis quatre ans. Même si des centaines de kilomètres nous séparent, nous sommes toujours les meilleurs amis du monde.

Je l'aime.

Je ne peux pas le perdre.

Les larmes coulent sur mes joues pendant que je m'applique à fournir l'échantillon.

Je me lave les mains et regarde mon reflet ravagé dans le miroir.

Mon père va savoir qu'il s'est passé quelque chose de terrible.

Chaque chose en son temps, Neisy.

Je remets l'échantillon au médecin.

— Assoyez-vous. Je reviens tout de suite.

Lorsqu'elle revient dix minutes plus tard, je devine à son expression que le test est positif.

Mon cœur se serre et je suis envahie par le désespoir.

— Que dois-je faire maintenant ?

— C'est à vous de décider, personne d'autre.

— Comment ça peut dépendre de moi ? Je ne sais pas quoi faire à propos de tout ça, moi.

— Votre père serait-il prêt à vous aider ?

— Il mourra s'il apprend que je suis enceinte, et il voudra tuer la personne qui a fait ça.

— Mais il ne le fera pas.

— Je ne sais pas. Il pourrait.

— J'ai deux enfants, et dans cette situation, ma première pensée serait pour le bien-être de mon enfant et pour m'assurer qu'elle a le soutien dont elle a besoin pour traverser cette épreuve.

— Et s'il ne me croit pas au sujet de ce qui s'est passé ?

— Pourquoi ne le croirait-il pas ? Lui avez-vous déjà menti ?

— Une fois. En CM2. J'ai dit que je n'étais pas là quand les élèves faisaient des canulars téléphoniques, mais ils avaient ma voix sur un enregistrement. Il lui a fallu beaucoup de temps pour s'en remettre.

— Vous étiez beaucoup plus jeune à l'époque. Lui avez-vous menti depuis ?

— Pas une fois. J'étais tellement triste de voir que je l'avais déçu la première fois. Je ne veux plus jamais qu'il ressente cela.

— Je suis sûre qu'il a vu les efforts que vous avez faits pour être honnête.

Haussant les épaules, je dis :

— Je suppose. Il est souvent parti en déploiement et tout ça.

— Et votre mère ?

— Elle a quelques problèmes. Elle, euh… Elle boit. Beaucoup.

— Je vois.

— Vous ne lui direz jamais que j'ai dit ça, n'est-ce pas ?

— Jamais. Nos conversations sont confidentielles.

— Ah, d'accord. Merci. Ça la mettrait en colère. Elle n'aime pas en parler.

— Voulez-vous que je demande à votre papa de venir pour que nous puissions lui parler ensemble ?

— Vous feriez ça ?

— Bien sûr. Tout ce dont vous avez besoin, Neisy. Je suis là pour vous.

— Vous devez avoir d'autres patients. Ils vous attendent.

Je cherche toutes les raisons possibles pour ne pas avoir à le dire à mon père.

— J'ai demandé à mes collègues de me remplacer pour que je puisse vous aider.

Sa gentillesse me fait à nouveau fondre en larmes.

— C'est très gentil de votre part.

— Pas de problème.

Je suis sûre que ce n'est pas vrai, mais j'apprécie cette gentillesse qui me donne le courage de passer à l'étape suivante.

— Je suppose qu'il faudra bien que je le dise à mon papa à un moment ou à un autre.

Autant que le médecin soit là pour m'aider.

— Je vais lui demander d'entrer.

— Allez-vous... allez-vous lui demander de ne pas paniquer ? Ça n'aidera pas.

— Je vais faire ça.

Elle quitte la pièce et, quelques minutes plus tard, j'entends le murmure de voix dans le couloir, dont l'une que je reconnais comme étant celle de mon père.

— Qu'est-ce qu'elle a ? demande-t-il, d'une voix plus forte.

— Elle aimerait vous parler de quelque chose de difficile, et elle vous demande de ne pas réagir tant qu'elle ne vous aura pas tout dit.

— Qu'est-ce que c'est que cette histoire ? Où est-elle ?

— Par ici.

Le médecin entre, suivi de mon père, qui s'arrête net à la vue de mon visage rouge et bouffi.

— Neisy. Ma puce. Qu'est-ce qui se passe ?

— Voulez-vous vous asseoir, Capitaine Sutton ?

Il n'en a pas envie, mais il prend le siège à côté du mien et me tend la main.

— Quoi que ce soit, ma petite, on va s'en sortir.

Cela fait couler encore plus de larmes le long de mes joues.

— Ma puce, tu me fais peur. Qu'est-ce qui ne va pas ?

Je me tourne vers le médecin, qui hoche la tête en signe d'encouragement.

— Il y a quelques semaines, dis-je doucement, je suis allée à une fête à Land's End avec des jeunes de l'école. C'était chez Houston. Tu te souviens de lui, du restaurant ?

— Bien sûr que je m'en souviens. C'est un jeune sympa.

— Oui, c'est vrai. Normalement, je ne vais pas à ce genre de choses parce que, eh bien, tu sais... Mais c'est mon ami, et je voulais y aller.

Je prends un mouchoir en papier dans la boîte que le médecin me tend sur son bureau et je m'essuie les yeux avant de continuer.

— Pendant que j'étais là, un autre jeune que je connais de l'école m'a dit qu'il voulait me parler de sa petite amie, que je connais depuis une de mes classes de l'année dernière. Elle a été très malade et je voulais savoir comment elle allait. Je l'ai accompagné dans ce chemin à l'écart des autres. Je, euh... Il a dit des choses sur la façon dont je le regarde, qui n'étaient pas vraies. Puis il m'a poussée et...

— Oh non, Neisy, dit mon père dans un long soupir.

— Je suis tellement désolée, Papa, dis-je, des sanglots secouant mon corps. Je jure que je n'ai jamais rien fait pour l'encourager.

Ses bras m'entourent si vite que je les vois à peine arriver.

— Chut, ce n'est pas de ta faute. Tu n'as rien fait de mal.

Alors que je respire son odeur familière et que je me blottis dans la chaleur de son étreinte, je suis à nouveau soulagée, parce qu'il sait et qu'il me croit.

— Qui est-ce ?

— Je ne veux pas te le dire.

— Denise a peur que vous lui fassiez du mal.

— Je jure sur ta vie que je ne lui ferai pas de mal physiquement.

Je suis bien consciente qu'il ne pourrait rien dire qui lui coûterait plus. J'ai toujours su que je suis la chose la plus importante dans sa vie.

— Ryder Elliott.

— Le joueur de football ?

Il a l'air aussi choqué que moi quand c'est arrivé.

— Ouais.

Au médecin, il dit :

— Êtes-vous obligée de faire un rapport ?

— Pas sans le consentement de Denise, et elle craint que ce soit sa parole contre la sienne. C'est arrivé il y a plusieurs semaines.

— Il n'y a donc aucune preuve.

— Il y a peut-être une preuve.

Elle se tourne vers moi pour le confirmer.

Il se penche en arrière pour voir mon visage.

— Quelle preuve ? demande-t-il.

— Je suis enceinte.

Pour le reste de ma vie, je n'oublierai jamais l'expression de son visage lorsqu'il a fini par comprendre cette phrase. C'est une expression de choc total que je n'ai jamais vue avant ou depuis.

— Enceinte.

— Oui, dit le médecin, et l'ADN du bébé pourrait être utilisé pour confirmer les dires de Denise à partir d'environ neuf à douze semaines de grossesse.

Mon père laisse tomber sa tête dans ses mains.

— Je suis vraiment désolée, Papa.

Il se ressaisit et me regarde avec une expression féroce.

— Je ne veux pas que tu sois désolée. On t'a fait ça, et je vais m'en occuper.

— Comment ?

— Ce n'est pas à toi de t'en soucier.

— Si, ça l'est ! C'est ma vie. Tu ne peux pas faire ta propre loi et m'en exclure.

— Je vais parler au père de Ryder pour commencer.

— Si je peux me permettre…

Il lève les yeux vers le médecin.

— Je suggère que vous parliez d'abord à la police, mais seulement si Denise est d'accord avec ce plan.

Ils se tournent tous les deux vers moi.

Nous y voilà. Un autre moment de vérité. Si je rends ces accusations publiques, je serai dénigrée comme je ne l'ai jamais été auparavant.

Mais en quoi cela sera-t-il différent de la façon dont ils me traitent maintenant ? Ce ne sera pas différent. Houston est le seul véritable ami que je me suis fait ici, et il vient d'obtenir son diplôme et un poste d'officier de police dans la banlieue de Boston. Il ne sera plus là pour m'aider à gérer ma dernière année de lycée ni rien d'autre après que tout cela ait explosé.

C'est à moi de décider.

Est-ce que je veux que Ryder paie pour ce qu'il m'a fait ?

Oui, putain.

Est-ce que je me soucie des conséquences ?

Pas autant que je le devrais.

— Je pense que j'aimerais le signaler à la police.

— Alors c'est ce qu'on va faire, dit Papa.

CHAPITRE 5

Blaise
LE PASSÉ

Je suis à moitié endormie quand mon téléphone explose de textos vers dix heures et demie. Toutes les personnes que je connais me demandent si je suis au courant que Neisy a accusé Ryder de l'avoir violée.

Je me redresse dans le lit et je fais défiler les messages avant de passer à Facebook où les filles de l'école la traitent déjà de menteuse.

Jamais de la vie Ryder ne la toucherait, dit Brooke dans un post chargé d'émotion. *Tout le monde sait qu'il est amoureux de Louisa et qu'il n'a jamais regardé une autre fille depuis qu'ils sont ensemble. Neisy ment. Ne la croyez pas. Ryder est innocent !*

Mon frère est innocent de ces accusations ignobles, écrit Cam. *Ne croyez pas tout ce que vous disent les gens qui cherchent toujours à attirer l'attention. #JusticepourRyder*

Sérieusement ? écrit Sienna. *Elle doit se faire des illusions pour penser qu'il s'approcherait d'elle. #JusticepourRyder*

Ses paroles me frappent comme une pointe au cœur. Elle *sait* que Neisy dit la vérité, mais elle soutient publiquement Ryder, même après l'avoir vu faire.

Je suis à nouveau malade, comme je l'étais quand c'est arrivé, d'autant plus que d'autres jeunes s'en mêlent, disant des mots cruels sur Neisy.

La porte de ma chambre s'ouvre et Arlo entre, les yeux fous.

— Tu as entendu la nouvelle ?

— Oui.

— *Qu'est-ce qu'elle croit qu'elle fait, là, putain ?*

— Je, euh, je ne sais pas.

J'ai tellement envie de lui dire que j'ai tout vu.

Pendant des années à venir, je me demanderai pourquoi je ne l'ai pas fait.

Sur le moment, je n'arrive pas à faire passer les mots qui changeraient tout pour nous deux à travers le nœud serré à l'extrême dans ma gorge.

— Elle raconte n'importe quoi ! Tout le monde sait ce qu'il ressent pour Louisa. Mais bordel, à quoi elle pense ? T'as entendu dire que Louisa allait être placée en unité de soins palliatifs ? Elle ne répond pas au traitement et les médecins ne peuvent plus rien faire pour elle. Comme si Ryder et elle n'avaient pas assez de soucis comme ça.

Mon cœur se serre.

— Je ne savais pas. C'est terrible.

— Honnêtement, je ne sais pas ce qu'ils peuvent supporter de plus. Papa dit que le père de Neisy fait des pieds et des mains avec la police, et exige qu'ils arrêtent Ryder.

— Est-ce qu'ils vont le faire ?

— Je n'en sais rien. J'ai entendu dire qu'il pourrait y avoir des preuves, mais je n'y crois pas. Je n'y croirai jamais.

Il me regarde maintenant avec des yeux enflammés.

— Nous le défendrons de toutes les manières possibles, ajoute-t-il, à commencer par un rassemblement à l'école demain pour tous ceux qui croient en lui. Il n'est pas question de laisser quelqu'un comme elle le ruiner. Je te donnerai les détails quand je les aurai.

Arlo est parti aussi vite qu'il est arrivé, ayant des choses à faire pour soutenir son meilleur ami.

Je cours à la salle de bains pour vomir, ce qui s'est produit presque tous les jours depuis cette nuit-là. J'ai perdu treize kilos que je n'avais pas à perdre, et ma mère me demande ce qui ne va pas.

Rien ne va.

Rien du tout.

Je ne sais pas comment vivre avec ce secret dont je ne peux rien faire. Si je dis la vérité, tout le monde me détestera, y compris mon propre frère et ma désormais ex-meilleure amie. Je n'ai pas de nouvelles de Sienna depuis la nuit où elle m'a appelée et m'a répété de me taire, sinon. Ça me va parce que son comportement me révolte, mais ça me manque d'avoir quelqu'un à qui parler, surtout en ce moment. Il n'y a certainement personne d'autre à qui je puisse parler de cela.

J'ai pensé à me confier à Teagan. Il y a eu un moment, il n'y a pas si longtemps de cela, où nous étions proches. C'était avant qu'elle ne décide qu'être une rebelle était plus important qu'être une sœur digne de ce nom. Elle m'accorde à peine un instant maintenant, mais si j'allais la voir et lui racontais ce qui s'est passé, j'aime à penser qu'elle serait là pour moi.

Et si ce n'était pas le cas ? Et si elle se retournait contre moi et me traitait de menteuse ou disait aux gens que j'ai inventé une histoire folle à propos de Ryder ? Qu'arriverait-il après ?

Je ne peux pas prendre ce risque. J'ai encore une année à passer à HHS, et être traitée en paria n'est pas la façon dont je veux passer ma dernière année.

Tout de suite après, mes pensées reviennent à Neisy et à ce qu'elle doit endurer. Je me sens à nouveau malade. J'aimerais être assez forte pour me sacrifier, et sacrifier mes relations avec ma famille et mes amis, sans parler des ennuis que j'aurais si j'avouais où j'étais cette nuit-là, pour faire ce qui est juste.

Mais je ne le suis pas.

Une personne bienveillante parlerait, dirait la vérité, quelles que soient les conséquences pour elle. La conscience soudaine de ne pas être une bonne personne comme j'ai toujours cru l'être, pèse sur mon âme. Avant cela, il ne m'était jamais venu à l'esprit que je pourrais être témoin d'un crime violent et ne dire à personne ce que j'avais vu.

Je me demande pourquoi Neisy a décidé de porter plainte tant de semaines après les faits. S'est-il passé quelque chose d'autre ? Et comment son père l'a-t-il découvert ? J'espère que la police arrêtera Ryder. Je me sentirais beaucoup mieux, même si ce serait toujours sa parole contre celle de Neisy. Arlo a mentionné des preuves. J'aimerais bien savoir de quoi il s'agit.

Rien ne me ferait davantage plaisir que de la voir gagner contre lui.

De retour dans ma chambre, je prends mon téléphone pour faire défiler les commentaires haineux en ligne, tous contre cette étrangère qui a accusé l'un des nôtres d'un crime inqualifiable.

Les commentaires sont cent pour cent en sa faveur à lui et sur le rôle énorme qu'il a joué dans notre classe et dans nos vies. C'est le délégué de notre classe depuis que nous sommes en quatrième, sans parler de ses nombreuses victoires sur le terrain sportif et en classe.

Tout le monde sait maintenant qu'il se destine à une carrière d'officier de marine.

Les accusations de Neisy vont-elles faire échouer sa nomination ?

Teagan frappe une fois avant d'entrer dans ma chambre.

— Connais-tu cette fille qui accuse Ryder ?

Ce sont les premiers mots qu'elle me dit depuis des jours.

— Un peu. Elle est dans notre classe.

— Tu penses qu'il a pu le faire ?

Je hausse les épaules, ayant déjà décidé que je ne pouvais pas lui faire confiance.

— Il est probablement en manque parce que Louisa est malade depuis si longtemps.

— C'est dégoûtant, Teagan.

— C'est vrai. Je ne serais pas surprise qu'il se soit fait un tas de gens dans son dos.

— Un viol, ce n'est pas se faire quelqu'un.

— Alors tu penses qu'il l'a fait ?

— Comment je pourrais le savoir ?

— Il ne l'a pas fait, Teagan, crie Arlo derrière elle. Et il vaut mieux que je ne t'entende plus jamais dire ça.

— Calme-toi, frérot. Je demandais juste à Blaise ce qu'elle en pensait.

— Peu importe ce que pensent les gens. Moi, je le *connais*. Je connais la vérité. Quiconque dit le contraire est mort pour moi, tu m'entends ?

— Je t'entends, dit Teagan d'un ton blasé. Qu'est-ce que ça peut me foutre de toute façon ? Pour moi, il n'est rien.

— C'est mon *meilleur ami*, et ça pourrait ruiner sa vie. Alors, excusez-moi si ça me touche.

— Qu'est-ce qui se passe ? demande Maman dans le couloir.

Arlo lance un regard noir à notre sœur.

— Teagan parle de choses dont elle ne sait rien, dit-il.

— Tais-toi, va, Arlo. J'ai simplement demandé à Blaise si elle pensait qu'il l'avait fait.

— Et j'ai simplement dit de la fermer.

— Ça suffit, Teagan. C'est bouleversant pour Arlo et Blaise. Ils sont amis avec Ryder.

— Je ne le suis pas, dis-je.

C'est important pour moi de le dire à qui veut bien l'entendre.

Arlo me regarde avec incrédulité.

— Tu as grandi avec lui, Blaise. Tu n'es peut-être pas sa meilleure amie, mais tu es obligée de le défendre contre une étrangère qui essaierait de gâcher sa vie.

— Personne n'est obligé de faire quoi que ce soit, Arlo, dit Maman. Fais ce que tu dois faire, et Blaise peut faire ce qu'elle veut.

— Tu nous as prêché la loyauté toute notre vie, Maman, dit Arlo au bord des larmes. Il est des *nôtres*. Il a pratiquement grandi dans cette maison. Comment peut-on douter de lui une seconde ?

— Je ne doute pas de lui, dit Maman, mais je ne le connais pas non plus aussi bien que toi, alors tu ne peux pas t'attendre à ce que je sois aussi certaine que toi.

— Tu le connais ! Tu as contribué à l'élever, ainsi que Cam, de la même manière que ses parents ont contribué à m'élever, moi.

— En effet, mais je n'ai aucune idée de la façon dont il se comporte quand les parents ne regardent pas.

J'ai envie de lui faire un check quand elle dit cela. Au lieu de cela, mes mains forment des poings et je fais le geste dans ma tête.

— Je n'arrive pas à y croire, dit Arlo. Vous me décevez beaucoup.

— Il faut que tu prennes une grande inspiration, Arlo, dit Maman, et que tu réfléchisses à ce qui pousse cette jeune femme à dire une telle chose si ce n'est pas vrai. Qu'est-ce qu'elle a à y gagner ?

— La vengeance.

Le ton grave et sinistre d'Arlo me fait froid dans le dos.

— Les gens l'ont maltraitée depuis qu'elle a débarqué de nulle part à l'école, dit-il, et c'est sa façon de nous faire payer.

Nous le regardons toutes les trois avec stupéfaction.

— C'est de la folie, dit Maman. Cela va ruiner sa vie en même temps que celle du jeune homme. Pourquoi se mettrait-elle à l'accuser d'une telle chose simplement pour se venger des gens qui l'ont dénigrée ?

— Parce qu'elle sait maintenant ce qu'il représente pour nous, dit Arlo avec férocité. Si vous n'êtes pas capables de le soutenir comme vous le feriez si ça m'arrivait à moi, alors je n'ai rien d'autre à vous dire.

Il part en trombe dans sa chambre, et claque la porte.

— Il a raison, dit Teagan. Ryder a grandi dans cette maison, et nous lui devons notre soutien et notre loyauté.

Maman ne semble pas si sûre, mais elle ne le dit pas.

Teagan va dans sa chambre et ferme la porte.

Maman entre dans ma chambre et tire la porte.

— Je veux te parler. Qu'est-ce qui se passe, Blaise ? Et ne dis pas que ce n'est rien. Tu n'es sortie de ta chambre que pour aller travailler et tu ne manges pas. Tu sais ce que je pense de cela.

Elle a lutté contre l'anorexie à l'adolescence et est vigilante avec nous.

— C'est juste que je me sens mal ces derniers temps, lui dis-je. Je ne sais pas trop pourquoi.

— Si tu ne recommences pas à manger et à participer à la vie, je vais faire appel au médecin. Même Junie s'inquiète pour toi. Je ne permettrai pas que cela arrive à l'une de mes filles. Tu m'entends ?

— Oui, je t'entends. Je suis désolée de te donner des soucis.

Et je suis désolée d'entendre que ma petite sœur s'inquiète pour moi.

Maman m'embrasse sur le front.

— Tu ne m'as jamais donné de soucis. Ne commence pas maintenant, d'accord ?

Je force un sourire.

— OK.

— Je t'aime, mon chou.

— Je t'aime aussi, Maman.

— Repose-toi. Je te verrai demain matin.

Après son départ, je me remets au lit et je recommence à scroller, lisant l'un après l'autre les commentaires orduriers sur Neisy, ses motivations, sa réputation de salope et toutes les autres choses hideuses que les gens trouvent à dire sur elle.

J'ai toujours su qu'elle ferait quelque chose comme ça, écrit l'une des méchantes filles nommée Abby. *On l'a vu venir à des kilomètres à la ronde. Elle a choisi de s'en prendre à la mauvaise équipe. Nous te soutenons, Ryder. #JusticepourRyder*

Mon cœur se serre pour Neisy.

J'aimerais avoir quelqu'un qui me dise quoi faire.

Je pourrais aller voir un conseiller scolaire ou un thérapeute, mais je me souviens du cours que nous avons suivi sur le rôle des conseillers en cinquième ou en quatrième. La loi les obligerait à signaler que j'ai été témoin d'un crime, donc ce n'est pas une option.

Il n'y a personne à qui je pourrais parler qui garderait cette information confidentielle, et comme je ne supporterais pas que tous ceux que je connais me détestent plus que je ne me déteste déjà moi-même, je suis obligée de garder le silence.

Même si cela me tue.

Neisy
LE PASSÉ

Rien dans ma vie, même l'enfer de l'année qui vient de s'écouler, n'aurait pu me préparer à ce qui se passe après que nous signalons l'attaque à la police. Avant que je n'aie le temps de dire à Kane ce qui arrive, mon téléphone explose de textos provenant de numéros que je ne reconnais pas, me traitant de tous les noms, de pute à menteuse, et menaçant de me faire du mal, à moi et à ma famille.

L'un d'entre eux m'encourage à me tuer avant que quelqu'un d'autre ne le fasse à ma place.

Mon père signale les menaces aux policiers.

Ils amènent Ryder au poste pour l'interroger et le relâchent lorsqu'ils se rendent compte qu'il s'agit de sa parole contre la mienne. Il nie m'avoir attaquée et prétend que je le drague depuis des mois, et qu'il est bien plus préoccupé par la santé déclinante de sa petite amie que par le fait de voir d'autres filles.

Facebook s'enflamme, disant que je l'ai arraché à Louisa quand elle en avait le plus besoin, ce qui fait de moi une encore plus grosse pute que je ne l'étais déjà.

Les cousins les plus proches de ma mère, qui sont amis avec les Elliott, lui envoient un texto pour lui dire qu'elle et moi sommes mortes pour eux après cela, et comment ai-je pu oser inventer un tel mensonge à propos de Ryder ? Cela fait des jours que Maman est ivre depuis qu'elle a reçu ce message.

Je me sens étrangement éloignée de tout cela, comme si je flottais au-dessus de la mêlée en regardant tout cela arriver à quelqu'un d'autre. S'il y a une bonne nouvelle, c'est que mon père a accepté que je ne retourne plus jamais au lycée de Hope après ça. Il a dit qu'il était en train de s'organiser pour que je retourne dans mon ancienne école en Virginie pour ma dernière année. Mais même cela ne sera peut-être pas possible, car je suis sûre que la rumeur de mes problèmes ici me suivra où que j'aille.

Et puis il y a la question du bébé que je porte, qui prouvera que je n'ai pas menti sur ce que Ryder m'a fait, une fois que j'aurai atteint les neuf ou dix semaines. Je ne veux pas penser à ce qu'implique l'obtention de l'ADN d'un bébé in utero.

Kane me texte pendant la nuit. *Neisy… Qu'est-ce qui se passe ?*

Tu peux parler ?

Oui.

Je l'appelle sur Skype, ce qui nous permet de parler gratuitement. Il me dit :

— Salut, comment vas-tu ?

Je suis ravie que ce soit sa première question.

— J'ai connu mieux.

— Neisy… Pourquoi tu ne me l'as pas dit ?

Il a l'air d'avoir le cœur brisé.

Mes yeux s'emplissent de larmes qui se déversent sur mes joues.

— Je ne l'ai dit à personne.

— Mais je ne suis pas n'importe qui.

— Je pensais que tu serais en colère.

— Quoi ? *Pourquoi ?* Tu n'as rien fait de mal.

— Peut-être que si. Peut-être que je l'ai tenté et…

— Neisy, non. Absolument pas. C'est lui qui t'a fait ça. Es-tu… je veux dire, as-tu eu mal ?

— Pendant un moment. Mais je vais mieux maintenant. Il y a autre chose que je dois te dire…

Je sens que je vais hyperventiler.

— Je suis enceinte, dis-je finalement.

— Oh, ma chérie. Oh, non.

— C'est une bonne chose, en fait. L'ADN du bébé permettra de prouver que je n'ai pas menti quand j'ai dit qu'il m'a attaquée.

— Je suis tellement, tellement désolé que tout ça t'arrive. Je veux aller là-bas et l'étrangler.

— J'ai hâte de te voir, mais pas d'étranglement.

J'ai le hoquet et je pleure.

— Est-ce que tu… murmuré-je.

— Quoi, ma chérie ?

— Est-ce que tu m'aimes toujours après que je t'ai dit tout ça ?

— Je t'aimerai pour toujours, amen.

Ça fait des années qu'on se dit ça, et l'entendre maintenant me brise.

— C'était censé être toi, dis-je entre deux sanglots. Tu… tu devais être mon premier.

— Et je le serai. Ce qu'il a fait ne compte pas.

Je pleure si fort que je ne peux pas parler.

— Chuuut, c'est OK. Tout va bien.

— Ce n'est pas vrai.

— Mais ça ira.

Je ne sais pas si c'est le cas. J'ai l'impression que rien n'ira plus jamais bien.

— Je suis désolée de ne pas te l'avoir dit.

— Ne t'inquiète pas. Tu as été traumatisée.

— Je ne suis pas sûre que ce soit le meilleur moment pour venir me voir. Tout est un désastre.

— C'est donc le meilleur moment pour moi de venir te soutenir. J'étais tellement angoissé. Je savais que quelque chose n'allait pas. Je pensais que tu avais peut-être rencontré quelqu'un que tu aimais mieux.

— Ça n'arrivera jamais.

— Tu es tout ce à quoi je pense, tout ce que je veux, tout ce dont j'ai besoin. J'ai hâte de te voir.

— Même maintenant que tu sais que je suis une loque humaine ?

— Surtout maintenant.

— J'ai peur que mon père fasse quelque chose qui lui causera des ennuis. Il est tellement en colère.

— Il ne le fera pas. Il est trop intelligent pour ça.

— Je ne sais pas… Je ne l'ai jamais vu aussi remonté. Et il est outré que ma mère ne se soit pas rendu compte que quelque chose n'allait pas pendant son absence. Je l'ai entendu lui dire qu'il en avait assez d'elle, de son alcoolisme et de son inconscience. Il lui a dit que si elle ne se faisait pas aider, et rapidement, il la quitterait et m'emmènerait avec lui.

— C'était prévisible depuis pas mal de temps, non ?

— Je suppose. Il est juste très en colère parce que c'est arrivé alors que j'étais seule à la maison avec elle, et qu'elle n'a pas remarqué que quelque chose n'allait pas. Ils se disputent beaucoup.

— Je suis désolé que l'été ait été si horrible. Je serai bientôt là et je ferai de mon mieux pour que tout aille mieux pour toi.

— J'avais tellement peur que tu me détestes à cause de tout ça.

— Jamais. Je t'aime plus que jamais. Tiens bon. On surmontera cette épreuve ensemble. Je te le promets.

Nous parlons encore un peu des vacances qu'il a passées avec sa famille dans le sud de la France et de la visite de ses cousins venus de San Diego.

C'est un soulagement de penser à autre chose qu'à ma propre situation pendant quelques minutes, mais dès l'instant où nous nous disons au revoir, je me retrouve à nouveau en enfer. J'ai mal aux nichons et j'ai la nausée. J'ai lu que ces deux choses sont normales en début de grossesse, mais cette grossesse-ci est tout sauf normale.

Quand on frappe à la porte, je m'assois dans mon lit.

— Entre.

Mon père entre et ferme la porte. Il a une gueule d'enfer, comme s'il n'avait pas dormi depuis des jours. Son visage est hagard à cause de la tension, et il a le menton couvert d'un duvet que j'ai rarement vu sur lui. Il est toujours rasé de près, et c'est pourquoi c'est contrariant de le voir dans cet état.

— Tu as parlé à Kane ? demande-t-il.

— Oui, j'ai fini par tout lui dire.

Mon père se pose au bout de mon lit.

— Comment l'a-t-il pris ?

— Il est bouleversé, bien sûr, mais il a dit tout ce qu'il fallait.

— Je suis content que tu aies son soutien. Il vient toujours la semaine prochaine ?

— C'est ce qui est prévu.

— J'ai pensé… au bébé.

Son expression me prend aux tripes.

— Quoi à propos du bébé ?

— Ce n'est pas normal que tu sois obligée de porter un enfant conçu de cette façon. Si tu veux chercher d'autres solutions, je te soutiendrai dans ta décision, quelle qu'elle soit.

J'ai entendu mes deux parents dire que l'avortement n'est pas quelque chose qu'ils choisiraient de faire, mais qu'ils ne prendraient jamais cette décision pour quelqu'un d'autre. Je sais donc que cela lui coûte de me présenter cette option.

— Est-ce qu'on pourra toujours vérifier l'ADN du bébé si on fait ça?

— Oui, je pense. Je veux juste que tu aies toutes les options. Au final, c'est à toi de décider.

— Merci pour ton soutien.

— Ça me rend malade de savoir que tu as gardé ça pour toi pendant des semaines, Neisy. Tu aurais dû m'appeler. Je serais rentré tout de suite.

— Je le sais. J'avais besoin d'un peu de temps pour digérer tout ça. Je n'arrête pas de le ressasser, de chercher le moment où il a pu penser que c'était OK de faire ce qu'il a fait. Il a dit qu'il voulait me parler de Louisa, alors je l'ai accompagné, loin des autres. Il ne m'est jamais venu à l'esprit...

La main chaude de Papa se pose sur ma main froide. Ces derniers temps, j'ai tout le temps froid.

— Tu n'as rien fait pour l'encourager. Tu n'as rien fait non plus pour mériter ce qu'il a fait. Un vrai homme n'attaque pas une femme pour la forcer à coucher avec lui.

— Papa...

Je me tortille quand sa main qui serre la mienne commence à me faire mal.

Il me lâche immédiatement.

— Je suis désolé, ma petite. C'est juste que je suis tellement en colère. J'ai envie d'aller là-bas, d'enrouler mes doigts autour de son cou et de lui montrer ce qui arrive aux animaux qui violent les femmes.

— S'il te plaît, ne fais pas ça, ni rien d'autre de ce genre. Il faut laisser la police s'en occuper. Ne risque pas ta carrière et ta retraite pour lui. Il n'en vaut pas la peine.

— J'ai entendu dire qu'il était candidat à l'Académie navale. Je t'assure que je peux faire quelque chose à ce sujet. On n'a pas besoin de gens comme lui dans la Marine.

— Promets-moi de ne pas aller chez lui.

Il regarde le sol, l'air de se livrer à une sorte de bataille interne.

— Je veux le tuer pour t'avoir fait du mal.

— Je sais, et ça me touche énormément, mais s'il te plaît, Papa, promets-moi que tu ne feras rien qui puisse aggraver la situation.

Après une longue pause, il dit :

— Je ne ferai rien pour le blesser physiquement, mais je ferai tout ce qui est en mon pouvoir pour faire en sorte qu'il paie pour ce qu'il t'a fait.

CHAPITRE 6

Camden
LE PASSÉ

Même avec une journée entière pour digérer la nouvelle, je n'arrive pas à y croire. Neisy Sutton a accusé Ryder de l'avoir violée. Comme si Ryder allait faire une chose pareille, d'autant plus qu'il est fou amoureux de Louisa, et ce depuis toujours.

La police a demandé à Ryder de se présenter pour un nouvel entretien.

Mes parents en perdent la tête. Ils ont fait appel à un grand avocat de Boston, qui a conseillé à Ryder de ne pas se rendre au poste de police.

— Vous ne voulez pas leur donner une chance de vous piéger et que vous disiez quelque chose qui n'est pas vrai, dit l'avocat lorsqu'il vient à la maison, un peu plus tôt dans la journée. Laissez-moi m'occuper de la police. Restez là, et ne parlez à personne.

— Il a un entraînement de football, dit Papa. C'est le capitaine de l'équipe. Il ne peut pas le rater.

— Allez à l'entraînement, dit l'avocat, et rentrez directement à la maison. Ne discutez pas de l'affaire avec *qui que ce soit*. Je veux vous entendre me dire que vous m'avez bien compris quand j'ai dit *qui que ce soit*.

— J'ai compris, dit Ryder.

— Il faut que vous fassiez disparaître tout ça, dit Maman, l'air affolé. Que quelqu'un puisse l'accuser d'un crime aussi odieux... Tout son avenir est en jeu.

— Je suis bien conscient de ce qui est en jeu, Madame Elliott. Je ferai ce que je pourrai.

L'avocat passe en revue tout ce qui concerne la nuit en question, notant les noms des amis qui peuvent attester que Ryder était à la fête de Houston, qu'il n'a pas approché Neisy, que ce dont elle l'accuse n'est pas possible.

La fête a eu lieu il y a plusieurs semaines. Il est difficile de se rappeler les détails. Tant de choses se sont passées depuis lors : l'entrée de Louisa en soins palliatifs et le traumatisme qui en découle, les réunions avec les amis, les célébrations du 4 juillet, les entraînements de football deux fois par jour.

L'avocat demande à Ryder de raconter toutes les conversations qu'il a eues avec Neisy, et il ne se souvient que de trois d'entre elles, toutes sans importance.

— L'avez-vous déjà draguée, invitée à sortir, avez-vous dit quelque chose d'inapproprié à son égard ou à propos d'elle à quelqu'un d'autre?

— Non, jamais. J'ai une petite amie. On est ensemble depuis le collège.

J'ai mal pour lui et pour Louisa, qui a assez à affronter après avoir appris qu'il n'y a plus rien à faire pour elle. Je ne peux pas imaginer la vie sans elle. Je ne peux pas imaginer ce que Ryder doit ressentir. La nouvelle l'a dévasté, et c'était avant que la police n'arrive à la porte.

L'avocat s'en va en promettant de prendre contact avec nous dans les plus brefs délais.

Papa et maman sont effondrés, et Ryder… Il est aussi pâle qu'un fantôme et il tremble.

J'incline la tête pour lui dire de venir avec moi. Nous sortons dans l'oasis du jardin que mes parents ont mis tant de soin à créer. Nous adorons être ici, mais cela ne nous apporte aucun réconfort aujourd'hui. Nos deux sœurs aînées, qui vivent hors de l'État, envoient des textos sans arrêt depuis que la nouvelle a été diffusée en ligne.

— Qu'est-ce que je peux faire ? demandé-je à mon frère, mon ami le plus proche et mon confident.

— Je ne sais pas.

— Tu veux boire un verre ?

Il secoue la tête. Il ne boit jamais pendant la saison de football, mais il y a un début à tout.

Nous nous assoyons dans les fauteuils Adirondack qui entourent le brasero en pierre que notre père a construit de ses mains.

— Si tu veux parler, tu sais que je suis toujours là.

— Oui, oui. Je le sais.

— Les filles avaient raison à propos de Neisy. Elle est source d'ennuis depuis le début.

Ryder regarde droit devant lui, figé comme il l'aurait été si un feu avait été allumé.

J'ai mal pour lui. Je donnerais n'importe quoi pour que tout cela disparaisse. Nos deux téléphones bourdonnent de messages que nous ignorons. Nos amis se rassemblent autour de nous, offrant toute l'aide qu'ils peuvent, exprimant leur choc et leur incrédulité.

Personne ne la croit.

Ils ont grandi avec Ryder. Ils le connaissent. Ils savent qu'il ne ferait jamais quelque chose comme ce dont elle l'accuse.

— Cam.

— Ouais ?

— J'ai besoin de te dire quelque chose.

— D'accord.

— Tu dois l'emporter avec toi dans la tombe.

— Qu'est-ce que c'est ?

— Jure-moi. Quoi qu'il arrive, ça reste entre nous.

— Tu as ma parole.

Il ne dit rien pendant un très long moment alors que son pied va et vient dans l'herbe.

— Ce qu'elle dit…

Le silence s'abat sur nous. Même les grillons se taisent.

Je retiens mon souffle, aussi intéressé par ce qu'il a à dire que terrifié à l'idée que cela puisse tout changer.

— Ça s'est passé comme elle le dit.

Le son qui résonne dans ma tête est comme un tsunami qui me submerge alors que je m'efforce d'assimiler les mots, les implications, l'horreur…

— Ryder, non. Tu n'aurais pas fait ça.

— Je n'étais pas dans mon état normal. Je venais d'apprendre que Louisa entrait à l'hospice. Je veux dire qu'après tout ce temps, la guerre qu'elle a menée, que *nous* avons menée, elle allait *quand même* mourir ? J'ai bu toute la journée après l'avoir appris. Tout était un désastre, et Neisy s'est trouvée là, tu sais ? Personne ne l'aime… Je ne sais même pas comment c'est arrivé. C'est arrivé, c'est tout.

— Tu… tu l'as violée ?

— Je ne l'ai pas fait exprès. Elle me regarde toujours comme si elle est intéressée, alors je lui ai demandé si on pouvait parler, et une chose en a entraîné une autre. C'était comme si j'étais possédé ou quelque chose comme ça. Louisa a été si malade… Je n'ai pas été avec elle depuis longtemps. Dis-moi que tu comprends.

Non. Je ne comprends pas. Il pourrait avoir n'importe quelle fille. Il n'a pas besoin d'attaquer qui que ce soit.

— Camden, s'il te plaît. Dis-moi que tu comprends. Je n'étais pas moi-même après avoir appris pour Louisa. Elle va mourir.

Il a l'air désespéré et déséquilibré, et il utilise mon nom complet. Je ne l'ai jamais vu comme ça. C'est lui qui est toujours maître de la situation. C'est moi qui suis émotif.

— J'ai besoin de toi, supplie-t-il.

Le poids de son aveu est déjà insupportable, et je ne sais que depuis quelques minutes. Je veux revenir en arrière, avant qu'on ne vienne ici, avant qu'il n'ait déchargé son fardeau sur moi.

— Pourquoi tu me l'as dit ?

— J'avais besoin que quelqu'un le sache. Ça me rend malade.

Je me sens mal moi aussi.

— Parce que tu l'as fait ou parce qu'elle a mis les flics au courant ?

— Parce que c'est arrivé en premier lieu !

Il s'arrache les cheveux et s'effondre.

— Cette fille me rend dingue depuis le premier jour où elle s'est pointée à l'école.

Voilà encore une chose que je préférerais ne pas savoir.

— Euh… quoi ? Et Louisa, alors ?

Il lève les yeux vers moi, le tourment gravé dans son expression larmoyante.

— Je l'aime plus que tout et que n'importe qui. Je l'aimerai toujours. Mais sa maladie… Ça fait beaucoup. Ne pas savoir ce qui va se passer, et puis entendre qu'après tout ce qu'elle a enduré, ce que *nous* avons enduré, elle va quand même mourir… J'étais bourré et dévasté, et j'ai pété les plombs. C'est la seule explication que j'aie. Il faut que tu m'aides, Cam. Je ne sais pas vers qui me tourner. La culpabilité me ronge de l'intérieur. D'avoir trompé Louisa. D'avoir blessé Neisy. Que tout ça soit arrivé pour commencer.

Il laisse tomber sa tête dans ses mains.

— Je ne sais pas pourquoi c'est arrivé, murmure-t-il.

Je ravale ma salive. J'ai dix-sept ans. Il a un an de plus – un adulte légal qui ferait de la prison ferme pour un crime comme celui-ci. Je n'ai aucune idée de ce qu'il faut faire de ces informations ou de comment l'aider. J'ai envie de lui casser la gueule pour avoir fait quelque chose qui pourrait nous ruiner tous. Nos parents sont stressés à l'idée de devoir prendre une autre hypothèque sur la maison pour payer l'avocat, en plus des frais d'inscription à l'université pour leurs quatre enfants. Et puis, découvrir qu'il a effectivement attaqué Neisy… Bon sang. J'avale la bile qui monte dans ma gorge.

— Camden.

Il ne m'appelle jamais comme ça, et voilà qu'il le dit deux fois en cinq minutes.

Je me force à tourner mon regard vers lui.

— Quoi ?

— Je t'en prie, aide-moi.

Je ne sais pas exactement ce qui m'envahit. Une vague de certitude, peu importe comment on l'appelle, mais je réalise que peu de choses dans ma vie auront plus d'importance que ce que je fais en cet instant. Ryder est mon frère. Mon ami le plus proche. Mon âme sœur, si l'on croit en de telles choses. Je ferai tout ce qu'il faut pour le protéger.

— Tu ne peux le dire à personne d'autre, dis-je. Personne. Pas même à Louisa. Tu me comprends ?

— Euh, ouais. D'accord. Personne.

Je le regarde droit dans les yeux et je répète :

— Pas même à Louisa.

— Pas même à Louisa.

— Tu ne peux pas avoir un autre moment de faiblesse où tu ressens le besoin de vider ton sac. Pour nous, il ne s'est rien passé. Elle ment. Les filles de l'école la détestent, alors elle a décidé de se venger de nous tous en accusant l'un des garçons les plus populaires de la pire chose qui soit. Personne ne la croira. C'est toi qu'ils croiront. Ils te connaissent.

Pendant que je parle, il acquiesce comme un jouet qui balance la tête, suspendu à chacun de mes mots.

— Dis-moi que tu comprends ce que tu dois faire, Ryder.

— Je dois dire qu'elle ment. Qu'il ne s'est rien passé.

— Tu ne dois jamais, jamais, *jamais* dévier de cette histoire.

Il me regarde dans les yeux alors que nous formons cette alliance impie.

— Je n'en dévierai pas.

— Si tu as besoin de parler, tu viens me voir. Rien que moi.

— Rien que toi.

Je lui tends la main. Les yeux dans les yeux, il la saisit et la tient fermement. Quoi qu'il arrive par la suite, nous sommes dans le même bateau.

CHAPITRE 7

Blaise
LE PRÉSENT

Je roule avec une détermination sans faille dans une voiture de location hors de prix qui a sérieusement entamé mon budget toujours serré. Peu importe. C'était le moyen le plus rapide de me rendre au Rhode Island, et j'aurai de toute façon besoin d'une voiture quand j'y serai. Les gens m'ont demandé, lorsqu'ils ont appris que je venais du plus petit État d'Amérique, si nous avions besoin d'une voiture pour nous déplacer. Ce n'est pas si petit que *ça*.

Penser à des choses aussi insignifiantes m'aide à ne pas me focaliser sur l'endroit où je vais et sur ce que j'ai l'intention de faire quand j'y serai.

Après avoir traversé Rye, New York, puis le Connecticut, Greenwich, Norwich, Stanford, New Haven et New London, mon anxiété augmente avec chaque minute et chaque kilomètre qui passe.

Je n'ai pas conduit depuis longtemps. Normalement, j'aime ça. Ce voyage n'a rien de normal ni d'agréable.

Je franchis la frontière avec le Rhode Island à quatorze heures et j'appuie sur l'accélérateur, impatiente d'arriver à destination avant qu'il ne soit trop tard. Je ne veux pas avoir à attendre un jour de plus.

Un jour de plus, c'est trop. Cela fait déjà trop longtemps. Je ne peux pas supporter cela, ni une heure, ni une nuit, ni un matin de plus. Pas une seconde de plus.

Il faut que cela arrive aujourd'hui.

Avant que je ne perde mon sang-froid.

Encore une fois.

J'ai failli le faire une fois déjà, quelques mois après les faits, lorsque j'ai eu peur de faire une grave dépression si je ne prenais pas immédiatement les mesures qui s'imposaient.

J'avais décidé de me rendre le lendemain à la police de Land's End et de dire la vérité, et au diable les conséquences. Je m'étais résignée à devenir une paria dans ma propre vie. Tout valait mieux que le purgatoire dans lequel j'étais coincée alors que les jeunes avec qui j'avais grandi traitaient Neisy de tous les noms ignobles du monde pour la discréditer.

Je n'en pouvais plus.

Et là, Louisa est morte, et je n'ai pas pu le faire.

Je me suis dit que je restais silencieuse pour elle, pour Louisa. Que j'honorais sa mémoire par mon silence, mais c'étaient des conneries.

La seule personne que je protégeais, c'était moi-même.

Je le savais à l'époque, et j'en ai été consciente chaque jour depuis.

Je me suis détestée pendant quatorze ans pour avoir gardé ce secret.

Cela prend fin aujourd'hui.

Apprendre que Ryder se présente au Congrès a été le catalyseur. Je me dégoûte vraiment pour ne pas l'avoir fait plus tôt. Il n'y a pas un jour où je n'ai pas pensé à cette nuit-là, où je n'ai pas pensé à Neisy et à ce qu'elle a vécu ou à la façon dont j'aurais pu l'aider et au fait que je ne l'ai pas fait – pas seulement après le fait, mais tous les jours depuis lors.

Je ne peux tout simplement plus vivre avec cela.

Bien que je sois certaine que les conséquences seront tout aussi dévastatrices pour moi qu'elles l'auraient été à l'époque – mon frère est toujours le meilleur ami des deux frères Elliott, qui sont maintenant mariés, ont des enfants et des carrières florissantes – je me fiche de ce qui va m'arriver.

J'aime Arlo.

Je l'aime vraiment. Je me sens très mal à l'idée de briser notre relation, peut-être de manière irrémédiable. Je déteste l'idée que cela va créer un clivage terrible au sein de notre famille, que ma mère, mon frère et mes sœurs seront méprisés, que je serai critiquée, jugée, dénigrée.

Je m'en fiche.

En arrivant en haut du pont de Newport – je ne l'appellerai jamais le pont Pell – un flot de souvenirs me submerge tandis que je contemple l'île qui a été mon chez-moi pendant les dix-huit premières années de ma vie. Mon enfance y a été idyllique, faite de longues journées à la plage, de navigation sur la baie de Narragansett, de Noëls douillets, de matchs de football et de rassemblements de supporters, et du sentiment d'appartenance qui vient du fait de vivre dans une petite ville où tout le monde vous connaît, vous et votre famille. Les parents s'occupent de tous les enfants, et pas seulement des leurs.

Quand je dirai des mots qui ne pourront plus jamais être retirés, je déchirerai le tissu de cette ville où Arlo, Ryder et Cam vivent maintenant avec leurs familles. Je sais, grâce aux médias sociaux, que Cam a épousé Sienna et qu'ils ont quatre enfants de moins de sept ans. Ryder a mis du temps à se remettre de la perte de Louisa. Quand sa nomination à Annapolis a été révoquée, il s'est inscrit à l'université du Rhode Island, a obtenu un diplôme d'ingénieur et a servi huit ans dans la Marine après avoir terminé ses études.

Après une libération honorable de la Marine, il a décroché un poste important dans une prestigieuse société d'ingénierie à Providence.

Maintenant, il se présente au Congrès, pour représenter le district où nous avons grandi.

Mais pas si je peux l'en empêcher.

Je me sens mal.

Mon estomac se retourne, des nausées me brûlant la poitrine et la gorge, une sensation qui me rappelle cet horrible été-là. J'étais tellement écœurée que je n'arrivais pas à manger. J'ai perdu dix kilos. Les gens m'ont dit que j'avais la ligne quand je suis retournée à l'école pour ma dernière année. Ils ont aussi parlé de la brouille apparente entre Sienna et moi, spéculant à l'infini sur ce qui avait pu séparer les meilleures amies depuis la troisième année.

Aucune d'entre nous ne l'a jamais expliquée.

— Les gens s'éloignent les uns des autres, ai-je dit à ma mère lorsqu'elle m'avait interrogée à ce sujet.

Je me suis mise à l'écart de tous mes amis. Je n'allais plus aux matchs de football ou de basket. Je gardais mes distances à l'école et à l'extérieur. Au printemps, j'ai refusé d'assister à mon bal de fin d'année et je ne suis montée sur la scène de la remise des diplômes que sur l'insistance de mes parents. J'ai refusé qu'ils organisent une fête de fin d'études secondaires pour moi, préférant compter les jours jusqu'à ce que je puisse me tirer de là une bonne fois pour toutes.

Lorsque je suis arrivée dans mon dortoir à l'université de New York, j'ai soufflé pour la première fois depuis plus d'un an. J'avais survécu. Je ne sais comment. Et là, une toute nouvelle vie m'attendait dans une ville où je pourrais disparaître dans la foule.

Mais le problème, quand on déménage et qu'on emporte avec soi un secret dévastateur, c'est que rien ne change. Au contraire, la situation empire lorsque vous n'avez plus de contact quotidien avec les personnes que vous essayez de protéger en gardant le silence.

Ma santé s'est effondrée au cours de ce premier semestre. J'ai lutté contre des troubles alimentaires et la mononucléose, et j'ai failli arrêter les études. Ce n'est que parce que l'idée de rentrer chez moi était si révoltante que je me suis ressaisie à la fin du semestre et que j'ai fini par obtenir une moyenne générale assez respectable de B-. Mais les problèmes de santé n'ont pas cessé. J'ai développé des affections cutanées contrariantes et mes difficultés à m'alimenter ont persisté.

J'ai continué à me renfermer sur moi-même, ce qui m'a valu une existence solitaire.

Je me disais que l'isolement était une bonne chose, mais même à ce moment-là, je sentais que cela ne pouvait pas durer.

Personne ne peut rester complètement à l'écart des autres à long terme. Finalement, j'ai dû reprendre contact avec le monde, ne serait-ce que pour subvenir à mes besoins, mais la honte m'accompagnait toujours. Je la considérais comme une tumeur qui ne me tuerait pas, mais qui me rendrait malade tant qu'elle serait en moi.

La tumeur sort aujourd'hui.

Je traverse la ville familière de Hope, longeant d'interminables murs de pierre et les terrains herbeux où mon frère, mes sœurs et moi jouions au football, à la crosse, au baseball et au softball. En passant devant la rue qui mène au quartier d'enfance de Sienna, j'éprouve un sentiment de nostalgie pour l'époque lointaine où je pensais qu'une amitié comme la nôtre durerait pour la vie.

Aujourd'hui, je suis moins naïve.

En passant devant l'entrée de mon quartier à moi, j'y jette un coup d'œil furtif, tout en restant concentrée sur la route devant moi, celle qui mène à Land's End, où je vais m'expliquer avec l'homme qui a organisé la fameuse fête d'été.

Houston Rafferty est aujourd'hui le commissaire de police de la ville et c'est à lui que je vais raconter mon histoire.

Personne d'autre que lui.

Je ne le connais que de réputation, mais je lui fais confiance pour faire ce qu'il faut avec les informations que je lui donnerai.

J'avais oublié à quel point le trajet entre Hope et Land's End est long, à quel point les routes sont sinueuses jusqu'à la petite ville isolée. Je me souviens de l'impatience avec laquelle les jeunes de LE, comme on les appelait, nous ont rejoints pour notre première année de lycée. L'arrivée de cinquante gamins dans notre classe était la chose la plus excitante à se passer depuis des années.

Beaucoup d'entre eux étaient un peu sauvages par rapport à nous. Ils vivaient au milieu de rien et devaient faire une heure de bus pour se rendre à l'école. Leurs frères et sœurs aînés organisaient les meilleures fêtes et leurs parents étaient très relax. C'était comme si un nouveau monde venait de s'ouvrir à nous, et nous l'adorions. Nous pouvions regarder de l'autre côté de la rivière et voir leur ville, mais c'était comme s'ils venaient d'un autre pays.

Teagan et Arlo ayant connu cet afflux de nouveaux amis venus de l'autre côté de la rivière avant moi, mes parents avaient appris à se méfier de ce qui se passait « là-bas » jusqu'à ce qu'ils aient l'occasion de rencontrer les enfants en question et leurs parents. J'avais quelques amis de LE, mais je n'étais pas très proche d'eux. Comme par hasard, la première fête à laquelle j'ai participé « là-bas » a été celle de la nuit qui a changé ma vie pour toujours.

Je ne suis pas revenue ici depuis. J'ai la peau moite et l'estomac qui se retourne à mesure que le GPS me rapproche du commissariat et de mon rendez-vous avec le destin.

Pendant un long quart d'heure après m'être garée sur le parking devant le commissariat, je reste assise à regarder le bâtiment, peint d'un jaune joyeux avec des volets bleus et des bacs à fleurs. Il ne ressemble pas à un commissariat de police, non pas que je sache vraiment à quoi ils devraient ressembler.

En sortant de la voiture et en me dirigeant vers l'entrée principale, je me dis que tout ira mieux lorsque j'aurai partagé ce fardeau avec quelqu'un qui pourra en faire quelque chose.

Mais je n'en suis pas si sûre.

Peut-être que le fait de révéler mon secret ne fera qu'empirer les choses.

Comment serait-ce possible ?

Il n'y a rien qui puisse être pire que de garder pour soi ces horribles informations pendant quatorze interminables années.

Je tire la porte et j'entre, déterminée à en finir. Quelles qu'en soient les conséquences, je les accepterai pour me libérer de ce lourd fardeau.

— Puis-je vous aider ? demande une jeune femme officière.

— Je voudrais voir le commissaire Rafferty, s'il vous plaît.

— Il est parti pour la journée. Il sera de retour à huit heures demain matin.

— Je dois le voir aujourd'hui. C'est une affaire urgente.

— Votre nom ?

Je me lèche les lèvres. Nous y voilà. Le moment décisif.

— Je m'appelle Blaise Merrick, et je voudrais signaler un crime.

CHAPITRE 8

Neisy
LE PASSÉ

Tout va mieux quand Kane arrive. Sentant que ma santé mentale est précaire, mon père ne s'oppose pas à ce que Kane reste dans ma chambre, ce qui aurait été impensable avant les événements récents. Les bras de Kane autour de moi me sortent de l'enfer des dernières semaines. J'ai dû supprimer Facebook et me tenir complètement à l'écart d'Internet en raison de la méchanceté à mon égard depuis que les accusations contre Ryder ont été rendues publiques.

Une photo de lui apparaissant lors de sa mise en accusation a fait la une du *Hope Times* et d'autres journaux locaux. Ce n'est que parce que mon père a été si catégorique que Ryder a été mis en accusation dans ce que le procureur a appelé une affaire de « sa parole à elle contre sa parole à lui ». Il laisse au juge le soin de déterminer si l'affaire doit être poursuivie.

L'article indiquait que sa petite amie de longue date, Louisa Davies, était récemment entrée en soins palliatifs après une longue bataille contre la maladie de Hodgkin. L'inclusion de ce détail m'a rendue furieuse. Quel est le rapport avec le fait qu'il me viole ? Même les médias prennent son parti, du moins c'est ce qu'il me semble.

— Prenons la route et barrons-nous d'ici pendant quelque temps, suggère Kane au beau milieu de sa deuxième nuit dans mon lit.

Et moi qui croyais qu'il nous faudrait attendre l'année prochaine à l'université pour que nous puissions passer une nuit ensemble dans un lit ! Je ne savais rien.

— Tu as besoin d'une pause dans cette folie, ajoute-t-il.

— C'est la meilleure idée que j'aie jamais entendue. On va où ?

— On va prendre la voiture et rouler. On décidera en route.

— J'adorerais faire ça.

— Super. On partira demain.

— Je suis désolée que ton séjour ici ne soit pas à la hauteur de nos espérances.

Il me caresse le dos.

— Tu n'as aucune raison de t'excuser. Tout ce dont j'ai besoin pour être heureux, c'est toi.

— Pareil.

Je pose ma tête sur son torse et m'endors au son des battements de son cœur. Je me réveille un peu plus tard en entendant du bruit en bas. Quelqu'un tambourine à la porte d'entrée. J'entends mon père descendre les escaliers en courant.

— Qu'est-ce qui se passe ? demande Kane.

— Quelqu'un est à la porte.

L'horloge sur la table de nuit indique trois heures dix.

Je me lève et je vais à la porte.

Quelqu'un crie après mon père.

— Mais qu'est-ce que tu fais, bordel ? Cela va *ruiner sa vie* ! Tu te fiches complètement que ta fille *mente* ? Mon fils n'a pas besoin de violer qui que ce soit. Il peut avoir toutes les filles qu'il veut !

— Il faut sortir d'ici avant que j'appelle la police, dit mon père d'un ton froid que je n'ai jamais entendu de sa bouche.

— Je t'en *prie*, supplie Monsieur Elliott qui a l'air de pleurer maintenant. De père à père. On ne peut pas arranger les choses ? C'est de l'argent que tu veux ? Je peux t'en donner.

— *Sors d'ici,* dit mon père.

Lorsque Kane s'approche de moi par-derrière et pose ses mains sur mes épaules, je sursaute.

— Doucement, ma chérie. Ce n'est que moi.

Je me détends contre lui alors que mon cœur cogne dans ma poitrine comme un marteau-piqueur.

— Je ne la laisserai pas ruiner sa vie ! Je ruinerai la sienne avant qu'elle ne ruine celle de mon fils. C'est une menteuse ! Tous ceux qui la connaissent le disent. On pourrait mettre fin à tout ça tout de suite, de père à père.

— J'appelle la police, dit Kane.

Je veux lui dire de ne pas le faire, que ça ne fera qu'empirer les choses, mais j'ai peur que M. Elliott ne fasse du mal à mon père.

En quelques minutes, des voitures aux gyrophares bleus et rouges sillonnent notre rue.

Monsieur Elliott hurle des obscénités pendant qu'il est placé en garde à vue.

— C'est une putain de menteuse ! Mon fils ne l'a pas touchée !

Je me rends compte que je pleure quand Kane me prend dans ses bras.

— Ça va aller, ma chérie. Il est parti maintenant.

— Ça n'ira plus jamais bien.

— Si, ça ira. On va s'en assurer.

— Comment ?

Mon père monte les escaliers, son visage incarnant la rage.

— Je suis désolé que tu aies dû entendre ça, dit-il. Il ne veut pas croire que son précieux petit garçon est capable d'une telle atrocité.

— Je veux emmener Neisy ailleurs, dit Kane. Tout de suite.

— Où irez-vous ? demande Papa.

— Quelque part loin, très loin d'ici.

Papa est visiblement décontenancé.

Ma mère a probablement dormi pendant tout ce temps, dans un état d'hébétude dû au vin. J'envie sa capacité à se défaire de la vie de cette façon. Si je n'avais pas vu de si près où cela mène, j'aurais peut-être commencé à boire cet été, moi aussi.

— Je pense que c'est une bonne idée. Partez en voiture. Pour le reste, on trouvera une solution plus tard.

— On a peut-être besoin que vous réserviez une chambre d'hôtel pour nous, dit Kane.

Papa passe une main tremblante dans ses cheveux.

— Je m'occupe de tout ce dont vous avez besoin. Neisy a ma carte de crédit pour les urgences. Ça, c'en est une, pas de doute là-dessus.

— Je ne peux pas revenir ici, Papa.

— Je sais. Je vais trouver une solution. Ne t'inquiète de rien.

Il me serre dans ses bras, et dit :

— Nous surmonterons cette épreuve ensemble. Je te le promets.

— Je reste avec elle, dit Kane. J'ai expliqué à mes parents ce qui s'est passé. Je pense que si vous leur parlez, Capitaine Sutton, nous pourrions justifier le fait que je fasse ma dernière année avec Neisy. De toute façon, ils doivent revenir aux États-Unis à Noël et ils étaient contrariés de perturber ma dernière année. Si vous êtes avec nous, ils seront probablement d'accord pour que je reste.

— Je leur parlerai. Nous trouverons une solution.

Mon cœur s'envole à l'idée que Kane puisse rester avec moi pour cette prochaine année scolaire. Ce qui était auparavant presque insurmontable devient maintenant gérable.

— Allez faire vos valises. Je veux que Neisy parte d'ici.

Personne n'a envie de partir d'ici plus que moi.

Kane et moi mettons trente minutes à faire nos valises, rassemblant des vêtements pour différents types de météo, ainsi que des maillots de bain et des sweat-shirts. Il dit autant nous amuser pendant notre absence, et je suis tout à fait d'accord.

Lorsque nous quittons la maison à quatre heures et demie ce matin-là, je ne me retourne pas. J'espère ne plus jamais revenir dans cette ville, sauf pour témoigner contre Ryder le moment venu. J'attends ce jour-là avec impatience. Je ferai tout ce qu'il faut pour qu'il ait ce qu'il mérite, même si j'ai les jambes qui faiblissent à l'idée de témoigner et que mes paumes deviennent moites. Je me rends également compte que si je reste à l'écart, je ne reverrai peut-être jamais mes grands-parents adorés. Heureusement, il existe de nombreux autres moyens de rester en contact avec eux à distance. Je leur ai appris à utiliser un iPhone et ils sont hilarants avec leurs textos.

Maman leur a dit gentiment ce qui se passait, et ils m'ont été d'un grand soutien – tout en étant dévastés pour moi.

Kane me prend la main.

— Respire profondément, ma chérie. Continue à respirer.

— Merci pour tout. Tu ne sauras jamais à quel point j'avais besoin de toi.

— Je suis là maintenant, et je ne te quitterai plus jamais. Quoi qu'il arrive par la suite, on sera ensemble.

— On… on devrait parler du bébé.

— On n'a pas à parler de ça maintenant. Tirons-nous d'ici. On aura tout le temps de parler des choses difficiles plus tard.

Je serre sa main et expire pour la première fois depuis que M. Elliott nous a réveillés tout à l'heure. S'ils ne savent pas où je suis, ils ne peuvent pas m'atteindre.

Du moins, c'est ce que je crois.

Cam
LE PASSÉ

Les comparutions de mon frère et de mon père sont irréelles. Ryder est accusé d'agression sexuelle au premier degré et mon père de harcèlement à l'encontre de la famille de Neisy. Je n'en croyais pas mes oreilles quand il m'a appelé de la prison pour me dire qu'il avait besoin que je retire de l'argent au distributeur pour payer sa caution.

Ryder est pâle et tendu lorsqu'il se tient devant le juge. On nous a dit qu'il ne sera pas obligé pour l'instant de répondre aux accusations en plaidant coupable ou non, parce qu'il s'agit d'un crime passible de plus de quinze ans de prison. La prochaine étape est une audience préliminaire sur les causes probables, qui aura lieu dans un mois et au cours de laquelle les procureurs présenteront leur dossier. Des témoins pourront être appelés à la barre et le juge déterminera s'il existe des preuves suffisantes pour procéder au procès.

La question des preuves m'inquiète. Et si Neisy a fait faire un kit de viol, si elle a gardé ses vêtements ou si elle peut relier Ryder et son ADN à elle ?

Ces inquiétudes m'empêchent de dormir alors que je réfléchis à la possibilité très réelle que mon frère aille en prison. Il était censé aller à Annapolis. Aujourd'hui, il risque de passer une grande partie de sa vie derrière les barreaux si Neisy parvient à convaincre un juge et un jury qu'il l'a violée. Depuis que je sais ce qui s'est réellement passé, je pense à elle presque aussi souvent qu'à lui.

Comment a-t-il pu faire une telle chose alors que nous avons été élevés dans le respect des femmes et que nous traitons les filles comme nous voudrions que nos propres sœurs soient traitées ?

Ces dernières semaines ont été les pires de ma vie, et je crains que ce ne soit que le début.

Sienna me tend la main.

J'avais oublié qu'elle était venue au palais de justice pour me soutenir, sans me demander mon avis. Je lui aurais dit de ne pas se déplacer.

Je pense qu'elle est surtout là pour être aux premières loges pour apprendre les détails salaces.

C'est peut-être injuste vis-à-vis d'elle, mais peu importe. Je ne me soucie de rien d'autre que de libérer mon frère – et maintenant mon père aussi – de cette horrible situation.

Mon père comparaît ensuite devant la justice et plaide non coupable pour un délit de harcèlement. L'avocat nous a dit qu'il serait probablement condamné puisque la police l'a arrêté devant la maison de Neisy à trois heures du matin.

En tant qu'officier de marine respecté, le témoignage du capitaine Sutton aura du poids auprès du juge.

À la suite de son arrestation, mon père a été mis en congé administratif – sans solde – de son travail, au pire moment. Les frais d'avocat pour Ryder s'accumulent, et maintenant Papa n'a plus de travail, et il a alourdi la facture juridique. Dans son cas, la peine pour harcèlement est une amende de cinq cents dollars, un an de prison ou les deux.

Pour couronner le tout, les médias dans tout notre État s'intéressent à l'affaire de la jeune femme qui accuse l'athlète et l'universitaire de viol, alors que sa petite amie de longue date était en train de mourir d'un cancer. Pour un observateur extérieur, cela doit ressembler au film de la semaine.

Pour nous, c'est un cauchemar qui a envahi presque tous nos moments d'éveil.

Lorsque nous sortons du tribunal, nous sommes assaillis par les médias qui veulent une déclaration de Ryder, de mon père ou même de moi. Je n'en reviens pas quand l'un d'entre eux m'appelle par mon prénom, comme si on se connaissait, pour me demander si j'ai l'intention de soutenir mon frère.

J'ai envie de lui dire d'aller se faire foutre.

Au lieu de cela, je me cramponne encore plus à la main de Sienna et je me dirige vers ma Jeep. On s'occupera de sa voiture plus tard.

Ryder s'installe sur le siège arrière.

Le trajet jusqu'à la maison est silencieux et plein d'un stress insupportable.

Je donnerais tout pour revenir à la nuit de la fête de Houston. J'aurais collé Ryder comme de la glu, faisant en sorte qu'il ne puisse pas s'éclipser avec Neisy et commettre un crime.

J'ai retourné la scène dans tous les sens dans mon esprit, mais je n'ai aucun souvenir de lui ou de Neisy quittant la fête. Il y avait beaucoup de monde. Des centaines de personnes, si je devais deviner. Il n'était pas possible de savoir ce que faisaient les gens. La police parle à toutes les personnes présentes. Si une seule d'entre elles dit avoir vu Ryder partir avec Neisy, la suivre ou faire quoi que ce soit avec elle, on est complètement foutus.

Je jette un coup d'œil à mon frère dans le rétroviseur. Il regarde fixement par la fenêtre.

— Ça va, Ry ?

— Bien sûr, mieux que jamais.

— Il lui faudra le prouver, dit Sienna. Comment va-t-elle faire ça ?

Nous n'avons pas de réponse, alors aucun de nous n'ouvre la bouche.

Nous sommes trop occupés à prier qu'elle ne puisse pas le démontrer.

CHAPITRE 9

Neisy
LE PASSÉ

Le temps que je passe avec Kane est un bonheur. C'est exactement ce dont j'ai besoin après l'enfer des dernières semaines. À part pour prendre des nouvelles de mon père une fois par jour, je ne regarde jamais mon téléphone.

Nous atterrissons au bord d'un lac au nord de l'État de New York, où mon père nous loue une petite cabane à quelques pas de la rive. C'est encore une chose qui aurait été impensable il y a quelques mois. Mais de quoi mon père devrait-il s'inquiéter maintenant que j'ai été violée et mise enceinte par un garçon avec qui j'étais à l'école ?

Kane est allé à l'épicerie pour faire des courses essentielles, afin que nous n'ayons pas à sortir. Je ne veux voir personne. J'ai les nerfs à vif à cause des événements qui nous ont amenés à faire ce voyage.

Je n'arrive toujours pas à croire que M. Elliott est venu chez nous pour confronter mon père.

Heureusement, Papa a gardé son sang-froid et a évité les ennuis.

Papa m'a dit que M. Elliott a été accusé du délit mineur de harcèlement ou quelque chose comme ça.

Je suis sûre que tout le monde m'en veut pour ça aussi.

Kane revient de son footing et me trouve assise sur l'une des chaises en bois qui surplombent le lac. Il m'embrasse sur la joue.

— Comment ça va ?

— Ça va.

Les nausées et l'épuisement général ont été difficiles à supporter. Je n'ai pas l'habitude de me sentir malade et fatiguée tout le temps.

— Je vais me baigner, et ensuite il faut qu'on parle.

— Pourquoi ? Quelque chose d'autre est arrivé ?

— Pas que je sache. Mais on a des décisions à prendre.

À propos du bébé.

Nous avons tourné autour du pot pendant les deux semaines qui se sont écoulées depuis que nous avons quitté la ville, mais nous n'avons rien décidé. Bientôt, le bébé sera assez avancé pour m'aider à prouver que Ryder m'a violée.

Début septembre, nous commencerons notre dernière année au lycée du comté de Fairfax où j'ai fait mes classes de troisième et de seconde. Mes amis sont ravis que je revienne, ce qui est un grand soulagement. Et oui, ils savent ce qui m'est arrivé et que je vais devoir témoigner contre Ryder à un moment donné. Ils n'ont fait que me soutenir et s'inquiéter pour moi.

C'est aussi un soulagement d'être loin de la ville où j'étais si malheureuse bien avant que Ryder ne m'attaque.

Si c'était à refaire, j'irais voir mon père et je le supplierais de me laisser quitter cette école et cette ville avant qu'un désastre ne se produise. Il savait que j'étais malheureuse là-bas, mais il n'en connaissait pas toute l'ampleur jusqu'à ce que les affronts sur Facebook apparaissent après que nous sommes allés à la police.

Aujourd'hui, il sait à quel point c'était horrible, et cela l'a brisé de découvrir ce que j'ai enduré sans aucun soutien.

Cela l'a également rendu encore plus furieux contre ma mère. Il lui a posé un ultimatum : elle arrête de boire et suit une cure de désintoxication, ou il demande le divorce. Il est profondément en colère contre elle de ne pas avoir remarqué que quelque chose n'allait pas du tout avec moi. Il ne restera pas avec elle si elle ne change pas.

J'espère vraiment qu'elle le fera. Elle gâche sa vie en buvant jusqu'à en perdre la raison, même si je comprends que l'alcoolisme est une maladie. Je veux avoir de la sympathie pour elle, mais j'aimerais aussi avoir à nouveau une mère. Je ne sais pas si elle restera dans le Rhode Island ou si elle nous rejoindra en Virginie. Le fait qu'il m'importe peu qu'elle vienne avec nous ou pas en dit long sur la façon dont elle s'est éloignée de moi ces dernières années.

— On peut en parler ? demande Kane, et je réalise que j'étais ailleurs.

— Pas aujourd'hui. Je ne me sens pas très bien.

— Qu'est-ce qui ne va pas ?

— J'ai mal au dos pour une raison quelconque, et je ne me sens pas terrible.

— Tu veux t'allonger ?

— Je préfère aller faire du bateau.

La maison que nous avons louée possède une barque en bois que nous avons utilisée sur le lac presque tous les jours depuis notre arrivée. C'est tellement relaxant de flotter sur l'eau et de ne penser à rien d'autre qu'à ce qu'on va manger pour le dîner.

— Je vais préparer le pique-nique aujourd'hui.

— Normalement, c'est mon travail. Merci.

— Tu n'as pas à me remercier.

— Si, je le dois vraiment. Tu as mis ta vie entre parenthèses pour venir ici, pour t'enfuir vers l'inconnu, pour rester avec moi dans cette situation infernale. Je te dois beaucoup.

Il s'accroupit à côté de ma chaise et me prend la main.

— Je t'aime, Neisy. Je t'aime depuis si longtemps que je ne me souviens pas de ce que c'était de ne *pas* t'aimer. Être loin de toi était une torture. Même si je déteste ce qui t'est arrivé et toute la douleur et l'inquiétude auxquelles tu dois faire face, je suis tellement heureux d'être à nouveau avec toi et de savoir que je n'aurai plus jamais à te quitter.

Il embrasse le dos de ma main avant d'ajouter :

— Alors non, tu ne me dois rien.

Avant que je puisse répondre à ces mots doux qui me laissent une boule d'émotion dans la gorge, il se lève et se dirige vers la cabane.

Nous avons de la chance de nous être trouvés si tôt dans la vie. Nos parents des deux côtés nous ont mis en garde contre un engagement à un si jeune âge, mais nous ne voulions pas en entendre parler. Quand on sait, on sait, et je n'ai pas le moindre doute quant au fait de m'engager pleinement avec lui pour la vie. La certitude qu'il ressent la même chose est la récompense ultime.

Il revient quelques minutes plus tard avec le panier de pique-nique que nous avons trouvé dans un placard de la cabane, des sweat-shirts et des serviettes pour nous deux, le sac qui contient ma crème solaire et la nouvelle liseuse électronique que mes grands-parents m'ont offerte à Noël. Il m'a déjà taquinée en me disant que j'aimais cet appareil plus que je ne l'aimais, lui. La lecture est mon passe-temps favori depuis que j'ai appris à lire, toute petite. Au cours de ces dernières semaines tumultueuses, je n'ai pas eu la capacité d'attention nécessaire pour faire quoi que ce soit, même pas mon activité préférée. Le fait d'être ici a calmé mon esprit si bien que je peux à nouveau apprécier la lecture.

Kane m'aide à monter dans la barque avant de la pousser de la plage, puis il saute dedans alors que nous nous éloignons du rivage.

Les coussins et le parasol sont là où je les ai laissés hier.

Je me détends dans leur confort, admirant les mouvements des muscles de Kane pendant qu'il rame.

Il est magnifique avec ses cheveux noirs et soyeux, son teint mat, ses yeux bruns et sa peau lisse. Je lui dis toujours que ce n'est pas juste qu'il n'ait jamais eu le moindre souci de peau, alors que je lutte contre l'acné depuis l'âge de treize ans. J'ai pris des médicaments qui m'ont aidée, mais lui n'a pas eu ce problème.

Ce serait une journée parfaite si je n'avais pas si mal au dos. J'aimerais pouvoir prendre l'Ibuprofène qui me soulage habituellement, mais j'ai lu qu'il valait mieux ne pas prendre d'analgésiques pendant la grossesse. Je ne peux pas me résoudre à faire quelque chose qui ferait du mal à un enfant innocent, c'est pourquoi j'ai plus ou moins décidé de porter le bébé à terme et de le faire adopter. Je n'en ai pas encore parlé à Kane, mais je le ferai. Bientôt.

Kane rame longtemps, jusqu'à ce que nous soyons si loin de notre point de départ que notre cabane n'est plus qu'une tache au loin. Le soleil est chaud, le fond de l'air frais, et le lac placide et calme.

— C'est tellement beau ici, dis-je après un long moment de silence serein.

C'est l'une des choses que j'aime le plus en sa compagnie. Nous sommes tellement heureux d'être ensemble que nous ne ressentons pas le besoin de combler constamment chaque vide par de la conversation.

— Moi aussi. Il faudra revenir chaque été, à moins que cela ne te rappelle des choses que tu préférerais oublier.

— Je me sens tellement mieux depuis que nous sommes arrivés ici. J'aimerais beaucoup revenir.

Je me déplace sur les coussins, cherchant une position confortable alors que mon mal de dos s'intensifie.

— Qu'est-ce qui ne va pas ? demande Kane.

— Juste une douleur bizarre dans le dos qui ne fait que s'empirer depuis ce matin.

— Pourquoi n'as-tu rien dit ?

— Je pensais que c'était juste un muscle froissé ou quelque chose comme ça, mais c'est...

Une douleur aiguë qui irradie de l'arrière vers l'avant et un jaillissement de liquide entre mes jambes m'arrachent le souffle des poumons. Je crie en me penchant en avant.

Kane lâche les rames et me tend la main.

— Neisy, tu saignes.

— Non ! Le bébé !

Si je perds le bébé, je perdrai aussi la preuve que Ryder m'a violée.

— Je vais nous ramener au rivage.

Il rame comme un olympien, ne s'arrêtant que pour sortir son téléphone de sa poche.

— Merde, il n'y a pas de réseau ici.

Il se remet à ramer.

La douleur est terrible, je n'ai jamais rien ressenti de tel, même l'appendicite que j'ai eue à l'âge de dix ans.

— Ça va, Neisy ?

— Euh…

Je n'arrive pas à former une pensée cohérente.

Le fond du bateau est couvert de sang.

Lorsque nous nous rapprochons de la rive, Kane essaie à nouveau son téléphone.

— Dieu merci, on a du réseau maintenant.

L'heure qui suit est floue, je suis embarquée dans une ambulance avec Kane à mes côtés et transportée à l'hôpital. Je veux lui rappeler que nous avons besoin de l'ADN du bébé pour faire condamner Ryder, mais je n'arrive pas à m'exprimer avec cette douleur qui me déchire de l'intérieur. Je m'évanouis à un moment donné et je reviens à moi dans une pièce très éclairée, avec des gens autour de moi. Où est Kane ? Je veux demander à le voir, mais je n'arrive pas à le faire.

Je ne peux rien faire d'autre que de ressentir cette douleur fulgurante.

Lorsqu'une aiguille est insérée dans ma main, le pincement est à peine perceptible, mais le soulagement est immédiat.

Mes yeux deviennent lourds. Je n'arrive pas à les garder ouverts.

Lorsque je parviens à les ouvrir, je suis dans une pièce sombre.

Kane est là, assis à côté de mon lit, me tenant la main.

Je lèche mes lèvres si sèches qu'elles ressemblent à du papier émeri.

— Qu'est-ce qui s'est passé ?

— Tu as fait une fausse couche.

— Oh.

— Tu as perdu beaucoup de sang. Ils ont dû te faire une transfusion.

J'essaie d'assimiler ce qu'il dit, mais c'est comme si mon cerveau était fait de coton. Rien n'a de sens.

— Tu m'as fait peur, dit-il.

— Désolée, murmuré-je.

Il me caresse le visage et écarte les cheveux de mon front.

— Ne sois pas désolée.

— Est-ce que je peux...

Je force mes yeux qui voient flou à rester sur lui.

— Je peux en avoir d'autres ?

— Ouais, tu peux.

Je pousse un soupir qui se transforme en sanglot, arraché aux tréfonds de mon être. Le bébé dont je ne voulais pas n'est plus là. Je devrais être soulagée, mais tout ce que je ressens, c'est la perte d'un être innocent dans cette situation tragique qui me brise le cœur. Les larmes coulent sur mes joues.

Kane s'assoit au bord du matelas et les essuie avec un mouchoir en papier.

— Je ne sais pas pourquoi je pleure.

— Tu as traversé une épreuve traumatisante.

— Tu as appelé mon père ?

— Pas encore. Je me suis dit qu'il valait mieux que tu l'appelles, toi, pour qu'il entende ta voix.

— Merci d'avoir pensé à ça.

— Pas de problème.

J'ai encore une question à lui poser, la plus grande et la plus importante de toutes.

— Ont-ils pu prélever de l'ADN du bébé ?

— Non, ma chérie. Il était trop tard quand nous sommes arrivés.

La déception me prend aux tripes. Comment vais-je faire payer Ryder pour ce qu'il m'a fait sans l'ADN du bébé comme preuve ? Ce sera ma parole contre la sienne, et ils le croiront à cause de sa réussite. Je ne suis personne à côté de lui. C'est peut-être pour ça qu'il m'a choisie pour l'attaque. Il savait qu'il pouvait m'écraser sur tous les plans.

Kane s'étend à côté de moi et me prend dans ses bras pendant que je pleure.

— Je sais que ça n'en a pas l'air pour l'instant, mais tu vas t'en sortir. Je te le promets.

Il sent l'air frais et la crème solaire.

Je me rends compte qu'il a lui aussi des larmes qui coulent sur son visage. Alors que je recule pour pouvoir le voir, je suis frappée par sa dévastation évidente.

— Kane...

J'essuie ses larmes, et je demande :

— Qu'est-ce qu'il y a ?

— Il y avait une infirmière aux urgences… Elle était si gentille et attentionnée. Elle… elle a dit que nous étions jeunes et que nous pouvions réessayer. Que nous aurons beaucoup de bébés quand nous serons prêts.

— Oh, mon Dieu, je suis tellement désolée.

Bien sûr qu'elle a pensé que le bébé était le nôtre. Pourquoi aurait-elle pensé le contraire ?

— C'est vrai, tu sais. On est jeunes, et on se remettra de cette histoire, on aura beaucoup de bébés et une vie heureuse. On ne laissera pas tout ça gâcher quoi que ce soit pour nous, tu m'entends ?

— Ouais, je t'entends.

— Aussi affreux que cela puisse être, on va le surmonter et en sortir plus forts.

— Je me demande souvent ce que j'ai fait pour avoir la chance de te rencontrer quand j'étais si jeune, et savoir que je voulais être avec toi pour toujours, quoi qu'il arrive.

— Pareil, mon amour. On a beaucoup de chance, et on va continuer à en avoir.

Il me tient aussi près de lui qu'il le peut, et c'est exactement là où je veux être. Comme toujours, je me sens tellement mieux grâce à lui que lorsqu'il n'est pas à mes côtés. Quand il me dit que tout va bien se passer, je le crois.

Le lendemain, mon père m'appelle pour prendre de mes nouvelles après ma sortie de l'hôpital avec l'ordre de me ménager pendant les quatre à six prochaines semaines. Nous lui avons envoyé la nouvelle par SMS hier soir et lui avons dit que je n'étais pas en état de parler, mais qu'il m'appelle le lendemain.

— Comment te sens-tu, ma petite ?

— Fatiguée et endolorie, mais sinon ça va.

— Je suis vraiment désolé que tu aies subi une autre épreuve traumatisante.

Sa voix est pleine de larmes, ce qui me fend le cœur. Mon père est la personne la plus forte que je connaisse, et je déteste entendre qu'il est brisé à cause de moi.

— Je vais bien, Papa. Je te le promets. Mais que va-t-il se passer maintenant qu'on ne peut plus utiliser l'ADN du bébé pour prouver qu'il m'a attaqué ?

— Je ne suis pas sûr. J'ai un appel avec le procureur plus tard dans la journée pour le mettre au courant.

— Je veux toujours témoigner contre lui. Même si on perd, je veux que les gens sachent ce qu'il m'a fait.

— Je transmettrai le message. Tu m'épates, Neisy. Je suis si fier de toi.

— C'est de toi que je tiens ma détermination.

— Je suppose que c'est vrai, mais je n'étais pas aussi fort que toi quand j'avais ton âge.

— Qu'est-ce que tu me dis toujours ?Que les gens sont à la hauteur quand c'est nécessaire ? Je ne fais rien de plus.

— Je suis très fier.

— Et c'est la seule chose qui a jamais compté pour moi. Tu le sais, hein ?

— Oui, ma belle. Je le sais. Tu veux que je vienne là-haut ?

— Ce n'est pas nécessaire. On va bien. Kane s'occupe très bien de moi.

— Remercie-le de ma part.

— Je n'y manquerai pas. Comment va Maman ?

— Elle n'a pas bu depuis une semaine, et elle est allée à une réunion des AA avec Mme Dalton. Tu la connais ?

— La voisine d'en bas de la rue ?

— Oui. Maman avait entendu dire qu'elle se rétablissait et l'a contactée. Mme Dalton lui a proposé de l'accompagner à sa première réunion et d'être sa marraine.

— Quel progrès !

— Je suppose. On verra si ça marche sans cure de quelque sorte que ce soit dans une institution.

— J'espère que oui.

— Moi aussi.

— Tu l'aimes encore, Papa ?

— C'est une question compliquée. Si tu me l'avais posée avant que tout cela ne t'arrive, j'aurais dit oui. Maintenant… je ne sais pas. Je suis furieux qu'elle t'ait laissée souffrir en silence pendant des semaines après ton agression. Comment a-t-elle pu *ignorer* que tu vivais quelque chose d'aussi horrible ?

— Elle a une maladie. Je ne la blâme pas pour ça, et tu ne devrais pas non plus.

— J'essaie. Mme Dalton m'a suggéré Al-Anon[1] et j'y réfléchis. J'en ai entendu dire de très bonnes choses.

— Je pense que tu devrais essayer. Ça ne peut pas faire de mal, non?

— C'est aussi ce qu'a dit Mme Dalton. Tu me feras savoir comment tu vas un peu plus tard ?

— D'accord. Merci d'avoir pris de mes nouvelles.

— Je t'aime tellement, ma petite. J'espère que tu le sais…

— Je le sais. Je l'ai toujours su. Je t'aime aussi.

— Comment va-t-il ? demande Kane en m'apportant une tasse de thé.

Je m'assois sur le canapé et lui prends la tasse.

— Merci. Il va bien. Bouleversé, bien sûr. J'ai l'impression que c'est le mot de cet été. Bouleversé.

— Je préfère quelque chose comme résilient, courageux ou inspirant.

Il me fait sourire alors que j'aurais pensé que c'était impossible aujourd'hui.

— Est-ce bizarre que je sois triste à propos du bébé malgré tout ?

— Je comprends pourquoi. Il ou elle n'a rien à voir avec tout ça et mérite que quelqu'un pleure pour lui.

— Ça me fait du bien que tu comprennes.

— Je comprends tout à fait. Je suis triste aussi, et pas seulement parce que le bébé t'aurait aidé à obtenir justice.

— Ce sera beaucoup plus compliqué maintenant.

— Tout ce que tu peux faire, c'est dire la vérité et espérer que tout ira pour le mieux.

Lorsque j'essaie de m'imaginer à la barre pour témoigner contre Ryder, tout mon corps se crispe.

— Ne te soucie pas de ça maintenant.

Je devrais être habituée à ce qu'il sache toujours ce que je pense.

— Tu auras tout le temps de te préparer à cela à plus tard, dit-il. Pour l'instant, tu dois te concentrer sur ton repos et ta guérison. D'accord ?

Mon regard croise le sien, plein d'inquiétude et d'amour. Tellement d'amour.

— D'accord.

---

1. Programme de soutien aux personnes dont les vies sont affectées par la consommation d'alcool de quelqu'un d'autre (généralement des membres de la famille et amis d'alcooliques).

CHAPITRE 10

Neisy
LE PASSÉ

Deux semaines après ma fausse couche, Kane et moi retournons au Rhode Island pour une audience. L'avocat de Ryder a déposé une requête pour rejeter les accusations en raison du manque de preuves matérielles. Le juge a demandé à toutes les parties d'être présentes et prêtes à répondre à ses questions.

Ensuite, nous nous rendrons à l'appartement de mon père en Virginie, où il réside lorsqu'il est là-bas. Il essaie de trouver une maison à louer dans notre ancien quartier pour notre dernière année d'études.

Je ne sais pas encore si ma mère se joindra à nous, mais je ne vais pas poser de questions. Tant que je n'ai pas à retourner à ma dernière école, je m'en sortirai.

Kane s'inquiète de savoir si je suis assez forte pour l'audience.

Je vais devoir raconter ce qui s'est passé en audience publique, avec Ryder, sa famille et ses amis dans la salle. Je me sens aussi mal à l'idée de le revoir que quand j'ai fait la fausse couche, mais soit je me présente à cette audience, soit il s'en sort avec ce qu'il a fait.

Tout dépendra du juge, au final.

Le procureur, un très gentil assistant du procureur général nommé Neil DeGrasso, m'a dit que cela pouvait aller dans les deux sens. Neil a expliqué que cela dépendrait de celui d'entre nous que le juge croira, et s'il pense que nous avons assez d'éléments pour convaincre un jury de la culpabilité de Ryder.

Comme je n'ai ni preuves ni témoins pour étayer mon histoire, il est possible que le juge décide que mon témoignage ne soit pas suffisant. Je ne doute pas que son avocat veillera à ce que les nombreuses réussites de Ryder soient prises en considération. Neil m'a prévenue que l'avocat de la défense demanderait pourquoi un jeune homme apprécié et accompli comme lui aurait besoin de violer quelqu'un. Ce n'est pas une question juste, dit Neil, mais il veut que je m'y prépare.

Nous arrivons chez mes parents à 23 heures, la veille de l'audience.

Mon père m'attend à la porte pour m'accueillir. J'ai l'impression qu'il a vieilli de dix ans depuis qu'il a appris que je me suis fait agresser.

Il me serre très fort dans ses bras.

Lorsqu'il s'écarte pour nous laisser entrer, je suis surprise de trouver ma mère là, attendant nerveusement de pouvoir me saluer.

Je la serre dans mes bras.

— Je suis contente de te voir, Maman.

— Moi aussi. C'est bon de t'avoir de retour chez toi.

— Merci.

J'ai envie de lui dire que je ne serai jamais chez moi ici, mais elle n'a pas besoin qu'on lui rappelle que tous mes problèmes ont commencé quand elle m'a amenée dans sa ville natale, où je n'avais aucune chance de m'intégrer avec des jeunes qui avaient vécu ensemble toute leur vie. Au moins, dans mon ancienne école, il y avait des tonnes de jeunes fils ou filles de militaires comme moi, alors ce n'était pas aussi compliqué d'être la petite nouvelle. Il y avait quelques enfants de militaires à l'école ici, mais pour une raison quelconque, ils n'avaient pas du tout les mêmes problèmes que moi.

C'est peut-être moi. J'ai dû faire quelque chose pour qu'ils me détestent immédiatement. J'y ai beaucoup réfléchi ces dernières semaines, ressassant chaque seconde de ces premières semaines dans une nouvelle école. Mais je n'arrive pas à imaginer ce qui a pu les amener à me détester à ce point.

Kane dit que c'est parce qu'ils ont été intimidés par ma beauté.

Je pense que c'est idiot. Beaucoup d'entre eux sont plus beaux que moi.

Il a dit que ça l'étonnerait.

Je lui ai dit qu'il n'était pas objectif et que je refusais de croire que le genre de choses que j'ai vécues pouvait être causé par quelque chose d'aussi superficiel que l'apparence d'une personne.

Le fait de revenir dans mon ancienne chambre réveille le traumatisme. Je donnerais tout pour ne pas avoir à passer une seule nuit dans cette pièce, mais comme Kane est avec moi, je m'en sors.

J'entre dans la salle d'audience le lendemain matin, et le traumatisme frappe comme un raz-de-marée lorsque je vois Ryder assis à l'une des tables à l'avant de la salle, à côté d'un homme aux cheveux grisonnants qui se penche pour entendre ce que Ryder est en train de dire.

Je sens les regards – ou je devrais dire les foudres – de toutes les personnes présentes dans cette salle braqués sur moi alors que je me dirige vers mon siège à l'avant, là où Neil m'a dit de m'asseoir.

La main de Kane posée sur le bas de mon dos me rappelle de continuer à respirer, de surmonter cette épreuve pour pouvoir partir d'ici le plus vite possible.

Mes parents nous suivent et s'assoient à côté de moi. Kane tient ma main droite tandis que mon papa me tient la gauche.

L'adjoint du shérif nous dit de nous lever lorsque le juge entre dans la pièce.

— L'honorable juge Morgan Denton préside l'audience.

— Veuillez vous asseoir, dit Madame la Juge Denton.

Elle est plus jeune que je ne le pensais, quarante ans tout au plus, avec une peau mate, des yeux sombres et une expression de fermeté sur son joli visage.

— Nous sommes ici aujourd'hui pour examiner la requête de la défense visant à classer l'affaire en raison d'un manque de preuves. Avant d'examiner le bien-fondé de la requête, j'aimerais entendre Mme Sutton.

Kane serre ma main avant de la relâcher.

J'ai beaucoup réfléchi à comment m'habiller aujourd'hui et j'ai opté pour une robe bleu marine que j'ai portée au mariage de ma cousine juste avant la rentrée des classes l'année dernière. J'ai laissé mes cheveux détachés et, à part du brillant à lèvres, je ne me suis pas maquillée. J'ai été surprise lorsque Neil m'a demandé ce que j'allais porter et m'a suggéré de rester aussi simple que possible.

Lorsque je suis assise dans le box à côté du juge, l'huissier apparaît avec une bible et me fait prêter serment.

— Je vous remercie d'être ici aujourd'hui, Madame Sutton, dit Madame la Juge. J'ai demandé à ce que vous prêtiez serment parce que c'est un crime de mentir sous serment. Vous accusez Monsieur Elliott d'un crime très grave. Je veux entendre l'histoire de votre bouche avant de me prononcer sur la requête de la défense. Vous comprenez ?

— Je comprends.

Au cours de la demi-heure qui suit, Neil me fait retracer les événements de cette soirée, en me guidant dans le récit de mon histoire. Je m'efforce de ne pas être émotive, mais lorsque j'arrive au moment où je dois décrire l'agression en détail, je ne peux empêcher les larmes de couler sur mes joues.

— Madame Sutton, dit le juge, quels contacts avez-vous eus avec Monsieur Elliott avant cette nuit-là ?

— Je ne le connaissais qu'à l'école. Je veux dire que tout le monde le connaissait.

— Lui aviez-vous parlé ou aviez-vous eu une interaction directe avec lui ?

— Une ou deux fois, mais juste pour dire bonjour.

— Et pourtant il a dit que vous le regardiez comme si vous vouliez le baiser ? C'est comme cela qu'il s'est exprimé ?

Je hoche la tête.

— J'ai besoin que vous prononciez les mots pour le sténographe du tribunal.

— Oui. C'est ce qu'il a dit, mais ce n'est pas vrai. J'ai un petit ami que j'aime beaucoup. Nous sommes ensemble depuis des années. Je n'ai jamais voulu quelqu'un d'autre que lui. Tout le monde à l'école savait aussi que Ryder avait une relation avec Louisa, alors ça m'a choquée qu'il dise ces choses-là.

— Objection, dit l'avocat de la défense en se levant d'un bond. Le témoin exprime son opinion.

— Refusée. Si nous sommes ici, c'est pour déterminer ce qui s'est passé cette nuit-là et si nous avons des raisons de procéder au procès. Je veux entendre ce que Mme Sutton a à dire.

L'avocat de la défense s'assoit, mais il est furieux.

Je refuse de regarder Ryder, mais je sens que lui et tous les autres me fixent avec une hostilité à peine dissimulée.

— Madame Sutton, dit Neil, quand Monsieur Elliott vous a demandé s'il pouvait vous parler en privé, avez-vous eu peur de quitter la fête avec lui ?

— Non, je n'avais aucune raison de le craindre. Il a dit que c'était à propos de sa petite amie, Louisa. Nous avions suivi un cours ensemble avant qu'elle ne quitte l'école. Je l'aimais bien et j'avais l'impression qu'elle m'aimait bien aussi. Et quand il a dit les choses qu'il a dites… À propos de la façon dont je le regardais… J'étais choquée.

— Que s'est-il passé après cette nuit-là ?

— Quelques semaines plus tard, j'ai appris que j'étais enceinte.

La salle d'audience éclate en un véritable chaos tandis que le juge frappe de son marteau et rappelle tout le monde à l'ordre.

— Qui est le père de votre enfant ? demande Neil.

— Ryder Elliott.

— Objection !

— Refusée.

— Êtes-vous toujours enceinte ?

— Non, j'ai fait une fausse couche à cinq semaines.

— Avez-vous dit la vérité aujourd'hui sur ce qui s'est passé cette nuit-là ?

— Oui.

— Rien de plus, dit Neil.

L'avocat de la défense se lève.

— Est-il vrai que vous aviez la réputation d'avoir des mœurs légères à l'école ?

— Je n'ai rien fait pour mériter cette réputation.

— Mais est-il vrai que les gens disaient cela de vous ?

— Ils ont dit beaucoup de choses sur moi, mais ils ne me connaissaient pas.

— Veuillez limiter vos réponses aux questions qui vous sont posées. Est-il vrai que vous avez eu des relations intimes avec des membres de l'équipe de football ?

— Non, ce n'est pas vrai.

— Votre honneur, nous avons une déclaration sous serment de dix membres de l'équipe.

— C'est un mensonge !

— Madame Sutton, s'il vous plaît, contrôlez vos emportements dans mon tribunal.

— Ils mentent ! Je n'ai jamais couché avec aucun d'entre eux !

Et si Kane les croit ? Comment peuvent- ils jurer que j'ai fait ça alors que ce n'est pas vrai ? Je me tourne vers Neil, espérant qu'il fera quelque chose contre cette diffamation. Je ne devrais pas être surprise que les amis de Ryder se soient rassemblés pour le défendre de cette façon, mais quand même… Je suis choquée qu'ils mentent sous serment.

— Objection ! dit Neil après qu'on lui a remis une copie du document. Il s'agit du frère et des amis les plus proches de l'accusé. Bien sûr qu'ils menti-raient pour le protéger.

— C'est une accusation très grave, Monsieur DeGrasso. Ces jeunes hommes ont fait des déclarations sous serment et ont été informés des conséquences d'un mensonge sous serment.

— Nous avons les déclarations de Camden Elliott, Arlo Merrick…

Il continue à réciter des noms qui me sont familiers, mais ce ne sont que des mensonges. Je ne me suis jamais approchée d'aucun d'entre eux.

Neil me lance un coup d'œil. Lorsque son regard croise le mien, je réalise qu'il ne sait pas qui croire.

— Madame Sutton, dit l'avocat de la défense, est-il vrai que vous aviez des mœurs sexuelles légères lorsque vous étiez au lycée de Hope?

Je secoue la tête.

— Non, ce n'est pas vrai. Je n'avais jamais eu de relations sexuelles avant que Ryder Elliott ne me viole.

— Madame Sutton, veuillez limiter vos réponses aux questions qui vous sont posées, répète l'avocat d'un ton péremptoire. Une dernière question. Étiez-vous déçue lorsque vous avez demandé à Ryder Elliott de sortir avec vous et qu'il a refusé ?

Je reste bouche bée sous le choc.

— Cela n'est jamais arrivé.

— Il faut répondre par oui ou par non, Madame Sutton. Étiez-vous déçue ?

— Non, je ne l'étais pas, parce que je ne lui ai jamais demandé une telle chose.

— Plus de questions.

— Madame Sutton, vous pouvez disposer.

Je lève les yeux vers Madame la Juge, incrédule qu'elle les laisse me salir de la sorte.

Elle ne me regarde pas.

C'est à ce moment-là que je sais qu'elle va le laisser partir, que les mensonges que Ryder et ses amis ont racontés primeront sur la vérité.

Je suis tellement anéantie que j'ai du mal à trouver la force de me lever et de marcher jusqu'à mon siège. La dévastation est d'autant plus grande que Kane ne me prend pas la main. Ce n'est pas possible qu'il croie que je lui ai fait ça. Le peut-il ? Et s'il le croyait ?

Si je le perds, je ne m'en remettrai jamais.

— C'est une situation très difficile, dit le juge.

La salle est singulièrement silencieuse et pleine de tension alors que nous attendons qu'elle rende son jugement.

— Madame Sutton, je crois qu'il s'est passé quelque chose cette nuit-là, mais en l'absence de preuves matérielles permettant de relier M. Elliott à un crime, je ne peux pas permettre que cette affaire aille jusqu'au procès. Les charges sont abandonnées. Monsieur Elliott, vous êtes libre de partir.

Ses sympathisants applaudissent à tout rompre, tandis qu'il serre son avocat dans ses bras, puis ses parents.

Il est entouré du même groupe de garçons qui ont menti pour lui et qui applaudissent à sa disculpation.

Je dis à mon papa :

— S'il te plaît, sors-moi d'ici.

Il passe un bras autour de moi et m'emmène de là en quelques secondes.

J'ai tellement froid que j'ai l'impression que je n'aurai plus jamais chaud.

Nous retournons à la maison dans le silence le plus complet.

Kane regarde par la fenêtre du côté passager.

À quoi pense-t-il ?

Dans l'allée de la maison, mes parents sortent.

Kane et moi ne bougeons pas.

— Vous venez ? demande Papa, son expression empreinte d'une dévastation totale.

— Dans une minute.

Je ne peux pas passer une seconde de plus sans savoir ce que pense Kane. À la seconde où la porte de la voiture se referme, je me tourne vers lui.

— Dis quelque chose ! Rien de tout cela n'est vrai ! Tu es le seul que j'aime, et tu le sais.

— Ils ont juré que c'était vrai.

— Ils ont *menti* ! Je le jure devant Dieu. Je n'ai jamais rencontré ni Arlo Merrick, ni Camden Elliott, ni la plupart des autres gars qui ont validé ce *mensonge* !

Il regarde droit devant lui, sa joue palpitant de tension.

C'est alors que je réalise qu'il pleure.

— Kane...

— Je pensais comprendre ce que tu avais vécu avec ces gens... Mais jusqu'à aujourd'hui, je n'avais pas réalisé à quel point c'était grave.

Je lui tends les bras.

Il m'enlace.

— Je suis vraiment, vraiment désolé, Neisy.

— Ce n'est pas de ta faute.

— Je veux les tuer pour avoir osé mentir à ton sujet.

Je suis profondément soulagée qu'il me croie.

Nous nous tenons l'un contre l'autre pendant un long moment, et lorsque nous nous séparons, nos visages sont mouillés de larmes.

— Partons d'ici.

— Oui, s'il te plaît.

— Et ne revenons jamais.

CHAPITRE 11

J'attends longtemps avant que Houston n'entre dans le commissariat, vêtu d'un jean et d'un T-shirt à manches longues. Ses cheveux sont ébouriffés et ses joues sont rouges, comme s'il avait fait un effort. Il est plus grand que dans mon souvenir, ses cheveux sont blond foncé et ses yeux bleu-vert. Son frère, Dallas, le garçon pour lequel j'avais le béguin jusqu'à ce qu'il mente à propos de Neisy, est de la même corpulence que lui, mais ses cheveux et ses yeux sont plus foncés.

Je me lève pour le saluer.

— Je suis venu dès que possible, Blaise. Désolé de t'avoir fait attendre.

— Ce n'est pas grave.

— Entre.

Il me fait passer devant l'officier qui m'a aidée à le retrouver et me conduit à un bureau situé à l'arrière du bâtiment. Après m'avoir fait signe d'entrer devant lui, il ferme la porte et s'assoit derrière le bureau.

Mon cœur bat si vite et si fort que je crains de m'évanouir avant d'avoir pu dire les mots que j'ai gardés enfouis en moi pendant quatorze années de torture.

— Qu'est-ce qui se passe ? Je croyais que tu vivais en ville maintenant.

Je suis choquée qu'il sache quoi que ce soit sur moi. J'ai quatre ans de moins que lui. Il était diplômé avant que je ne mette les pieds au lycée, mais il connaissait Teagan et Arlo.

— Oui, je le suis. Je veux dire, j'y suis. C'est là que vis.

— Je t'admire. La ville me rendrait dingue. Je pourrais à peine y passer un week-end.

— Quand on est habitué à LE, tout semble dingue en comparaison.

Il pousse un grognement en riant.

— C'est vrai. J'étais en train d'entraîner l'équipe de football de ma nièce et de mon neveu, sinon je serais venu plus tôt. On m'a dit que tu voulais signaler un crime ?

— C'est ça.

— Je suis confus. Ça doit être parce que tu n'habites plus ici.

— C'est arrivé il y a quatorze ans.

— Oh. D'accord…

— C'est arrivé à la fête que tu avais organisée.

Il se redresse un peu, les yeux écarquillés.

— Tu parles de Ryder et Neisy ?

Et voilà, nous y sommes. Ma bouche est si sèche que j'ai du mal à avaler. Toute l'humidité de mon corps s'est accumulée dans les paumes de mes mains, qui sont serrées l'une contre l'autre.

— Oui.

— Qu'est-ce que tu dis, Blaise ?

— Je… je l'ai vu l'attaquer.

Pendant un long moment, il reste immobile et silencieux, le regard fixe.

— Tu as vu Ryder violer Neisy.

— C'est ça.

— Blaise… Il dit mon nom sur un ton d'incrédulité. Pourquoi ne t'es-tu pas manifestée plus tôt ?

Je penche la tête pour lui lancer un regard du genre « allez, tu sais pourquoi ».

— J'ai eu tort de ne pas le faire. Je l'ai toujours su. Je n'ai pas eu le courage de bouleverser toute ma vie à ce moment-là, et cela me hante depuis. J'en suis aussi malade aujourd'hui que je l'étais le jour où c'est arrivé.

— Alors, pourquoi venir témoigner maintenant ?

— J'ai entendu dire qu'il se présentait au Congrès, et je ne pouvais pas me taire une seconde de plus.

— C'est un crime de cacher les preuves d'un autre crime.

Cela ne m'était pas venu à l'esprit, et pendant une seconde, je ne sais pas comment répondre. Mais ensuite, je sais ce que je dois dire.

— Je suis prête à subir toute punition pour faire ce que j'aurais dû faire il y a quatorze ans.

Ma voix vacille en disant « toute punition », mais ma détermination est ferme. Je ne peux tout simplement pas continuer à vivre avec cela.

— Quelqu'un d'autre a été témoin de ce crime ?

— Je ne parle qu'en mon nom.

— C'est donc un oui ?

— Je ne peux ni le confirmer ni le nier.

Il expire profondément et semble s'intéresser de près au mur du fond en tripotant un stylo sur son bureau.

— Tu comprends ce qui se passera quand j'informerai le procureur général qu'un témoin s'est présenté ?

— Je pense que oui.

Il se penche en avant, les bras appuyés sur le bureau, le regard intense et fixé sur moi.

— Ce sera un cauchemar, Blaise. Les gens t'attaqueront pour ne pas l'avoir signalé à l'époque. Ils s'interrogeront sur les raisons qui t'ont poussée à le faire aujourd'hui. Ils mettront en pièces tous les aspects de ta vie. De vieilles histoires du lycée vont ressurgir. Les Elliott se défendront avec acharnement. Es-tu sûre d'être prête pour ça ?

— En d'autres termes, la même chose qui se serait produite il y a quatorze ans se produira maintenant, mais en pire parce que je serai calomniée pour avoir attendu si longtemps pour le signaler. Ai-je bien compris ?

Il ne sourcille pas quand il dit « oui ».

— Je peux gérer.

— Tu es sûre ?

— Non, je ne suis pas sûre ! Le serais-tu à ma place ?

— Je n'aurais pas attendu plus de dix ans pour le dénoncer.

— Vraiment ? Tu en es si sûr ? Tu aurais eu le courage de voir toute une ville de gens que tu as connus toute ta vie se retourner contre toi pour avoir osé accuser l'un des tiens d'une telle chose ? Tu aurais eu la force d'âme de voir ton seul frère te détester parce que tu accusais l'un de ses plus proches amis d'un crime monstrueux ? Tu aurais accepté d'être un paria, une cible sur Facebook, à l'âge de dix-sept ans ?

— Peut-être pas, concède-t-il, mais il y a de nombreuses années entre dix-sept et trente et un ans.

— Je m'en rends compte, et ça n'aurait pas dû prendre autant de temps. Je ne sais pas ce que je peux dire d'autre à part que j'avais tort. Je le savais à l'époque, et je le sais maintenant. Je veux y remédier.

— Je vais devoir apporter ces nouvelles informations à Neisy. Nous aurons besoin de l'avoir à bord pour rouvrir le dossier.

— Sais-tu où elle est ?

— Non, je ne le sais pas. Je vais devoir la retrouver. Son cousin tient toujours le restaurant où elle et moi avons travaillé ensemble. Je commencerai par là.

Il note mon numéro de téléphone et me promet de me contacter après avoir parlé avec elle et le procureur général.

— Tu me crois, Houston ?

Après une longue pause, il dit :

— Je crois que tu n'aurais aucune raison d'inventer quelque chose qui va bouleverser ta vie autant que celle de Neisy et Ryder.

— Merci.

— Je veux que tu sois prête, Blaise. Si nous allons de l'avant, ce sera moche.

— Je comprends.

— Tu dois trouver un endroit sûr où rester.

— Je peux aller chez ma mère.

— Non, tu ne peux pas.

Il écrit quelque chose et me tend une note autocollante.

— Va voir mon ami Jack Olsen et dis-lui que je t'envoie. Il a quelques chalets à louer sur sa propriété. Personne ne penserait à te chercher là-bas. Je veux que tu y ailles et que tu y restes jusqu'à ce que tu aies de mes nouvelles.

— Tu crois vraiment que c'est nécessaire ?

— Oui, vraiment.

Houston
LE PRÉSENT

Après le départ de Blaise, je reste assis pendant cinq minutes entières, essayant d'assimiler ce qu'elle m'a dit.

Ryder Elliott a bel et bien violé Neisy Sutton.

Et il s'en est tiré pendant quatorze ans, au cours desquels il est allé à l'université, a obtenu son diplôme avec mention, a servi huit ans dans la Marine avant de la quitter avec de multiples récompenses et autres honneurs. Ingénieur de métier, Ryder travaille pour une grande entreprise de Providence depuis son départ de l'armée. Il est marié, a trois jeunes enfants et possède une maison dans la même rue de Hope où lui, Cam et leurs sœurs ont grandi.

Dallas et moi jouons au poker avec lui et Cam, ainsi qu'avec Arlo, le frère de Blaise, le troisième samedi soir de chaque mois.

Je suis révolté de penser que je l'ai considéré comme un ami.

Tout ce temps...

Personne n'a cru Neisy lorsque les allégations ont été révélées pour la première fois. Aucun sympathisant ne s'est manifesté pour dire qu'elle n'inventerait jamais quelque chose comme une accusation de viol, parce que personne ne la connaissait assez bien pour se porter garant d'elle. Même moi, qui avais été un de ses rares amis dans la région, je n'ai pas pris la parole pour dire qu'il était impossible qu'elle invente une telle chose, parce que je n'en étais pas tout à fait sûr. Même s'il avait trois ans de moins que moi, je connaissais

Ryder et sa famille bien mieux et depuis bien plus longtemps que je ne la connaissais, elle.

Je ne l'ai jamais dit à personne, mais j'ai pris le parti de Ryder.

Tout le monde était de son côté, y compris les coéquipiers qui avaient juré qu'elle avait couché avec chacun d'entre eux. L'un d'entre eux était mon propre frère, ce qui me rend malade à la lumière de ce que Blaise m'a dit.

Neisy n'avait aucune chance.

Je vais dans une autre pièce pour trouver le dossier d'origine. Je l'emporte dans mon bureau et ferme la porte. Je me sers ma quatrième tasse de café de la journée et j'ouvre le dossier, qui date de l'époque de mon père, avant que le service ne soit entièrement informatisé. Mon père était méticuleux. On a toujours dit que son écriture aurait pu être une police de caractères.

J'ai répondu à un appel téléphonique du capitaine de marine Rick Sutton, qui m'a signalé que sa fille, Denise, avait été agressée sexuellement par Ryder Elliott dans les bois près de chez moi il y a trois semaines. L'agression présumée a eu lieu lors d'une fête organisée par mon fils, Houston, alors que ma femme et moi n'étions pas en ville. Le capitaine Sutton a amené sa fille au poste le lendemain. Elle a fait le récit suivant :

J'ai assisté à la fête organisée par mon ami Houston Rafferty, avec qui j'avais travaillé au Daily Catch l'été précédent. Pendant la fête, Ryder Elliott m'a demandé s'il pouvait me parler de sa petite amie, Louisa, et m'a entraînée à l'écart du groupe, le long d'un sentier jusqu'à une zone où il y avait beaucoup d'arbres et de buissons. Je lui ai demandé ce qu'il voulait me dire à propos de Louisa, et il m'a dit que je savais ce qu'il voulait vraiment. Je ne savais pas. Je ne lui avais jamais parlé auparavant, sauf pour lui dire bonjour deux ou trois fois. Je savais qu'il pratiquait plusieurs sports et, à propos de Louisa et de lui, qu'elle avait été malade. J'étais dans une classe avec elle et le frère de Ryder, Camden, mais je n'avais jamais eu d'autre contact avec les frères Elliott. J'ai demandé à Ryder de m'expliquer ce qu'il voulait dire, et il m'a dit que je le rendais fou avec la façon dont je le regardais à l'école. Quand je lui ai demandé comment je le regardais, il m'a dit comme si je voulais baiser avec lui. J'ai dit que ce n'était pas le cas et nous nous sommes disputés à ce sujet. Il a insisté pour dire que c'était vrai et a dit que les autres me traitaient d'allumeuse. Je lui ai dit que je le connaissais à peine, alors pourquoi voudrais-je le baiser ? Il a alors bougé si rapidement qu'il m'a surprise et m'a fait tomber. Il s'est jeté sur moi et a essayé d'arracher mes vêtements. Je portais une robe. Il a déchiré ma culotte et l'a baissée. Je lui ai crié d'arrêter et j'ai appelé à l'aide, mais personne ne m'entendait. La musique était forte et il y avait tellement de monde que personne ne pouvait m'entendre.

Le reste est presque trop dur à supporter. Lorsque Ryder eut terminé, il s'est levé et s'est éloigné, la laissant là, en sang et en pleurs. Elle a raconté qu'elle avait finalement réussi à se relever et à regagner sa voiture, qui était garée à environ cinq cents mètres de la maison.

Je me lève enfin pour quitter le bureau, accablé par la culpabilité et les regrets. Neisy était mon amie. Pourquoi n'ai-je pas pris sa défense quand elle avait besoin de moi ? J'ai travaillé avec elle pendant tout un été, j'ai eu des rapports agréables avec elle et je l'aurais invitée à sortir si elle n'avait pas été beaucoup plus jeune que moi. Plutôt que de sortir ensemble, nous avons eu une relation de grand frère à petite sœur. Lorsqu'elle a accusé Ryder de viol, j'ai d'abord pensé que ce n'était pas possible, d'autant plus qu'il était avec Louisa depuis des années et qu'il avait aidé cette dernière à faire face à une terrible maladie en faisant preuve de loyauté et de fidélité.

Je ne pouvais pas réconcilier ce mec-là avec la personne décrite par Neisy dans sa plainte, dont j'avais eu connaissance parce que j'avais demandé à mon père de la partager avec moi. J'avais été profondément bouleversé d'apprendre, des semaines après ma fête, qu'une personne y avait peut-être été agressée sexuellement. Je me souviens d'avoir pensé à l'époque que si l'agresseur avait été quelqu'un d'autre, j'aurais cru Neisy.

Mais Ryder Elliott ? Non. Je refusais de croire que c'était possible, et mon frère et nos autres amis étaient du même avis.

Dallas le connaissait bien et il était catégorique que Ryder n'aurait jamais fait une telle chose. Je me souviens que Dallas s'était disputé avec mon père, qui n'avait pas eu d'autre choix que d'enquêter sur les accusations.

Papa était furieux contre moi parce que j'avais organisé une fête avec des mineurs en état d'ébriété pendant que mes parents étaient partis pour des vacances bien méritées. C'était la seule fois où mon père et moi avons été sérieusement en désaccord. Sa déception m'avait brisé.

Je me souviens d'avoir été un peu en colère contre Neisy qui m'avait créé des ennuis avec mon père en signalant quelque chose qui s'était passé lors d'une fête que je n'étais pas censé organiser. Mes parents n'en auraient jamais rien su si elle n'avait pas accusé Ryder. Je savais alors que c'était profondément injuste de penser cela, mais je ne pouvais pas m'en empêcher.

Ce fut une période difficile pour toutes les personnes impliquées, mais pas autant que pour Neisy, qui a quitté la ville peu de temps après et qui, que je sache, n'est revenue que pour l'audience préliminaire qui a permis à Ryder de retrouver sa liberté.

Je veux parler à mon père de ce nouveau développement, alors je me dirige vers la maison où j'ai grandi avec mon frère et ma sœur. Le trajet jusqu'à la maison est court, par les routes rurales sinueuses de ma ville natale. Peu de choses ont changé ici, et c'est une bonne chose. Aucune chaîne de magasins ne se mêle aux fermes, aux magasins d'antiquités ou aux cafés. Land's End, qui est devenu une enclave exclusive au cours des dix dernières années, ne connaît que la beauté bucolique. De nombreuses maisons côtières appartiennent à des estivants et restent vides le reste de l'année.

Être policier dans cette ville peut parfois être ennuyeux. Cela ne s'applique pas vraiment à moi depuis que j'ai été fait commissaire de police, il y a quatre ans. Beaucoup de jeunes policiers ne font pas long feu ici et partent à la recherche de quelque chose de plus excitant que notre petit coin du monde.

Je ne leur reproche pas de passer à autre chose. Après avoir terminé mes études à Boston, j'ai travaillé pendant deux ans dans une banlieue de la ville. Puis je suis revenu ici. Je n'ai jamais voulu vivre ailleurs qu'à LE.

C'est chez moi.

Je tourne à gauche sur un chemin de terre sinueux qui mène à ma maison natale, où mes parents vivent encore après avoir pris leur retraite il y a des années – mon père était policier et ma mère directrice de l'école primaire de la ville.

Ces temps-ci, ils s'occupent de leurs chevaux, de leur jardin et des cinq petits-enfants que mon frère et ma sœur leur ont donnés.

Je gare mon SUV de fonction derrière le vieux pick-up Ford de mon père et je me dirige vers la maison.

— Toc, toc, dis-je en entrant.

— Pas besoin de frapper, dit ma mère comme à chaque fois que je passe et que je m'entête à frapper. Elle lève la joue pour que je l'embrasse.

— C'est une bonne surprise, dit-elle. Tu as faim ?

— Toujours.

— On a mangé du rôti ce soir. Je vais te préparer une assiette.

— Il mange encore mes restes pour demain ? demande Papa en entrant dans la pièce.

— Chut, Chuck. Il y en a encore plein pour toi.

Leur badinage m'a toujours amusé et m'a donné envie d'avoir ce qu'ils ont. Je ne l'ai pas encore trouvé, mais je n'ai pas abandonné. Cependant, à l'approche de la trentaine, les perspectives semblent s'assombrir.

Papa ouvre des bières pour nous trois.

— Qu'est-ce qui se passe ?

— Je voulais ton avis sur quelque chose.

— Je peux aller regarder « Jeopardy » si tu veux parler à Papa en privé, dit ma mère en essuyant le plan de travail.

— Tu peux rester. J'aimerais que tu me donnes aussi ton opinion sur le sujet, mais comme toujours, c'est très confidentiel.

— Nous n'en soufflerons mot à personne, dit-elle.

Je sais qu'ils ne le feront pas parce qu'ils ne l'ont jamais fait, et que j'ai partagé beaucoup de choses avec eux.

J'avale quelques bouchées du délicieux repas, suivis d'une gorgée de bière.

— Tu te souviens quand Ryder Elliott a été accusé de viol ?

— Oh Seigneur, dit ma mère. Si je m'en souviens ! C'était vraiment horrible. Je me suis sentie très mal pour Mary et Dave. Ils étaient tellement bouleversés.

— Quoi, à ce propos ? demande mon père, me regardant comme un collègue des forces de l'ordre qui a travaillé sur l'affaire quand elle s'est produite.

Il nous a fallu beaucoup de temps, à lui et à moi, pour passer outre ce qu'il considérait comme une violation majeure de sa confiance, alors lui en parler est la dernière chose que j'ai envie de faire. Mais j'ai besoin de son avis.

— Quelqu'un s'est présenté aujourd'hui et a déclaré avoir été témoin de la scène.

Leurs visages se figent sous l'effet du choc.

— Quoi ? dit Maman doucement. Ça fait des *années*.

— Quatorze ans.

— Et la personne ne se manifeste que maintenant ?

— Oui. Elle dit qu'elle en est malade depuis le jour où c'est arrivé, et après avoir appris qu'il se présentait au Congrès, elle ne pouvait pas rester silencieuse une minute de plus.

— Tu la crois, fiston ? demande mon père.

Je me frotte la nuque, là où se trouve toute ma tension.

— Oui, je la crois. La seule chose qu'elle a à gagner, c'est de se donner bonne conscience. En revanche, elle a beaucoup à perdre, y compris son propre frère, qui est toujours proche de Ryder.

— Tout comme toi, dit ma mère.

— Je ne dirais pas que nous sommes proches. Nous jouons aux cartes une fois par mois.

— C'est quand même un ami.

— Oui, c'est vrai.

— Qu'est-ce que tu vas faire ? demande mon père.

— Je suppose que je vais trouver Neisy et lui faire savoir qu'un témoin s'est fait connaître. Ce sera à elle de décider ce qu'elle veut faire parce que je ne peux pas le faire sans elle, même avec un témoin.

— Il y a une déclaration sous serment de sa part, me rappelle mon père.

— Je ne suis pas sûr que ce soit suffisant si elle n'accepte pas de témoigner dans une affaire rouverte.

— Alors tu laisserais tomber si elle n'est pas prête à coopérer ? demande mon père.

— Qu'est-ce que tu ferais, toi ?

— C'est une question difficile. D'une part, tu as de nouvelles preuves concernant un crime ancien, mais sans la coopération de la victime, je ne suis pas sûr que tu puisses monter un dossier autrement qu'en utilisant sa déclaration sous serment que nous avions recueillie à l'époque. D'autre part, il y a le fait que ton témoin a mis quatorze ans à se manifester. Cela remet en cause sa crédibilité.

— De son point de vue, elle avait de bonnes raisons de se taire, vu la façon dont tout le monde s'est rallié à la défense de son agresseur. Mets-toi à sa place, celle d'une jeune de dix-sept ans qui affronte tous les gamins avec lesquels elle a grandi, sans compter que Ryder était le meilleur ami de son frère. C'est beaucoup pour qui que ce soit, surtout dans une ville aussi soudée que Hope.

— Je ne peux pas m'empêcher de penser à la pauvre fille qui a été agressée, dit ma mère. Ce témoin ne s'est pas préoccupé d'elle un seul instant ?

— Je pense qu'elle s'inquiétait énormément pour elle, mais lorsqu'elle a mis dans la balance son propre bien-être, elle a choisi son propre intérêt. C'est ce que font les gamins.

— Il y a longtemps qu'elle n'est plus une gamine, dit ma mère un peu plus vivement. Pourquoi n'a-t-elle pas fait quelque chose plus tôt ?

— Elle seule peut le savoir, mais les gens ont leurs raisons, Maman. Je comprends, même si je ne suis pas d'accord. Elle m'a demandé ce que j'aurais fait à sa place, et honnêtement, je ne peux pas dire que j'aurais géré ça différemment.

— Si, tu aurais fait autrement, dit mon père. Tu as toujours fait ce qu'il fallait.

— Pas toujours. C'est moi qui ai organisé la fête, pendant votre absence.

— Tu n'aurais pas gardé ça pour toi tout ce temps.

Je pousse un profond soupir et dis :

— On aimerait tous penser qu'on ferait la chose juste dans toute situation, mais honnêtement, tant qu'on n'est pas dedans, avec toutes les conséquences sous nos yeux, on ne peut pas dire avec certitude ce qu'on ferait. C'est pourquoi je veux lui accorder le bénéfice du doute. Ce n'est pas facile de venir accuser un jeune avec qui on a grandi d'un crime odieux. Je pense que le fait qu'elle se manifeste a plus d'importance que le fait d'avoir attendu pour le faire.

— Le procureur général ne sera peut-être pas d'accord, dit mon père. Avant d'aller trop loin dans cette affaire, il faut le consulter.

— Bien sûr. C'est sur ma liste de choses à faire demain matin dès la première heure. S'il est d'accord, ma prochaine étape sera de retrouver Neisy.

— Je ne t'envie pas la tâche, mon fils, dit mon père. Si tu décides d'aller de l'avant, ce ne sera pas facile. Les gens pensent beaucoup de bien de Ryder.

— Je le sais. Bon sang, ça a toujours été le cas pour moi, aussi. Mais je ne peux pas revenir en arrière maintenant que je sais qu'il y a un témoin.

— Non, tu ne peux pas.

CHAPITRE 12

Blaise
LE PRÉSENT

Je suis les instructions pour me rendre à l'endroit dont Houston m'a parlé et j'emprunte une longue allée bordée de murs en pierre des deux côtés jusqu'à une grande maison de style colonial peinte en blanc avec des volets noirs. Lorsque je gare la voiture, un homme sort de la maison, vêtu d'un jean délavé et d'une chemise en flanelle. Je remarque qu'il est pieds nus.

— Je peux vous aider ?

Je sors de la voiture.

— Houston Rafferty m'envoie. Il a dit que vous avez des locations à court terme.

— En effet. Jack Olsen.

Il me tend la main.

Je lui serre la main en réalisant qu'il est beau, avec des yeux marron doré assortis à des cheveux blond foncé qui auraient dû être coupés il y a plusieurs semaines.

— Blaise Merrick.

— Enchanté.

Il me fait signe de le suivre dans la maison, ce qui me fait hésiter jusqu'à ce que je me souvienne que Houston m'a envoyée ici. Cette hésitation vient tout droit de ce dont j'ai été témoin lors de cette nuit lointaine. Les problèmes de confiance m'ont causé bien des difficultés dans mes relations sporadiques avec les hommes.

— Vous venez ? demande Jack en jetant un coup d'œil par-dessus son épaule.

— J'arrive.

Il me conduit à l'arrière de la propriété où trois chalets recouverts de bardeaux sont alignés le long d'un autre mur de pierre.

— Ils ont chacun un lit, un canapé, une cuisine et une salle de bains. Notre saison est terminée, alors vous pouvez choisir.

— Combien ça coûte ?

— Cent par semaine ?

Je fais quelques calculs rapides pour déterminer si je peux payer ce prix et mon loyer à New York sans travailler pendant un certain temps. J'ai quelques économies, mais ça ne durera pas longtemps. Heureusement, il y a les cartes de crédit.

— C'est parfait, merci.

— Les amis de Houston sont mes amis, dit-il avec un sourire chaleureux. Ce n'est pas plus mal que le commissaire de la police me doive une faveur.

Il est aussi plutôt charmant, même si je ne me soucie pas de ce genre de choses.

— Je ne sais pas combien de temps je vais rester ici.

Il hausse les épaules en déverrouillant la porte de la cabine du milieu.

— Cela n'a pas d'importance. Je n'ai pas de réservations avant Thanksgiving en novembre, et ce n'est que pour l'un d'entre eux. Allez jeter un coup d'œil.

En franchissant le seuil, je suis accueillie par une odeur de citron.

— C'est très mignon.

— C'est à ma meilleure amie du lycée que revient le mérite de la décoration. Elle est décoratrice d'intérieur professionnelle. Elle m'a fait un bon prix.

— Elle a fait du joli travail.

L'édredon bleu marine du lit est assorti au canapé.

Je me retourne vers lui et sursaute en réalisant qu'il m'a suivie dans le petit espace.

— Calmez-vous, dit-il en levant les mains. Je ne suis pas une menace.

— Désolée.

— Il n'y a pas de mal. Qu'est-ce que vous en pensez ?

— Je le prends.

Jack retire une clé de son trousseau et me la tend.

— Faites comme chez vous. Je suis de l'autre côté de la cour, dans la grande maison, si vous avez besoin de quoi que ce soit. Vous connaissez le coin ?

— Je suis originaire de Hope, mais à l'époque je ne passais pas beaucoup de temps par ici.

Il m'indique où se trouve l'épicerie et me parle d'un nouveau café et d'un magasin de jardinage à l'intersection de la rue Monroe.

— Merci beaucoup. Je vous paierai demain matin pour cette semaine, si cela vous convient.

— Parfait. Laissez-moi vous donner mon numéro au cas où vous auriez des questions.

Pendant qu'il récite le numéro, je l'entre dans mon téléphone.

— Envoyez-moi un SMS pour que j'aie le vôtre.

Une fois que j'ai envoyé le message, il sort par la porte qu'il a laissée ouverte lorsqu'il m'a suivie à l'intérieur. Il y a là quelque chose de rassurant, comme s'il savait que je ne voudrais pas être enfermée dans ce petit espace avec un homme que je viens à peine de rencontrer. J'ai été traitée de réservée, de froide et de distante par des hommes offensés par mon besoin de me sentir en sécurité. Ils disent que je vais trop loin.

Je sais mieux que la plupart des gens que l'on ne peut jamais aller trop loin avec ce genre de choses.

Jack a marqué des points difficiles à obtenir auprès de moi pour le simple fait d'avoir laissé une porte ouverte.

— Vous pouvez faire le tour de la maison en voiture si vous prenez à droite dans l'allée, dit-il par-dessus son épaule. Ce sera à gauche en entrant.

— C'est bon à savoir. Merci encore.

— Pas de problème.

Je me demande s'il vit seul ou s'il y a une Mme Jack.

Qu'est-ce que ça peut faire ? Je ne suis ici que jusqu'à ce que Houston ait le temps de réfléchir à la suite des événements. Je serai de retour à New York dans quelques jours.

Mon téléphone sonne. C'est un appel de Wendall auquel je réponds uniquement parce que je dois lui dire que je prends quelques jours de congé.

— Bon sang, Blaise, où es-tu ?

— Rhode Island.

— Quoi ? Depuis quand ?

— Depuis que ma mère a appelé pour une urgence familiale. J'allais t'envoyer un texto plus tard.

Cela lui ressemblerait de me dire que ce n'est pas une excuse pour manquer le travail. Heureusement pour lui, ce n'est pas ce qu'il dit.

— Qu'est-ce que je suis censé faire sans toi ?

J'imagine la moue qui accompagne ces mots.

— Je suis sûre que tu te débrouilleras très bien pendant quelques jours. Je t'envoie l'emploi du temps pour demain sous peu.

— D'accord.

J'attends une minute pour lui donner l'occasion d'ajouter un remerciement, mais il ne le fait pas. Parfois, je me demande si ces mots font partie de son vocabulaire.

— Euh, j'espère que tout va bien pour ta famille.

Je suis choquée qu'il en dise autant.

Je mets fin à l'appel avant qu'il ne puisse ajouter quelque chose qui ruinerait la bonne volonté qu'il a gagnée de ma part en faisant preuve de la gentillesse la plus élémentaire.

De retour dans l'allée, je démarre la voiture et je suis les instructions que Jack m'a données pour conduire la voiture jusqu'à mon chalet. Après avoir déchargé ma valise et mon sac d'ordinateur, j'envoie à Wendall son emploi du temps pour demain, afin qu'il ne fasse pas une crise, puis je réfléchis à ce que je vais manger pour le dîner.

Mon téléphone sonne. C'est ma mère qui m'appelle.

— Bonjour Maman.

— Je croyais que tu rentrais à la maison, non ?

— Je suis à Land's End.

— Que fais-tu là-bas ?

— Je règle quelques affaires.

— Quelles affaires, Blaise ? Qu'est-ce qui se passe ?

J'ai tellement envie de le lui dire, mais je veux d'abord attendre de savoir ce que Houston compte faire des informations que je lui ai données. Ça ne sert à rien de faire tout sauter dans ma vie si Neisy ou le procureur général décident de ne pas donner suite à l'affaire.

— Je te le dirai quand je le pourrai, Maman.

— Tout cela est très déconcertant. D'abord tu restes à l'écart pendant des années, puis tu reviens en courant quand tu entends que Ryder se présente au Congrès, et maintenant tu restes là-bas plutôt qu'ici avec moi.

— C'est mieux pour l'instant. Je reviendrai te voir bientôt, d'accord?

— Et tu me diras ce qui se passe ?

— Quand je le pourrai.

— Tu es en sécurité ?

— Oui. Ne t'inquiète pas.

— Autant me dire de ne pas respirer.

— Je sais, Maman. Je suis désolée. J'aimerais pouvoir t'en dire plus.

— Tu m'appelles demain ?

— Je n'y manquerai pas.

— Je t'aime, Blaise.

— Je t'aime aussi, Maman.

Je tiens encore le téléphone quand je m'affale sur le canapé, épuisée par le tourbillon de cette journée. Mais plus que tout, je suis soulagée. Quelqu'un d'autre connaît mon terrible secret. Il a été révélé au monde, et quoi qu'il arrive par la suite, c'est mieux que de l'avoir gardé pour moi pendant tout ce temps.

C'est du moins ce que je pense.

Houston
LE PRÉSENT

Le lendemain matin, j'appelle d'abord l'assistant du procureur général le plus ancien, celui qui est le plus susceptible de se souvenir de l'affaire d'il y a quatorze ans. Neil DeGrasso a pris sa retraite il y a cinq ans.

— Vaguement, dit Joshua Spurling après que je lui ai demandé s'il se souvenait de l'affaire portée contre Ryder Elliott et classée en préliminaire faute de preuves.

— Un témoin s'est présenté.

— Un témoin.

— C'est cela, quelqu'un qui a vu Ryder Elliott violer Denise Sutton.

— Et où était ce témoin ces quatorze dernières années ?

— C'était une adolescente à l'époque, avec des liens profonds avec Elliott et sa famille après avoir grandi avec lui. Elle avait peur de parler à l'époque, mais elle est prête à le faire aujourd'hui.

— Pourquoi maintenant ?

— Quand elle a appris qu'il se présentait au Congrès, elle n'a pas pu garder le secret plus longtemps.

— Je ne sais pas, Houston. Un avocat de la défense la mettrait en pièces à la barre.

— Elle comprend cela et avait de bonnes raisons de se taire auparavant. Ou du moins, c'était logique pour elle à l'époque, mais à l'entendre, cette affaire la rend malade depuis le jour où elle s'est produite.

— Avez-vous l'intention de rouvrir le dossier ?

— Cela dépend de si j'obtiens l'appui de votre bureau.

— J'en parlerai à Roberts, mais je ne promets rien.

Le procureur général, Victor Roberts, est en poste depuis un peu moins de trois ans. Il n'a donc rien eu à faire avec l'affaire initiale.

— Il se peut que ce soit trop peu et trop tard à ce stade, ajoute l'assistant du procureur général. Savons-nous au moins où se trouve la victime ?

— Non, mais je devrais pouvoir la trouver assez facilement.

— Travaillez là-dessus pendant que je présente l'affaire à Roberts.

— Très bien.

— Je reviendrai vers vous avec une réponse dès que possible.

— Merci, Josh.

Ma prochaine tâche est de retrouver Neisy. Après qu'elle a quitté la région, nous nous sommes perdus de vue. Je commence par les médias sociaux, en passant au peigne fin Facebook et Instagram, mais je ne trouve aucun signe d'elle. Je passe ensuite à Google, qui est tout aussi frustrant. Il n'y a aucune mention d'une Denise Sutton après sa remise de diplôme dans un lycée de Virginie, un an après les faits présumés.

Les gens sont faciles à trouver à notre époque, à moins qu'ils choisissent de ne pas l'être, ce qu'elle a probablement fait. Je ne lui en voudrais pas, vu comment les gens l'ont critiquée quand elle a accusé Ryder.

Je voulais tellement la croire à l'époque, parce que ce n'était pas le genre de fille à inventer quelque chose comme ça pour attirer l'attention. Sa vie au lycée avait été difficile, et je me souviens avoir pensé à l'époque qu'il était impossible qu'elle fasse quoi que ce soit pour rendre la situation pire qu'elle ne l'était déjà, mais je ne pouvais pas passer outre le sentiment que Ryder ne ferait pas quelque chose comme ça. C'est ce que j'ai dit à mon père, aussi.

Une chose est sûre, elle avait certainement perdu l'entrain qu'elle avait quand nous avions travaillé ensemble l'été d'avant son entrée à l'école de Hope et que toute sa vie s'était écroulée.

Le restaurant appartient au cousin de sa mère, alors je vais y faire un tour pour voir ce qu'il peut me dire.

J'attrape ma radio portable, je dis au sergent qui est à la réception que je sors un peu, et je monte dans mon SUV pour me rendre au restaurant de fruits de mer où Neisy et moi avons travaillé ensemble l'été avant qu'elle ne commence au lycée de Hope.

En me dirigeant vers le restaurant situé au bord de l'eau à Monroe, je me souviens de la première fois que j'ai vu Neisy et de la façon dont elle m'avait ébloui. Elle était bien trop jeune pour moi, à seize ans, mais il aurait fallu être aveugle pour ne pas remarquer à quel point elle était belle et adorable. C'était la première fois de ma vie que j'aurais voulu être plus jeune. Un étudiant de vingt ans ne demande pas à une jeune lycéenne de sortir avec lui, quelle que soit sa maturité, surtout quand il s'agit de la cousine du patron.

Au lieu de cela, je me suis lié d'amitié avec elle et j'ai appris plus tard l'existence de son petit ami à distance, Kane, et à quel point elle l'aimait et avait hâte qu'il vienne lui rendre visite cet été-là.

Un an plus tard, lorsque son père s'est présenté pour déclarer qu'elle avait été violée par Ryder Elliott lors de ma soirée, j'ai été dévasté. Que quelque chose comme ça puisse arriver à ma fête et à quelqu'un pour qui j'avais des sentiments… Et Ryder Elliott… Mon frère, Dallas, avait joué au football et fait de l'athlétisme avec Ryder. C'étaient des amis proches. Alors que Dallas avait défendu Ryder et qualifié les accusations de grotesques, j'ai tenté timidement de défendre Neisy quand je me suis rendu compte qu'elle n'avait rien à gagner à inventer une telle chose. C'était la première fois que j'étais sérieusement en désaccord avec Dallas.

Après le rejet de l'affaire pour manque de preuves, Dallas et moi avons mis beaucoup de temps à reconstruire notre relation. Il n'a jamais oublié que j'avais douté de son ami, et je n'ai jamais oublié qu'il avait douté de la mienne. Nous avons fini par cesser d'en parler et par accepter de ne pas être d'accord là-dessus, mais cela a pris des années et les choses n'ont plus jamais été tout à fait les mêmes par la suite.

Dallas et Arlo ont récemment quitté des emplois bien rémunérés, tout comme Cam, le frère de Ryder, pour travailler à faire élire Ryder au Congrès.

J'ai mal à l'estomac quand je pense aux répercussions potentielles de l'admission de Blaise et à ce que cela pourrait faire à la vie des personnes qui me sont chères.

Il serait plus facile d'oublier à jamais ce qu'elle a dit.

Mais je pense ensuite à Neisy et à ce qu'elle a enduré après que l'accusation a été rendue publique, et je ne peux pas revenir à hier, quand je ne savais pas qu'il y avait un témoin.

Je m'arrête sur le parking du Daily Catch et me gare, et un million de souvenirs d'étés passés à vendre des fruits de mer frits me reviennent en mémoire, y compris la façon dont ma famille m'obligeait à me déshabiller dehors parce que je puais tellement après une journée de travail.

En entrant, la cloche qui tinte sur la porte ravive encore plus de souvenirs, tout comme l'odeur du poisson frit.

Le propriétaire, Ronnie, travaille au comptoir avec une pile de papier, un stylo et une calculatrice. Il lève les yeux et sourit en me voyant.

— Quelle bonne surprise !

Je passe le bras par-dessus le comptoir pour lui serrer la main.

— Ça fait plaisir de te voir, dis-je.

— Toi aussi. Comment vont les choses à LE ?

— L'été a été chargé, mais c'est plus calme maintenant.

— Je n'en doute pas. Un café ?

Je me glisse sur un tabouret au comptoir.

— Je ne dirai pas non. Comment vont les affaires ?

— Mieux que jamais. C'est occupé toute l'année de nos jours.

— Heureux de l'apprendre.

Le restaurant est situé sur la rive d'un bras paisible du fleuve, avec des tables de pique-nique et un quai qui en font un lieu de prédilection pour les plaisanciers désireux de s'arrêter et de prendre un repas.

— Qu'est-ce qui t'amène, Houston ?

— Je pensais à Neisy l'autre jour et je me demandais comment elle allait.

— Elle va très bien. Mariée à Kane avec quatre petits, aux dernières nouvelles.

Je suis ravi d'entendre que les choses se sont bien passées pour eux. Après les avoir vus ensemble, je n'avais aucun doute que c'était du sérieux.

— Elle vit toujours en Virginie ?

Il acquiesce.

— Ils sont à Norfolk. Kane est capitaine de corvette dans la Marine. Ils sont rentrés d'une mission de trois ans en Italie, il y a environ six mois. Ils ont passé de bons moments là-bas.

— Je suis heureux d'apprendre qu'ils ont fini ensemble.

— Je n'en ai jamais douté. Depuis leur enfance, c'était son grand amour.

— Oui, il l'était.

— Et toi ? Tu ne t'es jamais marié, alors ?

— Non. Je n'ai toujours pas trouvé quelqu'un dont je ne peux pas me passer.

Son éclat de rire me fait sourire.

— Je te comprends, mon ami. Ma Claire à moi est un ange, mais parfois elle me donne envie de la museler.

Cela me fait glousser.

— Tu ne pourrais pas gérer cet endroit sans elle, si je ne m'abuse.

— C'est vrai, et elle gère aussi nos trois adolescents. J'ai eu de la chance, et je le sais. Tu en auras aussi. J'en suis sûr.

— On verra, je suppose. C'est bon de te voir, Ronnie.

Je dépose sur le comptoir quelques dollars pour le café, qu'il repousse vers moi.

— C'est moi qui régale. Reste en contact. Amène la famille à dîner un de ces jours.

— Je n'y manquerai pas. Merci pour le café.

— Passe prendre une tasse quand tu veux.

— Avec plaisir.

Je lui serre la main et je repars avec les informations que je suis venu chercher, me sentant un peu coupable d'avoir trompé Ronnie en ne lui disant pas pourquoi je lui demandais vraiment des nouvelles de Neisy. Il a été gentil avec moi pendant les quatre étés où j'ai été serveur pour lui et ses parents, qui tenaient l'établissement avant qu'il ne le reprenne.

Maintenant que je sais que Neisy a épousé Kane et qu'ils vivent à Norfolk, il me faut quatre secondes sur mon téléphone pour trouver leur adresse, même avant de savoir que son nom de famille est Messner.

Denise Messner.

Qui est-elle aujourd'hui et pense-t-elle encore à ce qui s'est passé lors de cette nuit d'été lointaine ? Qu'est-ce que cela signifierait pour elle d'apprendre qu'il y avait un témoin ? Voudra-t-elle rouvrir l'affaire ou la laisser dans le passé ? Si le procureur général est prêt à aller de l'avant sur la base du témoignage oculaire de Blaise, tout dépendra de ce que veut faire Neisy.

J'envoie un mail à Josh pour l'informer que j'ai localisé la victime.

Je suis de retour au poste quand il répond. *J'ai rendez-vous avec Roberts à 14 heures. Je vous rappelle après.*

Je téléphone à Blaise pour la mettre au courant et m'assurer qu'elle n'a pas de regrets le lendemain de sa confession.

Elle répond dès la première sonnerie.

— Bonjour, dit-elle.

— Comment ça va ?

— Bien. Je crois. Le logement de Jack est super. Merci pour la recommandation.

— Je suis content que ça se passe bien. Je voulais te mettre au courant des événements. J'ai informé le bureau du procureur général qu'un témoin s'est présenté. L'assistant du procureur général a une réunion avec le procureur général aujourd'hui. J'ai également localisé Neisy à Norfolk, en Virginie, où elle vit avec son mari et ses quatre enfants.

— Waouh ! Elle est mariée et a quatre petits.

— Elle a épousé son amour de jeunesse, Kane. Il est capitaine de corvette dans la Marine.

— Je suis contente qu'elle soit heureuse.

— Et toi ? Es-tu mariée ?

Je pose la question avant de prendre deux secondes pour réfléchir à si je devrais.

— Non. Ce n'est pas dans mes projets. C'est à peine si je suis sortie avec quelqu'un.

Elle fait une pause avant de continuer.

— Je veux que tu saches que ce que j'ai vu cette nuit-là m'a hantée d'une manière que j'ai du mal à comprendre et encore moins à décrire. J'ai eu des problèmes de santé, de confiance, des problèmes émotionnels, de l'anxiété… Ça m'a beaucoup perturbée, Houston.

— Le procureur général va te demander pourquoi tu as mis tant de temps à te présenter.

— Et c'est une question légitime. La seule réponse que j'aie est que tant de personnes que j'aimais auraient été blessées si je m'étais manifestée à l'époque, alors j'ai choisi de ne pas le faire. J'assume ce choix, mais c'était la mauvaise chose à faire. Ma seule excuse est que j'avais dix-sept ans et que la personne accusée était quelqu'un avec qui j'avais grandi. C'était l'ami le plus proche de mon frère. Ma meilleure amie sortait avec le frère de Ryder et est maintenant mariée à lui. Tout ce que je voyais à l'époque, c'est que tous ceux que j'aimais se retourneraient contre moi pour avoir dit la vérité. Et c'est sans compter le fait qu'il m'était formellement interdit d'être à LE ce soir-là. Si mes parents avaient découvert que j'étais là, j'aurais perdu leur confiance.

— Je comprends tout ça, mais ça fait quatorze ans, Blaise. Tu aurais sûrement pu te manifester à un moment donné une fois que tu avais quitté la maison.

— J'ai failli le faire une fois.

— Qu'est-ce qui t'en a empêchée ?

— Louisa, la petite amie de longue date de Ryder, est morte. J'ai perdu mon sang-froid après cela.

— Je suppose que je peux le comprendre.

— J'aimerais que tu saches combien de nuits j'ai regardé le plafond en pensant à dire la vérité. Je ne sais pas pourquoi je ne l'ai pas fait plus tôt. Peut-être que je n'étais pas prête à bouleverser ma vie. Je ne le suis toujours pas, mais je ne peux plus vivre avec ça. Je ne peux pas, tout simplement.

— Si le procureur général décide de rouvrir le dossier, je crains que la situation ne dégénère. Je veux que tu sois préparée à subir cela.

— Je me dis que je préfère ça au purgatoire dans lequel j'ai été tout ce temps.

— Tu sais comment sont les gens, ici. Ils resserrent les rangs autour des leurs, et Ryder est l'un des leurs.

— Je le sais, dit-elle en soupirant. Tout ce que je peux faire, c'est dire la vérité et laisser les retombées être ce qu'elles sont. Je l'ai vu la violer, et depuis, j'en suis malade tellement je me sens coupable à cause de mon inaction.

— Tu ne m'as pas dit si tu étais seule quand tu as tout vu.

— Je ne vais pas raconter autre chose que ma propre histoire.

Je remarque qu'elle répond à la question sans vraiment y répondre.

— Donc tu n'étais pas seule, et l'autre personne ne veut pas se faire connaître.

— Je ne ferai de commentaires que sur ma propre histoire.

— Le procureur général va demander qui d'autre était là.

— Je ne commenterai que ma propre histoire.

— Ce serait plus facile pour toi si quelqu'un pouvait corroborer ton histoire.

Son silence en dit long.

— D'accord, Blaise. On va la jouer à ta façon. Je te ferai savoir ce que dit le procureur général.

— Merci, Houston.

Je regarde par la fenêtre pendant un long moment, pensant à cette affaire et à tout le merdier qui s'ensuivra si le procureur général décide de rouvrir le cas. Cet après-midi-là, je reçois un mail de Spurling m'informant que le procureur général a besoin de vingt-quatre heures pour examiner les dossiers et décider s'il y a lieu de poursuivre l'affaire.

Entre-temps, je dois voir Neisy et l'avertir de ce qui risque de se produire. Si elle ne veut pas y participer, tout cela ne servira à rien de toute façon. Mais il n'est pas question que je la laisse se faire prendre au dépourvu.

J'allume mon ordinateur et j'achète un billet d'avion pour Norfolk pour ce soir, avec un vol de retour pour demain après-midi.

CHAPITRE 13

Neisy
LE PRÉSENT

— Levi, mets tes chaussures. On va être en retard.

Ce gamin va me tuer à petit feu. Il recule au lieu d'avancer, surtout le matin. Kane et moi plaisantons en disant que nous devrions donner du café à notre enfant de six ans pour que la caféine le réveille. Nous avons hâte qu'il soit adolescent pour pouvoir le faire. En attendant, chaque matin est une bataille avec lui.

— Il est toujours dans la salle de bains, Maman, me dit mon aînée, Charlotte, lorsqu'elle descend, prête à régner sur sa classe de CM2.

— Sérieusement ?

— Est-ce que je te mentirais ?

— Jamais. Surveille les jumeaux pendant que je vais le chercher.

J'embrasse le sommet de sa tête blonde et je monte les escaliers deux par deux.

— Levi ! Allons-y.

— J'arrive.

— Pas assez vite.

— Papa dit que ces choses-là ne peuvent pas se faire dans la précipitation.

Je lève les yeux au ciel parce que c'est tout à fait vrai. Kane prend une éternité dans la salle de bains et aux toilettes, et son fils, c'est lui tout craché, à plus d'un titre.

— Si je dois venir là-dedans…

— Non, il ne faut surtout pas que tu viennes ici.

— Tu vas rater le bus.

J'ai conduit Charlotte à l'école tous les jours jusqu'à ce que les jumeaux arrivent et qu'il devienne impossible d'arriver à quitter la maison avec quatre petits à sept heures quarante-cinq tous les matins. Le bus est la meilleure chose qui me soit arrivée depuis la naissance des jumeaux.

— Je ne l'ai encore jamais raté et ce n'est pas aujourd'hui que je vais commencer.

— S'il te plaît, mon grand. Dépêche-toi.

— J'arrive.

Le bruit de la chasse d'eau me donne bon espoir de ne pas avoir à déposer quatre enfants à l'école primaire ce matin.

— J'ai tes affaires, dis-je.

Je redescends avec ses baskets et son sweat-shirt. Alors que les matins sont encore frais, il fera dans les 21 degrés à la mi-journée. J'aime l'automne, mais pas autant que les jours de farniente de l'été où personne n'est obligé d'être quelque part jusqu'à ce que les pom-pom girls reprennent pour Charlotte à la fin du mois d'août.

Je suis dans la cuisine en train de fermer les boîtes contenant les repas du midi lorsque mon téléphone sonne. Quand je jette un coup d'œil et que je vois que c'est Kane, je l'attrape. Il est déployé sur le porte-avions U.S.S. *Dwight D. Eisenhower* depuis deux semaines et doit rentrer à la maison ce soir. Je suis ravie de constater qu'il est de retour dans la zone de couverture des téléphones portables.

— Salut, toi, dis-je, le téléphone dans le creux de mon cou pour avoir les mains libres.

— Salut, toi-même. Comment ça se passe ?

— Le chaos habituel du matin, grâce à ton fils.

— C'est mon fils quand il sème le chaos et ton fils quand il est au tableau d'honneur. J'adore.

— Et alors ? demandé-je en souriant.

J'ai hâte de le voir. Tout est encore mieux quand il est à la maison.

— Rien. Je dis ça comme ça. Vous me manquez. Comment vont mes bébés ?

— Merveilleusement bien. Charlotte est aux commandes pendant que je fais sortir Levi de la salle de bains avec une bombe lacrymogène.

Kane rit.

— Ce n'est pas drôle, et c'est entièrement de ta faute parce que tu lui as dit qu'un homme a besoin de temps pour lui le matin.

— C'est la vérité.

— Si tu apprends ça aussi à Hayes et Hudson, on va avoir un problème.

— J'ai hâte de vous voir.

— Pareil.

— On se fait une petite soirée après l'heure du coucher ?

— Ça marche.

Nous sommes devenus des experts de soirées en amoureux dans notre propre maison, car trouver une baby-sitter pour quatre petits de moins de neuf ans, dont des jumeaux de neuf mois, n'est pas chose aisée.

— À quelle heure rentres-tu ?

— Je devrais être là en fin d'après-midi. Je vois la terre.

— Ils vont être tellement excités.

Je ne leur dis jamais qu'il doit rentrer à la maison avant qu'il n'arrive au port, de peur qu'un événement ne le retarde. Cela semble peu probable aujourd'hui, alors je me sens en confiance pour le leur dire.

— Moi aussi. Je les emmènerai au parc pour que tu aies quelques minutes à toi avant le dîner.

— Je ne dirai pas non.

— À tout à l'heure. Je t'aime.

— Je t'aime aussi. Dépêche-toi.

— Je fonce.

— C'était Papa ? demande Charlotte.

Je lui remets son déjeuner dans une boîte au moment où Levi apparaît enfin dans la cuisine pour avaler une barre protéinée.

Je lui montre du doigt ses chaussures.

— Oui, c'était lui. Il sera à la maison cet après-midi.

— Tu deviens toute bébête quand il appelle après un déploiement, dit-elle en battant des cils pour se moquer de moi.

Je bafouille de rire.

— Tu fais une crise d'épilepsie ou quoi ? demandé-je.

— Haha, non. Ça, c'est toi quand Papa rentre à la maison.

Je lui donne un petit coup enjoué sur la tête, je prends les jumeaux dans leur chaise haute et je sors par la porte d'entrée au moment même où le bus remonte péniblement la rue. Encore une fois, je l'ai échappé belle. Je parviens à jongler avec les jumeaux, à embrasser Charlotte et Levi et à revenir à la maison sans désastre.

Je pose les bébés sur leur tapis d'éveil dans la salle de jeux et je cours à la cuisine pour prendre mon café sans les quitter des yeux. Ils sont rapides ces jours-ci.

Lorsque je reviens dans la salle de jeux, Hayes a le pied de Hudson dans la bouche.

Je ne l'arrête que lorsque Hudson commence à protester, puis je les sépare. Mais comme l'aimant attire l'acier, ils sont de nouveau l'un sur l'autre une minute plus tard. Ils détestent être séparés pour quelque raison que ce soit.

Je viens de les coucher pour leur sieste matinale quand la sonnette de la porte d'entrée retentit.

C'est probablement ma voisine qui veut me faire goûter sa dernière confiserie. Elle travaille à monter une entreprise de pâtisserie à domicile, et je l'ai aidée avec les médias sociaux.

J'ouvre la porte, mais ce n'est pas Gretchen.

La vue de Houston Rafferty me plonge dans un millier de souvenirs douloureux et tout à coup je suis submergée d'émotions venues d'une époque que j'aurais préféré oublier. Que fait-il ici ?

— Houston ?

— Salut, Neisy.

Et ce nom… Je ne l'ai pas utilisé depuis l'été de l'enfer.

— Euh… qu'est-ce que tu fais là ?

— Je peux entrer une minute ?

Je me rends compte que je suis restée figée sur place depuis que j'ai réalisé qui était à ma porte.

— Bien sûr.

Je déverrouille la contre-porte et lui ouvre.

Alors que mon ancien ami entre dans ma maison, je hurle en mon for intérieur. Houston a toujours été très gentil avec moi, mais il me rappelle une époque que je me suis tellement efforcée de laisser dans le passé.

— Belle maison.

— C'est le bordel, quatre gamins, dis-je en haussant les épaules. J'ai renoncé à l'ordre il y a des années.

— J'étais content d'entendre que Kane et toi étiez toujours ensemble.

— Comment m'as-tu trouvée ?

— J'ai vu Ronnie.

Le cousin de ma mère, qui est le propriétaire du restaurant où je travaillais avec Houston. Je n'ai pas vu Ronnie depuis des années, pas depuis…

Je croise les bras, dans l'espoir que cela puisse me protéger de la bataille que l'arrivée inattendue de Houston a déclenchée.

— On peut s'asseoir ?

S'il n'avait pas été le seul de cette époque-là à être gentil avec moi, j'aurais dit non, on ne peut pas. Je lui aurais demandé de partir. Mais comme c'est lui qui le demande, je m'assois sur la causeuse tandis qu'il prend le canapé dans la seule pièce qui n'a pas été complètement envahie par les petits.

— Pourquoi es-tu ici ?

— J'ai des nouvelles concernant ton cas.

Ces mots me glacent d'effroi.

— Mon cas ? Il n'y a pas de cas. Il a été rejeté pour manque de preuves.

— Un témoin s'est présenté.

Il me semble qu'il me faut une minute entière pour que je comprenne ce qu'il dit.

— Un témoin.

— Oui.

— Quelqu'un l'a vu…

— Oui.

Il ne bronche pas.

Je détourne le regard. Je ne peux pas supporter cela.

— Neisy…

— S'il te plaît, ne m'appelle pas comme ça. Je m'appelle Denise maintenant.

J'ai envie de lui dire que Neisy est morte il y a longtemps. Denise a été forcée de ramasser les morceaux de son existence et de continuer, de trouver l'amour, le sens de la vie et la joie, des choses que Ryder Elliott a essayé d'enlever à Neisy.

— Je suis désolé, Denise.

— Que veux-tu de moi ?

— Je suis le commissaire de la police de Land's End maintenant. Le procureur général pourrait être prêt à rouvrir l'affaire sur la base de ce témoignage oculaire.

— Non.

— Non ?

— Je ne rouvrirai pas l'affaire. La première fois, j'ai failli mourir. Je ne peux pas revivre ça.

— Je comprends ce que tu ressens, mais…

La rage, telle que je ne l'ai pas ressentie depuis cet été-là, bouillonne en moi.

— À moins d'avoir été attaqué, agressé et dépucelé par le héros local et d'avoir été traité de salope par ses amis, tu ne peux *vraiment pas* comprendre ce que je ressens. À moins d'avoir fait une fausse couche avec le bébé qu'on t'a fait cette nuit-là, tu ne peux pas savoir le chemin que j'ai dû parcourir pour reprendre ma vie en main, ni combien de temps il m'a fallu pour y arriver. Cela a pris des années, Houston. Je ne peux pas retourner dans cet endroit parce que quelqu'un qui n'a pas fait ce qu'il fallait veut se donner bonne conscience. Il n'y a rien dans ce monde qui pourrait me faire revivre cette époque-là.

— Même pas pour obtenir justice ?

Je secoue la tête.

— Qui est le témoin ?

— Je suppose que ça n'a pas d'importance parce que si tu n'acceptes pas de participer, nous n'avons pas de cas.

— C'est important pour moi. Je veux savoir qui m'a laissée dans les bois après que j'ai été violée et ensuite n'a rien fait toutes ces années.

— Blaise Merrick.

Il me faut une seconde pour mettre un visage sur ce nom. Je me souviens d'Arlo Merrick parce que j'étais en classe avec lui, et qu'il était l'un des garçons qui ont signé cette déclaration sous serment hideuse et pleine de mensonges.

Blaise ne m'a pas marquée, ce qui signifie qu'elle n'était pas l'un des bourreaux.

— Pourquoi ne s'est-elle pas manifestée ?

Dès que je pose la question, je lève la main.

— Peu importe, continué-je. Je sais pourquoi. Elle a grandi avec lui. Je n'étais rien pour elle.

— Tu n'étais pas rien pour elle. J'ai pris sa déposition. Cela a pesé sur son âme tous les jours depuis que c'est arrivé. Elle a expliqué qu'elle avait des liens étroits avec lui par l'intermédiaire de son frère, qui est toujours l'un de ses meilleurs amis. Sa meilleure amie de l'époque sortait avec le frère de Ryder. Et elle n'avait pas le droit d'être à Land's End avec la voiture. Beaucoup de choses ont concouru à la faire se taire, et elle le regrette beaucoup.

J'ai du mal à croire tout cela.

— Alors pourquoi maintenant ?

— Ryder se présente au Congrès. Blaise a dit qu'elle ne pouvait pas supporter l'idée qu'il se présente aux élections, étant donné ce qu'elle savait sur lui. Elle a dit que dès qu'elle a entendu parler de sa campagne, elle n'a pu garder ce secret une seconde de plus. Elle a immédiatement pris la voiture chez elle à New York, a conduit jusqu'à LE et a demandé à me voir.

Mes entrailles se tordent.

Ryder se présente au Congrès.

Blaise l'a vu me violer et est prête à témoigner, sinon Houston n'aurait pas fait tout ce chemin pour me trouver.

Houston pose une carte de visite sur la table devant moi et se lève pour partir.

— Penses-y. Si tu changes d'avis, appelle-moi.

J'ai envie de lui dire que je ne changerai pas d'avis.

Alors que je le raccompagne à la porte, mon esprit est envahi de pensées, d'émotions et de souvenirs enfouis depuis des années. Il m'a fallu du temps, beaucoup de temps, pour ne plus penser à cet été-là tous les jours. Je ne peux pas revenir sur cette période épouvantable et continuer à m'occuper de ma famille. Je le sais aussi sûrement que je respire. Cela me détruirait à nouveau. J'y ai survécu une fois. Je ne peux pas le faire une deuxième fois.

— Je suis désolé d'arriver à l'improviste et de te contrarier, mais je ne voulais pas t'annoncer cette nouvelle au téléphone.

— Tu ne fais que ton travail. Au fait, je te félicite d'être devenu chef.

— Merci.

— Ton père doit être fier.

— Il l'est.

— Le reste de la famille va bien ?

Je me force à poser la question même si je ne me soucie plus de personne de cette époque-là à part lui, le seul ami que j'avais.

— Oui. Dallas vit dans la région avec sa femme et ses trois gamins, et Austin est en Californie. Elle est mariée et a deux petits garçons.

Je ressens de la rage à la mention de Dallas, qui a lui aussi menti à mon sujet pour sauver Ryder.

— Et toi ? demandé-je.

— Pas marié et pas d'enfants. On peut dire que je suis marié à mon travail.

— Merci d'être venu, Houston. Je suis désolée si c'était un voyage pour rien.

— Il n'a pas été inutile parce que j'ai pu revoir une amie de longue date. Je suis heureux de te voir heureuse et en bonne santé, Denise. Tu le mérites.

— Nous le méritons tous. N'accorde pas trop d'importance à ton travail.

— J'essaierai de ne pas le faire.

Il pose sur moi le regard tendre d'un ancien ami.

— Prends soin de toi.

— Toi aussi.

———

Le retour de Kane à la maison est le cirque habituel, les enfants voulant chaque seconde de son attention après qu'il leur ait manqué pendant deux semaines. Il emmène Charlotte et Levi au parc, puis les aide à faire leurs devoirs et à prendre leur bain pendant que je prépare le dîner.

— Qu'est-ce qui se passe ? demande-t-il lorsqu'il me surprend à regarder dans le vide pour la troisième fois.

— On en parlera quand ils seront couchés.

— Ça va ?

— Je crois que oui.

Il me jette un regard intrigué avant d'aller chercher les jumeaux pour les mettre au lit d'abord.

Charlotte et Levi mettent plus de temps à se calmer et ont besoin de plusieurs histoires de leur papa.

Il descend plus d'une heure après être monté.

Je l'attends avec un verre du cabernet qu'il adore.

— Les choses importantes d'abord.

Il s'assoit à côté de moi et se penche pour m'embrasser longuement.

— Coucou, toi, dit-il.

Il me fait sourire, même dans les moments les plus difficiles.

— Bienvenue à la maison.

— Ces déploiements sont de plus en plus difficiles. Je veux être ici avec vous.

— Ça veut dire que tu as pris la décision de rester ?

Alors qu'il approche des huit ans dans la Marine, il se demande s'il veut y faire carrière.

— Peut-être, mais on en parlera plus tard. Qu'est-ce qui se passe avec toi ?

— Houston Rafferty est venu me voir tout à l'heure.

Ce nom et les souvenirs qui l'accompagnent le perturbent autant que la visite de Houston m'a perturbée.

— Que voulait-il ?

— Me dire qu'un témoin s'est présenté qui peut confirmer mon histoire sur ce qui s'est passé cette nuit-là.

Il me regarde fixement, son expression traduisant le choc et la colère.

— Un témoin se présente *maintenant* ? Où était-il tout ce temps ?

— Elle avait des liens étroits avec l'autre-là. Apparemment, elle ne pouvait plus vivre avec cela après avoir appris qu'il se présentait au Congrès.

Kane cligne des yeux. Je ne l'ai pas vu aussi furieux depuis cet été-là.

— Il se présente au Congrès.

— Moi aussi, j'ai été surprise, mais le témoin a dit à Houston qu'il était hors de question qu'elle le laisse faire.

— Mais elle n'a eu aucun problème à te regarder te faire sauvagement agresser quand cela s'est produit à l'époque ? Elle n'a pas eu la décence de se manifester quand son témoignage l'aurait envoyé au tribunal ?

— C'était compliqué pour elle.

— Compliqué pour *elle* ?

— Chut, Kane. Baisse d'un ton.

— Je suis désolé, Dee, mais je ne veux pas entendre que c'était compliqué pour elle. Tu as vécu l'enfer, et elle aurait pu t'aider, mais elle a choisi de ne pas le faire.

— Houston a dit que son frère était le meilleur ami de *l'autre*.

On ne prononce jamais son nom dans cette maison.

— Sa meilleure amie sortait avec son frère, continué-je. Elle n'était pas censée être là ce soir-là et aurait eu de gros problèmes à la maison. Sans compter qu'elle a grandi avec lui et que moi, elle ne me connaissait ni d'Ève ni d'Adam.

— Elle t'a vu te faire attaquer et agresser et elle n'a rien dit. Je me fiche des raisons qu'elle pense avoir. Il n'y a pas d'excuse pour garder le silence à propos de quelque chose comme ça pendant *quatorze ans, putain*. Et ce fils de *pute* se présente au Congrès ?

— Kane...

— Je suis désolé, mais c'est rageant.

— Je le sais.

Il s'adoucit, m'enlace et me serre contre lui.

— Bien sûr que tu le sais. Qu'as-tu dit à Houston ?

— J'ai dit que je n'avais pas envie de revivre cette période de ma vie.

J'attends qu'il réponde, mais il ne le fait pas, alors je m'éloigne pour regarder son visage, qui est empreint d'une expression orageuse si différente de son calme habituel que c'en est déstabilisant.

— Dis-moi ce que tu penses, murmuré-je.

— Je veux que tu cloues ce fils de pute au mur. Il se présente *au Congrès* ? Qu'il aille se faire foutre, Dee. Il ne mérite pas ce genre de boulot. Il ne mérite rien du tout après ce qu'il t'a fait.

— Je ne sais pas si je peux le faire. La première fois, j'ai failli en crever.

— Ce sera différent cette fois-ci. Tu auras quelqu'un pour soutenir ton histoire, et tu n'as plus dix-sept ans, à devoir faire face à d'autres jeunes qui le défendent.

— Les mêmes personnes le défendront toujours, surtout celles qui ont menti sous serment pour le soutenir la première fois.

— Et alors ? Ils ne peuvent pas te toucher. Tu as une vie bien à toi qui n'a rien à voir avec eux.

— Je ne veux pas que tout le monde dans ma nouvelle vie soit au courant. Je ne veux pas rouvrir cette blessure. J'ai peur que cela change tout et annule tous les efforts que nous avons faits pour tourner la page.

— Ce sont des préoccupations raisonnables, mais laisse-moi te demander ceci. Et si tu n'étais pas la seule à qui il a fait ça ? Et s'il y en avait d'autres ?

— Ne me mets pas ça sur le dos ! Je ne peux pas être responsable de ce qu'il fait à d'autres personnes.

— Je ne dis pas que tu es responsable. Je dis que si tu témoignes, tu pourras peut-être empêcher que cela arrive à quelqu'un d'autre.

Je me lève, car je suis incapable de rester assise sans bouger.

— Je ne veux rien avoir à faire avec ça.

— C'est à toi de décider.

— Tu me soutiendras si je décide que je ne peux pas le faire ?

— Je te soutiendrai toujours, et tu le sais.

— Il se peut même que cela n'aille pas plus loin. Houston discute avec le bureau du procureur général. C'est à eux de voir s'il faut rouvrir l'affaire après tout ce temps.

— Quoi que tu décides, je serai à tes côtés.

— Merci.

— Reviens ici. Tu m'as tellement manqué.

Il me tend la main. Je la lui prends et m'assois à côté de lui.

— Tu m'as manqué aussi.

Alors que je me blottis contre lui dans ses bras chauds, je suis déterminée à ne pas laisser le passé interférer avec mon présent heureux et satisfait. Mais c'est plus facile à dire qu'à faire. Depuis que Houston s'est présenté sur le pas de ma porte, les souvenirs de cette période sont aussi frais qu'ils l'étaient à l'époque.

— Tu en as parlé à ton père ? demande Kane.

— Non, je voulais d'abord t'en parler.

— Tu dois le lui dire.

— J'ai peur que Papa le tue, *l'autre*, quand il apprendra qu'il se présente au Congrès.

— Il ne le fera pas, mais il en aura envie. Tout comme moi.

— Je ne peux plus parler de ça si je veux avoir une chance de dormir.

— Qu'est-ce que je peux faire ?

Je glisse un bras autour de sa taille et me blottis contre lui.

— Ça, c'est tout.

— *Ça*, c'est exactement ce que je préfère faire au monde.

CHAPITRE 14

Blaise
LE PRÉSENT

J'émerge d'un sommeil inhabituellement profond, réveillée par les aboiements d'un chien dans la cour. Il me faut une seconde pour me rappeler où je suis et pourquoi. Les événements des deux derniers jours me reviennent en mémoire. J'ai raconté à Houston ce que j'avais vu. Il a contacté le procureur général pour qu'il rouvre le dossier contre Ryder et il s'efforce de localiser Neisy.

J'attends que mon estomac se retourne à l'idée que les gens découvrent ce que j'ai fait, mais la seule chose que je ressens, c'est de la détermination et du soulagement. Je veux que tout le monde sache ce qu'il a fait, et je veux qu'il paie pour cela. Je ne me soucie plus de savoir qui pourrait me haïr pour m'être manifestée. Je dois vivre avec moi-même, et c'est beaucoup plus facile maintenant que j'ai fait le premier pas vers la réparation.

Mon téléphone bourdonne en recevant un texto, le huitième de la journée, envoyé par mon patron.

J'ignore les messages. Ce qu'il veut peut attendre le temps que je commence ma journée.

J'utilise le Keurig de la cuisine pour préparer une tasse de café que j'emporte avec moi lorsque je sors pour voir ce qui se passe.

Jack lance la balle à un magnifique Golden Retriever. Le chien me voit et se désintéresse de la balle pour venir en courant me saluer.

— Attention à sa langue d'enfer, dit Jack. Elle est mortelle.

Je m'assois sur une marche et découvre qu'il ne plaisantait pas car je suis trempée par la bave du chien, ce qui me fait rire pour la première fois depuis aussi longtemps que je m'en souvienne. Il faut environ deux secondes pour que je sois complètement couverte de poils et de salive canins.

Jack se précipite vers moi pour me sauver.

— Je suis désolé. Je continue à penser qu'elle va arrêter de se comporter comme un chiot, mais elle a trois ans.

— Elle est magnifique. Où était-elle hier ?

— Chez le vétérinaire en train de se faire nettoyer les dents.

— Comment t'appelles-tu, ma belle ?

— Fenway.

— J'adore. Un clin d'œil aux Red Sox.

— Oui. Vous êtes fan ?

— Bien sûr. Et laissez-moi vous dire que ce n'est pas facile d'être fan à New York.

— J'imagine.

Il lance une balle de tennis qui fait sprinter la chienne en direction de la maison principale.

— Est-ce qu'elle a mis des poils dans votre café ?

— Je ne crois pas.

— Désolé si nous vous avons dérangée.

— Mais pas du tout.

La chienne revient avec la balle, qu'elle laisse tomber à ses pieds. Elle attend avec impatience qu'il la lance à nouveau.

— Combien de fois devez-vous la lancer pour elle ?

— Deux à trois cents fois par jour ?

Sa grimace me fait rire.

— Mon frère a une batte qu'il utilise pour épuiser son chien plus rapidement.

Je le sais parce que j'ai vu des vidéos d'Arlo jouant avec son chien, pas parce que j'ai rencontré ce dernier.

— C'est une excellente idée. Il faut que je sorte ma batte de la Petite Ligue.

Je sirote mon café en les regardant jouer, tout en me demandant ce qu'il fait comme travail.

Il est gentil avec la chienne, riant de ses pitreries et la félicitant pour les rares secondes où elle se comporte bien.

Bien que je ne me préoccupe guère des hommes, des rendez-vous galants ou de ce qui s'y rattache, je ne peux nier que Jack est vraiment adorable et sexy, d'une beauté un peu sauvage. Son jean délavé lui va à ravir et sa chemise en flanelle est en grande partie déboutonnée, révélant un torse et un abdomen musclés lorsqu'il se promène pieds nus dans la cour. J'ai envie de lui demander s'il a froid aux pieds, mais il parle avant que je puisse le faire.

Il lance la balle pour ce qui doit être la centième fois.

— Combien de temps êtes-vous en ville ?

— Je ne suis pas sûre.

Il agite ses sourcils en me regardant et dit :

— Vous êtes une femme mystérieuse.

— Pas tant que ça.

— On n'a pas beaucoup de visiteurs par ici qui ne soient pas des vacanciers, et on n'en a pas beaucoup à cette époque de l'année.

Je sais cela pour avoir grandi de l'autre côté de la rivière. La région est plus calme en automne, en hiver et au printemps, avant que la saison estivale ne commence.

— Depuis combien de temps vivez-vous ici ? demandé-je, espérant faire porter l'attention sur lui plutôt que sur moi, car je ne sais pas du tout comment répondre aux questions sur ce que je fais ici.

— Toute ma vie. C'était la maison de mes parents. Ils sont décédés il y a quelque temps et me l'ont laissée. J'ai ajouté les chalets pour aider à payer les impôts locaux, qui sont importants.

— Je suis désolée pour vos parents.

— Merci.

— Ils étaient malades ?

Il hoche la tête en relançant la balle.

— Ils avaient tous deux le cancer et sont morts à six semaines d'intervalle. C'était il y a deux ans.

— Oh mon Dieu, Jack. Je suis vraiment navrée. Ça a dû être horrible.

— C'était plutôt merdique. Je suis enfant unique, alors c'était beaucoup.

En écoutant son histoire, je me rends compte que tout le monde fait face à quelque chose de lourd. J'ai porté mon propre fardeau pendant si longtemps que parfois j'oublie cela. Pour la première fois en quatorze ans, je me sens moins accablée. Houston sait ce dont j'ai été témoin et il fait ce qu'il peut avec les informations que je lui ai données. Quoi qu'il arrive à partir d'ici, cela ne dépend pas de moi, et c'est un soulagement.

Mon téléphone sonne et le nom de Houston s'affiche sur mon écran.

Je prends l'appel et vais à l'intérieur en saluant Jack de la main.

— Bonjour, dis-je.

— Bonjour. Comment ça va ?

— Ça va. Et toi ?

— J'ai quelques nouvelles pour toi. D'abord, je suis allé en Virginie hier pour voir Neisy, qui se fait désormais appeler par son prénom Denise, ou le diminutif Dee. Je lui ai dit qu'un témoin s'était présenté pour corroborer son histoire et que le procureur général envisageait de rouvrir le dossier. Elle n'est pas intéressée par cette réouverture.

Je me sens étrangement déçue en entendant cela. Mais à quoi m'attendais-je ?

— Oh. Eh bien… Je peux le comprendre.

— Moi, aussi. Cependant, nous n'aurons peut-être pas besoin d'elle pour continuer. Je vais m'entretenir avec le bureau du procureur général cet après-midi pour examiner les détails. Ton témoignage pourrait s'ajouter à la déclaration sous serment de Denise lors de l'inculpation initiale.

L'idée d'être la seule raison de l'avancement de l'affaire est intimidante, mais je ne me laisse pas décourager.

— Je ferai tout ce qu'il faut.

— Je suis sûr que le procureur général voudra que tu fasses une déclaration sous serment avant de décider d'aller de l'avant.

J'ai la bouche sèche à l'idée de devoir revivre les détails atroces de cette nuit-là, mais je suis déterminée à faire tout ce qu'il faut pour réparer cette injustice.

— Très bien.

— Je sais que je n'arrête pas de le dire, mais je veux que tu sois prête à faire face à une véritable tempête.

— J'apprécie ton inquiétude, et je suis aussi prête que possible.

En disant cela, je remarque que mes mains tremblent et que ma bouche est devenue sèche. Au fond de moi, la jeune fille intimidée de dix-sept ans est toujours là et elle a toujours peur que les gens la détestent.

— Je pense que tu devrais dire à Jack ce qui se passe.

— Pourquoi ?

— Je veux m'assurer que tu es en sécurité. Si l'affaire est rouverte, je multiplierai les patrouilles autour de chez lui.

Le fait qu'il se préoccupe de ma sécurité me pousse au bord de la crise d'anxiété.

— Combien de temps me reste-t-il avant que les gens ne le sachent?

— Cela dépend de la décision du procureur général. Je te recontacterai après notre réunion. C'est une proposition différente sans le témoignage de Denise.

— As-tu dit à Denise qui s'était manifesté ?

— Oui. Elle n'était pas sûre de se souvenir de toi, mais elle connaissait Arlo.

— Elle a dû être en colère.

— Elle était confuse et déçue.

— J'espère que tu lui as dit que je me détestais à l'époque et encore aujourd'hui pour ne pas avoir fait ce qu'il fallait.

— Je lui ai dit. Je reviendrai vers toi après avoir parlé au bureau du procureur général.

— Penses-tu que je devrais avertir ma famille de ce qui se passe ?

. . .

— Tu devrais peut-être attendre la fin de la réunion d'aujourd'hui. Si le procureur décide de ne pas donner suite, il ne sera pas nécessaire d'en parler à qui que ce soit.

— Je comprends. Merci, Houston. J'apprécie tout ce que tu fais.

— Je fais juste mon travail.

Après qu'il a raccroché, je reste longtemps assise à réfléchir à ce qu'il a dit et à la façon dont je devrais m'y prendre avec ma mère, qui veut me voir aujourd'hui.

Je décide de lui dire – et à elle seule – ce qui se passe. J'envoie un SMS pour demander si je peux passer.

Elle répond immédiatement. *Bien sûr. Je vais préparer le déjeuner. J'ai hâte de te voir.*

À tout de suite.

Denise
LE PRÉSENT

Je passe la matinée au lit avec le café que Kane m'a apporté, à l'écouter s'occuper d'amener Charlotte et Levi à l'arrêt de bus et coucher les jumeaux pour leur repos matinal.

Je ricane plus d'une fois au ton frustré de la voix de Kane lorsqu'il s'occupe de Levi.

Il entre dans notre chambre, rampe sur le lit et se couche à plat ventre.

— Je veux retourner en mer.

En riant, je passe une main dans ses cheveux noirs, piquants à cause de leur coupe aux normes militaires.

Il tourne la tête pour me regarder.

— Comment fais-tu ça jour après jour sans tuer l'un d'entre eux ?

— Je ne pense jamais à les tuer.

— Je sais, dit-il avec un grand sourire. Tu penses à me tuer, moi, pour t'avoir donné quatre petits anges.

— Tu n'étais pas censé le savoir !

— Ah, voilà ! Pendant que je protège notre pays, tu as des pensées meurtrières à mon égard.

— Tous les jours, et pourtant, j'ai toujours hâte que tu rentres à la maison.

Il passe son bras autour de moi et se blottit contre mon corps, posant sa tête sur ma poitrine.

— Moi aussi, j'ai hâte. Vous me manquez tellement quand je pars.

Je l'enlace, remerciant le ciel, comme je le fais tous les jours, pour lui et pour notre vie commune. J'ai une reconnaissance totale envers lui pour m'avoir remise sur pied après ce traumatisant été-là, grâce à son amour indéfectible. Nous n'étions que des gamins, mais il savait exactement ce dont j'avais besoin et comment me le procurer. Je ne l'oublierai jamais. Nous nous sommes mariés juste après avoir obtenu notre diplôme de fin d'études secondaires, en présence seulement de nos parents. Personne à l'université de Virginie ne savait que nous étions mariés, et cela nous plaisait bien. C'était notre petit secret.

— Dee ?

— Hm ?

— J'ai réfléchi.

— À quoi ?

— La visite de Houston.

Tous les muscles de mon corps se tendent. Les nouvelles apportées par Houston ont éclipsé le plaisir habituel du retour de Kane.

— Et alors ?

— Je n'arrête pas de penser à ce fils de pute qui vit sa vie comme si de rien n'était et qui se présente au Congrès, putain, comme le connard arrogant qu'il est, sans craindre que son passé ne revienne le hanter. Il n'a aucune idée de l'ampleur de ce que tu as enduré à cause de lui. Et maintenant, il y a une chance de lui faire *payer le prix*.

Il lève sa tête de mon torse et me regarde d'un air implorant.

— Je veux qu'il paie, dit-il. Je ne pense qu'à ça.

Il prend mon visage dans ses mains et m'oblige à le regarder, avant de continuer.

— Je n'ose même pas imaginer ce que tu dois ressentir. Voir ton cauchemar ressuscité après toutes ces années, apprendre qu'il y avait un témoin qui ne s'est pas manifesté à l'époque… C'est la pire des trahisons.

— Moi aussi, je veux qu'il paie, mais j'ai peur.

— De quoi, ma chérie ?

— Et si je rouvre cette blessure et qu'elle me détruit à nouveau ? Et si je ne peux pas m'occuper des enfants ?

— Je serai à tes côtés pendant toute cette épreuve.

— Tu as un travail. Qui sait où tu seras si ça va jusqu'au procès ?

— Je vais quitter la Marine. J'aime mon travail, mais j'aime encore plus ma famille. Je veux être là pour tout avec toi et les gamins. Je ne veux pas rater le foot, les dîners ou les soirées jeux. Je veux être avec vous.

— Nous aussi voulons t'avoir ici avec nous, mais seulement si c'est ce que tu veux vraiment. Je sais à quel point tu aimes être dans la Marine.

— Oui, mais pas autant que je vous aime, toi et les petits.

— Qu'est-ce que tu vas faire comme travail ?

— J'ai commencé à tâter le terrain pour des emplois. Que dirais-tu de retourner dans la région de Washington ?

— Nos amis ici me manqueraient, mais la plupart d'entre eux vont déménager dans les prochaines années, et Washington, c'est chez moi.

— J'espérais que tu dirais ça. Cela signifie que je serais à tes côtés si l'affaire allait jusqu'au procès. Nous serions près de ton père et de mes parents, qui nous aideraient avec les enfants.

Mes parents ont divorcé il y a des années. Ma mère, qui a réussi à rester sobre après des années de tentatives, vit aujourd'hui à Denver avec son deuxième mari. Papa a une petite amie de longue date que nous aimons tous, et il profite de sa retraite.

— Tu penses vraiment que je devrais le faire ?

— Je pense que tu devrais faire ce qui te convient. Si la réponse est non, c'est non. Mais je veux que tu saches que si tu choisis d'aller de l'avant, je te soutiendrai à chaque étape – et je serai là pour le faire en personne, pas à distance.

— Cela fait toute la différence. Tout va mieux quand tu es là.

Le sourire aux lèvres, il se penche pour m'embrasser.

— C'est comme ça pour moi aussi. C'est rigolo que ça se soit si bien goupillé, hein ?

— C'est la meilleure chose de toute ma vie. Je n'aurais pas survécu à tout ça la première fois sans toi.

— Bien sûr que si, parce que tu es plus forte que tu ne le crois.

— Non, je ne le suis pas.

— Nous ne sommes pas d'accord sur ce point, mais à mon avis, tu es la personne la plus forte que j'aie jamais connue.

— T'as besoin de sortir plus souvent, toi.

— Haha, tu sais que je ne veux être nulle part ailleurs qu'ici, avec toi.

Lorsqu'il m'embrasse à nouveau, j'enroule mes bras autour de son corps et laisse tous mes soucis s'envoler pour le moment. Ils seront toujours là après cet interlude volé avec mon amour.

— Il y a une tradition qu'on a oubliée quand je suis rentré hier soir, dit-il contre mes lèvres.

— Je n'ai pas oublié. J'espérais que tu me laisserais me rattraper ce matin.

— Tu n'as pas besoin de te rattraper.

— Et si je le veux ?

— Tu en es sûre ?

— Je refuse de le laisser, *l'autre là* ou Houston, ou rien de tout cela, me ramener là où j'étais à l'époque. On a travaillé trop dur pour surmonter cela pour le laisser gâcher quoi que ce soit maintenant.

— Et je t'entends. Je t'entends vraiment. Mais je veux que tu en sois certaine.

— Je suis sûre et certaine de savoir exactement avec qui je suis au lit : l'amour de ma vie.

Tout sourire, il m'embrasse, me touche et m'éloigne de tous mes soucis et de toutes mes peurs, comme il le fait depuis que je le connais. Il a fallu beaucoup de temps, plus de deux ans et plusieurs tentatives infructueuses, pour que je puisse enfin faire l'amour avec lui sans éprouver autre chose que purs bonheur et excitation.

Il n'a jamais faibli dans sa dévotion à mon égard ni dans sa détermination à attendre que je sois prête à aller plus loin. Je lui dois de m'avoir sauvée de maintes façons. Après la naissance des jumeaux, il a subi une vasectomie, ce qui nous a permis de profiter de la vie ensemble sans nous soucier d'avoir d'autres bébés. Nous avons obtenu le double de ce que nous voulions lorsque nous avons décidé d'avoir un troisième enfant. Aujourd'hui, notre famille est plus que complète.

Je veux tellement profiter de ces retrouvailles avec lui, mais mon cerveau est bloqué dans le passé, ce qui rend impossible autre chose que des gestes machinaux avec Kane.

— Dee.

Je lève les yeux vers lui alors qu'il se déplace à l'intérieur de moi.

— T'es partie où, là ?

— Nulle part.

Il penche la tête et m'étudie. Il me connaît mieux que quiconque et sait parfaitement ce qui se passe dans mon esprit.

— C'est toi et moi, ma chérie. Juste toi et moi.

— Je le sais.

— Reste avec moi.

— Je suis là.

— Je t'aime tellement. Tu es toute ma vie.

Ses mots doux me font monter les larmes aux yeux.

— Et tu es la mienne, aussi.

— Et tant qu'on a ça, on a tout. Ne l'oublie pas.

— Je ne l'oublierai pas. Je ne pourrai jamais.

Il m'enlace de ses bras chauds alors que nous poursuivons le but qui ne se réalise pas pour moi. Je suis trop distraite, même si j'aimerais que ce ne soit pas le cas.

Après un long moment de silence où nous reprenons notre souffle, je dis :

— Je suis désolée.

— Ne le sois pas, mon amour. Je sais ce que cette situation te fait, et je ne t'en veux pas du tout.

— Je pense à ce que tu as dit tout à l'heure... Sur le fait de ne pas laisser *l'autre* s'en sortir.

Il me regarde, balayant les cheveux de mon visage avec son index.

— C'est à toi de décider, et je respecterai ta décision, quelle qu'elle soit.

— J'ai peur de ce que cela va me faire, à moi, à nous deux et à notre famille. Mais quand je pense qu'il vit sa vie – et qu'il se présente aux élections, par-dessus tout – comme s'il n'avait rien fait de mal… Je veux que justice soit faite. Je veux que les gens sachent ce qu'il m'a fait. Je veux qu'ils sachent qu'il m'a mise enceinte et que j'ai dû souffrir la perte du bébé pendant qu'il continuait sa vie comme si de rien n'était. Et je veux redire, en audience publique, que les autres garçons qui ont juré avoir couché avec moi étaient des menteurs.

— Je serai à tes côtés, Dee. Chaque minute de chaque jour, aussi longtemps qu'il le faudra pour obtenir justice.

— C'est la seule raison pour laquelle je peux le faire, parce qu'on le fera ensemble.

— Comme tout ce qu'on fait.

— Je vais appeler Houston aujourd'hui même.

CHAPITRE 15

Blaise
LE PRÉSENT

Je prends une douche et j'enfile un jean et un pull avant de sortir pour me rendre dans la maison de mon enfance pour la première fois depuis que mon père est décédé d'une crise cardiaque il y a sept ans. Son décès, c'est la seule fois que je suis rentrée à la maison depuis mon départ à l'université, une attitude qui a provoqué des frictions importantes dans ma famille. Pendant des années, ils m'ont demandé pourquoi je ne rentrais pas, jusqu'à ce qu'ils cessent de me poser la question et de me tendre la main. Je leur parle encore, mais nous ne sommes pas proches. J'ai des nièces et des neveux que je connais à peine. C'est ce que je voulais, pour des raisons qui m'ont semblé logiques pendant tout ce temps, mais maintenant... Si tout se sait, cela va-t-il nous éloigner ou nous rapprocher ?

Je ne sais pas comment cela va se passer, et le fait de ne pas savoir ne fait qu'ajouter à mon anxiété lorsque je traverse le pont vers Hope.

Chaque nerf de mon corps est en état d'alerte alors que j'emprunte les routes familières qui me ramènent à la maison, suivant le même chemin que celui que j'ai emprunté cette nuit lointaine après avoir été témoin du crime qui a tout changé.

Je me gare derrière la Toyota Camry argentée de ma mère et je prends le temps de regarder la maison coloniale à deux étages où j'ai grandi. Elle est peinte d'un gris plus foncé maintenant et les volets sont désormais noirs. Ils étaient rouges lorsque j'habitais là.

Maman sort de la maison, souriant avec l'enthousiasme qui lui fait cruellement défaut depuis la mort de Papa. Elle m'a souvent rendu visite en ville, mais je sais qu'elle attendait avec impatience que je revienne à la maison.

Je la serre dans mes bras sur le trottoir.

— C'est si bon de t'avoir ici, ma petite.

— C'est bon d'être à la maison.

Lorsque je l'accompagne à l'intérieur, les odeurs familières des bougies et des produits d'entretien qu'elle préfère réveillent en moi un million de souvenirs de bons et de mauvais moments. Il y a eu beaucoup plus de bons moments que de mauvais, mais les derniers ont éclipsé tout le reste, et c'est une chose de plus dont je me sens coupable. J'ai fait du mal à mes parents, à mon frère et à mes sœurs en leur tournant le dos et en abandonnant cet endroit où nous vivions en famille.

Sur le mur du salon, nos quatre photos de fin d'études secondaires sont encadrées dans un carré avec Teagan et Arlo en haut, et Junie et moi en bas. Je suis la seule à ne pas sourire. Ma dernière année a été un cauchemar qu'il a fallu endurer et non célébrer.

Je me souviens que ma mère était agacée que je refuse de sourire pour le photographe. *Franchement, Blaise,* m'avait-elle dit à l'époque, *je ne sais pas ce qui ne va pas chez toi en ce moment.*

Je n'y avais pas pensé depuis des années.

Elle nous conduit à la cuisine, qui a été rénovée. J'ai vu les photos, je suis donc préparée au changement. Ce qui me frappe encore trop douloureusement pour y croire, c'est que mon papa ne soit plus là.

Je m'assois à table pendant qu'elle s'active pour me servir un grand verre de thé glacé au citron, exactement comme je l'aime. Elle apporte des assiettes avec des sandwichs poulet-salade, un sachet de chips et mes cornichons préférés.

— Merci, Maman, ça a l'air délicieux.

— Cela me fait tellement, tellement plaisir de t'avoir à la maison pour le déjeuner, Blaise. Tu m'as beaucoup manqué.

— Tu m'as manqué aussi.

Ce que nous ne disons pas, c'est ce qui ne s'est pas dit pendant tout ce temps : pourquoi je suis partie et ne suis jamais revenue, sauf la seule fois où j'étais vraiment obligée de le faire. Après la mort de mon père, j'ai pleuré la perte des nombreuses années de vacances et autres occasions que j'aurais dû passer avec lui et les autres. C'est juste qu'il me semblait plus facile de rester à l'écart.

Aujourd'hui, je ne suis pas sûre que c'était la chose à faire.

Je reconnais le mérite de ma mère. Elle fait preuve d'une étonnante retenue en ne me demandant pas immédiatement pourquoi le fait d'entendre que Ryder se présente au Congrès m'a fait revenir à la maison, alors que rien d'autre n'avait eu cet effet depuis quatorze ans, à l'exception de la mort de mon père.

Elle me donne toutes les nouvelles de la famille pendant que nous mangeons. La dernière grossesse de Teagan a été la plus difficile de toutes, la fille d'Arlo âgée de quatre ans – une nièce que je n'ai jamais rencontrée – joue au football et Junie a décroché un emploi dans le domaine du marketing qui l'enthousiasme.

Après une heure de bavardage sur la famille, les amis et les voisins, nous sommes finalement à court de sujets de conversation.

J'essuie ma bouche sur une serviette en papier pendant que je trouve le courage de lui dire la vérité.

— Je suis sûre que tu te demandes pourquoi je suis venue en courant quand tu m'as dit ce que tu m'as dit l'autre jour.

— À propos de Ryder qui se présente au Congrès. Je n'arrive pas à imaginer pourquoi ce serait la chose qui te ramènerait à la maison alors que rien d'autre, mis à part la perte de Papa, ne l'a fait, même la naissance des bébés de ton frère et de ta sœur.

J'entends distinctement dans ses mots toute la peine qu'elle ressent.

— J'avais une bonne raison.

Encore une fois, elle fait preuve de retenue et attend que je le dise.

— Tu te souviens de quand Ryder a été accusé d'avoir violé Neisy Sutton ?

— Oui, et je me rappelle que ça n'a jamais abouti.

— Par manque de preuves.

— C'était un tel soulagement lorsque l'affaire a été classée. Ryder était un bon garçon qui ne méritait pas ce que cette fille lui a fait.

— Si, il le méritait.

— Quoi ?

— Je l'ai vu, Maman.

Elle s'appuie contre sa chaise.

— Tu as vu quoi ?

— Je l'ai vu la violer.

— Oh Blaise. Oh mon Dieu.

Elle marque une pause et me lance un regard pénétrant.

— Voilà pourquoi, dit-elle.

— Pourquoi quoi ?

— Pourquoi tu es passée du jour au lendemain d'une adolescente heureuse et équilibrée à une jeune fille sombre et renfermée, l'ombre de toi-même.

— Oui.

— Et Sienna ! Ton amitié avec elle s'est arrêtée si brusquement. A-t-elle joué un rôle dans tout cela ?

— D'une certaine façon.

— Était-elle avec toi ?

— C'est à cause d'elle que j'étais là-bas. Elle pensait que Cam la trompait et voulait l'espionner à la fête à laquelle nous n'étions pas invitées.

— Donc elle l'a vu, elle aussi ?

— Oui, mais personne ne peut le savoir. Elle n'était pas disposée à aider Neisy ou à se présenter aux autorités. C'est elle qui m'a fait garder le silence – sinon.

— Sinon quoi ?

— Tout le monde me détesterait, y compris mon propre frère.

— Oh, Blaise… Mon trésor… Mais *pourquoi* n'es-tu pas venue me voir ?

Sa voix est empreinte de souffrance.

— Parce que ! Je n'étais pas censée être là et j'avais peur d'avoir des ennuis. Je n'ai jamais voulu causer des problèmes comme Teagan l'a fait.

— J'aurais remué ciel et terre pour t'aider.

— Tu m'aurais obligée à le signaler, et Sienna avait raison. Tout le monde m'aurait détestée, y compris Arlo. À dix-sept ans, cela aurait été pire que de vivre avec la vérité, du moins c'est ce que je me suis dit.

Je regarde la table, entaillée et marquée par des années de devoirs, de projets et de dîners en famille.

— En fait, vivre avec la vérité coincée en moi a été un enfer. J'y ai pensé tous les jours. Sans exception.

— Je suis vraiment désolée que tu aies traversé une telle épreuve.

— Je ne mérite pas ta sympathie. J'ai désobéi à vos règles et j'ai fait exactement ce qu'il ne fallait pas faire quand j'ai vu quelqu'un dans le besoin. J'ai tellement honte de moi.

— Tu étais une gamine, Blaise.

— J'avais dix-sept ans. Assez âgée pour savoir que ce n'était pas juste.

— Tu as été témoin de quelque chose de traumatisant. Ta meilleure amie t'a demandé de te taire et t'a dit que tout le monde te détesterait. Je ne pense pas que tu devrais être si dure avec toi-même.

— Trop tard.

— Alors quand je t'ai dit qu'il se présentait au Congrès…

— Je n'ai pu le supporter plus longtemps. Je l'ai dénoncé à Houston Rafferty hier.

— Oh mon Dieu, dit-elle avec un profond soupir.

— Oh mon Dieu, quoi ?

— Arlo a quitté son travail pour diriger la campagne.

— Non. Quand ?

C'est une nouvelle dévastatrice. Arlo a une famille à charge.

— La semaine dernière.

Je laisse tomber ma tête dans mes mains.

— Il ne me pardonnera jamais.

— Mais si, il le fera.

— Il ne me pardonnera pas, Maman.

Je prends une inspiration et la relâche lentement tandis que les ramifications défilent dans mon esprit à la vitesse de l'éclair. Elles sont encore plus importantes aujourd'hui qu'elles ne l'étaient auparavant.

— Mais je ne reviendrai pas en arrière. Je ne peux tout simplement pas vivre avec cela une minute de plus. Quoi qu'il arrive maintenant, ce n'est plus de mon ressort.

Houston
LE PRÉSENT

J'attends toute la journée d'avoir des nouvelles du bureau du procureur général. Josh Spurling appelle finalement à seize heures trente.

— J'ai rencontré le procureur général et il a des questions.

— D'accord…

— La victime est-elle prête à coopérer ?

Si je dis non, toute cette histoire va probablement s'arrêter là. Je décide donc de rester vague en espérant que Denise changera d'avis.

— Je ne suis pas encore sûr. Je l'ai contactée et j'attends d'avoir de ses nouvelles. Si elle ne coopère pas, nous disposons d'une déclaration sous serment qu'elle a faite plusieurs semaines après l'incident.

— Ce n'est pas l'idéal, mais c'est mieux que rien. Il veut aussi savoir si le témoin est prêt à se soumettre à une déclaration sous serment avant de décider s'il va poursuivre l'affaire.

— Je lui ai mentionné cette possibilité, et elle m'a dit qu'elle ferait ce qui est nécessaire.

— Il a demandé s'il y avait d'autres témoins.

— Elle ne voulait parler qu'en son nom. C'était une ligne à ne pas franchir.

— Il y avait donc d'autres témoins.

— Elle ne l'a ni confirmé ni nié, mais elle a insisté sur le fait qu'elle ne parlait qu'en son nom.

— Ce serait plus facile à vendre s'il y avait plusieurs témoins.

— Je comprends, mais voilà où nous en sommes. Je pense qu'on peut décrire ça comme une situation à prendre ou à laisser.

— Je comprends. Laissez-moi parler au procureur général et je vous rappelle. Entre-temps, faisons venir votre témoin pour la déclaration sous serment cette semaine.

Nous convenons de nous reparler le lendemain matin.

J'appelle Blaise.

— Salut, c'est Houston.

— Salut.

— Je voulais te faire savoir que j'ai parlé au bureau du procureur général et qu'ils ont demandé la déclaration sous serment dont je t'avais parlé.

— Qu'est-ce que cela implique ?

— On te fera prêter serment comme si tu devais témoigner devant un tribunal, puis on t'expliquera la séquence des événements, comme cela se passerait au tribunal si tu témoignais. En gros, tu leur raconteras la même histoire que celle que tu m'as racontée, mais tu le feras sous serment, cette fois en présence d'un sténographe judiciaire. Je dois aussi ajouter que s'il est établi plus tard que tu as menti sur quoi que ce soit, tu pourrais être accusée de parjure.

— Je ne mens sur aucun point et je ferai la déclaration. Dis-moi simplement où et quand.

— On me le dira demain matin et je te le ferai savoir.

— Seras-tu présent ?

— Si tu le souhaites.

— Je crois que oui.

— Alors c'est comme si c'était fait.

— Merci pour ton soutien, Houston. Je l'apprécie vraiment.

— Je ne fais que mon travail, mais je comprends à quel point c'est difficile pour toi.

— Il ne s'agit pas de moi. Il s'agit de Denise et de ce qu'on lui a fait.

— Il s'agit aussi de toi et de ce que ça va faire dans ta vie.

— Ma vie est un désastre depuis la nuit où j'ai été témoin d'un crime et que je n'ai pas fait ce qu'il fallait. Je veux réparer cela, quoi qu'il m'en coûte personnellement.

— Je t'appelle demain pour te donner les détails en ce qui concerne la déclaration.

— D'accord. Merci encore.

— Pas de problème.

Peu de temps après que je raccroche, mon frère, Dallas, appelle.

— Hé, tu veux jouer aux cartes ce soir ? On se retrouve chez Ryder vers vingt heures.

Je ferme les yeux un instant.

— Je ne peux pas ce soir, mais merci pour l'invitation.

— Je ne t'ai pas vu depuis l'entraînement de foot, le frangin.

Nous entraînons ensemble l'équipe de ses enfants.

— Qu'est-ce qui se passe, Houston ?

— Rien. Je suis occupé.

— Faisons quelque chose ensemble ce week-end.

— Bonne idée.

Après qu'il raccroche, je reste longtemps à regarder dans le vide en me demandant comment cette bombe que Blaise a déposée sur mes genoux va foutre en l'air ma propre vie. Mon frère voudra-t-il encore passer du temps avec moi si je contribue à faire condamner son ami de longue date – et maintenant son patron – pour viol ? Ces accusations provoqueront une onde de choc dans deux villes et plusieurs familles. Sans parler du risque juridique pour Dallas et les autres hommes qui ont signé la déclaration sous serment que Denise a toujours qualifiée de complètement bidon.

Ryder a épousé une femme qu'il a rencontrée à l'université, qui s'appelle Caroline. Après son départ de l'armée, ils sont revenus à Hope où ils vivent avec leurs trois jeunes enfants. Il organise toujours une collecte de fonds annuelle le week-end de Thanksgiving en l'honneur de Louisa, qui est morte il y a quatorze ans. J'essaie de réconcilier cette version de Ryder avec celle que Blaise m'a décrite et celle que j'ai lue dans la déclaration sous serment de Denise.

Sa déclaration et celle de Blaise sont presque identiques dans leur description de ce qui s'est passé cette nuit-là.

C'est pourquoi je sais que Blaise dit la vérité. Elle n'a aucun moyen de savoir ce que Denise a déclaré à l'époque.

Je suis en train de boucler ma journée quand mon portable personnel sonne avec un appel de Denise. Je prends l'appel et retiens mon souffle, impatient d'entendre ce qu'elle a à dire.

— Bonjour Houston.

— Que puis-je faire pour toi ?

— Je… j'ai beaucoup réfléchi à ce que tu as dit quand tu étais ici.

Je peux à peine bouger. Mon cœur bat la chamade et mes paumes sont moites.

— Si ce n'est pas trop tard, j'aimerais changer d'avis et témoigner.

— Il n'est pas trop tard.

Je ne sais pas si je dois être soulagé ou terrifié.

— Le procureur général appréciera ta participation, ajouté-je.

— À quoi ressemblera le calendrier ?

— C'est au procureur de le décider. Je vais l'informer immédiatement de ce développement et je reviendrai vers toi lorsque j'en saurai plus.

— Je veux que tu saches que ton implication a fait toute la différence dans ma volonté de participer à cette affaire. Tu étais le seul ami que j'avais là-bas, et je n'ai jamais oublié ta gentillesse à mon égard.

— Je ferai tout ce que je peux pour que ce soit le plus facile possible pour toi, tout en sachant que rien ne sera facile.

— Non, ça ne le sera pas, mais l'idée que *l'autre* continue comme si de rien n'était, et qu'il se présente au Congrès, par-dessus tout, me hante. Maintenant que Blaise s'est présentée comme témoin, je ne serai plus seule à l'accuser comme je l'ai été la dernière fois.

— Je pense que tu es très courageuse, mais je le pensais bien avant que tout cela n'arrive. Ce n'est pas facile d'être la petite nouvelle dans un groupe qui a grandi ensemble. Tu t'es toujours comportée avec dignité, ce que j'admirais à l'époque – et je l'admire toujours.

— Merci, Houston. Il y a deux autres choses que je voulais mentionner.

— D'accord.

— Tu te souviens, la première fois, du groupe d'amis de Ryder qui a signé la déclaration sous serment jurant que j'avais couché avec eux ?

— Oui, je m'en souviens.

Des années plus tard, j'ai fait admettre à Dallas que c'était un putain de mensonge et je voulais lui casser la gueule pour avoir participé à ça.

— Quoi, à ce propos ?

— Ils ont menti sur moi pour protéger Ryder. Je veux qu'ils paient pour cela. Je sais que l'un d'entre eux est ton frère à toi, alors si tu veux que je traite directement avec le procureur général à ce sujet, je comprendrai.

Je ressens un moment de panique pour Dallas.

— Je transmettrai cela au procureur. Ils voudront t'en parler. Et la deuxième chose ?

— La nuit de l'attaque, j'ai perdu la clé de ma voiture Honda dans la clairière où cela s'est produit. J'ai oublié de le mentionner lorsque j'ai signalé l'incident, mais la clé est peut-être encore là. Je ne suis jamais retournée la chercher. Je ne sais pas si cela peut aider, mais je me suis dit qu'il me fallait le mentionner.

Je prends note de la clé.

— Cela ne peut pas faire de mal. Je vais voir si je peux la trouver et je te recontacterai.

— Merci, Houston.

Je mets fin à l'appel et téléphone immédiatement à Josh Spurling.

— Bonjour, c'est Houston. J'ai reçu votre message concernant la date et l'heure de la déclaration du témoin, et j'ai une autre mise à jour. La victime est entièrement à bord.

— Eh bien, ça change la donne.

— Elle pose une condition.

— Laquelle ?

— Après les premières accusations, le frère de Ryder Elliott et un certain nombre de leurs amis ont signé une déclaration sous serment affirmant que Denise, la victime, avait couché avec eux tous au cours de l'année écoulée. C'était un mensonge, et en l'absence de preuves tangibles, cela a très probablement influencé le juge qui a initialement entendu la plainte. Denise veut qu'on s'en occupe.

Le profond soupir de Josh en dit long.

— Dans l'intérêt d'une transparence complète, l'une des personnes qui ont signé est mon frère.

— Ça pourrait devenir compliqué, Houston.

— Je le sais, c'est pourquoi je ne veux plus rien avoir à faire avec cet aspect de l'affaire. Si votre bureau veut poursuivre cet angle, je ne peux pas être impliqué, mais Denise a été claire. S'occuper de cela est une condition de sa coopération.

— Je comprends. Je parlerai au procureur général aujourd'hui et je vous informerai des prochaines étapes.

— Blaise Merrick et moi serons là à dix heures après-demain pour sa déclaration sous serment.

— À après-demain, alors.

J'appelle Blaise.

— Peux-tu passer au commissariat demain après-midi ? Je veux revoir ta déposition pour te préparer à la réunion avec le procureur le lendemain.

— À quelle heure veux-tu que je vienne ?

— Quatorze heures, ça irait ?

— Je te vois à quatorze heures.

J'apprécie le fait qu'elle soit clairement déterminée à aller jusqu'au bout, quelles que soient les conséquences pour elle. Même si je n'approuve pas ce qu'elle a fait en ne signalant pas ce qu'elle a vu pendant quatorze ans, je comprends la psychologie d'une adolescente dans une ville très unie qui craint les retombées d'un acte juste.

Nous aimons à penser que nous ferons toujours ce qui est juste.

La vie n'est pas si simple.

Blaise le sait mieux que quiconque.

CHAPITRE 16

Le matin, je suis à nouveau réveillée par Fenway qui aboie dans la cour et Jack qui lui dit de se taire avant de réveiller leur hôte.

Le chien continue d'aboyer comme s'il n'avait rien dit.

Le sourire aux lèvres, je m'extirpe du lit et me dirige tout droit vers la cafetière. Depuis que j'ai raconté mon histoire à Houston, je me sens déjà beaucoup mieux que je ne me suis sentie depuis des années. Honnêtement, je ne me soucie pas de ce qui va se passer par la suite. Tout – et je dis bien *tout* – vaut mieux que d'être au courant d'une telle chose et de ne pas en parler.

J'enfile un sweat à fermeture éclair et je sors avec mon café pour regarder le spectacle de Jack et Fenway.

— Je suis désolé, dit-il lorsque j'apparais dans l'embrasure de la porte. Elle est incorrigible.

— Ne vous inquiétez pas. Il y a des bruits pires que la joie des chiots pour se réveiller.

— C'est une belle façon de voir les choses. J'espère que vous ne me laisserez pas un mauvais avis sur Yelp.

Je ris à la grimace qu'il fait pour accompagner son commentaire.

— Je n'ai jamais écrit d'avis sur Yelp de ma vie et je ne vais pas commencer avec vous.

— Oh merci, mon Dieu.

Il est tellement mignon et drôle, et j'apprécie qu'il ait partagé son passé douloureux avec moi. Perdre ses deux parents en l'espace de quelques semaines a dû être un choc dévastateur. Le fait qu'il ait transformé l'adversité en opportunité en ajoutant les chalets pour aider à supporter les charges afin de pouvoir conserver la maison de son enfance est également admirable.

Mais j'ai encore des questions.

— Alors, que faites-vous de votre vie à part vous promener pieds nus, jouer avec votre chien à l'aube et gérer votre propriété ?

— Hé oh, neuf heures, ce n'est vraiment pas l'aube. C'est l'équivalent de midi pour ceux d'entre nous qui savent comment profiter au maximum d'une journée.

— Je suis en vacances. Pourquoi ai-je l'impression qu'on me juge ?

Il rit, et un petit frisson d'excitation parcourt mon dos. À quand remonte la dernière fois que cela s'est produit ? Jamais, peut-être ? En matière de trouver un premier petit ami, j'avais du retard, c'est pourquoi ce dont j'ai été témoin à dix-sept ans m'a fait reculer encore plus. J'ai eu des rendez-vous ici et là, j'ai eu des relations sexuelles qui m'ont plus ou moins satisfaite, mais rien de spécial.

Mon nouveau sentiment de liberté par rapport à ce terrible fardeau a fait de la place en moi pour imaginer des choses comme sortir avec un gars comme Jack, qui est sympa, drôle, beau, sexy et qui a un chien très mignon. C'est vraiment un plus. J'ai toujours aimé les chiens, mais je n'ai jamais eu d'appartement qui acceptait les animaux.

Fenway se précipite vers moi, me rejoignant là où je suis assise sur le perron. Elle dépose sa balle pleine de salive à mes pieds et me colle un baiser humide avant que je n'aie le temps de me préparer à quoi que ce soit.

— Bon sang, elle est rapide, dis-je.

— Sa langue est comme la foudre. C'est une arme de destruction massive.

Je n'en reviens pas de la façon dont je glousse comme une adolescente avec ce chien collé à moi, alors que son maître sexy dit des choses marrantes sur elle.

— Fenway ! Ça suffit. Laisse Blaise tranquille. C'est notre invitée.

Fenway répond à son ton plus sévère en posant son derrière sur le sol, tout en continuant à haleter et à me sourire.

— Elle est *tellement* mignonne.

— Et elle le sait. C'est ce qui fait d'elle une sacrée terreur.

— Vous l'aimez.

— Désespérément. C'est ma meilleure nana.

— Comment un type comme vous peut-il appeler son Golden Retriever sa meilleure nana ? Et je reconnais que c'est un Golden Retriever exceptionnel.

— Vous me demandez pourquoi un beau gosse sexy comme moi est célibataire ?

Je bredouille en feignant l'indignation.

— Je n'ai jamais dit ça !

— Vous n'aviez pas besoin de le dire. Je sais comment c'est.

Levant les yeux au ciel, je ne peux m'empêcher de rire.

— Comme vous voudrez, l'étalon.

— Laissez-moi vous dire que j'ai eu plusieurs petites amies dans ma vie, mais ça n'a pas marché pour une raison ou pour une autre. Dernièrement, j'ai décidé que la vie de célibataire était attrayante, surtout depuis que Mme Fenway est arrivée et m'a donné quelqu'un d'autre que moi-même sur qui me concentrer.

— Je comprends. Parfois, c'est plus facile de ne pas s'impliquer.

— C'est clair. Vous m'avez demandé ce que je fais. Je suis illustrateur.

— En quoi cela consiste ?

— Je travaille avec plusieurs éditeurs de livres pour enfants ainsi qu'avec des agences de publicité et d'autres personnes qui ont besoin d'œuvres d'art originales.

— Oh, waouh ! Ça doit être le travail le plus amusant de tous les temps.

— C'est plutôt cool, et je travaille de chez moi.

Il fait un geste vers la maison, et dit :

— Tout le troisième étage est mon studio.

— Je pourrais le voir un jour ?

— Bien sûr. Quand vous voudrez.

Un crépitement de quelque chose passe entre nous. Je sais qu'il le ressent autant que moi parce qu'il me fixe sans ciller, suffisamment longtemps pour que cela devienne gênant s'il n'y avait pas ce courant entre nous.

— Vous voulez passer plus tard pour le voir ?

— J'aimerais beaucoup. J'ai un rendez-vous cet après-midi, mais je devrais être de retour avant le dîner.

— Venez me trouver. La porte n'est jamais fermée à clé. Prenez l'escalier jusqu'au dernier étage.

— Vous êtes sûr que je ne vous dérangerai pas ?

— Sûr et certain. Fenway et moi aimons la compagnie.

— J'apporterai des snacks.

En entendant ce mot, Fenway passe de l'état de repos à l'état d'alerte en moins d'une seconde.

Alors que nous rions, le regard de Jack croise le mien, et il y a de nouveau ce courant.

— Il faut faire attention à certains mots en sa présence.

— Vous pourriez peut-être me donner la liste.

— Nous serions ravis de le faire, mais pour votre information, je pense qu'elle comprend aussi quand on les épelle, ce qui pose problème.

— Un chien qui sait épeler. C'est un sacré défi.

— Vous n'avez pas idée.

Je suis ravie d'avoir quelque chose d'agréable qui m'attend après que j'aurai revécu avec Houston l'horreur de cette nuit lointaine.

— Bon, je ferais mieux de me préparer. À plus tard.

— On a hâte.

— Moi aussi.

Je suis presque aux anges quand je rentre me doucher. En me séchant les cheveux, je revis chaque seconde passée dans la cour ce matin, jusqu'à revoir ses pieds perpétuellement nus. Il y a là quelque chose de très attendrissant. Cela montre à quel point il est à l'aise dans sa maison, et cela me plaît en lui. J'aime beaucoup de choses chez lui et, pour la première fois depuis toujours, cela ne m'effraie pas comme cela aurait été le cas la semaine dernière.

J'ai eu un rapport tellement étrange aux hommes, aux rencontres et au sexe. Il ne faut pas être un génie pour relier cette anxiété au traumatisme qui a changé ma vie pour toujours. La première fois que j'ai fait l'amour, j'ai pleuré tout au long, parce que j'imaginais qu'on imposait une telle chose à Neisy contre son gré. Le pauvre gars ne savait que faire de moi. Il est parti et je ne l'ai jamais revu. Je me souviens avoir été soulagée d'avoir fait cela pour la première fois, mais quand je repensais à cette rencontre, des images horribles venaient se mêler à elle.

Peut-être que plus tard, je dirai à Jack pourquoi je suis en ville. Houston veut que je le mette au courant, et quelque chose me dit que je pourrais lui confier mon secret le plus intime et le plus inavouable.

Houston et moi passons deux heures épuisantes à passer en revue tous les aspects de ma déclaration. Il la décortique pour y déceler les failles sur lesquelles il dit que le procureur m'interrogera, mais j'ai réponse à tout. Personne ne sait si ces réponses satisferont le procureur. Nous verrons demain.

Me sentant meurtrie, je quitte le poste de police et me dirige vers l'épicerie pour acheter quelques articles dont j'ai besoin, ainsi que les snacks que j'ai promis d'apporter chez Jack. Je ne cesse de repenser à la réunion avec Houston et les émotions qu'elle a fait ressurgir en moi. C'est bouleversant de raconter mon histoire pour la troisième fois en autant de jours après l'avoir gardée si longtemps pour moi.

Je laisse les carreaux baissés pour faire entrer les senteurs de l'automne. C'était la période de l'année que je préférais lorsque j'étais petite. J'aimais les couleurs de l'automne et j'ai toujours été intéressée par le jardinage, même si je n'ai pas pu en faire beaucoup depuis que j'habite en ville. Ma grand-mère m'a appris le nom de tous les arbres, buissons et fleurs. J'adore être capable d'identifier n'importe lequel d'entre eux à vue d'œil.

C'est agréable de penser à autre chose qu'à la raison pour laquelle je suis ici. Étant donné qu'il reste une semaine à dix jours avant que le grand jury ne se prononce, je pourrais retourner à New York. Je devrais. Wendall m'envoie des textos sans arrêt, et d'autres personnes du théâtre m'ont dit qu'il était plus intraitable que d'habitude depuis que je suis partie.

Traitez-moi de folle, mais retourner à cette situation ne m'attire pas du tout.

Je me gare sur une place à l'épicerie. Avant de perdre mon sang-froid, j'envoie un message à Wendall. *La situation familiale est compliquée. J'aimerais travailler en télétravail le mois prochain. Si tu ne peux pas le permettre, je comprendrai. Tiens-moi au courant.*

Je sors du magasin, un sac kraft à la main, quand mon téléphone sonne avec un nouveau message de Wendall.

La famille, c'est tout ce qui compte. Je comprends. Tu peux travailler comme tu le veux. J'ai besoin de toi pour rester sain d'esprit, Blaise, déesse de l'organisation. S'il te plaît, ne me laisse pas tomber.

Je ris à gorge déployée devant sa démesure. C'est la chose la plus gentille qu'il ne m'ait jamais dite. J'aurais dû avoir une « crise familiale » plus tôt pour pouvoir trouver un peu d'humanité en lui. Mes amis au théâtre seront choqués par sa gentillesse, mais ils savent aussi tout ce que je fais pour lui.

Alors que je m'apprête à sortir de ma place de parking, le téléphone sonne à nouveau. Supposant que c'est Wendall, avec un nouveau drame, je jette un coup d'œil à l'écran.

Sienna. Je ne l'ai jamais supprimée de mes contacts téléphoniques, même si j'aurais dû le faire il y a longtemps.

J'ai entendu dire que tu étais de retour en ville. J'espère juste que tu n'es pas en train de parler de choses qui n'ont plus d'importance.

J'en ai froid dans le dos. C'est une menace ? Comment a-t-elle su que j'étais à la maison ? Je n'ai vu personne d'autre que ma mère, qui n'en parlerait à personne parce que je lui ai demandé de ne pas le faire.

En me rendant chez Jack, je regarde de temps en temps dans le rétroviseur pour voir si l'on ne me suit pas. Il n'y a pas d'autre voiture sur la route, mais je ne peux pas échapper au sentiment que quelqu'un m'observe. Que les gens ont entendu dire que j'étais de retour en ville. Que Sienna est la seule autre personne sur Terre à savoir ce que nous avons vu cette nuit-là, à moins qu'elle ne l'ait dit à Cam.

Je doute qu'elle l'ait fait.

L'anxiété que son texte suscite en moi est teintée de tristesse pour l'amitié qui a été détruite lors de cette nuit capitale. À une époque, elle était la personne la plus importante de ma vie. Nous nous racontions tout. Et puis cela s'est envolé, tout comme mon innocence, ma tranquillité d'esprit, le sentiment que ma personne avait de la valeur et tant d'autres choses soudainement perdues à cause des actions d'une seule personne.

Je suis ébranlée par le message de Sienna et je pense à envoyer un message à Jack pour lui demander si l'on peut se voir une autre fois. Mais aussi attrayant que cela puisse être de ramper dans le lit et de tirer les couvertures par-dessus ma tête, je n'ai pas envie d'être seule.

Alors, je dispose sur une assiette les crackers, le fromage et la pâte à tartiner aux figues que j'ai achetés, puis je lave les raisins que j'ai pris pour les accompagner. Je glisse une bouteille de Chardonnay sous mon bras et je traverse la cour pour me rendre à la porte arrière de chez Jack. De l'extérieur, je vois des lumières allumées dans son studio du troisième étage, alors je suis ses indications jusqu'à l'escalier. Le rythme d'une musique forte se rapproche au fur et à mesure que je monte les deux étages.

La porte du studio est ouverte et Jack chante sur « Gimme Shelter » des Rolling Stones.

Je reste en retrait et l'observe tandis qu'il étudie quelque chose sur un énorme tableau à dessin, les mains enfoncées dans les poches arrière de son jean, les pieds nus comme d'habitude, et Fenway endormie sur un lit près de la fenêtre.

Elle sent ma présence la première et se lève d'un bond, aboyant joyeusement lorsqu'elle vient me saluer.

Jack se tourne vers moi en souriant et baisse le volume de la musique.

— Vous voilà ! Nous avions presque renoncé à vous voir.

— Ma réunion a pris plus de temps que prévu.

— Pas de souci. Entrez.

Il me prend l'assiette et la bouteille de vin et les pose sur une table, hors de la portée du chien.

— C'est donc ici que la magie opère, hein ?

— C'est ce qu'on me dit. Je suis désolé que ce soit un tel désordre. Je m'y retrouve.

Chaotique, c'est bien le mot que j'emploierais pour décrire les dessins colorés collés sur chaque espace disponible du mur, les œuvres en cours de réalisation sur presque toutes les surfaces, ainsi que la peinture et l'encre qui tachent le sol.

Je montre du doigt une illustration éclatante punaisée sur un mur éloigné.

— Puis-je ?

— Je vous en prie. Mettez-vous à l'aise pendant que je vérifie ce que vous avez apporté à grignoter. Je commençais à avoir faim.

Les couleurs et les détails sont saisissants. Il a tout fait, des super-héros aux dragons ardents en passant par les scènes douces d'un conte pour enfants. Les animaux semblent être sa spécialité. Je reste bouche bée devant le dessin de Fenway qui la représente à la perfection, jusqu'à la langue active.

Son talent est vraiment éblouissant.

— Je suis très impressionnée.

— Je me faisais disputer à l'école parce que je gribouillais sans arrêt.

Il hausse les épaules en souriant.

— Je leur ai montré, non ? Je gagne ma vie avec mes couleurs.

— C'est sûr. Je n'en reviens pas de la diversité de ce que vous faites. Vous faites de tout.

— Mais vous voyez bien ce qui m'intéresse le plus.

Il montre les animaux d'un mouvement du menton, tout en mangeant un cracker et du fromage. Puis il m'apporte une tasse à café contenant du vin.

— C'est la grande classe dans mon studio.

Je touche ma tasse à la sienne.

— Merci de m'avoir invitée dans votre jardin secret.

— C'est un plaisir. Lorsque vous dites que vous êtes illustrateur, les gens ont tendance à vous regarder avec scepticisme. Il est utile de leur montrer ce que cela signifie.

— J'étais sceptique ?

— Pas du tout, c'est pourquoi vous m'avez tout de suite plu.

— Oh, bah, c'est bien.

Il flirte, c'est ça ? J'ai tellement perdu l'habitude que je n'en suis pas tout à fait sûre.

— C'est très bien. J'apprécie les gens qui ne sont pas sceptiques face à des choses qu'ils ne comprennent pas ou qui ne disent pas carrément des choses du genre « oh, alors tu fais du coloriage pour gagner ta vie » sur un ton insultant.

Je ris de la façon dont il dit cela.

— Les gens sortent vraiment ça ?

— Plus souvent qu'on ne le croit. Mon cousin dit à tout le monde que c'est ce que je fais.

Il me fait rire deux fois en deux minutes, ce qui doit être un record. Cela fait tellement longtemps que je n'ai pas eu envie de rire ou de sourire.

Il brandit le pot en verre.

— C'est quoi ça ?

— De la pâte à tartiner aux figues. Essayez-le. C'est bon.

— Hmmm, c'est à moi d'en juger.

Il en étale sur un cracker et en prend une bouchée.

— Waouh, c'est bon !

— Je vous l'avais dit.

— Je n'aurais jamais imaginé des figues dans une pâte à tartiner.

— On en apprend tous les jours.

— On dirait bien. Vous aimez la pizza ?

— Ce n'est pas le cas de tout le monde ?

— J'ai un four à pizza vraiment cool et toutes les garnitures imaginables comme je ne savais pas ce que vous aimez.

— Alors comme ça vous avez tout organisé pour ma visite à l'avance ?

— Quelque chose comme ça.

— Je suis impressionnée.

— Ne le soyez pas. La pizza est pour moi le point culminant en matière de cuisine. Mais ma pizza est extraordinaire. Les gens viennent de partout pour la goûter.

— Si on ne fait bien qu'une seule chose, autant y mettre le paquet.

— C'est ma philosophie pour tout ce que je sais faire. C'est-à-dire dessiner et faire les pizzas.

— Vous êtes aussi un super papa pour les chiens.

— D'accord, trois choses.

— Je parie qu'il y en a d'autres.

Il remue les sourcils.

— Vous aimeriez bien le savoir, hein ?

Je sens mon visage devenir rouge vif, ce qui est mortifiant.

— Adorable, dit-il avec un petit rire.

— Affreux, dis-je en faisant une grimace.

— Super adorable.

— Qui rougit à plus de trente ans, surtout quand on s'appelle *Blaise* comme le feu ?

— Vous, et j'adore ça. Qu'est-ce que je peux dire d'autre pour que ça arrive de nouveau ?

— Vous n'avez pas intérêt !

Son sourire illumine son visage d'une joie espiègle.

— J'aime tellement les défis.

— Je vous conseille vivement de renoncer à ce défi.

— Si vous allez être comme ça, alors…

— Oui, je vais l'être.

— Très bien.

— Très bien.

— Alors, dit-il avec ce sourire que j'apprécie de plus en plus, surtout quand il n'essaie pas de m'embarrasser, et si on se faisait cette pizza ?

— Montrez le chemin.

Nous rassemblons les amuse-gueules que j'ai apportés et la bouteille de vin ouverte et nous descendons.

— Attention à Fenway. C'est une dans-les-patteuse.

— C'est un mot, ça ?

— Ma création personnelle. Je manque de tomber à la renverse avec elle au moins une fois par jour parce qu'elle essaie de me doubler dans les escaliers.

Au moment où il dit cela, le chien se précipite entre nous, l'obligeant à m'attraper pour que je ne tombe pas.

— Exemple concret. J'en suis désolé.

— Ce n'est pas grave. Je l'aime beaucoup. Elle est adorable.

— C'est un démon.

— Ne dites pas ça de votre petite !

— C'est la vérité. Je l'aime à la folie, mais elle va me tuer. Littéralement, si elle me fait tomber dans l'escalier.

Je m'arrête sur le palier du deuxième étage pour étudier les photos au mur que j'ai loupées en montant. Le jeune Jack avec ses parents, avec d'autres chiens, avec des groupes de gamins, des fêtes d'anniversaire, des matchs de football, de baseball, des bals de fin d'année, des remises de diplômes.

— C'est ma mère qui a fait ça, au cas où vous vous demanderiez si je suis amoureux de moi-même.

Encore une fois, il me fait rire. J'ai ri davantage au cours de la dernière demi-heure que depuis des années. Ça fait du bien.

— Je n'ai pas eu le cœur de l'enlever, dit-il.

— Pourquoi voudriez-vous l'enlever ? C'est la chose la plus charmante qui soit.

— Si vous le dites. Il n'y a rien de plus précieux que l'enfant unique d'une mère qui a aspiré à avoir des enfants toute sa vie et qui m'a finalement eu à l'âge de trente-huit ans.

— Elle a dû être ravie.

— On peut dire ça comme ça.

L'affection qu'il lui porte transparaît clairement.

— Où êtes-vous allé au lycée et à l'université ?

— Bishop Stang et RISD.

La Rhode Island School of Design de Providence est l'une des meilleures écoles d'art du pays.

— Oh, waouh. La RISD est géniale.

— J'ai adoré chaque minute passée dans cette école avec des gens qui comprenaient qu'il y avait pire que de vouloir gribouiller pour gagner sa vie.

— Je n'en doute pas.

— J'ai mis du temps à convaincre mes parents que je pouvais vivre de mes petits dessins.

— Je parie qu'ils étaient très fiers.

— Ils l'étaient, surtout quand j'ai commencé à gagner de l'argent avec ça.

— Cela a tendance à attirer l'attention des parents.

— N'est-ce pas ?

Nous atterrissons au premier étage et il me conduit à une cuisine spacieuse située à l'arrière de la maison qui a été entièrement rénovée. Les meubles sont peints d'un bleu marine intense, avec une crédence en carrelage assorti, des comptoirs blancs et des appareils électroménagers haut de gamme en acier inoxydable.

— C'est magnifique.

— C'était mon premier projet après avoir hérité de la maison. Je ne pouvais pas me résoudre à leur dire que leur cuisine était affreusement démodée tant qu'ils étaient encore en vie.

— C'est vrai. Cela aurait été malpoli.

— Mais j'avais hâte de mettre la main à la pâte. Vous regardez HGTV[1] ?

— Mon Dieu, oui. Je suis accro.

— Moi aussi, et je l'ai fait moi-même grâce à mon diplôme de HGTV.

— Non, ce n'est pas vrai !

— Si, et laissez-moi vous dire que regarder ce qui se fait à la télévision *n'a rien à voir* avec le faire soi-même. J'ai très vite fait preuve d'humilité.

— Je n'arrive pas à croire que vous l'ayez fait vous-même.

— Cela a pris presque un an parce que j'étais déterminé à ne demander d'aide à personne.

— Pourquoi n'avez-vous pas ajouté la rénovation à votre liste de talents ?

— Parce que si cela prend un an, ce n'est pas un talent. C'est une mission de dingue. Pendant ce temps, je suis devenu très bon au micro-ondes.

— J'imagine, mais le produit final est incroyable. Je suis impressionnée.

— C'était mon seul objectif pour ce projet. Impressionner un jour une nouvelle amie importante.

Je lève les yeux au ciel.

Il est trop mignon pour son propre bien – ainsi que pour le mien. Et il me vient à l'esprit qu'avant de décider qu'il pourrait s'intéresser à moi, il doit savoir pourquoi je suis venue en ville en premier lieu. En entendant mon histoire, il pourrait ne plus jamais vouloir me revoir.

Après s'être lavé les mains, il les sèche sur une serviette en m'observant.

— Hé, qu'est-ce qui ne va pas ?

Je me secoue et force un sourire.

— Rien.

— Il y a quelque chose…

— Je veux vous dire pourquoi je suis ici, mais j'ai peur que vous ne vouliez plus être mon ami.

— Et ça vous dérangerait qu'on ne soit plus amis ?

Je pense qu'il parle d'autre chose que d'une simple amitié.

— Oui, je crois que oui.

Il me surprend lorsqu'il jette la serviette de côté, me prend la main et me conduit dans un salon confortable avec un poêle à bois et deux murs entiers d'étagères.

Je regarde les étagères remplies de livres.

— Tout ça, et en plus vous lisez.

— J'ai vu une fois un truc qui conseillait aux femmes de prendre leurs

---

1. Chaîne de télévision payante américaine spécialisée dans la décoration, rénovation et agencement de la maison et du jardin.

jambes à leur cou si elles arrivaient chez un homme et qu'il n'avait pas de livres. Alors j'ai acheté ça dans un vide-grenier.

— Vous n'avez pas fait ça.

En riant, il dit :

— Mais ça vous a fait penser à deux fois, hein ?

Il est amusant, drôle, beau, talentueux, intelligent, sexy, doux et gentil. Il est tout cela à la fois. Et il mérite de savoir ce que j'ai fait avant de décider s'il veut passer plus de temps avec moi.

Lorsque nous nous assoyons l'un à côté de l'autre sur le canapé, il ne lâche pas ma main.

Je suis sûre à cent pour cent que si je tire ne serait-ce que légèrement, il la lâchera instantanément. La seule peur que j'ai de cet homme, c'est d'y laisser mon cœur en le lui donnant. Je n'ai jamais connu ce genre de connexion auparavant, et je serais triste de le perdre avant même d'avoir eu la chance de le connaître vraiment.

— Quoi qu'il en soit, ça ne peut pas être si terrible que ça, dit-il.

— Ça l'est. C'est terrible.

Il se tourne vers moi.

— Racontez-moi.

Je fixe mon regard sur le mur du fond, pour ne pas avoir à voir son dégoût quand je lui avouerai mon péché.

— Quand j'avais presque dix-sept ans, j'ai été témoin d'un crime. Pour de nombreuses raisons qui me semblaient logiques à l'époque, je n'ai pas signalé ce que j'ai vu. Garder ce secret pendant quatorze ans m'a pratiquement anéantie, et cette semaine, je l'ai enfin signalé à Houston. C'est pourquoi je suis ici.

— Est-ce qu'ils poursuivent l'affaire ?

— Houston pense qu'elle sera présentée à un grand jury dans les deux semaines à venir.

— Comment vous sentez-vous depuis que vous avez avoué ?

— Je me sens libérée d'un terrible fardeau, mais j'ai toujours honte d'avoir mis tant de temps à faire ce qu'il fallait. Pour ce que ça vaut, j'ai toujours su que c'était une erreur de ne rien dire.

— Ça vaut beaucoup. Vous étiez très jeune, Blaise. Nous avons tous fait des choses dans le passé dont nous ne sommes pas fiers.

— C'était énorme.

— Quel était le crime ?

— J'ai vu un type avec lequel j'ai grandi violer une fille qui était relativement nouvelle dans notre école et qui y avait vécu des moments difficiles. Elle était belle, alors bien sûr, les autres filles la considéraient comme une menace. Il s'agissait d'une fête à laquelle je n'étais pas censée participer ici, à LE, et un lieu où je n'avais pas le droit d'aller en voiture. C'est le meilleur ami de mon frère. Son frère sortait avec ma meilleure amie depuis des années. Voilà mes excuses, mais au bout du compte, je suis restée silencieuse pendant que la victime se faisait massacrer en ligne après avoir signalé le crime quelques semaines plus tard, et j'avais peur que cela m'arrive à moi aussi. Tout cela était horrible.

— Vous êtes la seule à l'avoir vu ?

Je secoue la tête.

— Mais je suis la seule à m'être manifestée. L'autre témoin est mariée au frère du type maintenant. Il n'y a aucune chance qu'elle me soutienne. C'est elle qui m'a dit que tout le monde me détesterait si je confirmais que c'était arrivé.

— C'est une situation terrible. Je suis désolé que cela vous soit arrivé.

Je le regarde enfin.

— Ce n'est pas à moi que c'est arrivé. C'est à elle.

— Et à vous parce que vous avez été témoin d'un crime violent bien avant d'avoir la maturité nécessaire pour le gérer comme vous l'auriez dû.

— Comment expliquez-vous les quatorze dernières années où j'étais en âge de savoir ?

— Votre frère est-il toujours ami avec lui ?

Fenway me donne un coup de museau, alors je la gratte derrière les oreilles.

— Il l'est, et il a récemment quitté un super boulot pour aller travailler pour lui.

— C'est pour ça que vous n'avez rien dit. Votre amie est mariée à son frère. Votre frère est très proche de lui. Les liens sont encore profonds, même si vous vous êtes retirée de la scène.

— C'est vrai qu'ils sont profonds. Elle n'est plus mon amie. Je ne lui ai pas parlé depuis cet été-là, jusqu'à ce qu'elle m'envoie un texto aujourd'hui à l'improviste pour me dire qu'elle avait appris que j'étais de retour en ville, et que je ferais mieux de ne pas me répandre sur des choses qui n'ont plus d'importance.

— Attendez. Elle a dit ça ? Dans ces termes ?

— C'est ce qu'elle a dit.

— Pour moi, ça ressemble à une menace.

— C'est ce que j'ai pensé, moi aussi.

— Que faites-vous à ce sujet ?

— Que puis-je faire sans révéler qui d'autre était là cette nuit-là ? Je ne pense pas que ce soit à moi de la forcer à témoigner contre son propre beau-frère.

— Pensez-vous que vous serez en danger si l'on apprend que vous êtes prête à témoigner contre lui ?

— C'est possible. Houston m'a dit que je devais vous en parler pour que vous soyez au courant. Il prévoit d'augmenter les patrouilles autour d'ici si nécessaire. Si c'est trop, je peux déménager pour…

— Stop. Vous n'allez pas partir.

— Vous ne me détestez pas après avoir entendu ce que j'ai fait ? Ou je suppose que je devrais dire ce que je n'ai pas fait ?

— Pas du tout. Mais pourquoi avez-vous décidé de le dire à Houston maintenant ?

— Parce que l'homme qui a fait ça se présente au Congrès. Après avoir entendu cela, je n'en pouvais plus.

Son visage se défait sous l'effet du choc.

— C'est Ryder Elliott ?

J'hésite à le confirmer, ce qui répond à sa question.

— Mon Dieu, Blaise. Sérieusement ?

— Oui. Vous le connaissez ?

— Pas personnellement. Mais j'ai entendu parler de lui.

— Vous ne pouvez rien dire à ce sujet, Jack.

— Je ne le ferais jamais, mais vous avez raison de dire qu'il a de bons contacts.

— Il a toujours été comme ça. C'était le gars le plus populaire du lycée.

— Pourquoi ferait-il quelque chose comme ça ?

— J'y ai beaucoup réfléchi. Il n'y a jamais d'excuse pour une agression sexuelle, mais s'il y a une raison pour laquelle il a craqué, c'est probablement parce que sa petite amie de longue date était sur le point d'entrer en soins palliatifs après une terrible bataille contre le cancer. Qui sait ce que ce genre de stress peut faire à quelqu'un, mais je n'essaierai jamais, au grand jamais, de justifier ce qu'il a fait. C'est juste difficile d'en arriver à se dire qu'une personne avec qui on a grandi est vraiment mauvaise, vous savez ?

— Je comprends, et je suis d'accord qu'il n'y a pas de justification pour ce qu'il a fait. Je ne savais pas qu'il avait perdu sa petite amie à l'époque.

— C'était très triste. Louisa était une personne merveilleuse, et elle s'est tellement battue. Ryder était à ses côtés depuis le début. Il a également collecté beaucoup d'argent pour aider sa famille à payer les frais médicaux. C'était difficile pour moi de réconcilier ce Ryder-là avec ce que je l'ai vu faire cette nuit-là.

— J'en suis sûr.

— Merci de m'avoir écoutée.

— Merci d'avoir partagé cela avec moi. Je sais que ça doit être difficile d'en parler.

— En effet, ça l'est. Je n'en avais jamais parlé à personne avant d'en parler à Houston, et maintenant j'ai raconté l'histoire à Houston deux fois, ainsi qu'à vous et à ma mère une fois.

— C'est un poids énorme à porter pendant tout ce temps.

— C'est horrible. J'étais contente d'apprendre cette semaine que Denise, la femme qu'il a violée, est mariée, heureuse et a quatre enfants. Cela fait plaisir de savoir qu'elle a trouvé le bonheur.

— Vous le méritez aussi, vous savez.

— Ah bon ?

— Oui, vous le méritez. Je comprends pourquoi vous vous sentez mal à ce sujet, mais vous êtes quelqu'un de bien.

— Comment le savez-vous ? Je viens de vous dire que je ne suis pas une bonne personne.

— Une mauvaise personne ne se serait pas autant préoccupée du sort de la victime pendant tout ce temps. Une mauvaise personne n'aurait pas fini par faire ce qu'il fallait, même en sachant que cela pouvait lui coûter cher. Vous n'êtes pas une mauvaise personne, Blaise. Vous êtes une bonne personne qui a fait une grosse erreur à un moment de sa vie où elle n'avait pas les moyens ou la maturité pour faire ce qu'il aurait fallu.

— Je l'ai regretté chaque jour depuis.

— Une chose de plus qu'une mauvaise personne n'aurait pas faite.

— Beaucoup de gens vont me détester pour ça, y compris mon propre frère.

— Probablement. Comment vous sentez-vous par rapport à ça ?

— Je pense qu'il sera plus facile de vivre avec ça qu'avec le secret.

— J'en suis sûr.

— Écoutez, c'est beaucoup tout ça. Si vous voulez un peu de temps pour réfléchir à la question de savoir si vous voulez qu'on soit amis…

Il me stupéfie quand il m'embrasse avant que je ne puisse prononcer les mots suivants.

— Je veux qu'on soit amis, et j'espère que c'était OK de te le dire comme ça.

Je souris, car comment ne pas le faire ?

— C'était OK.

—OK, c'est tout ? Je peux faire beaucoup mieux que ça.

Avec ma main sur son torse, je l'empêche de me le prouver tout de suite.

— Doucement, cow-boy.

— Très bien, fais ta difficile, mais sache que je suis capable de faire bien mieux que juste OK.

— J'ai compris.

J'aimerais vraiment savoir ce qu'il entend par là, mais pas ce soir. C'est plus que suffisant pour l'instant.

— Et si on se faisait la pizza que je t'ai promise ?

Je suis tellement soulagée d'avoir partagé mon histoire avec lui et qu'il ne m'ait pas envoyée paître. Au moins, je sais maintenant qu'il s'intéresse à moi et veut être plus qu'un ami, ce qui est une bonne nouvelle. Parce que moi aussi, je suis intéressée.

— Allez, on s'y met.

CHAPITRE 17

Houston
LE PRÉSENT

Je récupère Blaise chez Jack et me dirige vers Providence, pour que Spurling puisse recueillir sa déclaration sous serment.

— Comment ça se passe chez Jack ?

— C'est génial. J'adore.

— C'est un bon gars. Il t'a dit ce qu'il faisait ?

— Oui. C'est très intéressant.

— Il a gagné une tonne de prix et autres distinctions, mais il ne s'en vanterait jamais.

— J'ai vu son travail hier soir. C'est impressionnant.

— Ça l'est vraiment. Il fait un peu de tout, des livres pour enfants aux dessins animés en passant par la science-fiction. Il est incroyablement talentueux.

— Je ne sais pas tracer une ligne droite avec une règle.

— Moi non plus.

Je lui lance un coup d'œil et je ris.

— Est-ce que tu te sens à l'aise par rapport à cette réunion ?

— Je veux en finir.

— Je comprends. C'est traumatisant de revivre tout ça, surtout plusieurs fois dans la même semaine.

Elle regarde toujours par la vitre.

— Ce n'est pas mon traumatisme. C'était le sien. Il se trouve que j'en ai été témoin.

— D'après la façon dont tu as décrit ta réaction, je pense qu'on peut dire que tu as été traumatisée, toi aussi. N'importe qui le serait, Blaise.

— C'est gentil de ta part de me ménager, mais je ne le mérite pas.

— Si, tu le mérites. Tu n'étais encore qu'une gamine.

— Ma mère a dit la même chose quand je lui ai expliqué pourquoi je suis ici, et ne t'inquiète pas. Elle ne le dira à personne. Elle a dit que je ne devrais pas être si dure avec moi-même, mais je n'ai jamais cherché à me ménager. Je voulais juste que ça s'en aille. Je voulais revenir à cette nuit-là et ne pas défier les souhaits de mes parents en me rendant en voiture à LE. Je voulais ne pas voir des choses qui ne pourraient jamais être oubliées. Je voulais que cela ne lui soit pas arrivé. Je voulais retrouver ma vie telle qu'elle était plus tôt ce jour-là. C'est ce que je voulais pour elle aussi.

— J'aurais voulu qu'il y ait quelqu'un à qui tu aies pu en parler.

— J'avais tellement peur que les personnes à qui j'en parlerais me force-raient à rendre l'affaire publique. J'ai vu ce qu'ils avaient fait à Denise. Je ne pouvais pas laisser cela m'arriver à moi aussi. J'étais faible et lâche, et je me détestais pour ça.

— Encore une fois, tu avais dix-sept ans. Assez âgée pour savoir que ce que tu avais vu était terrible, mais pas assez âgée pour trouver un chemin pour t'en sortir.

— Cela me met mal à l'aise que des gens comme toi et ma mère veuillent passer l'éponge sur ce que j'ai fait.

— Nous ne passons pas l'éponge. Nous disons que des choses arrivent, des choses accablantes qui sont si grandes et inconcevables qu'il est impossible de voir une issue. Cela ne veut pas dire que tu es une mauvaise personne. Tu n'es pas celui qui a commis le crime innommable.

— Ce que j'ai fait était aussi innommable d'une certaine façon, surtout après qu'elle s'est manifestée et que les gens l'ont dénigrée pour le défendre, lui. Le pire, c'est de l'avoir laissée seule et blessée dans les bois. C'est la seule fois de ma vie où j'ai envisagé le suicide.

— Mon Dieu, Blaise…

— S'il te plaît, ne sois pas désolé pour moi, Houston. J'ai merdé royale-ment. Tout ce qui m'importe maintenant, c'est réparer cela.

— Mais je suis vraiment désolé pour toi. Ce que tu as vu et l'effet que ça a eu sur toi font de toi une victime dans cette histoire aussi.

Elle secoue la tête.

— Denise était la victime. La seule victime.

Je ne suis pas d'accord avec elle, mais je vois bien qu'il est inutile d'en discuter. J'espère qu'au fur et à mesure de la procédure, elle comprendra que Denise n'était pas l'unique victime du crime de Ryder.

Nous passons le reste du trajet en silence.

À Providence, je montre le chemin vers la salle de conférence du procureur général. Je n'y suis allé qu'une seule fois, car il n'y a pas beaucoup d'affaires de ce niveau dans notre ville.

Josh Spurling nous accueille. Il a une petite quarantaine d'années, la peau mate et les yeux foncés. Il porte un costume bleu marine impeccable et une alliance en platine à la main gauche. Il a la réputation d'avoir mené à bien certaines des affaires les plus médiatisées de l'État, ce qui est certainement le cas ici, puisqu'il s'agit d'un candidat au Congrès.

Après que je l'ai présenté à Blaise, il nous propose du café ou de l'eau.

— J'aimerais bien de l'eau, s'il vous plaît, dit Blaise.

— Moi, ça va. Merci, Josh.

Nous prenons place à l'extrémité de la table de la salle de conférence.

Après avoir versé un verre d'eau à Blaise à partir d'un pichet, il place une caméra et un trépied sur la table et l'allume, récitant les noms des personnes présentes et l'objet de la réunion.

— Veuillez indiquer votre nom et votre âge pour le procès-verbal.

— Blaise Merrick, âgée de trente et un ans.

— Jurez-vous que le témoignage que vous allez faire est la vérité et toute la vérité dans cette affaire ?

— Je le jure.

— Voulez-vous décrire les événements survenus il y a quatorze ans, le soir du 20 juin ?

— C'était le dernier jour d'école. Nous avions eu une demi-journée de cours. Ce soir-là, j'ai pris la voiture de ma maison à Hope jusqu'à Land's End, contre la volonté de mes parents, pour m'inviter dans une fête qui se tenait chez les Rafferty.

— Pourquoi vos parents vous ont-ils dit de ne pas y aller ?

— Ils ne savaient rien de la fête. Je n'avais pas le droit de conduire jusqu'à Land's End en général. J'étais encore un peu novice en matière de conduite, et ils ne voulaient pas que j'aille là-bas. Ils disaient que c'était trop loin, trop sombre, les routes trop sinueuses…

— Faisiez-vous habituellement ce qu'ils vous demandaient ?

— Toujours. J'avais une sœur aînée rebelle qui avait constamment des ennuis. Les disputes étaient difficiles pour moi. Je faisais tout mon possible pour éviter tout ce qui pouvait les contrarier.

— Vous diriez donc que c'était un rare moment de rébellion ?

— Mon seul moment de véritable rébellion.

— Étiez-vous seule à vous rebeller ainsi ?

— Je préfère ne pas répondre à cette question. Je ne parle qu'en mon nom et de ce que j'ai vécu moi-même cette nuit-là.

— Notre dossier serait plus solide avec plusieurs témoins.

— Je comprends. Je ne parle que pour moi.

— Expliquez-moi ce qui s'est passé entre votre arrivée à la fête et votre départ.

Écouter Blaise raconter les détails de ce qu'elle a vu n'est pas moins douloureux la troisième fois. Chaque mot est empreint de la souffrance de ce dont elle a été témoin, de ce qu'elle n'a pas fait et de la façon dont les événements de cette soirée l'ont hantée depuis lors.

— Des semaines plus tard, lorsque la victime s'est présentée à la police, que s'est-il passé ?

— Tout le monde en parlait. Mon frère Arlo, qui était l'un des amis les plus proches de Ryder, en était furieux. Arlo demandait comment on pouvait l'accuser d'une telle chose. Je ne l'avais jamais vu dans cet état. Les attaques sur Facebook contre Neisy, comme on l'appelait à l'époque, étaient vicieuses. Cela me rendait malade, moi qui savais qu'elle disait la vérité. Il l'avait vraiment violée.

Blaise s'arrête et regarde ses mains jointes sur la table.

— Je suis sûre que vous devez vous demander comment j'ai pu garder ces informations pour moi alors qu'une autre jeune femme traversait une épreuve aussi terrible. Je me suis posé cette question tous les jours. Je voulais l'aider. Je voulais faire ce qui était juste. Mais tout ce que je voyais et entendais, c'était les personnes les plus proches de moi qui le défendaient lui, qui disaient que nous avions grandi avec lui, qu'elle n'était pas l'une des nôtres, mais que lui l'était. C'était un bruit de fond qui hurlait dans ma tête et auquel je ne pouvais échapper, quoi que je fasse.

J'ai commencé à prendre des somnifères tous les soirs, pour avoir une chance de dormir. Je n'arrivais presque plus à manger ni à m'occuper de quoi que ce soit. Mes notes de dernière année ont été les pires de ma vie. J'ai arrêté de sortir. Je me fichais de tout. Je me sentais comme une merde tout le temps. Et je pensais à elle… à Neisy et à ce qu'elle vivait, et j'en étais malade. Quand nous sommes retournés à l'école, rien n'avait changé pour Ryder. Il était le même étudiant et athlète populaire et couronné de succès.

— Qu'avez-vous ressenti ?

— J'étais vraiment très, très en colère. Surtout parce que Neisy a dû quitter notre école et aller ailleurs pour sa dernière année. Je pensais à elle tous les jours, et j'espérais… j'espérais qu'elle réussisse à continuer sa vie. J'ai été tellement heureuse d'apprendre qu'elle est mariée et qu'elle a quatre enfants.

— Pourquoi dévoiler cette information maintenant ?

— J'ai entendu dire que Ryder se présentait au Congrès. Cette nouvelle m'a fait réaliser que je ne me soucie plus de ce qui pourrait m'arriver. Je ne pouvais pas vivre avec cela une seconde de plus alors qu'il est en train de chercher une fonction prestigieuse basée sur sa popularité inhérente. Après avoir raconté mon histoire à Houston… C'est la première fois en quatorze ans que j'ai dormi toute la nuit sans médicaments.

— Et vous êtes prête à témoigner en audience publique ?

— Oui, je le suis.

Josh se penche en avant pour éteindre l'enregistrement.

— Merci pour votre franchise et pour vous être présentée.

— Que se passe-t-il maintenant ?

— Nous allons présenter le dossier au grand jury de l'État, qui décidera s'il est suffisamment solide pour engager des poursuites.

— Quand serez-vous fixés ?

— Dans les sept à dix prochains jours.

Elle hoche la tête.

— Avez-vous une idée de ce qu'il devrait en être ?

— Compte tenu de votre témoignage et de la décision de la victime de participer, je serais surpris s'ils ne votent pas en faveur d'une mise en examen.

Sur le chemin du retour, je lui dis que je suis étonné que Spurling ait dit ça.

— D'habitude, c'est le genre de choses qu'ils gardent pour eux. Il est possible qu'il ait voulu que tu saches à quel point ton témoignage sera crucial.

Avant de la laisser chez Jack, je lui conseille de ne pas se faire trop d'illusions.

— Ce n'est pas parce que Spurling a foi en l'affaire que le grand jury votera la mise en examen.

— J'ai été bien plus préoccupée par ma conscience que par les espoirs que je pouvais avoir pour la suite des événements.

— J'espère que ta conscience se sent plus légère.

— Effectivement.

— Je dois partager quelque chose avec toi.

Je suis en conflit avec moi-même à ce sujet depuis que j'ai entendu son histoire la première fois.

— Qu'est-ce que c'est ?

— Au fil des ans, j'ai sympathisé avec Ryder. Dallas et moi jouons aux cartes avec lui, Cam, ton frère et quelques autres. Je ne dirais pas que je suis du tout proche de lui, mais je le considère comme un ami.

— Et pourtant, tu continues à faire avancer l'affaire.

— Je fais mon travail.

— Ton travail peut te coûter plusieurs amis, sans parler de ton frère.

— Je m'en rends bien compte.

— Cela te tracasse ?

— Bien sûr, mais je te crois. J'ai été choqué d'entendre ce que tu as vu, de réaliser que ton histoire correspondait presque exactement à la description des événements faite par Denise et de devoir confronter ces informations avec l'homme que je connais depuis toutes ces années. Mais cela ne m'empêchera pas de faire ce qu'il faut pour que la justice soit rendue à Denise, qui était aussi mon amie autrefois.

— Je n'étais pas consciente des enjeux personnels pour toi.

— N'oublie pas que le crime a eu lieu à ma fête. Cela a toujours été personnel pour moi.

— C'est vrai.

— Comme toi, j'aurais préféré que ça n'arrive jamais.

Elle me regarde, l'air hésitant.

— Puis-je te parler de quelque chose d'autre qui m'inquiète ? demande-t-elle.

— Bien sûr.

— Pendant l'audience préliminaire, la défense a présenté une déclaration sous serment au nom de plusieurs amis et coéquipiers de Ryder disant qu'ils avaient couché avec Denise. Tu t'en souviens ?

— Oui, et j'ai pensé à l'époque que c'étaient des conneries. Elle ne parlait que de son petit ami Kane et de l'amour qu'elle lui portait. Je ne les ai pas crus une seconde.

— Nos deux frères ont signé cette déclaration.

— Je le sais. Je me suis violemment disputé avec Dallas à ce sujet à l'époque. Il s'en est tenu à son histoire, mais je savais que c'était un mensonge.

Je ne lui dis pas qu'il a fini par me l'avouer.

— Auront-ils des ennuis à cause de cela ?

— C'est difficile à dire. S'ils sont futés, ils ne laisseront pas l'avocat de Ryder l'utiliser comme preuve cette fois-ci. Comme la plupart d'entre eux sont mariés et ont une famille, ils ont beaucoup plus à perdre qu'à l'époque. Mais Denise m'a dit que c'était un autre point qu'elle voulait régler, et je l'ai transmis à Josh.

Je suis malade d'angoisse à l'idée que mon frère ait des ennuis à cause d'une chaîne d'événements que j'ai déclenchée. Cependant, c'est lui qui a décidé d'accepter de mentir pour protéger son ami. S'il doit vivre avec les conséquences, qu'il en soit ainsi.

— Merci pour tout ce que tu fais, même si ça peut te coûter cher, dit-elle.

— J'aurais aimé te retrouver dans d'autres circonstances.

— Pourquoi ? demande-t-elle, apparemment confuse.

— J'aurais pu te demander si tu voulais qu'on aille dîner un de ces jours.

— Oh, eh bien…

— Je ne voulais pas te mettre mal à l'aise.

— Pas du tout. C'est gentil de dire ça.

— Peut-être quand tout ça sera fini.

— Peut-être.

— Tu comptes rester jusqu'à ce qu'on ait des nouvelles de Spurling?

— Je pense que oui. Mon patron a dit qu'il était d'accord pour que je travaille d'ici pendant un certain temps, alors je vais peut-être en profiter pour m'éloigner de la ville tant que je le peux.

— Je te tiens au courant dès que j'ai des nouvelles.

— Merci encore, Houston.

— Pas de problème.

CHAPITRE 18

Blaise
LE PRÉSENT

Je regarde ses feux arrière jusqu'à ce que son véhicule disparaisse. Est-ce vraiment arrivé ? A-t-il dit qu'il aimerait sortir avec moi si nous n'étions pas tous deux embourbés dans une affaire criminelle potentielle ? C'est bien ce qu'il a dit, et c'est vraiment flatteur. Houston est un type formidable, que j'apprécie sincèrement, mais il n'y a pas avec lui le même courant qui passe avec Jack.

Quand on parle du loup. Il sort de la maison avec Fenway en laisse.

— Je me demandais si tu étais le propriétaire d'une paire de chaussures, lui dis-je en remarquant qu'il porte une vieille paire de baskets.

— Hihihi. Je préfère être au naturel. Tu devrais être contente que je porte des vêtements. À en croire ma mère, je suis resté tout nu jusqu'à l'âge de cinq ans.

— Ça pourrait se retrouver dans un commentaire sur Yelp, ça.

— C'est pourquoi je suis devenu si ennuyeux dans ma vieillesse. Ce qui est mignon à cinq ans est apparemment bizarre trente ans plus tard.

— Il n'y a rien de plus vrai.

— Ma meilleure copine et moi étions sur le point de partir à l'aventure. Voudrais-tu te joindre à nous ?

— Que comprennent ces aventures ?

— Des sentiers, des bâtons, de la boue, des animaux en décomposition. Tout ce qui se présente. On prend ce qui vient.

— De la boue et des animaux en décomposition, hein ?

Il hausse les épaules en souriant jusqu'aux oreilles.

— Que dire ? Ma fille est imprévisible.

— J'aimerais beaucoup venir. Je peux prendre cinq minutes pour me changer ?

— Prends-en dix. On n'est pas pressés.

— J'arrive tout de suite.

Je me change rapidement, enfilant un jean et un T-shirt à manches longues, et j'attache mes cheveux en une queue de cheval. Je glisse mon téléphone dans ma poche arrière et j'attrape mon sweat-shirt à fermeture éclair ainsi que mes lunettes de soleil en sortant, chaussée de mes baskets.

— Tu as fait vite.

Jack amusait Fenway avec la balle de tennis pendant qu'ils m'attendaient.

Elle se précipite pour me saluer comme si elle ne m'avait pas vu depuis des années.

— Couchée, ma fille. Ne salis pas Blaise.

Je me penche pour caresser Fenway et je suis récompensée par un coup de langue humide qui va de mon menton à mon front en un éclair et me fait postillonner tellement je ris.

Jack lui raccourcit la laisse et l'éloigne de moi.

— Si tu ris, tu encourages ses bêtises.

— Je ne peux pas m'en empêcher. Elle est drôle.

— C'est pour ça qu'elle est un désastre. Tout le monde pense ça. En parlant de se salir, si tu as besoin de faire des lessives, tu peux utiliser le lave-linge et le sèche-linge chez moi.

— Merci. Je pourrais en avoir besoin après une journée de boue et d'animaux en décomposition.

Le sourire aux lèvres, il me conduit vers un vieux pick-up blanc avec une bande rouge sur le côté, qui a été restauré avec amour.

— C'était le premier et le seul pick-up de mon père. Il a presque cinquante ans et ronronne encore comme un chaton.

Il tient la porte du passager pour Fenway et moi.

— Tu es à sa place habituelle, dit-il, et elle s'est installée au milieu sans broncher. Elle doit beaucoup t'aimer.

— Je suis plus facile à lécher quand je suis assise à côté d'elle.

— C'est également vrai.

— Où allons-nous ?

— Sur un sentier qui se termine à la plage. C'est son endroit préféré.

— Ça te dérange si je baisse le carreau ? Il fait si bon.

— Fais comme chez toi avec moi, Blaise.

Comme c'est gentil de sa part de dire cela.

— Merci.

— Au fait, j'adore ton prénom. Je n'ai jamais connu quelqu'un d'autre qui porte ce prénom.

— Ma mère voulait des prénoms que personne d'autre n'utilisait : Teagan, Arlo, Blaise et Juniper.

— Je les aime bien tous.

— On ne les aimait pas quand on était gamins. Je voulais m'appeler Emily ou Brooke comme toutes les autres filles.

— Blaise, c'est unique et spécial.

— Tout aussi unique et spécial quand les garçons se mettent à t'appeler Blaise elle baise en CM2.

Il serre les lèvres comme s'il essayait de ne pas rire.

— Ce n'est pas drôle !

— C'est plutôt drôle.

— Pas du tout. Comme je suis rousse, ils disaient que le feu que j'avais sur la tête, je l'avais aussi ailleurs. J'ai eu droit à tout ce qui leur venait à l'esprit pour me faire comprendre que mon prénom était bizarre.

— C'est de toute beauté, et ça te va bien.

Est-il en train de dire qu'il me trouve belle ? Et si c'était le cas ? Ça ne me dérangerait pas.

— Pas de travail aujourd'hui ? demandé-je, impatiente d'arrêter de parler de moi.

— Je l'ai fait en début de journée. J'essaie de finir plus tôt quand il fait beau, surtout quand il va bientôt faire mauvais pendant plusieurs mois.

— Je déteste l'hiver.

— Moi, ça ne me dérange pas. Ça nous donne une excuse pour nous détendre et ne rien faire après le rythme effréné de l'été. Ma mère appelait ça la saison des mijoteuses.

— C'est joli.

— Elle disait qu'il était temps de se mettre au chaud, d'allumer le feu et de regarder le football à la télé.

— Ça doit être bien plus agréable que l'hiver en ville.

— Ça, ça doit être pénible.

— Oui, ça l'est vraiment. Nous sommes obligés d'aller partout à pied, et il n'y a aucun moyen de rester au chaud et au sec quand on se traîne dans la gadoue, la glace et la neige qui devient noire en l'espace d'une journée. Si on ajoute à cela les ordures qui s'entassent sur les trottoirs le jour du ramassage et les voitures qui passent en vous aspergeant d'eau glacée, c'est un vrai supplice.

— Qu'est-ce qui te retient là-bas ?

— Je travaille dans le théâtre, et c'est là que ça se passe.

— Que fais-tu ?

— Je m'occupe de Wendall Brooks, qui joue dans *Grey Matter*[1] en ce moment.

— Mon amie l'a vu à New York. Elle a adoré.

— C'est un grand spectacle. Tout le monde aime.

— C'est un travail amusant ?

— Ça devrait l'être, mais Wendall est assez insupportable. Il gâche le plaisir avec ses exigences incessantes.

— Comment fait-il sans toi ?

— Je m'occupe toujours de son organisation et de son emploi du temps en télétravail, mais je ne peux pas nier que c'est agréable de ne plus avoir à m'occuper de lui en personne tous les jours.

— On dirait bien. Qu'est-ce que tu lui as dit sur la raison de ta présence ici ?

— J'ai dit que c'était une urgence familiale, et il m'a stupéfaite quand il a dit que la famille passait avant tout. Je ne m'attendais pas du tout à ça.

— Tu as étudié le théâtre à l'université ?

— Oui. J'ai une licence en interprétation de TsoA, l'école d'arts de l'université de New York.

— Tu as fait du théâtre ?

— En fait, j'en ai fait pas mal. C'était l'un de mes moyens de survie, me perdre dans les histoires des autres pour pouvoir me libérer de la mienne pendant un certain temps. Mais j'en ai eu assez d'avoir du mal à payer le loyer, alors quand j'ai eu l'opportunité de travailler pour Wendall, je l'ai saisie en pensant que cela résoudrait tous mes problèmes. Au lieu de cela, j'en ai créé d'autres.

Il se gare sur un parking en terre et coupe le moteur du pick-up.

Lorsque nous sortons, Fenway me suit. J'attrape sa laisse.

— Du coup, tu sais quoi ? dit-il alors que nous nous dirigeons vers le sentier.

— Quoi ?

— On est tous les deux diplômés d'une école d'art.

— C'est vrai.

— Et on gagne tous les deux notre vie grâce à ça, malgré les millions de personnes qui nous ont dit qu'on mourrait de faim si on poursuivait ces carrières.

— J'arrive à peine à joindre les deux bouts avec ce que je gagne.

— Mais quand même... Tu es de la partie, et c'est plus que ce que beaucoup de nos camarades diplômés peuvent dire.

— Je suppose.

— Que ferais-tu si tu pouvais faire exactement ce que tu voulais ?

— J'y pense beaucoup, mais je ne sais pas vraiment. Je n'ai toujours pas

---

1. Signifie *Matière grise*.

trouvé ce qui me donne envie de me lever et d'aller travailler tous les jours. C'est ce qui me fait cruellement défaut depuis que je travaille pour Wendall. Il me rend dingue.

— Alors, pourquoi ne pas démissionner et trouver quelque chose qui te rend heureuse ?

— Dit le gars qui a un talent dingue et qui peut faire tout ce qu'il veut.

— Tu trouves que mon talent est dingue ?

Je lui donne un coup d'épaule et manque de le faire tomber, ce qui nous fait rire comme des petits gosses. Nous nous tenons l'un à l'autre, tandis que Fenway nous jette un regard perplexe, et nous essayons de nous redresser.

— Je ne l'ai pas vu venir, dit-il en s'époussetant d'un geste théâtral.

Je ne peux m'empêcher de rire.

— Je suis vraiment désolée.

— Tu ne m'as pas dit qu'un de tes surnoms était Cogneuse. T'as fait du rugby ?

Il fronce le sourcil en disant cela.

— Jamais de ma vie.

— Si tu le dis.

Il me prend la main avec douceur et décontraction, comme s'il ne s'agissait pas de la chose la plus importante qui soit. C'est un vrai plaisir de tenir la main d'un homme beau et drôle sur un sentier magnifique qui se pare de couleurs automnales, alors que Fenway s'élance devant nous. Elle revient toutes les deux ou trois minutes pour s'assurer que nous sommes toujours là.

— Je comprends pourquoi on peut la laisser courir détachée en toute sécurité.

— Elle veut me voir à tout moment. Dès qu'elle se rend compte qu'elle ne me voit pas, elle revient à fond. Elle est équipée d'une puce et d'une balise aérienne, juste au cas où.

— C'est une bonne chose.

— Je deviendrais fou si je ne la trouvais plus.

— Moi aussi, et je ne la connais que depuis quelques jours.

Comme promis, le sentier se termine sur une plage de sable.

Fenway devient folle lorsqu'elle voit l'eau et part à toute vitesse.

— Ai-je mentionné qu'elle est mouillée sur le chemin du retour ?

— Je ne crois pas, non.

— D'où l'offre de blanchisserie, dit-il avec un petit sourire irrésistible. Elle aime tellement cet endroit où elle s'amuse à s'éclabousser et à chasser les mouettes.

Il me conduit vers un tronc d'arbre sur le sable.

— Assois-toi pour regarder le Fenway Show.

C'est le meilleur spectacle que j'aie vu depuis longtemps, surtout lorsqu'elle vient s'assurer de notre présence, puis repart pour continuer sa performance.

— C'est génial. Merci de m'avoir invitée.

— C'est bien plus amusant avec toi.

— Une fille pourrait s'habituer à être avec un mec sympa comme toi.

— Elle pourrait ? Ce serait super.

— Les choses vont devenir très compliquées pour moi.

— Je le sais.

— Un homme malin prendrait ses distances par rapport à ça.

Il passe un bras autour de moi et m'embrasse sur la tempe.

— Je crois que je ne suis pas aussi malin que je le pensais.

— C'est une sacrée déclaration.

— C'est vrai ?

— Ah oui, alors.

— Eh bien, laisse-moi en faire une encore plus grande. Je t'aime beaucoup. Mon chien t'aime beaucoup, ce qui est vraiment la chose la plus importante. Nous voulons passer le plus de temps possible avec toi, et nous voulons t'apporter notre soutien dans cette période difficile.

Je me tourne pour le regarder et il m'embrasse furtivement, avant que je le voie venir. Ma main s'enroule autour de son visage et je me penche vers son baiser, qui passe de doux à torride en l'espace de quelques secondes.

Nous sommes interrompus brusquement lorsque Fenway, trempée et pestilentielle, s'écrase sur nous, manquant de nous faire tomber du tronc d'arbre à la renverse.

Jack réussit à nous retenir pendant que nous repoussons la langue déchaînée du chien.

— Pour l'amour du ciel, Fenway ! crie-t-il.

Elle pose ses fesses sur le sable et sourit en haletant, manifestement contente d'elle puisqu'elle a maintenant toute notre attention.

— Désolé pour ça.

— Ne t'en fais pas. Elle est tellement drôle.

— Non, elle ne l'est pas.

— Si, elle l'est.

Fenway aboie, voulant participer au débat, et nous rions de son impudeur.

— C'est pour ça qu'elle est ingérable, dit Jack. Elle utilise le fait d'être si mignonne pour s'en tirer à bon compte.

Il me prend la main et m'aide à me lever pour marcher le long de la plage, Fenway en tête, avant que nous ne retournions sur le sentier.

Alors que nous rentrons en pick-up, fenêtres baissées, je réalise que cet après-midi a été le plus agréable de ma vie d'adulte. Je décide de le lui dire.

— Je suis content que ça t'ait plu.

— Tout est plus agréable quand on ne cache pas un horrible secret.

— J'imagine.

— Le fait de savoir que les choses peuvent dégénérer à tout moment n'est pas aussi pénible que l'était le secret. Je me demande tout le temps comment ma vie aurait pu être différente si j'avais fait ce qu'il fallait à ce moment-là. Peut-être que tout le monde m'aurait détestée, mais je n'aurais pas eu à porter un poids de mille tonnes sur mes épaules.

— Le fait que tout le monde te déteste ne semble pas aussi terrible aujourd'hui que cela l'aurait été à l'époque. Qui sait quel genre de dégâts cela aurait fait, tu sais ?

— Ouais, je suppose.

— C'était une situation sans issue pour toi, quoi que tu fasses. C'est toujours le cas. Mais tu fais ce qu'il faut, même si cela te coûte. C'est admirable.

Je ne suis pas encore prête à accepter les éloges pour ce que je fais. Peut-être qu'un jour j'y arriverai, mais ce n'est pas pour aujourd'hui.

Après une minute de silence, il dit :

— Tu veux qu'on aille dîner ?

— T'avais quoi en tête ?

— Je connais un endroit où l'on mange très bien. Un vieil ami à moi en est le propriétaire.

— Ce serait un rendez-vous galant ?

— Quelque chose comme ça.

— J'en serais ravie.

CHAPITRE 19

Ryder
LE PRÉSENT

Mes enfants sont déchaînés ce soir. Ils résistent de toutes leurs forces à l'heure du coucher. J'ai recours au chantage pour les mettre au lit.

— Tous ceux qui iront au lit immédiatement auront une belle surprise demain.

Trois petits êtres se précipitent vers leur lit.

Cela a mieux marché que prévu.

Miles, sept ans, Grace, cinq ans, et Élise, trois ans, sont au lit en deux secondes.

— Qu'est-ce qu'on aura comme surprise ? demande Grace.

— Vous allez devoir attendre voir. Et tout le monde doit *rester* au lit, sinon il n'y aura pas de surprise.

— Tu entends ça, Élise ? demande Miles. Ne gâche pas tout pour nous tous.

Nous n'arrêtons pas de dire qu'il faut que les filles aient leur propre chambre, mais Miles veut que « ses bébés » soient avec lui. C'est le meilleur des grands frères pour elles depuis le jour où nous les avons ramenées de l'hôpital.

Je les embrasse tous et leur conseille de s'endormir, afin qu'ils méritent leur surprise, puis je me dirige vers la douche.

Depuis que j'ai déclaré ma candidature, j'ai manqué l'heure de les mettre au lit à maintes reprises. Je déteste cela. Je ne veux jamais rater une seconde avec eux, mais je suis déterminé à faire tout ce qu'il faut pour remporter cette élection spéciale en novembre. Notre représentant de longue date a démissionné, ce qui a libéré un poste à pourvoir et j'ai sauté sur l'occasion. L'opportunité de servir la communauté dans laquelle j'ai grandi sur la scène nationale est une chose à laquelle j'aspire depuis longtemps.

Si je gagne, Caroline et les enfants déménageront à Washington, ce qui nous permettra d'être ensemble la plupart du temps. Je devrai retourner souvent au Rhode Island, mais notre objectif est de garder la famille unie autant que possible. Grâce à l'emploi que j'ai quitté pour me présenter aux élections, nous disposons d'économies qui nous permettront d'établir un deuxième foyer à Washington.

C'est un risque énorme, à bien des égards, mais c'est une période enthousiasmante pour toute notre famille.

J'attends toujours que mon adversaire déterre mon passé et l'accusation qui a failli tout gâcher, mais jusqu'à présent, il n'en est rien.

Cam m'a dit de ne pas me présenter, que je m'exposais à ce que l'affaire soit réexaminée par la presse, mais je ne me suis pas laissé décourager. L'affaire a été classée pour manque de preuves. Je refuse de vivre ma vie comme si j'avais été condamné pour un crime. Il pense que la raison pour laquelle l'opposition n'a pas parlé des accusations qui ont finalement été abandonnées est la crainte d'un procès civil en diffamation. Selon mon frère avocat, on ne peut pas accuser des gens qui n'ont jamais été condamnés d'un crime sans s'exposer à des poursuites.

Cela dit, j'ai profondément honte de cette nuit-là et de ce que j'ai fait à Neisy. J'étais fou de chagrin pour Louisa. Quand je pense à cette époque-là, je ne me souviens que de douleur. Cela ne justifie pas ce que j'ai fait. Il n'y a aucune justification possible. Je me suis voué à devenir une personne meilleure, mais j'ai dû lutter.

J'ai souffert d'une profonde dépression après la mort de Louisa, aggravée par ce que j'ai fait à Neisy. J'ai beau essayer, je n'arrive pas à expliquer pourquoi j'ai fait ça. Depuis, je me déteste à chaque instant de chaque jour. Je me suis battu pour sortir de cette spirale profonde et essayer de me reprendre en main.

J'ai perdu ma nomination à l'Académie navale après avoir été mis en accusation. Le fait que l'affaire n'ait jamais été jugée n'a pas eu d'importance. L'accusation seule a été suffisante. Le capitaine Sutton y a veillé. Ce n'est pas que je lui en veux. Je ne lui en veux pas. C'était mon erreur, et je le reconnais. Tout était de ma faute. Quand mon père a été arrêté, qu'il a perdu son emploi et qu'il a dû faire face à des difficultés financières et émotionnelles qui ont duré longtemps, c'était de ma faute.

Après quelques années infernales de chagrin, de remords et de dépression, j'ai rencontré Caroline à l'université. Elle m'a aidé à redresser la barre. Peu après notre rencontre, je lui ai dit que j'avais été accusé de viol. Elle m'a demandé si je l'avais fait.

J'ai menti.

Je la voulais tellement dans ma vie que je l'ai regardée droit dans les yeux et je lui ai menti.

C'est la seule fois où je lui ai menti, mais cette tromperie me ronge. Elle m'a épousé en pensant que j'étais innocent des accusations. Toute notre vie ensemble repose sur un mensonge.

La veille de notre mariage, il y a huit ans, Cam m'a demandé si elle connaissait la vérité.

J'ai dit non.

— Ryder... comment peux-tu l'épouser sans le lui dire ?

— Si elle savait, elle ne m'épouserait jamais. Elle m'a remis sur pied, Cam. Je ne peux pas vivre sans elle.

— J'espère que tu sais ce que tu fais.

Depuis la nuit où je lui ai dit la vérité, les choses entre mon frère et moi sont tendues. Nous sommes toujours proches, mais plus comme autrefois. Je me dis que cela se serait produit de toute façon puisque nous avons quitté la maison, que nous avons fréquenté des universités différentes et que nous n'étions plus ensemble tous les jours. Mais ce n'est pas pour cela que les choses ont changé. C'est parce que je lui ai dit, et à lui seul, la vérité sur ce qui s'est passé avec Neisy. Je lui ai imposé un fardeau terrible. Je me suis soulagé à ses dépens. Je n'aurais jamais dû faire cela. C'est encore une chose que je regrette profondément.

En me rasant sous la douche, je me dis que le dicton « la vérité vous libère » est une connerie.

La vérité me détruirait.

Je suis reconnaissant à Cam, Arlo et Dallas d'avoir quitté des emplois tout à fait corrects pour mener ma campagne. Je n'oublierai jamais le risque qu'ils ont tous pris pour assurer ma liberté il y a des années, et il n'y a rien que je ne ferais pour eux. Je leur dois tout.

J'ai appris après coup qu'Arlo était celui qui avait suggéré qu'ils jurent en groupe avoir eu des relations sexuelles avec Neisy, pour confirmer les rumeurs très répandues sur sa promiscuité. Si je l'avais su, je leur aurais dit de ne pas se mettre en danger pour moi. Mais je crois que la déclaration sous serment a fait la différence et que l'affaire a été rejetée grâce à cela. Je n'ai jamais oublié ce qu'ils ont fait et je ne l'oublierai jamais.

Cela me rend malade de penser à ce que nous avons fait à une jeune femme innocente qui ne méritait rien de tout cela. J'aimerais pouvoir m'excuser auprès d'elle pour tout, mais je ne peux pas le faire sans me mettre en danger sur le plan juridique.

Je vis donc avec des regrets qui me rongent encore après tout ce temps. Je ne mérite pas moins pour un comportement inexcusable.

Caroline est au lit quand je sors de la salle de bains.

Elle est si belle, de corps et d'esprit.

Ses longs cheveux noirs brillent à la lumière de la lampe de chevet et ses yeux bruns et tendres me regardent avec rien que de l'amour et de l'affection. J'ai beaucoup de chance de l'avoir dans ma vie et je m'assure qu'elle ressente mon amour tous les jours. Je lui donne tout ce qu'elle veut et tout ce dont elle a besoin, et elle me le rend en abondance. Parfois, je me demande à quoi aurait ressemblé mon mariage avec Louisa et s'il aurait été aussi extraordinaire que celui que j'ai avec Caroline. Les comparer ajoute à la culpabilité qui m'habite toujours, alors j'essaie de ne pas le faire. Mais je pense encore à Louisa tous les jours et elle me manque, même après tout ce temps.

— Qu'est-ce que tu leur as promis pour qu'ils s'endorment ? me demande Caroline quand je me glisse dans le lit.

— Une surprise demain.

— Qui sera quoi ?

— Je n'ai pas encore décidé.

— Alors on en est réduit à faire du chantage, hein ?

Je passe un bras autour d'elle et pose ma tête sur sa poitrine.

— Si ça peut nous permettre d'avoir une heure ou deux de paix et de tranquillité pour nous deux.

Elle passe ses doigts dans mes cheveux.

— Marty a appelé pour la collecte de fonds. Nous sommes complets pour la dixième année consécutive.

— C'est une nouvelle incroyable.

Avec le frère bien-aimé de Louisa, nous avons récolté plus d'un million de dollars pour la recherche sur la maladie de Hodgkin au nom de Louisa. Caroline a pris en charge la coordination de la collecte de fonds annuelle l'année d'après notre mariage. Elle a réorganisé l'événement et c'est grâce à elle que nous avons récolté autant d'argent. Quand je dis qu'elle est la meilleure chose qui me soit jamais arrivée, je le pense vraiment.

J'expire profondément, et la gratitude pour elle, nos enfants et cette vie que je ne mérite pas me bouleverse.

Cam
LE PRÉSENT

— Nous avons un problème, dit Sienna en s'installant dans le lit à côté de moi.

Je suis épuisé et je n'ai aucune patience pour son drame du jour.

— Quel problème avons-nous ?

— Blaise Merrick est de retour en ville.

— Et alors ?

— D'après ce que j'ai entendu dire, elle traîne à Land's End, ce qui est bizarre lorsqu'on sait que la seule fois où elle est rentrée chez elle depuis le lycée, c'est à la mort de son père.

— Peut-être qu'elle a des amis là-bas.

— Ou peut-être qu'elle a décidé qu'il était temps de soulager sa conscience.

Je me redresse. De quoi diable parle-t-elle ?

— Quoi ?

Un regard coupable se dessine sur son visage très expressif.

— Il faut que je te dise quelque chose que j'aurais dû te dire il y a des années.

Mon corps tout entier se glace d'effroi. Sienna ne garde rien pour elle. Elle n'arrête pas de parler, ce qui est l'un de nos plus gros problèmes. Elle dit des choses qu'elle ne devrait pas dire à des moments inopportuns. Je lui dis qu'elle est un boulet avec ça, ce qui l'exaspère. La possibilité qu'elle sache quelque chose qu'elle ne m'a pas encore dit est donc terrifiante, car il doit s'agir de quelque chose d'énorme.

— Qu'est-ce que tu as à me dire ?

— Cette nuit-là, à LE... la fête de Houston.

L'effroi se transforme en terreur. J'ai peur de demander.

— Quoi, à ce propos ?

— Les choses entre toi et moi étaient bizarres cet été-là. Tu agissais comme si je ne t'intéressais plus, et je me sentais mal à l'aise. Alors Blaise et moi sommes allées en douce à LE pour te surveiller à la fête.

Mon esprit s'emballe, essayant de comprendre ce qu'elle a pu me voir faire ou à qui elle m'a vu parler et pourquoi elle en parle maintenant.

— Nous étions là quand Ryder l'a violée. Nous l'avons vu.

Toute ma vie s'écroule. Il y avait des témoins, et l'un d'entre eux est ma propre femme. Les implications sont tellement énormes que je n'ai aucune idée de ce qu'il faut faire de cette information.

— Cam. Dis quelque chose.

Je fixe le mur du fond, essayant de résister à l'envie irrésistible de lui hurler dessus.

— Tu ne t'es jamais dit qu'il fallait m'en parler ?

Elle ne sait pas que Ryder m'a dit la vérité. J'aime Sienna, mais je ne lui fais pas entièrement confiance pour garder quelque chose comme ça pour elle. De plus, Ryder et moi avons juré de n'en parler à personne d'autre, et il ne l'a même pas dit à Caroline.

— Je sais à quel point tu aimes Ryder ! Je ne ferais jamais quoi que ce soit qui puisse causer un désaccord entre vous. J'ai fait en sorte que Blaise se taise.

— C'est pour ça que tu as arrêté de traîner avec elle.

À l'époque, elle avait refusé de me dire ce qui s'était passé entre elles. Elle avait dit que c'étaient des histoires de filles et que je ne comprendrais pas. Arlo et moi en avions parlé plusieurs fois, mais finalement, la raison pour laquelle deux adolescentes s'étaient brouillées il y a longtemps n'avait plus d'importance. Cela n'avait rien à voir avec nous.

— Elle m'a mise hors de moi avec son comportement de sainte nitouche, et en disant que nous étions de mauvaises personnes pour avoir laissé Neisy seule… après ce qui s'est passé. Elle a dit qu'on aurait dû l'aider. Je lui ai dit que tout le monde, y compris Arlo, la détesterait comme ils détestaient Neisy, et qu'elle ferait mieux de se taire, sinon.

J'ai la tête qui tourne et j'ai l'impression que je vais vomir.

Il y avait des putains de témoins, et l'un d'entre eux est ma propre femme.

Je ne sais rien de Blaise ni de ce qu'elle a fait pendant tout ce temps. Arlo parle rarement d'elle, sauf pour dire que c'est bizarre qu'elle ait quitté la maison et ait coupé les ponts. Voilà pourquoi. Parce qu'elle a *vu* mon frère violer Neisy. Elle s'est enfuie et n'est jamais revenue, emportant ce secret avec elle.

Et maintenant elle est à LE en train de faire Dieu sait quoi.

Putain de merde.

— Tu es fâché ? me demande Sienna d'une voix douce qui ne lui ressemble pas du tout.

— Non.

— J'ai fait ce que je pensais être juste, Cam. Je t'ai protégé, toi et ta famille, comme toujours.

— Je le sais.

— Tu savais, pas vrai ?

Je la regarde.

— Savais quoi ?

— Qu'il l'avait fait. Tu n'étais pas surpris de m'entendre le confirmer. Tu as seulement été surpris d'apprendre que je l'avais vu.

J'essaie de décider comment je dois répondre et cela me donne mal à la tête. Puis je décide de dire la vérité.

— Oui, je le savais.

— Depuis combien de temps ?

— Depuis le début.

— Qu'est-ce que ça dit de nous deux que nous ne nous sommes jamais dit l'un à l'autre ce que nous savions ?

— Cela dit que nous avons tous les deux réalisé que nous étions assis sur un baril de poudre et que nous avons choisi de nous taire, même entre nous.

— Ça me rend triste que tu aies eu l'impression de ne pas pouvoir me faire confiance avec ce qu'il t'a dit, alors que tu sais que j'ai toujours été loyale envers toi et à ta famille.

— Je le sais, Sienna, mais je ne voulais pas t'imposer ce fardeau.

— C'est comme ça que tu le ressens ? Comme un fardeau ?

C'est la conversation la plus profonde que nous ayons eue depuis un bail, ce qui en dit long sur l'état de notre mariage.

— Il m'a dit qu'il l'a fait pour se sentir mieux, lui, et c'est ce que je déteste. Je lui en veux depuis des années, sans parler du fait qu'il a commis cet acte en premier lieu. C'est la partie que je n'arrive toujours pas à croire. À quoi pouvait-il bien penser ?

— Je peux te demander autre chose, et tu me diras la vérité ?

Je me sens soudain plus las que depuis des années.

— Oui, je te dirai la vérité.

— La déclaration sous serment que vous avez tous signée. C'était vrai ?

J'ai mal rien que de penser que je suis mêlé à cela.

— Non, ce n'était pas vrai.

Elle a une expression de tel soulagement que je réalise que cela fait des années qu'elle veut me poser cette question.

— Qu'est-ce que tu vas faire pour Blaise ? demande-t-elle.

— Je n'en ai aucune idée.

— Il faut que tu fasses quelque chose avant qu'elle ne gâche tout.

— Je vais m'en occuper, dis-je, et puis je la regarde. Toi, tu ne fais rien à son sujet. Tu m'entends ?

Un air de culpabilité passe sur son visage.

— Je lui ai peut-être déjà envoyé un texto pour lui rappeler de se taire.

— Bon sang, Sienna ! Pourquoi t'as fait ça ? Peut-être qu'elle hésitait et que tu l'as poussée à bout.

— Je voulais qu'elle sache que les gens la surveillent.

— Reste en dehors de tout ça à partir de maintenant. Tu m'as compris ?

— Très bien. Peu importe. Tu n'as pas à être aussi désagréable avec moi alors que j'ai sacrifié ma meilleure amie de tous les temps pour vous protéger, toi et ton frère.

Parce que j'ai peur de ce qu'elle pourrait faire si je l'énerve, je me tourne vers elle.

— J'apprécie ce que tu as fait. J'apprécie vraiment. Mais promets-moi de ne plus t'en mêler à partir de maintenant.

Elle me lance un regard défiant, et la proximité que je ressentais avec elle il y a quelques minutes s'évapore aussitôt.

— Sienna, je suis sérieux. Tu feras beaucoup plus de mal que de bien en te mêlant de ça.

— Très bien. Je promets de ne pas m'en occuper. Mais je veux savoir ce que tu vas faire à ce sujet.

— Je n'en suis pas encore sûr.

— Mais tu feras quelque chose, n'est-ce pas ?

— Ouais.

Je suis bien obligé de faire quelque chose avant que le passé ne nous explose à la figure et ne ruine nos vies.

J'appelle Ryder à la première heure le lendemain.

— Salut, comment tu…

— Ryder.

— Qu'est-ce qui ne va pas ?

— Sienna m'a dit quelque chose hier soir que je ne savais pas.

— Qu'est-ce qu'elle t'a dit ?

— Qu'elle et Blaise Merrick ont été témoins de ce qui s'est passé avec Neisy.

— *Quoi ?* souffle-t-il. Elles l'ont *vu*?

— Elles l'ont vu.

— Et elle ne te l'avait jamais dit avant ?

— Elle a dit qu'elle nous protégeait en gardant ça pour elle.

— Pourquoi te le dire maintenant ?

— Parce que Blaise est de retour en ville et traîne à LE, d'après Sienna.

— C'est quoi ce bordel, Cam ? Comment peut-on savoir pourquoi elle est là ?

— On pourrait demander à Arlo.

— Il nous l'aurait dit, s'il savait, non ?

— Je pense que oui.

— Alors, qu'est-ce qu'on peut faire ? demande-t-il avec une pointe d'hystérie dans la voix.

— Il y a un million de raisons pour lesquelles Blaise pourrait être à LE. Peut-être qu'elle a rencontré un mec sur une application de rencontre, et qu'il y vit. Peut-être qu'elle y a trouvé un travail. Qui sait?

— On peut demander à Houston ?

— Tu veux que je l'appelle et que je lui demande si Blaise a rapporté t'avoir vu violer Neisy il y a quatorze ans ?

— Ne prononce pas ces mots à voix haute. Quelqu'un pourrait t'entendre.

— Ma femme sait déjà ce que tu as fait. Elle l'a vu.

— Tu es en colère.

— T'as raison, putain, oui, je suis en colère ! Si Blaise se présente comme témoin, on sera tous cuits. Tu te souviens qu'on s'est mis en danger pour te défendre ? Si on apprend que j'ai commis un parjure, je pourrais être radié du barreau.

— Qu'est-ce qu'on fait ? On ne peut pas rester là sans rien faire.

— À mon avis, on ne devrait pas faire quoi que ce soit. On pourrait s'être complètement trompés sur la raison de sa présence ici, et la dernière chose qu'on veut faire, c'est signaler à Houston qu'on est inquiets.

— Et je suis censé faire comment, moi, après ce que je viens d'entendre ?

— Il faut suivre ton emploi du temps normal et garder ton sang-froid.

— Comment diable puis-je faire ça ?

— Ryder... C'est peut-être rien.

— Ou ça pourrait être la fin pour moi.

CHAPITRE 20

Blaise
LE PRÉSENT

Au cours des deux semaines suivantes, Jack et moi prenons l'habitude de dîner ensemble tous les soirs. Parfois, c'est lui qui cuisine. Parfois, c'est moi. D'autres fois, nous sortons ensemble. Il me plaît de plus en plus chaque jour. Nous nous amusons comme des petits fous, à rire, parler, nous embrasser. Ça, on fait beaucoup. S'embrasser, je veux dire. Nous nous embrassons comme des adolescents, ou comme j'imagine que les adolescents le font. Moi, je n'ai jamais fait ça. Je n'ai jamais eu quelque chose comme ce que j'ai avec lui, et alors qu'octobre devient novembre et que les jours commencent à se refroidir, la seule chose à laquelle je pense est comment faire durer ce moment avec lui pour toujours.

Et puis Wendall va m'appeler pour me faire une demande déraisonnable qui va faire dérailler ma journée, me rappelant que j'ai un travail et une vie à quatre heures d'ici, ce qui est ma réalité. Cette parenthèse avec Jack n'est pas la vraie vie, même si je ne me suis jamais sentie aussi bien.

— Quand seras-tu de retour en ville, Blaise ? demande Wendall pour la troisième fois de la semaine. C'est de plus en plus difficile de gérer les choses ici sans toi. Je ne veux pas te mettre la pression pendant que tu t'occupes de tes affaires de famille, mais j'ai *besoin* de toi.

— Je comprends, et je travaille à résoudre les choses ici.

C'est un mensonge. Je travaille sur la relation amoureuse la plus excitante de ma vie et je n'ai vu personne de ma famille depuis que j'ai déjeuné avec ma mère il y a deux semaines.

Elle a fait ce que je lui ai demandé et n'a pas dit aux autres que j'étais de retour, mais elle a pris de mes nouvelles tous les jours pour savoir comment j'allais.

Nous attendons d'être contactés par le procureur général au sujet du grand jury. Entre-temps, je profite de cette pause dans mon train-train quotidien. Je n'avais pas réalisé à quel point j'étais épuisée avant de m'éloigner de Wendall, de ses demandes incessantes et du rythme implacable de la ville.

— Je veux que tu saches, Blaise, dit Wendall, que je t'apprécie énormément. Je sais que je ne le montre pas toujours, mais c'est vraiment le cas. Tu fais en sorte que tout se passe à merveille pour moi, et je suis perdu sans toi.

Sa gentillesse continue de me surprendre.

— Merci, Wendall. Cela fait plaisir à entendre. J'essaierai de te donner la date de mon retour en ville dans la semaine qui vient.

— Ce serait formidable.

Il semble soulagé.

— J'espère que tout va mieux avec ta famille, ajoute-t-il.

— C'est le cas. Je te remercie. Je reviendrai vers toi dans la matinée pour t'informer de ton emploi du temps.

— Très bien. À bientôt.

Après avoir mis fin à l'appel, je vois un nouveau message de Jack. *Viens me rendre visite. Je me sens seul.*

Tu travailles.

Je fais une pause qui pourrait durer le reste de la journée si c'est pour la bonne cause…

Et ta date limite de livraison ?

Ma quoi ?

Jack…

Blaise… Tu manques à Fenway.

Je n'ai jamais rien ressenti de semblable à l'excitation vertigineuse qui envahit tout mon corps à chaque fois que je le vois, que je lui parle ou même quand je flirte avec lui par texto. J'ai un million de choses à faire pour Wendall, mais je ne peux pas me résoudre à m'en occuper quand Jack veut que je vienne lui rendre visite.

Je me brosse les dents et les cheveux, j'enfile un sweat-shirt et je sors.

L'herbe du chemin qui traverse la cour entre ma petite maison et la sienne commence à être usée par les nombreux allers-retours que nous avons effectués ces dernières semaines. Le temps passé ici a été le plus excitant et le plus relaxant de ma vie. Quoi qu'il advienne du grand jury, je me sens libre et sans contrainte pour la première fois depuis cette nuit lointaine.

Lorsque je franchis la porte arrière de chez Jack, je le trouve dans la cuisine, une tasse de café à la main. Il sourit en me voyant et m'en verse en y ajoutant la crème qu'il a achetée pour moi.

Je lui dis merci.

— De rien.

— Où est Fenway ?

— Elle dort, au troisième étage. Je suis parti comme un voleur pour qu'elle ne se rende pas compte que je la laissais.

Je bois une gorgée de la tasse. Il fait le meilleur des cafés.

— Pourquoi ne travailles-tu pas ?

— Parce que j'ai mieux à faire qu'un boulot à la con.

— Tu l'aimes, ton boulot à la con.

— Oui, je l'aime, mais ce n'est pas aussi amusant que d'être avec toi.

C'est quelque chose d'enivrant d'entendre un homme talentueux et prospère me dire une telle chose. Il vient se mettre en face de moi et pose nos deux tasses sur le comptoir pour pouvoir m'embrasser.

Le sourire aux lèvres, il replace une mèche de mes cheveux derrière mon oreille.

— Salut.

— Salut, toi.

— Comment as-tu dormi ?

— Comme une morte. Et toi ?

Depuis ma première rencontre avec Houston, je n'ai plus besoin de médicaments pour dormir.

— J'ai un peu tourné et viré.

— Comment ça se fait ?

Il passe légèrement le bout de ses doigts sur ma joue, et la chair de poule se répand sur tout mon corps. Ce frôlement m'excite déjà plus que l'acte sexuel ne l'a fait avec d'autres hommes.

— Tu m'as laissé dans un sacré état quand tu as insisté pour retourner à ton chalet.

— Ah bon ?

— Tu sais que c'est vrai.

— J'étais dans un état similaire.

Il se penche et m'embrasse dans le cou.

Mes mains se posent sur ses hanches et j'essaie d'empêcher mes genoux de se dérober à moi.

— J'ai un secret, murmure-t-il.

— Qu'est-ce que c'est ?

— Je connais le remède à ce problème que nous semblons avoir tous les deux.

Mes yeux se ferment et ma tête tombe en arrière, dans un abandon total à ce qu'il fait à mon cou.

— Il y a un remède ?

— Un remède très agréable.

— Je croyais qu'on s'était mis d'accord pour que cela reste une relation sans engagement puisque je ne sais pas où je serai dans une semaine.

— Avons-nous convenu de cela ? Je ne m'en souviens pas.

Je lui donne un petit coup dans le ventre, et il pousse un cri et rit.

Il pose sa tête sur mon épaule.

— Ce n'est pas sans engagement pour moi, Blaise.

— Non ?

— Pas du tout.

— Qu'est-ce qu'on devrait faire alors ?

— J'ai quelques idées.

La pression de son érection contre mon abdomen me pousse à le rapprocher de moi.

Il gémit.

— Blaise…

— Ça me fait peur.

Il enlève sa tête de mon épaule si vite que je trébuche presque. Ce n'est que parce qu'il me tient fermement contre le plan de travail que je reste en place.

— Qu'est-ce qui te fait peur ?

— Tout.

— Faire l'amour ?

J'ai l'impression que les rapports avec lui ne seront pas comme ceux que j'ai connus dans le passé.

— Oui, mais les sentiments forts m'effraient davantage.

— Tu as des sentiments forts pour moi ?

— Oui.

— C'est la meilleure chose que j'aie jamais entendue.

— C'est effrayant.

— Non, c'est génial. Il me semble t'avoir attendue toute ma vie.

— Jack…

J'ai l'air aussi essoufflée que je le suis.

Avant, je pensais qu'il était absurde que quelqu'un puisse avoir le souffle coupé par un partenaire romantique. Maintenant, je sais que ce n'est pas du tout absurde. J'avais juste besoin que cet homme me montre comment on fait.

— Oui, Blaise ?

— Je, euh… je ne peux pas parler quand tu fais ça.

— Quoi, ça ?

Il prend mes seins et passe ses pouces sur mes tétons.

Je suis sur le point de le supplier de m'emmener au lit lorsque Fenway descend l'escalier du troisième étage en courant et en aboyant à tue-tête.

Jack me quitte pour regarder par la fenêtre.

— Houston est là.

J'ai l'impression d'être un ballon gonflable qu'on aurait piqué avec une épingle, le désir remplacé par l'anxiété qui fait passer mon cerveau d'un état à l'autre si rapidement que j'en suis un peu étourdie. Il me faut plusieurs respirations profondes pour me ressaisir suffisamment et me dire que Houston ne sera pas en mesure de savoir exactement ce qu'il vient d'interrompre.

— Tu veux que je vienne avec toi ?

— Ça te dérange ?

— Pas du tout.

— Je suis désolée pour…

— Ne le sois pas. Ce n'est pas perdu.

La promesse contenue dans ces quatre petits mots me donne l'énergie d'avancer, de sortir de la maison et de me rendre dans la cour où Houston joue avec Fenway.

Houston remarque immédiatement que Jack et moi étions ensemble chez lui.

— Désolé d'être passé sans appeler d'abord.

— Ce n'est pas grave, lui dis-je. Que se passe-t-il ?

— J'ai eu des nouvelles de Spurling. Le grand jury a voté la mise en examen.

La main de Jack atterrit sur mon dos dans un geste discret de soutien que j'apprécie vraiment.

— Qu'est-ce qui va se passer maintenant ? demandé-je.

— Ryder sera arrêté et accusé. Il sera détenu jusqu'à la lecture de l'acte d'accusation, après quoi il sera probablement libéré sous caution et on lui demandera de remettre son passeport aux autorités. Le bureau du procureur général tiendra une conférence de presse cet après-midi pour annoncer que l'affaire a été rouverte en raison de nouvelles preuves.

— Vont-ils dire quelles sont ces preuves ?

— Non, ils ne voudront pas déjà dévoiler leur jeu, mais il ne faudra pas attendre longtemps avant qu'ils soient obligés de remettre des documents à l'avocat de la défense de Ryder. Cette communication des documents inclura ta déclaration sous serment.

Je ravale ma salive. Je n'ai que quelques jours, peut-être même pas ça, avant que tout le monde sache que l'affaire est rouverte à cause de moi. Sienna sait que je suis rentrée au Rhode Island. Elle ne verra pas cela comme une coïncidence.

— J'ai reçu un message de menace.

Je me suis demandé si je devais le lui dire et j'avais décidé de ne pas l'ennuyer avec ça. Mais maintenant que les choses deviennent réelles, je m'inquiète.

— De qui ?

— De Sienna Elliott. Elle sait que je suis de retour en ville. Quand l'affaire sera rouverte, elle saura pourquoi.

Je lui montre le message.

— Je vais augmenter les patrouilles dans le coin aujourd'hui.

Il me rend mon téléphone.

— C'était elle, l'autre témoin ?

— Je ne peux parler que pour moi, mais c'est le premier texte que j'ai reçu d'elle en quatorze ans.

— J'ai compris. Tu veux que j'aille lui parler dans le creux de l'oreille ?

— Je ne pense pas que ce soit nécessaire. Elle s'apercevra bien assez tôt que ses menaces n'ont eu aucun effet sur moi.

— Comme le crime a eu lieu lors d'une fête chez moi, j'ai demandé à la police d'État de se charger de l'arrestation. Je prends toutes les précautions nécessaires pour m'assurer que personne ne puisse mettre en cause la réouverture de l'enquête.

— Merci, Houston. Je sais que c'est compliqué pour toi.

— C'est vrai, mais je ne veux pas que cela t'inquiète.

— Quand aura-t-on besoin de moi ? Mon patron à New York fait pression pour que je retourne en ville.

— Dans deux semaines environ, pour l'audience préliminaire.

— Je serai là.

— À bientôt.

— Merci encore d'être passé.

— Pas de problème.

On dirait qu'il veut ajouter quelque chose, mais il retourne à son 4x4 et tapote la tête de Fenway avant de monter dans le véhicule.

Après l'avoir salué, je me tourne vers Jack.

— Bon, bah, voilà… dis-je.

— Voilà. Comment te sens-tu ?

— Anxieuse, mais déterminée.

— C'est quoi cette histoire de patron qui veut que tu retournes à New York ?

— Il a été très conciliant déjà pour que je reste ici aussi longtemps, ce qui n'est pas du tout dans ses habitudes, mais il faut bien que je rentre à un moment donné.

— Tu crois ?

— Qu'est-ce que tu veux dire ?

Il pose ses mains sur mes épaules.

— Tu es obligée de retourner en ville ?

— J'y vis. Mon travail est là-bas.

— Mais je suis ici.

— Tu te souviens quand on a dit que c'était une relation sans engagement ?

— Tu te souviens quand j'ai dit que ce n'était pas le cas pour moi ?

— Depuis quand ?

— Depuis la première fois que je t'ai parlé.

— Jack…

— Blaise… Ne pars pas.

— J'ai besoin de travailler. J'ai un appartement. J'ai…

Il m'embrasse et j'oublie ce que j'allais dire.

— Je ne me suis jamais senti comme ça, dit-il.

— Comme quoi ?

— Comme si, en te laissant partir, je le regretterai pour le reste de ma vie.

Je n'ai jamais ressenti cela non plus. Je n'ai envie d'être nulle part ailleurs que là où il est, mais je ne suis pas prête à prendre d'autres décisions.

— Je n'ai pas de rendez-vous aujourd'hui. Peut-être pourrions-nous revenir à ce que nous faisions avant l'arrivée de Houston ?

Je l'enlace.

Il fait glisser ses mains le long de mes bras pour venir prendre les miennes. En marchant à reculons, il me conduit à l'intérieur, à l'étage où est sa chambre. Je n'y suis jamais entrée auparavant. J'ai envie de regarder autour de moi, mais il a d'autres idées en tête : il déboutonne mon haut et le fait tomber de mes épaules.

— La peau la plus douce du monde, murmure-t-il en m'embrassant dans le cou.

Fenway entre en trombe dans la pièce et nous bouscule, nous faisant tomber sur le lit.

Nous éclatons de rire quand sa langue se met à lécher tout ce qu'elle peut atteindre.

Il la repousse gentiment.

— Merci d'avoir fait avancer les choses, ma fille, mais je m'en charge maintenant. Va t'allonger.

Elle fait comme s'il n'avait rien dit.

— Fenway, dit-il plus sévèrement. Va te coucher dans ton lit.

Il la pousse à nouveau pour la faire bouger.

La chienne saute enfin du lit et atterrit avec un bruit sourd accompagné d'un grognement indigné.

— Maintenant, où en étions-nous avant d'être si brutalement interrompus ?

Je voudrais me concentrer sur ce moment avec Jack, mais je ne peux que penser à ce qui se passe de l'autre côté de la rivière, à Hope, où Ryder va être arrêté. La rumeur va se répandre que l'affaire est rouverte et Sienna saura pourquoi.

Il m'embrasse sur le visage et sur les lèvres.

Je le regarde droit dans les yeux.

— Je suis désolée. J'ai plein de choses qui me traversent l'esprit.

— Je le sais. Que puis-je faire ?

Il m'enlace tendrement.

— Ça, ça m'aide. Je suis désolée de te laisser en plan.

— Ce n'est pas grave. Les choses sont tendues, et tu ne peux pas t'empêcher de te demander ce qui se passe.

— Ou quand cela va m'exploser à la figure.

Il me caresse la joue.

— Je ne laisserai rien exploser près de ce magnifique visage. Ne t'inquiète pas.

— Merci, Jack. J'ai vraiment besoin d'un ami en ce moment, et je te remercie.

— Je suis là, et cela ne changera pas.

Rien n'aurait pu me toucher plus que ce qu'il vient de me dire.

CHAPITRE 21

Ryder
LE PRÉSENT

— Garde les yeux sur la balle, Miles. Attends ton lancer.

L'arbitre annonce une balle.

Regarder mon fils jouer au T-ball et aider dans l'entraînement de son équipe font partie de mes activités préférées. J'ai manqué plus de la moitié des matchs cette saison, alors je suis heureux d'être là pour son dernier.

— C'est ça. Attends-le.

— Qui est en attente, Coach ? demande Petey Johnson.

— Jalen. Allez, vas-y et frappe. Allez, Miles ! Tu peux le faire.

Le craquement de la batte qui touche la balle fait hurler toute l'équipe : Miles réussit un double debout et un point produit. Nous menons maintenant quatre à un.

— *C'est comme ça qu'il faut faire !*

— Monsieur Elliott ?

La voix vient du côté droit de l'abri.

Je jette un coup d'œil distrait à l'homme.

— Ouais ?

— Il faut que vous veniez avec moi, Monsieur.

Je le regarde à deux fois. Un flic de l'État. Non. Putain, c'est pas possible. Mon estomac tombe à terre.

— Monsieur ?

Les enfants dans l'abri comprennent immédiatement que quelque chose d'important se passe et tournent leurs regards innocents vers moi.

Je pose mon bloc-notes et me dirige vers le flic.

— Je vais vous accompagner, mais n'en faites pas toute une histoire devant les enfants.

— Je suis désolé, Monsieur, mais nous avons des ordres à respecter. Mettez vos mains derrière le dos.

— S'il vous plaît. Ma femme et mes enfants regardent.

— Mettez vos mains derrière le dos.

Alors que les menottes enserrent mes poignets, je jette un coup d'œil vers les tribunes où Caroline observe la scène d'un air confus. Elle confie Grace et Élise à une amie et descend les gradins jusqu'à la barrière.

— Qu'est-ce qui se passe ? demande-t-elle.

— Où m'emmenez-vous ?

— À la caserne de Wickford.

— Appelle Cam. Dis-lui que j'ai besoin de lui à Wickford tout de suite.

— Ryder... que se passe-t-il ?

— Appelle Cam, Caroline. Tout de suite.

Ils me sortent de là sous le regard stupéfait de tous. Le jeu s'est complètement arrêté. Alors que nous marchons vers le 4x4 de la police d'État, l'un d'eux me dit que je suis en état d'arrestation pour agression sexuelle au premier degré et agression sexuelle sur mineur. Ils me récitent mes droits.

Mon fils arrive en courant de la deuxième base.

— Papa ! *Attends.* Où tu vas ?

— Reste avec Maman, lui dis-je par-dessus mon épaule. Reste avec Maman.

— *Ryder !* Le cri hystérique de Caroline me brise.

Mes yeux se remplissent de larmes.

Ils ne savent pas encore que j'ai ruiné leur vie.

Cam
LE PRÉSENT

Je dîne avec Sienna et les enfants quand Caroline m'appelle. J'espérais pouvoir aller au match de Miles, mais je suis rentré tard et j'étais affamé.

— Hé, quoi de neuf ?

— Cam ! Ils ont arrêté Ryder ! À l'instant, là, au terrain de baseball. Personne ne veut me dire quoi que ce soit. Il m'a dit de t'appeler.

Ses paroles me frappent l'une après l'autre comme un poignard en plein cœur.

— Cam !

— Je suis là. Ont-ils dit où ils l'emmènent ?

Sienna pousse un cri, faisant immédiatement le lien avec ce que je dis.

— À la caserne de Wickford. Qu'est-ce qui se passe, Cam ?

— Je vais me renseigner.

— Qu'est-ce que je dois faire ?

— Prends les enfants et rentre à la maison. Je te tiens au courant dès que je sais quelque chose.

— Miles voudra finir le match.

— Alors, finissez le match.

— Qu'est-ce que je dis aux gens ?

— Tu n'as qu'à dire que tu ne sais pas ce qui se passe, ce qui est la vérité. Je reviendrai vers toi dès que possible.

— Cam…

— Je sais, Caro. Je vais m'occuper de lui. Essaie de ne pas t'inquiéter.

— Mon mari vient d'être arrêté devant nos enfants et la moitié de la ville. Pourquoi m'inquiéterais-je ?

Elle est désemparée, c'est compréhensible, et j'aimerais pouvoir dire quelque chose qui l'apaise. Mais les choses vont considérablement s'aggraver lorsqu'elle entendra le reste.

— Je vais voir ce que je peux trouver et je te rappelle. Essaie de rester calme pour les enfants.

— Il est toute ma vie, Cam, dit-elle en gémissant.

— Je le sais. Laisse-moi y aller pour que je puisse m'en occuper.

— D'accord.

Elle raccroche et je jette un coup d'œil à Sienna.

Son expression est dure et pleine de colère.

— Pourquoi a-t-elle fait ça après tout ce temps ? demande-t-elle.

— Parce qu'il se présente au Congrès.

Je n'ai aucun doute sur le fait que c'est pour cela qu'elle s'est manifestée.

Sienna est moins convaincue.

— Quoi ?

— C'est pour ça que je lui ai dit de ne pas se présenter, Sienna. Parce que je savais que quelque chose comme ça arriverait.

— Tu savais qu'un témoin le dénoncerait ?

— Non, je ne pouvais pas le savoir, mais je savais que ça pourrait être remis en question et que ça pourrait le salir, lui et nous autres, avec les merdes du passé. Putain !

Je frappe la table, ce qui fait sursauter mes enfants.

— Je suis désolé, les gars. Papa est contrarié. Je dois retourner travailler.

— Finissez votre dîner, dit Sienna aux enfants en se levant pour quitter la pièce avec moi. Cette putain de salope. *Cette putain de salope de merde* ! Comment peut-elle nous faire ça ?

— La raison pour laquelle elle l'a fait n'a pas d'importance à ce stade. Le fait est qu'elle l'a fait, et maintenant il est complètement baisé.

— Il doit y avoir un moyen d'empêcher que ça le détruise.

— Il n'y en a pas. Il sera jugé pour le viol de Neisy, qui a probablement accepté de témoigner. Avec un témoin soutenant son histoire, il perdra.

— Non. Ce n'est pas possible.

— Ce n'est pas seulement possible, c'est probable. Maintenant, ressaisis-toi pour les enfants pendant que je vais voir ce que je peux faire pour le sortir de prison.

Je suis sur la route de Wickford quand ma mère appelle.

— Camden ! Ton frère a été *arrêté*. Qu'est-ce qui se passe ?

— Je suis en route pour voir ce qui se passe, Maman.

Je n'ai pas le cœur de lui dire qu'un témoin a vu Ryder violer Neisy. Elle le découvrira bien assez tôt.

— Qu'est-ce qu'il a bien pu faire pour mériter un tel traitement ? demande-t-elle, incrédule. Ils l'ont traîné du match de baseball comme un vulgaire criminel ! Caroline est hors d'elle et les enfants sont hystériques.

— Je reçois un autre appel. Je te rappelle quand j'en sais plus.

— S'il te plaît, fais quelque chose, Cam.

— Je ferai mon possible.

Je jongle avec le téléphone pour prendre l'appel de Rich Morton, mon copain de la fac de droit qui travaille pour le procureur général. Je lui ai envoyé un texto pour lui dire que Ryder est mon frère et lui demander s'il pouvait se renseigner.

— Salut, Rich. Merci de m'avoir rappelé. Qu'est-ce que tu as trouvé?

— Le grand jury a délivré un acte authentique pour des accusations d'agression sexuelle au premier degré et agression sexuelle sur mineur.

Oh putain. Il a été mis en examen. Ça veut dire que ça fait des semaines que ça se prépare.

— Cam ? Tu es là ?

— Je suis là.

— Tu n'étais pas au courant ?

— Non, on ne nous a parlé ni de grand jury ni de quoi que ce soit d'autre.

— Oh, waouh, je suis désolé que ce soit le choc total. Je suppose que l'affaire a été traitée avec beaucoup de soin en raison de sa campagne. Les procureurs ne veulent jamais être accusés d'essayer d'influencer la politique.

— Le verdict du grand jury était-il unanime ?

— Je crois que oui.

Saloperie.

— Pourquoi ce sont les flics de l'État qui l'ont arrêté ?

— Apparemment, le commissaire de police de Land's End a un conflit d'intérêts, car l'agression présumée a eu lieu lors d'une fête à son ancien domicile. Il a confié l'affaire à la police d'État.

Bien sûr, je suis déjà au courant de la fête de Houston Rafferty parce que j'y étais, mais Rich n'a pas besoin de le savoir. C'est aussi un choc d'apprendre que Houston est impliqué dans cette affaire depuis des semaines et qu'il n'en a pas soufflé mot.

— D'accord. Merci, Rich.

— Pas de problème. Je suis désolé pour ton frère.

— Moi aussi.

— Il l'a fait, Cam ?

Je ne peux pas dire la vérité à quelqu'un du bureau du procureur, même si c'est un ami.

— Je ne le sais pas.

— Eh bien, bonne chance à toi et à ta famille.

— Merci d'avoir appelé.

— De rien.

Je me sens encore plus mal qu'avant que Rich ne m'explique les détails. C'est grave. Aussi grave que possible et sur le point de devenir bien pire. Je suis furieux que Ryder n'ait pas suivi mon conseil de ne pas se présenter aux élections. Je lui avais dit que c'était une énorme erreur, et je déteste dire *je te l'avais dit*, mais là… Si quelqu'un a gardé sous le coude ces informations pendant tout ce temps, le fait d'apprendre que Ryder cherchait ce genre de poste est suffisant pour pousser le témoin à passer à l'action. Je parierais sur ma vie que c'est ce qui est arrivé.

Et maintenant, je dois aussi m'inquiéter de ce qui se passera si l'on apprend que nous avons menti au sujet de Neisy dans une déclaration sous serment lorsque les accusations initiales ont été déposées.

À peine ai-je eu cette pensée qu'Arlo m'appelle.

— Qu'est-ce qui se passe, putain ?

— Ryder a été inculpé pour viol.

— Qui disent-ils qu'il a violé ?

— Neisy.

— C'était il y a quatorze ans, ça ! Comment ça se fait qu'on en reparle maintenant ?

— Apparemment, un témoin s'est présenté et peut corroborer son histoire.

— *Quoi ?* demande Arlo en exhalant longuement. Un *témoin*? Où était ce soi-disant témoin pendant tout ce temps ?

— Je n'en sais pas plus. Je suis en route pour la caserne de Wickford pour voir Ryder.

Quelqu'un d'autre peut dire à Arlo que le témoin est sa sœur.

— On a pris des risques pour lui sauver la mise il y a des années.

— J'en suis bien conscient.

— Est-ce que ça va se retourner contre nous maintenant ?

— J'espère vraiment que non.

— Nom de Dieu, Cam. Comment ça peut arriver après tout ce temps ?

— Je ne sais pas.

Les gens sauront bien assez tôt comment c'est arrivé.

— Tiens-moi au courant de ce qui se passe, si tu peux.

— D'accord.

Pendant le trajet entre la baie et Wickford, je reçois trois autres appels de personnes qui ont signé la déclaration sous serment concernant Neisy à l'époque, et qui expriment toutes les mêmes craintes qu'Arlo. Je fais ce que je peux pour les rassurer, même si je suis rempli d'effroi à l'idée de ce que cela signifiera pour moi et ma famille. Si je suis radié, comment pourrai-je subvenir à leurs besoins ?

À Wickford, j'attends plus d'une heure avant qu'on ne me laisse entrer pour voir Ryder.

Il a un regard de bête sauvage dans les yeux.

— Cam ! Ils sont venus au match de Miles. Ils m'ont arrêté devant Caro, les enfants et tous ceux que nous connaissons. Ils m'ont fouillé à nu, putain ! C'est à cause de Blaise ?

— Oui.

— Alors elle est allée voir la police après avoir gardé ce secret pendant quatorze ans.

— C'est ça, ce qui veut dire qu'elle ne se soucie plus des conséquences pour elle-même.

Je me passe les mains dans les cheveux en arpentant la pièce tellement petite qu'on en deviendrait claustrophobe.

— Bon sang, Ryder. C'est exactement pour ça que je t'ai dit de ne pas te présenter. C'était de l'arrogance, bordel, de penser que le passé ne referait pas surface.

— Comment étais-je censé savoir qu'il y avait un putain de témoin?

— Elle aurait pu garder le silence pour toujours si tu ne t'étais pas présenté au Congrès.

— Tu pourrais peut-être lui rendre visite ?

— Et lui dire quoi ?

— Lui demander de ne pas témoigner.

— Je ne ferai pas ça.

— Arlo le ferait.

— Si tu veux qu'il le fasse, tu peux le lui demander toi-même.

— Et je fais comment, d'ici ?

— Je suis sûr que tu seras libéré sous caution après la lecture de l'acte d'accusation. Si tu veux qu'Arlo s'occupe de sa sœur, tu peux faire ce sale boulot tout seul.

— Je suis désolé, Cam. Tu avais raison. Je n'aurais jamais dû me présenter au Congrès.

— Non, tu n'aurais vraiment pas dû. Tu sais quel a toujours été ton problème ?

— De quoi tu parles ?

— Tout le monde te disait que tu étais génial, et tu l'as cru.

J'appuie sur sa poitrine avec le bout de mon doigt alors que j'aurais préféré lui casser la gueule.

— Tu as cru que tu pouvais attaquer Neisy et t'en tirer comme ça. Que tu pouvais te présenter au Congrès et qu'aucune de ces merdes ne reviendrait t'exploser à la gueule, à toi et à nous autres. Tu es arrogant et tu crois que tu as le droit de tout faire, et tout ce qui arrive, là, tu le mérites.

— Je suis désolé ! Si je pouvais revenir en arrière et tout changer, tu ne crois pas que je le ferais ?

Je n'ai rien à dire à ce sujet. On ne peut pas changer le passé, peu importe à quel point il aimerait pouvoir le faire.

— Alors, qu'est-ce qui se passe maintenant ?

— Tu vas être mis en examen et, je l'espère, libéré en attendant le procès. Et cette fois, il y aura un procès.

— Pas si Arlo peut convaincre sa sœur de ne pas témoigner.

— Tu crois vraiment qu'elle aurait fait tout ça si elle n'était pas déterminée à aller jusqu'au bout ?

— Alors tu penses que je suis baisé ?

— Complètement baisé.

— Tu es en colère.

— Et comment ! Tout allait bien comme ça, mais non, il te fallait plus. J'espère que tu ne vas pas nous entraîner, moi et tous les mecs qui ont menti pour toi la première fois, dans ta chute.

— Je ne vous ai jamais demandé de mentir pour moi !

— Mais on l'a fait quand même et on t'a tiré d'affaire !

— Je suis vraiment désolé, Cam, dit-il, et sa voix se brise. Je sais que c'est peu de chose maintenant, mais je le suis vraiment.

— Je n'en doute pas, mais tu as raison. Ça ne me touche pas plus que ça pour le moment.

— Alors tu ne me représenteras pas ?

— Je ne suis pas avocat de la défense. Tu as besoin de quelqu'un qui sait ce qu'il fait. Je vais me renseigner et trouver quelqu'un pour la lecture de l'acte d'accusation.

— Et Caroline et les enfants ? Qu'est-ce que je leur dis ?

Je le regarde, incrédule.

— Et si tu leur disais la vérité ?

Il secoue la tête.

— Je ne peux pas. Elle me quittera et prendra mes enfants. Je ne peux pas perdre ma famille.

— Que penses-tu qu'elle fera quand tu seras trouvé coupable ?

— Peut-être que je ne le serai pas.

— Ryder... ils ont un *témoin oculaire* qui t'a vu la violer. Il n'y a pas de délai de prescription pour les agressions sexuelles dans cet État. Le fait qu'elle ait mis quatorze ans à se manifester ne signifiera rien pour un jury quand il entendra son témoignage en faveur de Neisy.

— On doit faire quelque chose. On ne peut pas laisser cela tout gâcher.

— Il est bien trop tard pour *faire* quoi que ce soit. C'est pourquoi je t'ai supplié de ne pas te présenter. J'avais peur que quelque chose comme ça arrive.

— D'accord, *tu avais raison* ! T'es content maintenant ?

— Non, Ryder. Je ne suis pas du tout content. Que veux-tu que je dise à Caroline ? Elle est paniquée et complètement dépassée.

— Dis-lui... Dis-lui que je lui expliquerai tout quand je sortirai d'ici.

— Et tu lui diras la vérité ?

— Je... Je ne sais pas.

— Tu lui dois la vérité à ce stade.

— Je... Euh...

— Ryder ! Tu as mis sa vie sens dessus dessous ! Elle mérite de savoir.

— Je vais y réfléchir.

— C'est ça, réfléchis.

Je tape contre la porte pour demander à un officier de me laisser sortir.

— Cam...

Je me retourne vers lui.

— J'ai peur, murmure-t-il.

J'ai envie de lui dire qu'il y a de quoi, mais je ne dis rien et je sors de la pièce après qu'un policier m'ouvre. Sur le chemin du retour, j'appelle Caroline.

Elle prend l'appel dès la première sonnerie.

— Cam. Tu l'as vu ?

— Je l'ai vu.

— Il va bien ?

— Il est dans tous ses états, mais sinon, il va bien.

— Que se passe-t-il ?

— Il a été mis en examen pour un viol commis il y a quatorze ans.

Elle pousse un cri.

— Non, ce n'est pas possible. Il a dit qu'il ne l'avait pas fait.

Qu'est-ce que je peux répondre à cela ? Elle a tout un chemin à faire pour comprendre, en temps voulu, qu'il lui a menti.

— Que dois-je faire ?

— Rien, jusqu'à ce que la mise en examen soit lue. Il devrait être libéré sous conditions dans le courant de la journée de demain.

— Il doit passer la nuit là-bas ?

— Oui.

— Comment peut-il être mis en examen s'il n'a rien fait ?

— Il faudra que tu lui en parles.

— Qu'est-ce que tu sais, Cam ?

— Je t'enverrai un texto quand je saurai à quelle heure aura lieu la lecture de l'acte à la Cour supérieure du comté de Newport. Il aura besoin de vêtements pour ça.

— C'est tout ? Je dois juste rester là à attendre ?

Je ne sais pas quoi dire d'autre.

— Tu pourrais me dire que c'est une terrible erreur !

J'aimerais pouvoir le faire.

— Tiens bon, Caroline. Tu le verras demain. Je te recontacterai.

Je n'ai jamais été aussi heureux de mettre fin à un appel de ma vie. J'adore Caroline et je l'ai toujours adorée. Elle est arrivée à un moment où je craignais que Ryder ne se remette jamais des événements de cet été-là. En plus d'avoir commis un crime horrible – et de s'en être tiré – il avait survécu à la perte dévastatrice de Louisa, à ses funérailles et à un chagrin profond et implacable. Tout cela avant qu'il ne commence sa dernière année de lycée.

Il a rencontré Caroline lors de sa deuxième année à l'université, et ils ne se sont plus jamais quittés. En plus d'être accusé, il devra faire face aux retombées du mensonge qu'il a raconté à sa femme pendant toutes ces années. Nul ne sait si elle restera avec lui.

Lorsque j'arrive à la maison, Sienna coupe le son de la télévision.

— Comment ça s'est passé ?

— Comme on peut s'y attendre. Il est terrifié et inquiet pour Caro et les enfants.

— Elle connaît la vérité ?

Je secoue la tête.

— Waouh. J'ai toujours pensé qu'il lui avait probablement dit la vérité à un moment ou à un autre.

— Il ne l'a pas fait.

Je me sers un verre de bourbon sec et je m'assois à côté d'elle sur le canapé.

— Que va-t-il se passer maintenant ? demande-t-elle.

— Il sera traduit en justice demain et, avec un peu de chance, il sera libéré sur engagement personnel dans l'attente du procès. C'est la routine habituelle pour les primodélinquants.

— C'est toujours un primodélinquant même s'il a déjà été mis en examen auparavant ?

— Il n'a pas été condamné, donc oui, c'est un primodélinquant.

— Qu'en est-il de la campagne ?

— Je suppose qu'elle sera suspendue après la lecture de l'acte de mise en examen. Il ne peut pas se présenter maintenant.

— Même s'il est acquitté ?

— Si cela se produit, et c'est un très grand si, cela prendra des mois. L'élection sera terminée depuis longtemps.

— Je me sens tellement mal pour Caroline et leurs enfants.

— Je le sais.

— Je devrais parler à Blaise.

— Non, il ne faut pas.

— Et pourquoi pas ? Ça ne peut pas faire de mal au point où on en est, non ?

— Nous n'avons pas besoin d'ajouter à ses problèmes des accusations de subornation de témoin.

— Ce ne serait pas lui qui s'approcherait d'elle. Je pourrais aller la voir et la supplier d'avoir pitié de la femme et des enfants de Ryder.

— Pourquoi se soucierait-elle d'eux ? Elle ne les connaît même pas.

— Elle me connaît, moi, et je serais celle qui le lui demande.

— C'est trop risqué.

— Qu'avons-nous à perdre à ce stade ?

— Je n'aime pas ça, et je ne pense pas que tu devrais le faire.

— C'est noté.

S'il y a une chose que je sais sur Sienna après huit ans de mariage et presque seize ans de vie commune, c'est qu'elle fait ce qu'elle veut, quand elle veut. Je ne peux pas l'empêcher d'aller voir Blaise.

Tout ce que je peux faire, c'est la décourager.

CHAPITRE 22

Blaise
LE PRÉSENT

Je me réveille lentement après avoir dormi comme un bébé. C'est incroyable comme je dors bien ces derniers temps, mieux que je ne l'ai fait en quatorze ans. Je cligne des yeux dans la chambre de Jack et je réalise que nous nous sommes endormis dans son lit. Je suis dans ses bras, ma tête blottie contre son torse et je me sens plus reposée que je ne l'ai été depuis mon arrivée.

— Bonjour, dit-il d'une voix rauque et endormie.

— Bonjour.

— Quelle surprise de te trouver ici.

— Haha. On s'est endormis.

— En effet.

Il me serre plus fort dans ses bras.

— Ça fait longtemps que je n'ai pas aussi bien dormi, dit-il.

— Moi, aussi.

J'ai presque peur de le quitter, lui et son lit chaud, et de découvrir ce qui se passe en dehors de notre petite bulle.

— Peu importe ce que c'est, ce n'est pas de ta faute, Blaise.

— Alors tu lis dans les pensées maintenant ?

— Non. Je t'ai juste sentie devenir tendue en te souvenant de la décision du grand jury et de ses implications.

— Je me demande s'il a été arrêté.

— À l'heure qu'il est, je suis sûr que oui.

— Je n'arrête pas de penser à sa femme et à ses enfants et à ce qu'ils doivent ressentir.

— Ce n'est pas ta responsabilité, Blaise.

— Je le sais.

— Rien de tout cela n'est de ta faute. Dis-moi que tu le sais.

— Oui, mais on ne peut pas nier qu'il n'y aurait pas eu d'audience du grand jury sans moi.

— Et tu n'aurais pas eu besoin de le dénoncer s'il n'avait pas violé cette fille.

— Continue à me le rappeler, veux-tu ?

— Chaque fois que tu auras besoin de l'entendre.

— Je vais en avoir besoin souvent dans les semaines à venir.

— Je suis là pour toi.

Je me retourne pour le voir. Au cours de la nuit, il a enlevé sa chemise. Je passe la main sur son torse nu, qui est musclé et parsemé juste ce qu'il faut de poils doux.

— Je ne peux pas te dire à quel point c'est important pour moi d'avoir ton soutien. Sans toi, je me sentirais vraiment seule.

— Je me suis senti très seul pendant longtemps, et depuis l'instant où je t'ai rencontré, je ne me sens plus seul.

En levant les yeux, je croise son regard intense.

— Tu es toujours aussi honnête sur ce que tu ressens ? lui demandé-je.

— Je ne l'étais pas avant, mais la perte de mes parents m'a rappelé que la vie est courte et qu'il n'y a pas de temps pour raconter des conneries.

— Je suppose que cela change un homme.

— C'est vrai, mais les changements étaient nécessaires. J'aurais aimé ne pas avoir à apprendre les grandes leçons de la vie de cette façon-là, bien sûr, mais je suis une meilleure personne qu'avant de les perdre. Mon but est maintenant de m'assurer qu'ils seront toujours fiers de moi.

Je serre sa main.

— Ils seraient tellement fiers de toi.

— Je l'espère.

— Je devrais y aller pour que tu puisses te mettre au travail.

— Je préférerais passer cette journée avec toi.

— Et tes délais de livraison ?

— Ça va le faire.

— Tu es sûr ?

— Je travaille comme un fou. Je n'ai pas fait de vraie pause depuis des années. Tout ira bien.

— Dans ce cas, je serais ravie de passer la journée avec toi après avoir passé un coup de fil à mon travail.

— Pendant ce temps, je vais nous préparer un petit-déjeuner.

— Avec du café ?

— Non, mais, pour qui me prends-tu ? Pour un sauvage ?

Il me fait sourire comme personne ne l'a fait depuis longtemps.

— Je suis désolée que les choses aient été perturbées hier soir. Je te promets de me faire pardonner.

— Ne sois pas désolée, et tu n'as rien à te faire pardonner. Quand nous le ferons, je veux que tu te concentres entièrement sur moi et sur nous, sans t'inquiéter de quoi que ce soit d'autre.

— C'est ce que je veux aussi.

— S'il te plaît, ne m'ajoute pas à la liste de tes soucis. Je veux être un élément positif dans tout cela.

— Tu l'es. Tu es la chose la plus positive qui me soit arrivée depuis… En fait, depuis toujours.

— Pareil, mon cœur. Profitons-en, d'accord ?

J'acquiesce et je souris alors qu'il m'embrasse.

— Je vais m'occuper du café.

— Je vais m'occuper de mon travail.

— Retrouve-moi dans la cuisine.

— Je fais vite.

Je sors de sa porte arrière et la fraîcheur vive d'un matin d'automne m'enveloppe. Je sens une odeur de fumée de bois, et pour la première fois depuis cette nuit-là, cela ne me répugne pas. C'était autrefois une de mes senteurs préférées. Peut-être le sera-t-elle à nouveau maintenant que j'ai fait ce pas vers la réparation des torts du passé.

Je m'arrête net à la vue de quelque chose sur le perron de mon chalet. En me penchant, je regarde de plus près et je le regrette immédiatement. C'est une sorte de carcasse ensanglantée. Ce que c'était auparavant est devenu méconnaissable.

J'ai dû crier car Jack arrive en courant.

— Qu'est-ce qui se passe ?

En luttant contre la nausée qui me submerge, je montre l'animal mort.

— C'est quoi ce bordel ? dit Jack.

Il sort son téléphone et passe un appel.

— Qu'est-ce que tu fais ? demandé-je.

— J'appelle Houston. C'est un message, ça.

Je suis tellement choquée par le spectacle sanglant que je n'ai pas fait ce rapprochement moi-même.

Jack passe son bras autour de moi et m'emmène loin du chalet, chez lui.

— C'était là quand elle s'est réveillée ce matin, dit-il. Merci.

Il pose le téléphone.

— Il arrive tout de suite. Que puis-je t'offrir ?

Je mets mes mains tremblantes entre mes genoux.

— Rien. J'ai l'impression que je vais être malade.

Il me verse un verre d'eau glacée et me l'apporte.

— Bois ça.

Je bois quelques gorgées et pose le verre.

— Je devrais retourner à New York. Ils ne sauront pas comment me trouver là-bas.

— C'est ce que tu veux faire ?

— Non, ce n'est pas ce que je veux, mais je n'amènerai pas ces absurdités chez toi.

— Ce n'est rien que je ne puisse gérer, et je préfère que tu sois ici avec moi, où je peux te garder en sécurité, plutôt que toute seule dans cette grande ville.

— Qui te protégera s'ils viennent me chercher ?

— Je peux prendre soin de toi et de moi-même.

Le 4x4 de Houston entre dans la cour et s'arrête avec un crissement de pneus. Il est en train de regarder cette chose sur mon perron quand nous sortons de la maison de Jack.

— Le service animalier va venir nettoyer tout ça.

Je croise les bras, en espérant que les tremblements s'arrêtent.

— Ryder est inculpé à cause de mon témoignage et ceci atterrit sur mon perron le lendemain. Ce n'est pas une coïncidence, n'est-ce pas ?

— Probablement pas.

— Donc les gens savent déjà que c'est moi qui me suis présentée comme témoin ?

— Je n'ai vu cela indiqué nulle part, mais tu sais comment les nouvelles circulent.

Je sais aussi qu'il y a quelqu'un d'autre qui a vu ce que j'ai fait, qui sait exactement qui est le témoin oculaire. De qui d'autre pourrait-il s'agir ?

— Tu devrais parler à Sienna Elliott.

Après ce qui vient d'arriver, je n'ai plus aucune raison de la protéger.

— Ah bon ? demande Houston.

— Oui.

— Je m'en charge. J'ai augmenté les patrouilles dans la rue, mais je ne suis pas sûr que ce soit très dissuasif. Nous n'avons que trois officiers en service à tout moment.

— Je vais engager un service de sécurité privé, dit Jack.

— Non. Je vais partir. J'irai ailleurs.

Il passe un bras autour de moi.

— Tu es plus en sécurité avec moi que tu ne le serais seule.

— Je ne peux pas te mettre en danger.

— Ne t'inquiète pas pour moi. Je veux être là pour toi.

Houston nous regarde avec curiosité.

— Ah, c'est comme ça, hein ? demande-t-il.

— Hé oui, dit Jack en me souriant tendrement. Et c'est à toi que je le dois, Houston.

— Je suis content pour vous deux, dit Houston, mais soyez prudents, s'il vous plaît.

— Nous le serons, dit Jack.

— C'est la partie difficile, Blaise. Nous en avons parlé. Quand ça se sait que tu es le témoin, les gens font pression sur toi pour que tu te rétractes. Les gens que tu aimes vont te mettre la pression.

— Ce n'est pas grave. Je ne me rétracterai pas.

Rien ne pourrait me convaincre de le faire, pas même les menaces qui pèsent sur ma sécurité.

Jack me serre l'épaule en signe de soutien.

— Sois forte, dit Houston en retournant à son SUV. Le service de contrôle des animaux sera bientôt là.

Après son départ, Jack me prend la main pour me conduire à l'intérieur. Il me verse une tasse de café et pose la crème sur le plan de travail.

— Merci.

Il se met à préparer des œufs brouillés et des toasts qu'il sert quelques minutes plus tard.

— Essaie de manger quelque chose.

Je prends quelques bouchées parce qu'il s'est donné la peine de tout préparer, mais je ne peux rien avaler de plus avec l'image de l'animal mort que j'ai en tête.

— Merci, dis-je.

— De rien. J'ai envoyé un message à un ami concernant les mesures de sécurité.

— Je ne veux pas que tu prennes en charge cette dépense.

— Ce n'est rien.

— Non, ce n'est pas rien. Tout ça, ce n'est vraiment pas rien.

— Quand ils réaliseront que tu ne reculeras pas, ils laisseront tomber.

— Tu crois ?

Mon téléphone portable sonne avec un appel de mon frère. Je le mets sur haut-parleur.

— Arlo.

— Blaise… Qu'est-ce que tu fais, putain ?

— Ce que j'aurais dû faire il y a quatorze ans.

— Tu n'es pas sérieuse.

— Je suis tout à fait sérieuse. Je l'ai vu la violer, et garder ce secret m'a presque détruite.

— Qu'est-ce que tu foutais là ?

— Quelle importance maintenant ?

— C'est important pour moi ! Tu accuses mon meilleur ami, mon *patron*, d'un crime odieux.

— Qu'il a commis ! Pourquoi ne pas lui demander ce qui s'est réellement passé ? Il sait qu'il l'a fait.

— J'ai *quitté mon boulot* pour travailler sur sa campagne. Tu ne te soucies pas du tout de moi ?

— Comment oses-tu me mettre ça sur le dos ? J'ai gardé ce secret pendant tout ce temps *parce que* je t'aime ! Si tu n'avais pas été là, je serais allée voir les flics à l'époque.

— Tu peux encore arranger les choses en ne témoignant pas.

— Je n'arrangerai rien et je témoignerai. Alors tu peux dire à tous ceux qui ont l'idée d'essayer de m'intimider en jetant des animaux morts sous mon porche de ne pas se donner la peine.

— Je croyais te connaître, Blaise.

— Tu ne me connais pas du tout. Ne me demande plus de protéger ton ami. Je ne le ferai pas.

J'appuie sur le bouton rouge pour mettre fin à l'appel.

Jack s'évente le visage.

— C'était super sexy, putain.

Je n'arrive pas à croire que j'arrive à en rire, mais grâce à lui, je peux.

— Il n'avait pas le droit de te dire ces choses, ajoute-t-il. Dis-moi que tu le sais.

— Je le sais.

J'en suis absolument certaine, mais mes mains tremblent encore.

— J'ai gardé ce secret si longtemps qu'il fait partie de mon identité. Je ne veux plus être cette personne. Je ne peux pas recommencer à vivre de cette façon-là, peu importe qui cela pourrait blesser.

— Tu es en train de faire ce qui est juste.

J'acquiesce, et j'apprécie son soutien.

— Tu devrais vraiment me laisser retourner à New York. Ceci n'est pas ton problème.

Il fait le tour du comptoir pour se placer en face de moi et lève mon menton pour m'embrasser.

— T'as pas encore compris que je veux te garder pour toujours ?

Je suis bouleversée et profondément émue.

— C'est vraiment très long, ça, dis-je.

Il m'embrasse à nouveau.

— J'espère bien, bon sang.

Denise

LE PRÉSENT

J'ai attendu aussi longtemps que possible.

Houston m'a appelée hier soir pour me dire que Ryder a été mis en examen et placé en garde à vue. J'appelle mon père dès l'instant où les jumeaux font leur sieste du matin.

— Salut, ma petite. Je suis sur le point de jouer le trou quatorze. Qu'est-ce qui se passe ?

— Il faut que je te dise quelque chose.

— Tout va bien pour toi et les enfants ?

— Oui, mais j'ai une nouvelle à t'annoncer, et elle risque de te perturber.

— Quelle nouvelle ?

— Ryder Elliott a été mis en examen pour viol.

— Dans le cadre de ton affaire ?

— Oui.

— Comment est-ce possible ?

— Un témoin s'est présenté.

— Un témoin. Il y avait un putain de témoin ?

Son ton est dur comme fer.

— Oui.

— Où était cette personne pendant tout ce temps ?

— Je ne suis pas sûre, mais elle a entendu dire qu'il se présentait au Congrès, et apparemment c'est ce qui l'a poussée à se manifester.

— Comment a-t-elle pu rester silencieuse quand elle a vu ce que tu as vécu après qu'il a été accusé la première fois ?

— Je ne sais pas. Je suppose qu'elle avait peur que les loups se retournent contre elle.

— Ce n'est pas une excuse. Elle t'a vu te faire attaquer et *t'a laissée là* ? Quel genre de monstre fait une chose pareille ?

— Une adolescente qui craignait que sa vie entière n'explose ?

— Tu ne peux pas la défendre. Ce n'est pas possible.

— Je ne la défends pas, mais elle a vu ce qu'ils m'ont fait. Peux-tu lui reprocher de ne pas vouloir qu'ils s'en prennent à elle aussi ?

— Oui, je peux lui en vouloir ! On aurait pu mettre ce fils de pute en prison si elle avait fait ce qu'il fallait.

— Elle le fait maintenant.

— Tu dois être hors de toi, ma petite.

— Je l'étais, au début, mais je vais mieux maintenant. Kane a été incroyable, comme toujours.

— Alors tu vas devoir témoigner ?

— Oui.

L'inspiration profonde que prend mon père en dit long.

— Comment as-tu découvert qu'il y avait un témoin ?

— Houston Rafferty est venu me voir. Quand il m'a dit qu'il y avait un témoin, j'ai répondu que je ne voulais rien en savoir. Mais Kane et moi en avons parlé, et on a décidé que s'il y avait une chance d'obtenir justice, je devais faire tout ce qu'il fallait.

— Ton courage continue de me stupéfier, ma puce.

— Je tremble à l'intérieur. Je suis un désastre ambulant.

— Non, tu ne l'es pas. Je veux que tu me donnes tous les détails. Je serai à tes côtés tout au long du processus.

— Merci, Papa.

— Je t'aime tellement, Dee.

— Je t'aime aussi.

Nous convenons de nous reparler plus tard.

Kane entre dans la pièce avec une tasse de thé au citron fumant.

— Comment l'a-t-il pris ?

— Comme nous, il n'en revient pas qu'il y avait témoin pendant tout ce temps et qu'il ne se soit manifesté que maintenant.

— J'ai entendu ce que tu as dit sur les raisons pour lesquelles elle est restée silencieuse à l'époque. C'est admirable que tu puisses la défendre.

— Ne t'y trompes pas, je pense que ce qu'elle a fait est injustifiable, depuis l'instant où elle a décidé de m'abandonner dans les bois, en sang et brisée. Mais cela ne veut pas dire que je ne comprends pas pourquoi elle l'a fait. Être un adolescent peut être un enfer sans en plus que toutes les personnes que vous connaissez vous détestent, y compris votre propre frère.

— C'est *l'autre*, là qui aurait dû être celui que tout le monde détestait.

— La vie n'est jamais juste comme ça.

— Ce qui est juste, c'est que c'est *lui* qui a été arrêté en public et a passé une nuit en prison. Ce qui est juste, c'est que c'est *lui* qui va être accusé de plusieurs crimes, forcé d'abandonner sa campagne et, espérons-le, qui va payer pour ce qu'il t'a fait en passant des années de sa vie derrière les barreaux.

— Qu'est-ce que ça dit de moi que j'ai beaucoup de peine pour sa femme et ses enfants ?

— Cela dit que tu es la meilleure personne que j'aie jamais connue.

CHAPITRE 23

Je demande à Blaise de me retrouver chez mes parents à neuf heures du matin pour régler quelque chose que j'aurais dû faire il y a déjà bien des jours. On est occupés comme des dingues depuis que la grippe a frappé le commissariat, me privant de la moitié de mes officiers et de trois employés de bureau. En plus de tout cela, la nouvelle de l'arrestation de Ryder s'est répandue comme une traînée de poudre dans plusieurs villes, ce qui m'a valu de nombreux textos et appels téléphoniques de la part de personnes que je connais depuis toujours.

Dallas est outré que j'aie joué un rôle dans l'arrestation de Ryder. Il avait beaucoup à dire à ce sujet au téléphone hier soir.

— Comment t'as pu faire ça ? J'ai quitté mon boulot pour l'aider à se faire élire, et toi, tu montes un dossier pour le faire tomber ?

— Je ne vais pas m'excuser de faire mon travail.

— Arrête avec tes conneries. Tu aurais pu au moins me prévenir.

— Non, je ne pouvais pas.

— Et si on apprend qu'on a menti sur elle, la première fois ? Je pourrais avoir de gros problèmes. Est-ce que ça te préoccupe le moins du monde ?

— Bien sûr que oui, mais il était impossible que je mette de côté ces informations une fois qu'elles m'avaient été données.

— La sœur d'Arlo, parmi toutes les personnes. Il est en train de perdre la boule à cause de ça.

— Je suis désolé que les gens soient bouleversés, mais ce n'est pas à moi qu'il faut en vouloir.

— Crois-moi, je suis aussi en colère contre Ryder. Je n'arrive pas à croire qu'il ait pu faire une chose pareille. Tu penses qu'il va plonger pour ça ?

— Je ne vais pas spéculer là-dessus.

— Mais le dossier contre lui est solide ?

— Beaucoup plus que la première fois.

— Putain de merde.

Ma sœur Austin m'envoie un SMS pour me dire qu'elle est choquée par la nouvelle. Au moins une centaine d'autres personnes de différentes époques de ma vie m'ont également contacté. J'ai répondu à ma sœur, mais à personne d'autre. Je n'ai pas le temps de répondre à leurs questions.

Je comprends que Dallas et d'autres soient contrariés et effrayés à l'idée que cela puisse leur retomber dessus. Cependant, j'avais un travail à faire et je l'ai fait en toute objectivité. Lorsque je suis devenu policier, mon père m'a dit de faire ce qu'il fallait dans tous mes rapports professionnels, et que je n'aurais jamais à m'expliquer avec qui que ce soit. C'était un bon conseil que je me suis efforcé de suivre en toutes circonstances, et en particulier dans la situation présente, la plus difficile de ma carrière.

Vingt minutes avant que Blaise ne doive arriver, je vais dans le garage à la recherche du détecteur de métaux de mon père. Il fut un temps où il l'aimait plus que ses enfants, du moins c'est ce que nous lui disions. Il l'emmenait partout où nous allions, au camping, à la plage, en randonnée dans les bois, toujours à la recherche d'une trouvaille rare.

Cela ne s'est jamais produit, mais il a trouvé des objets uniques, ainsi que des centaines d'alliances et autres objets de valeur qu'il s'est efforcé de rendre à leurs propriétaires. Mon père a pleinement adopté les médias sociaux en raison de ces efforts. Grâce à lui, je suis contraint de faire des mises à jour quotidiennes de la page Facebook qu'il a créée. Comme si je n'avais pas assez à faire.

Je trouve le détecteur de métaux dans un coin, recouvert de toiles d'araignées qui me donnent la chair de poule. En sortant du garage en forme de grange, j'ai l'impression de grouiller d'araignées que je balaie avec des gestes fous.

C'est là que Blaise me trouve lorsqu'elle sort de sa voiture et se dirige vers moi en souriant.

— Tout va bien ?

— Je suis tombé sur un tas de toiles d'araignées dans le garage. Tu en vois sur moi ?

Elle regarde attentivement.

— Non.

Je frissonne et je secoue mes vêtements.

— Pouah, j'ai l'impression qu'il y en a partout.

— Qu'est-ce que tu faisais là-dedans ?

— Je cherchais le détecteur de métaux.

— Comment ça se fait ?

— Denise m'a dit qu'elle avait perdu les clés de sa voiture cette nuit-là. Je veux essayer de les retrouver, et j'ai besoin que tu me montres exactement où chercher.

Je la vois ravaler sa salive.

— Je sais que c'est beaucoup te demander d'y retourner, mais si je peux trouver ses clés, cela soutiendra encore plus son témoignage.

Blaise enfonce ses mains dans les poches de son manteau et acquiesce, la mâchoire serrée avec la détermination dont elle fait preuve depuis le début. J'admire énormément cette détermination. Si elle n'était pas en train de fréquenter Jack, je l'aurais invitée à sortir quand tout sera terminé.

— Allons-y, dit-elle.

De notre jardin, nous empruntons un sentier battu pour nous rendre dans les bois qui jouxtent la propriété de mes parents. Mon frère, ma sœur et moi avons emprunté ce chemin des années durant, jouant à tous les jeux imaginables dans les bois. C'était notre terrain de jeu, et j'ai été dévasté d'apprendre que quelqu'un avait pu y être attaqué.

Blaise indique une clairière à l'écart du chemin principal, non loin du jardin.

— Là.

— Montre-moi où tu étais.

Nous traversons la clairière jusqu'à l'autre côté.

— À peu près ici. Je me suis faufilée par là pour venir.

Elle désigne la route qui passe derrière chez nous.

Je remarque qu'elle fixe la clairière, probablement en train de revivre ce qui s'y est passé.

— C'est tout ce dont j'ai besoin si tu veux partir, Blaise. Merci pour ton aide.

— Pas de soucis.

— Si, ce sont des soucis, et j'apprécie.

— Si ça t'aide à monter le dossier, alors ça vaut le coup de revenir ici.

Elle reste un long moment à regarder la clairière.

— C'est incroyable, n'est-ce pas, dit-elle, comment les actions d'une seule personne peuvent changer tant de vies pour toujours.

— Oui, c'est vrai.

— Que penses-tu qu'il va lui arriver ?

— Difficile à dire avec certitude. S'il est déclaré coupable, il fera probablement un long séjour en prison.

— Tu connais sa femme ?

La question me surprend.

— Je l'ai rencontrée quelques fois.

— Comment est-elle ?

— Elle est très gentille.

— Sont-ils heureux ensemble ?

— Ils en ont l'air.

— Et leurs enfants ?

— Ils en ont trois. Un fils et deux filles.

Elle me regarde.

— Que va-t-il leur arriver ?

— Je ne sais pas, Blaise.

Je l'étudie une seconde, mais son expression est indéchiffrable.

— Ça va ? lui demandé-je.

Elle hausse les épaules.

— C'est juste ce que j'ai dit tout à l'heure sur la façon dont les actions d'une personne peuvent affecter tant de vies.

— Comme ce que tu es en train de faire ?

— Oui. Quelles sont les chances que sa femme savait quelque chose à propos de tout cela ? Son arrestation a dû être comme une bombe dans sa vie. Sans parler de ce que ça fera à des enfants innocents.

— C'est gentil de ta part de compatir avec eux. Moi aussi, je compatis. Mais ça ne change rien à ce qu'il a fait.

— Non, ça ne change rien. Il devrait payer pour ça. Seulement, je déteste que des innocents qui n'ont rien à voir avec cela paient aussi un lourd tribut.

— Je le sais. C'est bouleversant pour tout le monde, mais tu fais la chose juste.

— En es-tu sûr ? Aurait-il mieux valu laisser le passé dans le passé?

— Ce qu'il a fait est terrible, dis-je en m'appuyant sur le manche du détecteur de métaux. C'était un crime.

— Oui, c'est vrai, mais je vais être honnête… Quand je suis venue ici et que je t'ai cherché, je n'ai pensé qu'à soulager ma propre conscience. Je n'ai pas pensé à sa femme, à ses enfants, ni à qui que ce soit d'autre qui pourrait être blessé par ma révélation.

— Dis-moi que tu sais que ce n'est pas toi qui leur fais du mal. C'est lui.

— Je comprends, mais quand même… Si je n'avais pas fait ce que j'ai fait, ils continueraient leur vie comme si de rien n'était.

— Laisse-moi te poser une question. Si tu étais sa femme, voudrais-tu savoir que tu couches avec un violeur, ou préférerais-tu ne pas le savoir ?

— Quand tu le dis comme ça, je préfère savoir plutôt que de ne pas savoir. Mais cela a dû être un choc terrible pour elle.

— Je n'en doute pas, mais cela ne change rien aux faits.

— Est-ce que les gens te donnent du fil à retordre parce que tu es impliqué dans cette affaire?

— De temps en temps. Ce n'est rien que je ne puisse gérer. J'ai fait mon travail. Si c'était à refaire, je le referais. On m'a transmis des informations et je les ai transmises aux autorités compétentes. Si les gens n'aiment pas ça, je n'y peux rien.

— Aurait-il été plus facile pour toi de me dire que tu ne pouvais rien faire de cette information à ce stade ? Parce que si tu l'avais dit, je t'aurais cru.

Je vois qu'elle a du mal, alors je lui parle franchement.

— Oui, cela aurait été plus facile. Mon frère est furieux contre moi, mais je lui ai dit la même chose qu'à toi. J'ai fait mon travail.

— Ça veut dire qu'il est probablement furieux contre moi aussi. Je suis sûre que c'est le cas de beaucoup de gens.

— Tu as dit que tu te moquais de ce qu'on pensait de toi.

— C'est vrai. C'est juste que ça fait beaucoup à digérer.

— Je comprends.

Il faut vraiment que je me mette au travail pour trouver cette clé, mais j'attends de voir si elle veut parler d'autre chose.

— Tu penses que je suis en grave danger ?

— J'aimerais dire que non, mais les gens font des choses folles quand ils sont désespérés, et qui sait ce qui va se passer maintenant qu'il a été arrêté. Il faut que tu sois prudente, et si jamais tu ne te sens pas en sécurité, tu peux m'appeler. Je serai là en quelques minutes.

— Je t'en remercie. Peut-être que je devrais retourner à New York jusqu'à ce que je doive témoigner.

— C'est ce que tu veux faire ?

Elle hésite avant de secouer la tête.

— Je passe un très bon moment avec Jack.

Son visage devient rouge vif lorsqu'elle dit cela.

— Je suis heureux pour vous deux.

— C'est un développement surprenant au milieu de tout ce qui se passe.

— J'imagine.

— Bon, je te laisse travailler. Merci pour tout, Houston.

— De rien. Garde la tête baissée et concentre-toi sur l'objectif.

— D'accord.

— Tu veux que je te raccompagne jusqu'à ta voiture ?

— Ça te dérangerait ?

— Pas du tout.

Quinze minutes plus tard, je retourne à la clairière et j'active le détecteur de métaux, espérant retrouver une clé perdue il y a quatorze ans. La journée est exceptionnellement chaude pour cette période de l'année, et lorsque je commence à transpirer, je jette ma veste et retrousse mes manches. Je travaille pendant deux heures avant d'obtenir un résultat. Accroupi au-dessus de l'endroit, j'enfile un gant en latex pour passer ma main sur des années de feuilles et de broussailles et je sens un objet solide, enfoui sous la végétation, que je retire. Une clé Honda. Elle est recouverte de mousse et d'autres végétaux, mais le logo H argenté se distingue tout de même.

Je la tiens à la lumière pour l'examiner de plus près, puis je la dépose dans un sac à preuves.

Alors que je retourne à mon 4x4, mes parents reviennent de leur rendez-vous chez le dentiste. Cela m'amuse qu'ils fassent ce genre de choses ensemble en tant que retraités.

Maman m'embrasse sur la joue en entrant dans la maison, tout en parlant au téléphone.

— Tante Betty te passe le bonjour.

— Dis-lui bonjour de ma part.

— Tu as trouvé la clé ? demande mon père.

— Oui, je l'ai trouvée.

— C'est bien. Quelle est la prochaine étape ?

— Je vais la livrer directement au laboratoire de l'université.

Papa approuve d'un signe de la tête, sachant comme moi à quel point la chaîne de garde est importante dans ce genre de situation.

— Dallas a appelé hier soir. Il n'est pas content de moi.

— J'ai entendu dire. Mais ne l'écoute pas, ni lui ni personne d'autre. Tu as fait la seule chose que tu pouvais faire quand un témoin s'est présenté. Ce qui se passe à partir de maintenant n'est ni ta faute ni ta responsabilité.

— Oui, je le sais. C'est juste difficile d'avoir tout le monde à dos parce que je fais mon travail.

— C'est exactement la raison pour laquelle cette femme ne s'est pas manifestée à l'époque. Avoir des gens qui se retournent contre toi, c'est nul à tout moment, mais c'est particulièrement dur quand on est trop jeune pour le gérer.

— C'est vrai.

Il me serre l'épaule.

— Je suis fier de la façon dont tu fais ton travail.

— Ça me touche beaucoup.

— Je suis fier de bien plus, en ce qui te concerne. J'espère que tu le sais.

— Je le sais. Merci.

— Tiens bon, fiston.

— J'essaie.

Je suis à mi-chemin de Kingston, où se trouvent l'université du Rhode Island et le laboratoire de la police scientifique de l'État, lorsque mon téléphone sonne. C'est un numéro que je ne reconnais pas.

— Houston Rafferty.

— Euh, bonjour Houston, c'est, euh, Ramona Travers. Je ne sais pas si vous vous souvenez de moi. J'étais dans la classe de Dallas.

Je ne me souviens pas de son visage.

— Je me souviens de votre nom. Que puis-je faire pour vous ?

— J'ai entendu dire qu'un témoin s'est présenté dans l'affaire Elliott et qu'il a été mis en examen.

— Oui, oui.

J'attends qu'elle en dise plus et mon cœur se met à battre plus vite.

— Cette nuit-là…

— Vous étiez à la fête ?

— Oui.

— Avez-vous vu quelque chose, Ramona ?

Je me range sur le bas-côté pour ne pas avoir d'accident en attendant d'entendre ce qu'elle a à dire.

— Je les ai vus quitter la fête ensemble.

— Êtes-vous prête à en témoigner ?

— Je veux que vous sachiez… murmure-t-elle, l'air de pleurer maintenant. Cela me hante depuis le jour où il a été accusé la première fois. Je voulais dire quelque chose, mais je ne pouvais pas. C'était un dieu à l'école, et je n'étais personne. La seule raison pour laquelle j'y étais ce soir-là, c'est parce que je suis sortie avec Brody Parker pendant trois secondes durant l'été.

Je souffle un grand coup. Brody est l'un des gars qui a signé la déclaration sous serment.

— Et vous êtes prête à en témoigner au tribunal ?

— Est-ce que cela aiderait l'affaire ?

— Vraiment beaucoup.

Après une longue pause, elle dit :

— Alors oui, je témoignerai.

— Le procureur voudra vous rencontrer. Est-ce que je peux lui demander de vous appeler ?

— Euh, oui.

— Vous recevrez un appel de Joshua Spurling du bureau du procureur général.

— D'accord.

— Rendez-moi service, et n'en parlez à personne.

— Mon mari est au courant.

— S'il vous plaît, demandez-lui de garder cela pour lui.

— Nous ne dirons rien à personne.

— Merci de vous être manifestée.

— Je suis désolée que cela ait pris autant de temps. J'ai angoissé à ce sujet.

— Je comprends. On vous tient au courant. Appelez-moi si je peux faire quoi que ce soit pour vous, en attendant.

— Merci, Houston. J'apprécie votre gentillesse.

Je mets fin à l'appel et je contacte Blaise.

— Tu ne vas pas croire ce qui vient de se passer. Tu te souviens de Ramona Travers du lycée ?

— Oui, elle était dans ma classe.

— Elle s'est présentée pour dire qu'elle a vu Ryder quitter la fête avec Neisy.

— Waouh ! Pas possible.

— D'après ce qu'elle m'a dit, elle a vécu une expérience similaire à la tienne, pleine de culpabilité et de remords pour être restée silencieuse à l'époque.

— Je n'arrive pas à y croire. Serait-il possible pour moi de lui parler?

— Après sa déposition.

— D'accord. Tu me feras savoir quand.

— Bien sûr.

Après avoir raccroché, je reste un long moment à réfléchir à ce que Ramona m'a appris et à la façon dont cela va aider à consolider le dossier contre Ryder.

Il est complètement baisé. Je me demande s'il s'en rend déjà compte.

CHAPITRE 24

Ryder
LE PRÉSENT

Je reste éveillé toute la nuit dans ma cellule de prison, terrifié par ce qui va se passer par la suite. Je ne pense qu'à Caroline et à mes précieux enfants, et à ce qu'il adviendra d'eux si je dois faire une peine de prison. J'ai renoncé à un emploi lucratif d'ingénieur pour me présenter au Congrès et j'ai englouti une grande partie de notre argent personnel dans le lancement de ma campagne. Cela va nous ruiner de bien des façons.

Un officier s'arrête devant ma cellule.

— Il y a un avocat qui veut vous voir.

Je me lève et me passe les doigts dans les cheveux.

L'officier me met les menottes et me conduit dans la pièce où j'ai rencontré Cam hier soir.

Avant de quitter la pièce, le policier me retire les menottes.

L'avocat a les cheveux gris et des lunettes à monture métallique. Il porte un costume sur mesure comme ceux que portait mon ancien patron.

— Je suis Bennett Gormley.

Il me tend la main.

Je la lui serre.

— Ryder Elliott.

— Votre frère m'a demandé de passer. Je vous ai apporté des vêtements de rechange pour le tribunal.

Un de mes costumes est accroché à une chaise et mon sac de rasage est posé sur la table. Cela signifie que quelqu'un est allé chez moi pour prendre ces affaires.

— Comment va ma femme ?

— Je ne lui ai pas parlé personnellement, mais votre frère m'a dit qu'elle était très affectée, comme vous pouvez l'imaginer.

Cela me fait encore plus mal au ventre.

— Que va-t-il se passer maintenant ?

— Vous comparaîtrez à dix heures devant la Cour supérieure de Newport. Il s'agit d'un crime, donc nous ne plaiderons pas lors de la comparution. Comme il s'agit de votre première mise en cause dans une affaire criminelle, nous pouvons espérer que vous soyez libéré sans avoir à payer de caution dans l'attente du procès.

C'est un soulagement.

Il fait glisser un morceau de papier sur la table.

— Voici mon contrat d'honoraires, qui m'autorise à agir en votre nom. L'acompte initial est de vingt-cinq mille dollars, dont la moitié sera due après la lecture de l'acte de mise en examen. L'autre moitié est payable dans les trente jours.

Une onde de choc me traverse lorsque je réalise à quelle vitesse cela va épuiser nos économies. Nous allons devoir vendre la maison. Immédiatement. Où irons-nous ?

— Monsieur Elliott ?

— Je suis désolé. Qu'avez-vous dit ?

— Je vous demande si vous êtes en mesure de payer l'avance sur honoraires.

— Je, euh… Oui, mais pas beaucoup plus que ça.

— Il nous faudra aussi engager des détectives pour enquêter sur la victime et le témoin.

— Non.

— Pardon ?

— Je ne veux pas qu'on enquête sur eux.

— Comprenez-vous les accusations qui pèsent sur vous ?

— Oui.

— Afin d'organiser une défense…

— Et si je plaide coupable ? Devrai-je toujours vous payer ?

Il me regarde comme si j'avais perdu la tête.

— Vous avez de jeunes enfants. Vous passerez le reste de leur enfance derrière les barreaux si vous faites ça. Il suffit d'un seul juré pour acquitter. Vous seriez fou de plaider coupable.

— Même si je l'ai fait ?

— Ne me dites pas cela. Ne dites cela à personne.

Je suis surpris par son ton tranchant.

— Je veux que ma femme et mes enfants aient de l'argent pour survivre si je vais en prison. Si je claque tout ce que nous avons pour me défendre et que je suis quand même condamné, ils n'auront plus rien.

— Vous n'avez pas à prendre de décision aujourd'hui. Vous devriez être libéré après l'audience, et vous pourrez en discuter avec votre femme et votre famille. En attendant, mettez-vous sur votre trente-et-un pour le tribunal et nous verrons pour la suite.

Il se lève et quitte la pièce.

Vingt-cinq mille dollars. Et ce n'est que le début. J'en suis malade d'effroi, de peur et de regrets.

Si je me retrouve dans cette situation, c'est entièrement de ma faute. Non seulement j'ai commis les crimes dont je suis accusé, mais je me suis infligé tout cela en ne me contentant pas de la vie agréable et tranquille que Caroline et moi avions créée pour nos enfants et pour nous-mêmes. J'avais besoin de plus. Cam m'a mis en garde. Il m'a dit que j'étais fou de m'ouvrir à l'examen minutieux que représenterait une candidature à un poste au Congrès. Mais j'étais tellement sûr d'avoir laissé ces problèmes derrière moi.

J'étais loin de me douter qu'il y avait un témoin. Un putain de témoin. Et maintenant, ma vie est en ruines. Les larmes coulent sur mon visage alors que j'enfile le costume que Caroline m'a envoyé. J'essaie de l'imaginer debout devant mon armoire dans notre chambre, décidant quel costume envoyer à la prison pour que je le porte lors de ma comparution pour agression sexuelle.

Elle me détestera pour ça.

Qui pourrait le lui reprocher ? L'idée qu'elle me déteste est bien plus insupportable que ne l'a été la nuit en prison.

Une fois habillé, je frappe à la porte. Un flic vient me passer les menottes et me conduit dans une salle de bain commune. Heureusement, j'ai l'endroit pour moi tout seul pendant que je me rase, me brosse les dents et me coiffe.

Je suis à nouveau menotté et mené à un SUV de la police d'État pour être transporté au tribunal de Newport. Le policier jette à l'arrière du véhicule un sac contenant les vêtements que je portais lors de mon arrestation et le sac de rasage. J'espère que cela signifie qu'ils ne s'attendent pas à ce que je revienne après le tribunal.

Caroline sera-t-elle là, ou restera-t-elle loin de ce cauchemar ? J'espère qu'elle restera à l'écart presque autant que j'espère qu'elle viendra. J'ai besoin d'elle, même si je ne la mérite pas. Je ne l'ai jamais méritée. Je l'ai toujours su. Elle vient de découvrir qui je suis vraiment et elle doit en être abasourdie.

Le palais de justice est entouré de véhicules de presse. Cela ne me surprend pas. L'arrestation d'un candidat au Congrès sera une grande nouvelle dans cet État où la corruption politique est connue pour être endémique. Cependant, il est rare qu'un candidat soit accusé de crimes sexuels. Je ne serais pas surpris que l'affaire ait fait la une des journaux nationaux.

On me fait entrer par une porte latérale où Bennett m'attend.

— Vous avez attiré beaucoup de monde.

— Ma femme est là ?

— Je ne suis pas sûr, mais vos parents le sont. Cam me les a présentés.

Quand j'apprends que mes parents sont ici, j'ai profondément honte de ce que je leur fais subir. Si ce n'était pas pour mes enfants, j'en finirais tout de suite en plaidant coupable. Les mots prononcés par Bennett plus tôt, à propos de passer leur enfance en prison, m'ont fait reconsidérer ce plan. Je dois parler à Caroline avant de prendre une décision.

Je n'ai jamais ressenti une aussi grande honte que lorsqu'on me conduit au tribunal en menottes, qu'on m'enlève lorsque je suis placé à côté de Bennett à la table de la défense.

Un adjoint du shérif se tient à un mètre de moi, au cas où il me viendrait à l'idée de m'enfuir.

Les souvenirs de cet été lointain me reviennent en mémoire, me rappelant à quel point j'ai eu peur la première fois que j'ai été accusé de ce crime. Ce n'était rien comparé à ce que je ressens maintenant que j'ai trois jeunes enfants et une femme que j'aime de tout mon cœur – sans compter qu'il y a un témoin qui m'a vu commettre le viol.

J'ai peur de regarder derrière moi, de voir la déception et la peur sur les visages de mes proches.

Le tribunal est déclaré ouvert, le juge entre et les avocats font ce qu'ils ont à faire. Bennett parle de mes liens profonds avec la communauté ainsi que de ma jeune famille et assure au juge que je ne risque pas de m'enfuir. Personne ne m'adresse la parole. Je suis libéré sous contrôle judiciaire et il m'est ordonné de remettre mon passeport dans l'attente du procès.

— Vous serez remis en garde à vue jusqu'à ce que les documents relatifs au procureur soient signés, dit Bennett en me tendant une carte de visite. Venez à mon bureau à 16 heures cet après-midi pour discuter de notre stratégie. Apportez un chèque de cinquante pour cent de l'avance sur honoraires.

On me passe les menottes et on m'emmène dans une cellule du palais de justice.

Une heure plus tard, un adjoint du shérif vient dans la cellule avec les documents que je dois signer.

— Vous avez douze heures pour rendre votre passeport, ou vous serez remis en détention.

— Je m'en occupe.

— N'y manquez pas. Ils ne plaisantent pas avec ce genre de chose. Ceci est une ordonnance de non-communication qui vous interdit tout contact avec la victime ou toute personne associée à la poursuite.

Il me donne les documents à emporter avec moi.

La porte s'ouvre et Cam m'attend là, tenant à la main le sac avec mes affaires ainsi que mon téléphone, qu'il me tend.

— Il faut sortir par l'arrière. Devant c'est envahi par les médias.

Le SUV de Cam tourne au ralenti devant la porte, et Arlo est au volant.

— Où est Caroline ? demandé-je lorsque nous nous éloignons à toute vitesse du palais de justice.

Se faire arrêter par les flics est le dernier de nos soucis.

— Elle est restée à la maison avec les enfants, dit Cam. On a tous pensé que c'était mieux comme ça.

J'ai envie de demander si « tous » l'inclut, elle, mais je garde la question pour moi. Je découvrirai bien assez tôt ce qu'elle pense.

— J'ai parlé à Blaise, dit Arlo en me regardant dans le rétroviseur. Elle ne reculera pas.

— On a un autre problème, dit Cam.

— Quoi d'autre ? lui demandé-je.

— La déclaration sous serment pourrait revenir hanter le reste d'entre nous.

— Comment le sais-tu ? demande Arlo.

— Un sentiment que j'ai eu quand j'ai parlé au procureur avant l'audience. Il m'a dit qu'il allait m'appeler pour discuter d'une autre question. Ça ne peut pas être autre chose.

— Putain de merde, murmure Arlo.

Personne ne dit un mot de plus pendant le trajet jusque chez moi. Je ne regarde pas mon téléphone, car je ne supporterais pas de voir ce qui pourrait m'y attendre.

En franchissant la porte, je me sens comme un étranger dans ma propre maison, comme si je n'y étais déjà plus à ma place. J'entends les voix des enfants et je me demande ce qu'ils font à la maison. Puis je réalise que Caro n'aurait pas envoyé Miles et Grace à l'école où ils risqueraient d'être ridiculisés alors que toute la ville sait que j'ai été arrêté.

— Nous allons… euh… te donner un peu de temps avec ta famille, dit Cam en déposant le sac en plastique contenant mes affaires derrière la porte.

— J'ai besoin que quelqu'un apporte mon passeport au palais de justice.

— Je le ferai cet après-midi, dit Arlo.

Je me retourne pour faire face aux deux hommes qui ont été mes amis les plus proches toute ma vie.

— Merci à tous les deux d'être là pour moi.

— Je serai toujours là, dit Arlo.

Cam part sans rien dire, ce qui veut tout dire.

Je redresse les épaules et j'entre dans le salon familial, sans trop savoir à quoi m'attendre.

Miles me voit, pousse un cri et court vers moi. Les filles sont juste derrière lui. Je les prends dans mes bras et les serre contre moi, respirant les odeurs familières de shampoing, de sirop d'érable et de sucreries.

Lorsque je les pose, Miles s'écarte, et me regarde avec inquiétude.

Je pose ma main sur ses cheveux châtain clair.

— Je vais bien, mon pote, dis-je. Ne t'en fais pas.

Il aura d'autres questions, c'est évident, mais pour l'instant, cela semble le satisfaire.

Je me tourne vers ma femme, qui est assise sur le canapé, un mug de café à la main. Sa sœur, Maggie, qui vit à Philadelphie, est à côté d'elle. La présence de Maggie en dit long sur l'état d'esprit de Caroline.

— Pourrais-je, s'il te plaît, parler à ma femme en privé ?

Maggie jette un coup d'œil à Caroline, qui regarde droit devant elle, à travers moi plutôt que vers moi. Le froid qui règne me donne des frissons.

— Caro ?

Après un long moment, elle se lève et monte dans notre chambre.

— Restez avec tata Maggie, les gars, dis-je aux enfants avant de suivre Caroline.

Dans la chambre, je ferme la porte et m'y adosse. Mon regard se porte sur le lit où nous avons fait l'amour comme de jeunes mariés passionnés il y a seulement deux nuits.

Elle me tourne le dos, les bras croisés, la tête baissée dans une position de défaite et cela me fait mal de lui avoir infligé cela.

— Je suis désolé.

Elle se retourne, les yeux brillants d'indignation.

— Tu es *désolé*? Ah, voilà qui arrange tout. Et bien je n'accepte pas tes excuses.

Elle ne m'a jamais parlé, ni à moi ni à personne, de cette façon, et cela me surprend.

Je fais un pas vers elle.

— Je comprends que tu…

— *Tu ne comprends rien !* J'ai été mariée à un violeur menteur pendant *huit ans*. J'ai dormi à côté d'un violeur menteur pendant dix ans et j'ai eu trois enfants avec lui pour finalement découvrir que *je ne le connaissais pas du tout.*

— Tu me connais, Caro.

Elle secoue la tête et étend le bras pour m'empêcher d'approcher.

— Tu es un parfait inconnu pour moi.

— Ce n'est pas le cas. Je suis le même homme que j'ai toujours été.

— *Tu es un menteur !* Et un violeur. Je veux que tu partes d'ici. Je me fiche de savoir où tu vas ou ce que tu fais, mais tu n'es pas le bienvenu ici.

— Caroline, s'il te plaît. Écoute-moi.

— Je ne veux plus jamais te voir. Prends tes affaires et pars pour que tes enfants et moi ayons une chance de sauver nos vies.

— Tu ne peux pas m'enlever mes enfants.

— As-tu perdu la tête ? Bien sûr que je peux. *Tu es poursuivi pour crimes sexuels !* Il n'y a pas un juge au monde qui te laisserait t'approcher de ces enfants.

— Je t'en prie… Ils sont tout pour moi. Tu le sais.

— Je n'ai rien d'autre à te dire. Prends tes affaires, sors et reste loin, ou je t'emmène au tribunal pour que tu ne puisses pas t'approcher de nous.

Elle me bouscule en sortant de la pièce.

Elle claque la porte sur notre mariage.

Je tombe à genoux et je pleure.

Caroline
LE PRÉSENT

— J'ai besoin que tu nous sortes d'ici, dis-je à ma sœur après la confrontation avec Ryder. S'il te plaît, Maggie. Sors-nous de là.

Mon cœur s'est brisé en mille morceaux.

Elle a accouru hier soir quand je l'ai appelée pour lui dire que mon mari avait été arrêté devant nos enfants, leurs amis et les parents de ces derniers, qui m'ont tous regardée comme si j'étais soudainement devenue rance ou quelque chose comme ça, après qu'il a été embarqué en menottes.

Maggie s'empresse de rassembler les enfants et de les emmener dans leurs chambres pour qu'ils fassent leurs valises.

— Nous allons passer de belles vacances, leur dit-elle avec un enthousiasme forcé.

— Je ne veux pas partir en vacances, dit Miles, larmoyant. Je veux retourner à l'école et voir mes amis.

Il ne sait pas encore qu'il ne pourra jamais retourner dans cette école ni revoir ses amis. Comment vais-je lui expliquer que toute sa vie, telle qu'il la connaissait, est terminée, à commencer par la perte de l'homme qu'il vénère depuis le jour de sa naissance ?

C'est insupportable.

Si vous m'aviez demandé hier à la même heure si j'allais quitter Ryder et emmener nos enfants avec moi pour les éloigner de lui, je me serais dit que vous aviez perdu la tête.

Quelle différence un jour peut faire !

Lorsque j'ai vu les policiers se diriger vers nous, j'ai pensé qu'ils étaient là pour le père de Michael, qui a été accusé de violence domestique l'année dernière et qui n'a pas le droit de s'approcher à moins de trois cents mètres de sa femme, Lori, et de leurs enfants. Je l'avais vu rôder au loin et j'ai pensé que les flics étaient là pour l'empêcher de venir trop près.

Imaginez le choc que ça a été pour moi lorsque j'ai réalisé qu'ils étaient là pour *mon* mari, et non pas pour celui de Lori.

Alors que j'attends le départ de Ryder pour faire mes valises, je ne sais que faire de moi-même. Rien n'aurait pu me préparer à un tel cauchemar. Je suis une de ces épouses que les autres femmes se plaisent à détester, toujours amoureuse de son mari après plus de dix ans de vie commune et n'ayant jamais un mot négatif à dire à son sujet. Du moins, c'est ce que j'*étais*. Aujourd'hui, je ne sais plus qui je suis ni ce que je suis.

Dévastée.

Choquée.

218

Furieuse.

Je suis tout cela, mais je suis aussi terriblement déçue d'apprendre que l'homme que j'ai aimé de tout mon cœur est un menteur et un violeur. Il est bien d'autres choses, aussi : un mari et un père aimant, un travailleur acharné, un fils, un frère, un oncle et un ami merveilleux. Mais qu'importent ces autres choses maintenant que la vérité a été révélée ?

Il m'avait dit qu'il avait été accusé d'avoir agressé sexuellement une fille avec laquelle il était allé au lycée. Je lui avais demandé de but en blanc s'il l'avait fait. Il m'avait regardé droit dans les yeux et répondu que non. Je me demande si je n'ai jamais su qui il était.

Oh, mon Dieu… La collecte de fonds que nous organisons chaque année, dédiée à la mémoire de la petite amie de Ryder au lycée… Je ne peux tout de même pas contacter son frère, Marty, et lui dire que nous ne serons pas là. Je suis sûre qu'il a entendu parler de l'arrestation de Ryder à l'heure qu'il est.

Des pas lourds dans l'escalier m'avertissent que Ryder descend.

Je vais dans la salle d'eau du premier étage et je ferme la porte pour ne pas avoir à le revoir.

Je crains de le supplier de rester, car je ne sais pas du tout ce que je vais faire sans lui. Comment élever seule trois enfants sans son soutien affectif, physique et financier ? Je n'ai presque rien mangé aujourd'hui, mais lorsque je me rappelle avoir englouti une grande partie de nos économies dans une campagne qui est maintenant terminée, je me retiens de vomir.

Cela va nous ruiner tous les deux de toutes les manières possibles, ce qui est tellement injuste. Je n'ai fait que l'aimer, lui et nos enfants, avec tout ce que j'ai de meilleur en moi.

— Caro.

Sa voix derrière la porte me pousse à me couvrir la bouche pour qu'il n'entende pas mes sanglots.

— Je t'en prie. Je t'aime. J'aime notre famille. S'il te plaît, ne me force pas à partir.

— Il faut que tu partes, Ryder, dit Maggie. Ne rends pas les choses plus difficiles qu'elles ne le sont déjà pour elle et tes enfants.

— Je veux parler à ma femme.

— Elle t'a demandé de partir. C'est ce que tu dois faire.

— Je n'irai nulle part. C'est ma maison.

— Plus maintenant.

Dieu merci, Maggie dit les mots que je n'arrive pas à prononcer.

— Je veux l'entendre de sa bouche.

— Elle t'a déjà dit ce qu'elle ressent. Pourquoi voudrais-tu lui rendre la situation pire qu'elle ne doit l'être ?

— Je veux voir les enfants.

— C'est mieux si tu ne les vois pas. S'il te plaît, va-t'en et laisse-les essayer de reconstruire leur vie.

J'écoute en retenant ma respiration et je pleure en silence. Mon cœur est brisé. J'ai aimé cet homme de tout mon cœur et de toute mon âme, presque depuis le jour où nous nous sommes rencontrés.

Quelques minutes plus tard, Maggie frappe doucement à la porte.

— Il est parti.

J'ouvre la porte et tombe en sanglots dans les bras de ma sœur.

— Je ne sais pas si je vais survivre à tout ça.

— Tu y arriveras. Il le faut. Tes bébés ont besoin de toi.

— Je ne peux pas.

— Si, tu le peux. Je serai à tes côtés. Je te le promets.

— Maman ?

Je m'éloigne de Maggie et tente rapidement de me ressaisir pour le bien de mon fils.

— Hé, mon chou.

— Pourquoi tu pleures ?

— Je suis triste.

— Où est Papa ?

— Il a dû partir.

— Il est allé où ?

— Je ne sais pas trop, mais nous, nous allons chez tante Maggie pour un petit moment. Tu as fini de faire tes valises ?

Son petit menton frémit.

— Je ne veux pas aller là-bas. Je veux retourner à l'école pour voir mes amis. J'ai un match de basket samedi. Je ne peux pas le rater. Mon équipe a besoin de moi.

Mon cœur se brise à nouveau.

— Pour l'instant, nous prenons des vacances.

— Mais j'ai école. Je ne veux pas partir en vacances.

La sonnette de la porte d'entrée retentit alors que je commence à craindre que ma tête n'explose.

— Vas-y, dit Maggie. Je m'occupe de lui.

J'ouvre la porte d'entrée et je trouve ma voisine et amie proche, Aimée, sous mon porche. Je suis surprise de la voir tenir un plat couvert. En poussant la contre-porte, je m'efforce de lui faire un petit sourire.

— Entre.

— J'ai apporté le dîner.

Elle me tend le plat et un sac en tissu.

— Ce sont les pâtes que les enfants adorent, avec de la salade, du pain à l'ail et des brownies.

— Merci beaucoup.

Ses yeux se remplissent de larmes.

— Je suis vraiment, vraiment désolée, Caro. Nous le sommes tous. Nous n'osons pas imaginer ce que tu dois ressentir.

— Je suis anéantie.

Maggie vient me prendre la nourriture des mains et sourit à Aimée, qu'elle a rencontrée une fois ou deux dans le passé.

— Tu te souviens de ma sœur, Maggie ?

— Bien sûr. Je suis contente que tu sois là.

— Moi aussi.

Maggie me laisse pour que je puisse parler à mon amie.

— Qu'est-ce que tu vas faire ? demande Aimée.

— Je suppose qu'on va aller chez Maggie puisqu'on ne peut pas vraiment rester ici.

— Si, tu peux. Tout le monde a de la peine pour toi et les enfants.

— Ah bon ?

— Mais oui ! Mon Dieu, Caro. Ce n'est ni ta faute ni celle des enfants. Tu as tellement de bons amis dans cette ville, qui veulent te soutenir dans cette épreuve comme tu nous as soutenus dans toutes nos épreuves à nous. Tu es toujours la première à nous apporter de la nourriture, de la compassion et tout ce dont nous avons besoin. Ne pars pas. Reste ici avec nous et laisse-nous t'aider.

Les larmes coulent sur mon visage lorsqu'elle me prend dans ses bras.

— Merci.

— Je sais qu'il n'est pas possible de le croire maintenant, mais tu vas t'en sortir. Je le sais.

— Je n'en suis pas si sûre.

— Tu vas t'en sortir.

— Comment vais-je payer les factures sans lui ?

— Tu vas commencer par te faire payer pour les œuvres d'art en pâtisserie que tu fais pour chaque fête d'anniversaire. Je t'ai déjà dit que tu devrais monter une entreprise.

— Je ne peux pas faire ça avec trois enfants.

— Tu le peux, et tu le feras. On va t'aider. Tu n'es pas seule.

Alors qu'elle me serre à nouveau dans ses bras, je me sens un peu mieux de savoir que j'ai le soutien indéfectible des amis qui ont joué un rôle si important dans ma vie dans cette ville qui appartenait à Ryder quand je suis arrivée. Mais je me suis construit une vie à moi ici depuis, et je suis reconnaissante de savoir que mes amis ont l'intention de nous soutenir, les enfants et moi.

Cela, et l'impulsion qu'elle m'a donnée pour trouver un moyen de subsistance, fait toute la différence dans ce cauchemar.

CHAPITRE 25

Ryder
LE PRÉSENT

Devant la maison, j'appelle Arlo pour qu'il me conduise à ma voiture, qui doit être encore au terrain de baseball. Pendant que j'attends, je m'appuie sur le nouveau monospace de Caroline. Les paiements s'élèvent à six cents dollars par mois. Comment pourrons-nous payer tout ce que nous avons à payer avec une énorme dette juridique qui nous pend au nez ?

Comme Arlo habite à proximité, il arrive dix minutes plus tard.

— Il faut qu'on parle de la campagne, dit-il sur le chemin qui mène au terrain de baseball où ma vie a changé à jamais.

— Quelle campagne ? Elle était finie l'instant même où j'ai été placé en garde à vue hier soir.

— Je vais m'occuper de rendre cela officiel.

Il me lance un regard furtif, et je ne l'ai jamais vu aussi stressé.

— J'ai reçu des appels toute la journée des autres gars qui ont signé cette déclaration sous serment. Ils sont inquiets.

— On devrait en parler à Cam et voir s'il a des nouvelles du bureau du procureur général à ce sujet.

En tant qu'avocat de notre groupe, Cam est généralement notre interlocuteur privilégié quand on a besoin de conseils. Le fait que lui et nos autres amis les plus proches puissent être pris dans cette galère ne fait qu'aggraver le cauchemar.

Arlo appelle Cam par Bluetooth.

— J'emmène Ryder chercher sa voiture. La décision a été prise de suspendre la campagne.

— OK.

— Les autres m'appellent à propos de la déclaration sous serment…

— On est peut-être foutus à ce sujet.

— Ah bon ? demande Arlo, la voix un peu plus aiguë que d'habitude.

— Mon contact au bureau du procureur général m'a dit que Neisy leur a rappelé que la déclaration sous serment était totalement bidon et qu'elle a conditionné sa coopération dans la réouverture de l'affaire à ce qu'ils fassent quelque chose à ce sujet. Il m'a dit qu'ils se penchaient sur la question.

— Fils de pute, murmure Arlo.

— Je vous tiens au courant, dit Cam.

La ligne coupe.

— Ouais, au revoir à toi aussi, dit Arlo.

— Il est en colère contre moi, pas contre toi. Il m'avait dit de ne pas me présenter au Congrès à cause du squelette dans mon placard. J'aurais dû l'écouter.

— Tu n'avais aucun moyen de savoir que ma sœur, de toutes les personnes possibles, t'avait vu et qu'elle balancerait tout. Je n'arrive toujours pas à croire qu'elle ait fait ça.

Il semble amer et furieux.

— Cam avait raison. J'aurais dû me contenter de ce que j'avais et remercier ma bonne étoile d'avoir réussi à m'en sortir la première fois.

Je regarde par la fenêtre le paysage familier de la ville où j'ai passé la plus grande partie de ma vie.

— Je veux que tu comprennes pourquoi j'ai ressenti le besoin de me présenter, dis-je.

— Je me suis posé la question. C'est sorti de nulle part.

— Pas pour moi. J'y pensais depuis un bon moment, et quand Altman a décidé de démissionner, j'ai eu l'impression que c'était un signe, que c'était peut-être mon heure.

— Je ne t'aurais jamais imaginé dans la politique.

— J'ai toujours eu cela à l'esprit. Après ma première inculpation, la nomination à l'Académie navale est tombée à l'eau, puis Louisa est morte… Il m'a fallu beaucoup de temps pour comprendre comment aller de l'avant. J'ai fait de mon mieux pour être heureux à l'université du Rhode Island, mais j'étais toujours dans une telle tourmente. Louisa me manquait tellement. Rien n'a plus été pareil après cet été-là. Je voulais essayer de retrouver un peu de la magie perdue, tu sais ?

— Je suppose.

Il me jette un regard hésitant.

— Qu'est-ce qui te travaille, Arlo ?

— Jen veut que je reste loin de toi. Elle panique à l'idée que je sois au chômage et associé à....

— Un violeur ?

— Oui.

Mon cœur se serre. Mon frère est furieux contre moi et maintenant mon ami le plus proche me dit que je suis totalement radioactif.

— Je comprends.

— S'il n'y avait que moi, je ne te tournerais jamais le dos, mon pote. Dis-moi que tu le sais.

— Je le sais.

Il a une famille à protéger. Je ne lui reproche pas de faire ce qu'il y a de mieux pour eux.

Les hommes les plus importants de ma vie pourraient avoir de gros ennuis à cause de moi. Bien sûr, ils vont prendre leurs distances.

Arlo se gare sur le parking, qui est vide à l'exception du SUV BMW argenté que je ne peux plus me payer.

— J'espère vraiment que tu trouveras un moyen de t'en sortir, mon pote.

— Merci.

— Je suis désolé que ce soit ma sœur qui ait causé ça.

Je le regarde.

— Elle n'en est pas la cause.

Je n'ai jamais été plus près de tout lui avouer.

— Je suis désolé pour le boulot, dis-je. C'était sympa de travailler ensemble, même si ce n'était que pour un petit moment.

— Oui, c'est vrai.

— Tu parleras à Dallas de la campagne ?

— Je m'en occupe.

J'attrape la poignée de la porte.

— Ton amitié pendant toutes ces années a été tout pour moi, Arlo.

— Pareil, mon frère.

Avant que l'un de nous ou les deux ne fondent en larmes, je sors de la voiture et lui fais signe de partir, me demandant si je le reverrai un jour. J'ai quinze minutes pour me rendre au bureau de Bennett. Sur la route, je repense à ce que m'a dit l'avocat, à savoir que si je plaide coupable, je raterai tout avec mes enfants, et aussi au fait qu'il suffit d'un seul juré pour que l'on m'acquitte.

Je suis tellement tiraillé à propos de ce que je dois faire. Avant de quitter la maison, j'ai pris un chèque pour payer l'avocat. J'espère qu'il y a plus de douze mille dollars sur le compte, sinon je risque aussi d'être poursuivi pour chèque sans provision.

Lorsque j'arrive à son bureau à Newport, on me fait entrer dans une salle de conférence.

Bennett entre une minute plus tard.

— Ils ont un deuxième témoin.

Cette nouvelle me donne l'impression d'avoir été électrocuté.

— Qui est-ce ?

— Quelle importance ? Ils ont une personne prête à témoigner qu'elle vous a vu quitter la fête avec la femme qui vous a ensuite accusé de viol. Si l'on ajoute à cela la personne qui prétend avoir vu l'agression elle-même, leur dossier devient en quelque sorte gagné d'avance.

— Vous avez dit que je ne devais pas plaider coupable, mais il me semble de plus en plus que je devrais le faire.

— Je vais être honnête avec vous. Je suis un peu dépassé par tout cela.

— Mon frère travaille à me trouver quelqu'un de plus expérimenté dans ce genre de cas.

— Je pense que c'est une bonne idée.

— Quelle peine pourrais-je encourir ?

— Peut-être vingt ans ou plus.

Vingt ans.

Ou plus.

Mes bébés seront alors adultes et auront grandi sans moi. Je suis tellement dévasté par cette pensée que je m'effondre en sanglots.

Bennett me tend un mouchoir.

— Je suis navré, balbutié-je. Je vais ah… Je vais y aller.

— Bonne chance à vous.

— Merci.

Je sors de là en titubant, terrifié et le cœur brisé. Je vais aller en prison. Peut-être pour des décennies. Ma famille sera démunie, mon frère et mes amis les plus proches pourraient avoir de gros problèmes, et tout est de ma faute.

Blaise
LE PRÉSENT

Trois matins après que l'animal mort a atterri sur le pas de ma porte, je découvre un SMS de Sienna à mon réveil.

On peut se parler ?

Je ne l'ouvre pas, pour qu'il n'apparaisse pas comme lu.

— Qu'est-ce qui ne va pas ? demande Jack.

Il a insisté pour que je reste dans la maison avec lui et le Glock qu'il a caché dans sa table de nuit. L'autre soir, il m'a fait prendre conscience de l'existence de cette arme et m'a montré comment l'utiliser en cas de besoin. La possibilité que je doive tirer sur quelqu'un est trop pesante pour que je me fasse à cette idée.

— Sienna m'a envoyé un texto.

— C'est l'ex-meilleure amie, c'est ça ?

— Oui, et elle est mariée au frère de Ryder Elliott, Camden. Ils sont ensemble depuis le collège.

— Qu'est-ce qu'elle veut ?

— Parler.

— Pour que tu ne témoignes pas contre son beau-frère ?

— Probablement.

— Supprime-le. Tu ne lui dois rien.

— Je peux te dire quelque chose que tu ne pourras jamais répéter à une autre âme vivante ?

— Bien sûr.

Parce qu'il m'a montré que je pouvais lui faire confiance implicitement, je dis :

— Elle était avec moi cette nuit-là. Elle a tout vu, elle aussi.

Il se redresse sur un coude.

— Houston le sait-il ?

— Je lui ai dit que je ne parlais qu'en mon nom en faisant cette déclaration, mais je pense qu'il a compris, d'après d'autres choses que j'ai dites, qu'elle était avec moi. C'est elle qui a exigé que je me taise à l'époque, sous peine de devenir une paria. Elle a dit qu'elle nierait sa présence.

— Il n'allait pas lui parler de l'animal mort ?

— Si.

— Demande-lui comment ça s'est passé.

J'envoie un SMS à Houston pour lui demander s'il a parlé à Sienna.

Il répond immédiatement. *Oui, je lui ai parlé. Elle a dit qu'elle était à la maison toute la matinée et que les autres parents de sa rue pouvaient attester qu'elle était à l'arrêt de bus ce matin-là.*

Lui as-tu dit pourquoi tu voulais le savoir ?

Pas exactement. Elle m'a demandé pourquoi je voulais le savoir et je lui ai dit que c'était confidentiel. S'est-il passé quelque chose d'autre ?

Elle m'a envoyé un texto et veut parler.

Comment te sens-tu par rapport à ça ?

Je ne veux pas lui parler.

Alors, ne le fais pas. Il n'y a pas d'obligation.

Tu as trouvé la clé ?

Oui, je l'ai trouvée.

C'est bien, non ?

Ça aide. Tout comme le fait d'avoir un autre témoin qui se présente.

Je n'en croyais pas mes oreilles quand il m'a dit que Ramona Travers avait vu Ryder et Neisy quitter la fête ensemble.

Tiens bon et fais-moi savoir si tu as besoin de quoi que ce soit.

D'accord. Merci.

Je partage l'échange avec Jack.

— Il a raison. Tu ne lui dois rien.

— Est-ce bizarre que je sois curieuse de savoir ce qu'elle veut me dire ?

— Pas du tout. Si tu veux la voir, vas-y. Mais fais-le selon tes conditions, pas les siennes, et n'oublie jamais qu'elle a un intérêt personnel dans cette histoire.

— Le même intérêt qu'elle a toujours eu depuis que c'est arrivé. Pour elle, c'était toujours Cam, tout le temps, à l'exclusion de presque tout le reste. Je commençais déjà à être lassée de ses conneries avant cette nuit-là, mais nous étions amies depuis le CE2. On ne laisse pas tomber quelque chose comme ça facilement.

— Non, en effet.

— Je n'aurais même pas été là si elle ne s'était pas sentie vulnérable par rapport à Cam et n'avait pas voulu savoir ce qu'il faisait quand elle n'était pas avec lui.

— Si tu mentionnais au procureur qui était là avec toi, il pourrait la citer à comparaître pour témoigner.

— Elle mentirait probablement.

— Sous serment, c'est risqué. Elle pourrait être accusée de parjure. Écoute-moi. Houston a dit que ta description des événements correspondait à celle de la victime, presque mot pour mot, n'est-ce pas ?

— Oui.

— Ils peuvent donc facilement prouver que tu étais là. Si tu témoignes sous serment qu'elle était avec toi, elle aura du mal à mentir sans s'exposer à des accusations de parjure.

— C'est vrai.

— Risquerait-elle d'être séparée de ses enfants pour protéger son beau-frère ?

— Probablement pas. C'est intéressant de réaliser que les enjeux ont changé pour toutes les personnes impliquées, y compris pour elle.

— Tu n'aurais rien à perdre en transmettant ces informations aux procureurs.

— Non, je n'aurais rien à perdre. Notre amitié a pris fin lorsqu'elle a refusé que j'aide Neisy ou que je dise à qui que ce soit ce que nous avions vu. Je reconnais que j'aurais pu le faire de toute façon, mais elle était très convaincante à propos de ce qui était en jeu pour nous deux.

— La pression des pairs peut être très puissante.

— C'est certain. Lorsqu'on est adolescent, la seule chose qui compte, c'est ce que les amis pensent de nous. Aujourd'hui, je me demande à quel point j'étais préoccupée à l'époque par ce que des gens qui n'étaient rien pour moi diraient de moi si je rapportais ce que j'avais vu. Je ne pourrais même pas te dire où se trouvent la plupart de ces personnes aujourd'hui.

Il fait tourner une mèche de mes cheveux autour de son doigt.

— Tu étais dans le cercle des ados cools ?

— Mon Dieu, non, dis-je en riant. Pas du tout. Sienna y était sur les bords parce qu'elle était avec Cam, et mon frère aussi, mais moi, j'étais en arrière-plan, pratiquement ignorée par les jeunes cools. Cela ne m'a jamais vraiment dérangé jusqu'à ce que Sienna me dise qu'ils me détesteraient tous si je me retournais contre Ryder.

— Je ne peux pas imaginer qu'on t'ignore.

— Eh bien, c'était le cas. Personne ne s'intéressait à moi, ce qui était très bien. Je n'aimais pas être le centre d'attention, même pas pour mon anniversaire. Ça me mettait mal à l'aise.

— Et pourtant, tu as fait une école de théâtre ?

— Je sais, hein ? C'est la possibilité de disparaître dans un personnage, de laisser ma propre histoire derrière moi pendant un moment, qui me plaisait.

— Je comprends que cela ait pu te réconforter. J'espère que ça ne te dérange pas que tu aies maintenant toute mon attention.

— Tu essaies juste de me faire rougir.

Il frôle ma joue du bout de son doigt.

— Je déteste devoir te dire que ça marche.

— Pouah, je déteste ça plus que tout.

— Tu ne peux pas avoir horreur de ce que je préfère.

— Si, je peux.

— Non.

Il m'embrasse, me faisant oublier pourquoi je me « disputais » avec lui pour commencer. Plus je passe de temps avec lui, plus je m'éloigne de la vie que je menais avant lui. Tout ce que je veux, c'est être là où il est, ce dont nous devrions probablement parler à un moment donné. Mais pour l'instant, je suis trop ivre de ses baisers pour penser à autre chose qu'à ce qui se passe à l'instant présent.

Le T-shirt dans lequel j'ai dormi remonte et passe par-dessus ma tête, m'exposant à son regard brûlant.

— Tu es belle tout entière. Je ne peux pas imaginer que quelqu'un puisse t'ignorer.

Ses mots et ses douces caresses me font brûler de désir. Mais plus encore, il me fait tout ressentir comme jamais auparavant. Peut-être parce que je n'ai jamais été aussi libre de profiter d'une telle chose. Ses lèvres parcourent tout mon corps et il me séduit un baiser à la fois. Lorsque je tends le bras pour le prendre, il m'arrête.

— Détends-toi et laisse-moi t'aimer.

Se détendre est plus facile à dire qu'à faire lorsqu'il se glisse entre mes jambes et utilise sa langue et ses doigts pour m'amener à un orgasme qui me fait gémir et tressaillir sous l'effet de sa puissance. Cela ne m'était jamais arrivé avec un partenaire, et c'est bien mieux que la version en solo.

— Est-ce qu'on a besoin d'un moyen de contraception ?

— Je suis protégée, et sans risque si tu l'es aussi.

Ce n'est pas le moment de lui dire que mes règles étaient irrégulières et douloureuses jusqu'à ce que je prenne un contraceptif pour les normaliser.

— Je suis sans risque de toutes les façons qui comptent.

— Et tu sais dire exactement ce que je veux entendre.

Placé au-dessus de moi, il balaie du bout des doigts les cheveux de mon visage.

— Je veux que tu sois à l'aise avec moi. Toujours.

— Je suis un peu *mal à l'aise* pour l'instant, lui dis-je avec un sourire coquet et un déhanchement séducteur dont je n'aurais pas été capable il y a quelques semaines. C'est étonnant de voir à quel point me décharger de mon secret m'a profondément changée et m'a fait prendre conscience de ce qui me manquait pendant les longues années où j'ai porté ce poids terrible.

— Je parie que je sais comment arranger ça.

Il entre en moi en poussant et me fait haleter à cause de la pression intense, de l'ajustement serré et de la surcharge émotionnelle qui vient du fait de faire cela avec quelqu'un à qui je tiens vraiment.

— Est-ce que ça va ?

— Mm, oui. Très bien.

Parce qu'il m'excite et me détend en même temps, parce que j'ai la conscience tranquille et que ma vie est pleine de nouvelles possibilités, j'apprécie cela plus que jamais auparavant. Je suis capable de me laisser complètement aller avec lui.

— Je savais que ce serait génial avec toi, dit-il après que nous ayons fait aboyer Fenway à cause du bruit que nous faisions.

— Et tu as, euh… ?

— Oh oui.

— Merci d'avoir été patient avec moi.

— Blaise…

Ses yeux se ferment et sa tête tombe en arrière.

— Dis-moi que tu es proche.

— Je le suis.

Il accélère le rythme et nous emmène tous les deux vers une ligne d'arrivée qui nous fait haleter et nous accrocher l'un à l'autre. C'est un moment d'unité totale qui me remplit d'émotions toutes nouvelles.

— Il faut qu'on refasse ça, murmure-t-il perché au-dessus de moi. Encore, et encore, et encore.

— Tu ne m'avais pas dit que tu étais un fou furieux, par rapport à ça.

— Je ne l'ai jamais été auparavant, mais j'ai le sentiment que je pourrais le devenir avec toi.

— Oh, j'en ai de la chance, dis-je en riant.

Il lève la tête pour m'embrasser.

— Non, c'est *moi* qui ai de la chance.

Lorsqu'il me regarde les yeux remplis d'amour, je ressens des choses auxquelles j'avais presque renoncé avant lui.

— C'est bien, ce qu'on a ensemble. Dis-moi que tu le ressens aussi.

— Je le sens aussi.

— Qu'est-ce qu'on va faire à ce sujet ?

— Je n'en suis pas encore sûre, mais je dois aller m'occuper de mon travail avant que Wendall ne pique une crise.

— Je ne veux pas te laisser partir.

— Même si je promets de revenir tout de suite ?

— Eh bien, je suppose que si tu es disposée à le promettre…

Le sourire aux lèvres, je l'attire avec un baiser qui le fait gémir.

— Ne m'embrasse pas comme ça pour me dire ensuite que tu dois partir.

— Je reviens tout de suite. Promis.

— Très bien, dit-il avec une adorable moue en se retirant de moi et en se retournant pour se mettre sur le dos.

Fenway lève la tête de son lit pour voir ce que nous faisons. J'espère qu'elle n'est pas marquée à vie par ce qui s'est passé dans le lit de son maître.

Encore timide, même après ce que nous venons de faire, j'enroule un plaid autour de moi pour aller me laver et m'habiller dans la salle de bains.

— Je reviens dans quelques instants, lui dis-je avant de descendre et de sortir par la porte arrière, Fenway sur mes talons.

Dès que nous sommes dehors, Fenway aboie après une femme appuyée contre sa voiture.

— Fenway, arrête ! Puis-je vous aider ?

Je passe une main dans mes cheveux, me demandant si j'ai l'air d'avoir récemment fait l'amour.

Fenway part faire pipi.

— Vous ne vous souvenez probablement pas de moi. Je suis Mary Elliott.

Oh merde. La mère de Ryder.

— Je, euh, je me souviens de vous.

Même si je ne l'ai pas reconnue immédiatement, je la reconnais maintenant qu'elle a rempli les blancs pour moi. Ses cheveux ont grisonné et son visage est plus ridé que la dernière fois que je l'ai vue. Elle faisait partie de ces personnes qui assistaient à tous les matchs et à tous les événements de l'école. Elle se fondait dans le tissu de notre ville.

— Que puis-je faire pour vous ?

— Je pense que vous savez pourquoi je suis ici.

— Je ne peux pas vous aider avec cela.

— Vous ne pouvez pas ?

— Non, je ne peux pas.

— Vous pourriez leur dire que vous n'allez pas témoigner après tout.

— Je ne suis pas disposée à le faire.

— Pourquoi témoigner après tout ce temps ?

— Parce que j'aurais dû le faire à l'époque, mais je n'étais pas assez forte pour faire face à la pression des pairs et à la peur que tout le monde me déteste. Je ne me soucie plus de cela maintenant.

— Ryder est un homme *bon*, dit-elle en pleurant. C'est un mari aimant et le père de trois enfants adorables qui l'aiment. Sa vie a déraillé quand il est devenu clair qu'il allait perdre Louisa. Je ne dis pas cela pour lui trouver des excuses.

— Il n'y a aucune excuse au monde pour ce qu'il a fait cette nuit-là.

— Peut-être que vous n'avez pas bien vu.

— J'ai très bien vu, Madame Elliott. Je l'ai vu la violer, et je vais en témoigner. Je suis navrée si cela vous blesse, vous et votre famille, mais c'est la vérité. Vous devriez en parler avec lui.

— *Vous pensez que je ne l'ai pas déjà fait ?*

La véhémence de son ton me rend nerveuse. Dois-je avoir peur d'elle ?

— Ça suffit, dit Jack derrière moi, alors que Fenway se précipite vers lui, le saluant comme si elle ne l'avait pas vu depuis des jours. Il faut partir, Madame.

Elle me fusille du regard.

— J'espère vraiment que vous réfléchirez à deux fois à ce que vous faites.

— Vous me menacez ?

— Pas du tout. Je vous demande de réfléchir à l'impact de vos actes sur les autres.

Cette déclaration est tellement absurde venant d'elle que je ne peux m'empêcher de lui rire au nez.

— Ce ne sont pas mes actions à moi qui ont causé tout ça.

— Vous auriez dû rester loin d'ici. Vous n'avez manqué à personne.

— Dégagez de ma propriété, dit Jack. *Maintenant.*

Elle me jette un regard haineux et monte dans sa voiture, soulevant de la poussière lorsqu'elle appuie fort sur l'accélérateur pour sortir de l'allée.

CHAPITRE 26

Blaise
LE PRÉSENT

Jack pose ses mains sur mes épaules.

— Tu vas bien ?

— Mieux que jamais.

— Elle n'avait pas le droit de venir ici et de te dire tout ça.

— C'est une mère qui essaie de protéger son fils. Je ne lui en veux pas. Bien sûr, elle ne veut pas croire qu'il est possible qu'il ait fait ça.

— Il faut que tu dises à Houston qu'elle était ici et ce qu'elle a dit.

— Je vais le faire.

Je me tourne vers lui et pose ma main sur sa joue.

— Je vais bien, Jack.

— T'ai-je dit que j'admirais ta détermination ?

— Ne m'admire pas. Si j'avais parlé à l'époque, il n'y aurait pas trois petits gamins qui vont devoir passer le reste de leur enfance sans leur père.

— Arrête de t'en vouloir. Le passé, c'est le passé. Tout ce que tu peux faire, c'est donner le meilleur de toi-même aujourd'hui, et c'est ce que tu fais.

— Merci de me l'avoir rappelé.

Je l'embrasse et me dirige vers mon chalet.

— Hé, pendant que tu es là-bas…

En me retournant, je lève un sourcil.

— Emballe le reste de tes affaires et ramène-les ici.

— Tu me demandes d'emménager avec toi ?

Il hausse les épaules et affiche un sourire adorable.

— Je suppose que c'est peut-être le cas.

— Je vais réfléchir.

— Oui, réfléchis-y.

Mon téléphone sonne, et je fais une grimace en voyant le nom de Wendall s'afficher sur l'écran.

— Le devoir m'appelle, dis-je à Jack en prenant l'appel. Bonjour Wendall. Je me mets au travail.

— Il faut qu'on parle, Blaise. Je, euh, je déteste devoir dire cela, mais j'ai peur d'être obligé de te laisser partir.

— Je comprends.

Je fais des calculs rapides dans ma tête, et en moins de deux j'arrive à la conclusion que je vais devoir très vite sous-louer mon appartement à New York.

— Ah bon ?

— Oui, tu as besoin de quelqu'un et je ne peux pas être là maintenant.

— Tu étais censée me dire que tu reviendrais immédiatement pour ne pas perdre ton travail !

Quand je me rends compte que le licenciement était une ruse pour me forcer à reprendre le travail, je me retiens de rire. C'est vraiment un abruti.

— Je comprends que tu veuilles que je sois là, mais je ne peux pas revenir. Pas maintenant.

Pas quand je tombe amoureuse de l'homme le plus extraordinaire qui soit et que je dois faire face à un passé qui me hante.

— Je peux t'aider à trouver quelqu'un pour me remplacer.

— Je ne veux pas quelqu'un d'autre. Je te veux, *toi*.

Il donne l'impression d'être un gamin capricieux qui n'obtient pas ce qu'il veut, ce qui est tout à fait dans ses habitudes.

— Je suis désolée, Wendall. Je pense que j'en ai peut-être fini avec New York.

Je laisse mon regard parcourir la cour jusqu'à l'endroit où Jack joue au ballon avec Fenway. Depuis quelques semaines, je me sens comme chez moi dans cet endroit. En fait, je me sens plus chez moi ici que je ne me suis sentie partout ailleurs depuis l'été terrible qui a tout changé.

— Tu ne le penses pas. Tu es new-yorkaise jusqu'au bout des ongles.

— Plus vraiment. Je pense qu'il est temps pour toi de trouver quelqu'un d'autre. Je ferai tout ce que je peux pour assurer une transition en douceur.

— Je n'étais pas sérieux quand j'ai dit que je te licenciais ! C'était censé te ramener, pas te faire fuir.

Voilà pourquoi travailler pour lui me rendait dingue !

— Tu devrais parler à Kim. Elle cherche quelque chose de plus permanent. Et si elle a besoin d'un appartement, elle peut reprendre le mien.

— Je ne veux pas de Kim ! C'est toi que je veux !

— Je suis désolé, Wendall. Si tu peux convaincre Kim de venir travailler pour toi, traite-la bien pour qu'elle ne te déteste pas. Tu m'entends ?

— Tu ne reviens pas pour de bon ?

— Non, je ne reviens pas.

— Qu'est-ce que je vais faire sans toi ?

— Tu t'en sortiras très bien.

— Je n'en suis pas si sûr.

— Mais si. Kim est géniale, et elle connaît le théâtre sur le bout des doigts. Elle sera un véritable atout pour ta carrière.

— Alors, c'est tout ? C'est fini ? Comme ça, sans prévenir ?

— Mais ce n'est pas sans prévenir. Cela fait déjà un mois que je suis partie, et tu t'en sors très bien.

— Non, je ne vais pas bien.

— Si, tu vas bien. J'ai demandé à ton entourage, et tout le monde dit que tu vas très bien.

— Ils ne savent pas ce qu'il en est vraiment.

— Tu veux que j'appelle Kim pour toi ?

— Je crois que je n'ai pas le choix.

— Et tu seras gentil avec elle ?

— Je serai gentil avec elle.

— Excellent.

— Tu l'as été, toi, tu sais. Excellente, je veux dire. Je ne l'ai pas assez dit, mais c'est vrai.

— Merci, Wendall. Ça me touche beaucoup.

— Que vas-tu faire maintenant ?

— Je ne sais pas encore, mais je vais trouver.

— J'espère que quoi que ce soit, cela te rendra heureuse.

— Je suis sûre que je le serai. Je vais appeler Kim et lui annoncer la bonne nouvelle.

— Et tu la formeras ?

— J'ai dit que je le ferais. Tout ira bien. Merci encore pour cette opportunité.

— Reste en contact, d'accord ?

— Je n'y manquerai pas. Toi aussi.

— Oh, tu auras de mes nouvelles.

— Je m'en réjouis d'avance.

Une fois que nous nous sommes quittés, je laisse échapper un rire vertigineux. Je viens de démissionner ! Qu'est-ce qui m'a pris ? Est-ce que j'ai fait ça à cause de Jack ? Non. Je l'ai fait pour *moi*. Parce que je suis plus heureuse dans cet endroit que je ne l'ai jamais été, et que je veux plus. Est-ce que je suis certaine qu'il est fait pour moi pour toujours ? Non, mais j'aimerais bien découvrir si c'est le cas.

C'est dans cet esprit que je prépare mes affaires, enlève les draps du lit, rassemble les serviettes, enfile mon sac à dos et traverse la cour en portant le paquet de linge d'une main, tout en tirant ma valise de l'autre.

Fenway court devant moi. J'aimerais qu'elle puisse m'ouvrir la porte.

Je monte les trois marches en bousculant la valise et je franchis la porte de derrière en trébuchant, manquant de faire tomber le linge.

— Eh bien, te voilà, toi ! Mais tu es chargée comme un âne. Il t'en aurait fallu un pour t'aider à venir là avec tout ça. Jack pose sa tasse de café et me prend le linge, qu'il jette par terre devant la machine à laver.

— En fait, ce n'est pas un âne, mais la chienne qui m'a montré le chemin. Elle m'a convaincu de traverser la cour.

Il m'embrasse en souriant et enlève mon sac à dos de mes épaules.

— Rappelle-moi de la remercier plus tard.

— J'ai des nouvelles.

— Je t'écoute.

— J'ai quitté mon travail à New York.

Il sourit jusqu'aux oreilles et ses beaux yeux dorés pétillent de bonheur.

— C'est vrai, ça ?

— C'est vrai.

— Qu'est-ce qui se passe maintenant ?

Je hausse les épaules.

— Que dirais-tu d'accueillir une sans-abri et sans-emploi pour un petit moment ?

— Ça me va très bien. En fait, si tu cherches à gagner ta vie ici, j'aurais besoin de quelqu'un pour m'aider à organiser mes affaires au troisième étage.

— Je peux te donner un coup de main avec ça.

— Cela signifie-t-il que tu vas rester dans le coin indéfiniment ?

— Je crois bien que oui, si tu veux de moi.

— Oh, je veux de toi, dit-il en remuant les sourcils.

— Je dois rendre la voiture de location qui m'endette.

— On peut aller faire ça cet après-midi. Tu pourras utiliser la voiture de ma mère qui est dans le garage. Je suis désolé de ne pas y avoir pensé plus tôt.

— Tu me rends la tâche trop facile.

— Vraiment ? demande-t-il avec le petit sourire qui me touche à chaque fois.

— Tu le sais bien. Tu es sûr que ça te va ?

— Ça fait longtemps que je n'ai pas été aussi ravi de quelque chose.

En souriant, je l'embrasse.

— Moi, aussi.

Il me faut encore dire à Houston que Mary Elliott est venue me voir, alors je l'appelle.

— Salut, me dit-il. Quoi de neuf ?

— Mary Elliott m'attendait chez Jack ce matin.

— Elle t'attendait ? Qu'est-ce qu'elle voulait ?

— Me dissuader de témoigner.

— Tu plaisantes ?

— Non.

— C'est de la subornation de témoin. J'en ferai part au procureur général.

— Je ne veux pas lui causer des ennuis.

— Il lui donnera un avertissement. Elle n'a pas le droit de te déranger ou de te demander ça.

— Je lui ai dit que je ne changerai pas d'avis sur mon témoignage.

— C'est bien. Il faut qu'elle accepte que le problème ne va pas disparaître, peu importe ce qu'elle essaie de faire. Je vais appeler le procureur général pour qu'il lui parle. Je suis désolé de ce qui s'est passé. Il était tout à fait inapproprié qu'elle vienne là-bas, et nous ferons en sorte qu'elle le comprenne.

— Merci.

— Pas de problème. Garde à l'esprit que si elle est venue là-bas, c'est que les gens savent où tu séjournes. Jack et toi devez rester vigilants, d'accord ?

— D'accord.

— Qu'est-ce qu'il a dit ? demande Jack quand je raccroche.

— Il va demander au bureau du procureur général de la contacter pour lui faire savoir qu'il n'est pas approprié qu'elle me parle et que cela pourrait conduire à des poursuites pour subornation de témoin.

— C'est bien. J'espère que ça lui fera très peur.

— Il m'a aussi dit que nous devons rester vigilants maintenant que les gens savent où je loge.

— Comme tu ne m'as pas laissé embaucher un agent de sécurité, j'ai commandé des caméras pour les placer autour de la propriété. Je n'aime pas qu'elle ait réussi à nous surprendre ce matin. Même Fenway n'a pas entendu la voiture.

— Probablement parce que nous faisions beaucoup de bruit.

En prononçant ces mots, je sens mon visage devenir chaud.

— Ah, j'adore. C'est tellement sexy.

Il sourit et me caresse la joue.

— Vous avez du travail à faire, Monsieur.

— C'est vrai, et je déteste devoir m'y mettre maintenant.

— Montre-moi ce que je peux faire pour t'aider. Je veux me rendre utile.

Il remue quelque chose sur la cuisinière.

— Je vais le faire. Une fois que je t'aurai donné à manger.

Je regarde ce qu'il prépare. Des œufs avec un mélange de légumes verts et de pommes de terre.

— Ça a l'air délicieux.

Il ajoute des épinards au mix et met du pain dans le grille-pain.

— Je ne peux pas laisser ma nouvelle assistante travailler le ventre vide.

— Je ne suis pas ta nouvelle assistante. Je t'aide temporairement.

— On verra ça, dit-il en souriant.

— Oui, on verra.

———

Ryder
LE PRÉSENT

Je suis chez mes parents parce que je n'ai nulle part d'autre où aller. Je n'oserais pas aller chez Cam en ce moment avec la tension qui règne entre nous. Arlo m'a envoyé un bref texto pour me dire que Caroline et les enfants restaient en ville après que son cercle d'amis proches s'est mobilisé autour d'eux. C'est un soulagement pour moi.

Jen, la femme d'Arlo, est l'une des meilleures amies de Caroline, et c'est probablement l'une des nombreuses raisons pour lesquelles elle lui a dit de ne pas s'approcher de moi. Bien sûr, elle prendra le parti de Caroline contre moi. Tous en feront autant, même si la plupart d'entre eux étaient mes amis longtemps avant de la rencontrer.

Je n'ai pas de nouvelles de Dallas, ce qui est inquiétant. Le fait que mes amis disparaissent du radar me rend encore plus seul que je ne le suis déjà sans Caro et les enfants.

Ma mère rentre avec des courses que je l'aide à ranger.

Je me souviens de l'endroit où tout va ici et j'ai mal quand je me souviens que Caroline s'en amusait autrefois.

Le téléphone de ma mère sonne et elle jette un coup d'œil à l'écran.

— Qui pourrait bien m'appeler de Providence ?

— Aucune idée.

Elle prend l'appel.

— Oui, c'est moi-même.

En écoutant son interlocuteur, tout son corps se tend, son expression traduit la colère et peut-être la peur.

Qu'est-ce qui se passe encore ?

— Je n'ai pas fait cela. Je voulais juste lui parler.

Après un nouveau silence, elle dit :

— Je comprends.

Elle raccroche sans dire au revoir à son interlocuteur.

— C'était à propos de quoi ?

— Je suis allée voir Blaise Merrick.

— Quoi ? *Pourquoi as-tu fait ça ?*

— Je l'ai fait pour toi ! Si elle ne témoigne pas, toute cette affaire disparaît !

— Qui a appelé ?

— Le type du bureau du procureur général. Ce Spurling. Il a dit que ce que j'ai fait est techniquement considéré comme de la subornation de témoin, et que je pourrais être poursuivie si je l'approchais à nouveau.

Je vais vers elle et passe mon bras autour de ses épaules.

— J'apprécie ce que tu as essayé de faire, mais tu dois rester en dehors de tout ça. C'est déjà assez grave sans que nous aggravions la situation. Tu te souviens de ce qui s'est passé quand Papa s'est rendu au domicile du capitaine Sutton ? Nous n'avons pas besoin de davantage de problèmes.

— On doit faire quelque chose ! On ne peut pas laisser cette femme gâcher ta vie.

— Ce n'est pas elle qui a gâché ma vie. C'est moi qui l'ai fait, Maman.

Elle se tourne vers moi et semble choquée.

— Qu'est-ce que tu racontes ? Tu ne t'es jamais approché de cette fille !

— Si, je l'ai fait, et apparemment Blaise en a été témoin.

— Non. Tu n'aurais pas fait ça.

— Je l'ai fait, et je me déteste depuis.

Elle s'éloigne de moi.

— *Quoi ?*

— Je suis désolé, Maman. Je déteste te faire subir ça encore une fois.

Dans un murmure à peine audible, elle dit :

— Tu as attaqué cette fille.

— Oui.

Elle secoue la tête et ses yeux s'emplissent de larmes.

Je fais un pas vers elle.

— Non. *Non.*

Elle me jette un regard dégoûté et quitte la pièce.

C'est avec un sentiment d'impuissance que je la regarde partir. Je n'aurais pas dû le lui dire. S'ils me chassent d'ici, je ne sais pas ce que je ferai. Je suis malade de ce que je fais subir à ma famille. Chaque fois que je pense à cette nuit-là, je suis rempli de dégoût et de regrets.

Cela n'a pas d'importance maintenant. Qui se soucie de mes regrets? Qu'importe si j'ai souhaité chaque jour depuis lors revenir en arrière et défaire la chose hideuse que j'ai faite à quelqu'un qui ne m'a jamais rien fait ?

Je décroche le téléphone pour appeler Cam. Je suis presque surpris lorsqu'il répond.

— Je pense que je vais plaider coupable, pour ne pas vous traîner dans la boue d'un procès.

— Si tu fais ça, tu ne reverras plus jamais tes enfants.

Je ferme les yeux, tant la douleur de cette éventualité m'étreint.

— Que puis-je faire d'autre, Cam ? Peut-être qu'ils seront plus cléments avec moi si j'exprime ma volonté d'accepter la responsabilité de ce que j'ai fait.

— C'est un risque énorme. J'essaie de te trouver un meilleur avocat. Bennett est bon, mais tu as besoin de quelqu'un qui a plus d'expérience avec ce genre de choses. Attends que je te rappelle avant de faire quelque chose d'irréparable.

— J'ai dit la vérité à Maman.

— *Pourquoi t'as fait ça ?*

— Parce qu'elle est allée parler à Blaise Merrick et qu'elle a reçu un appel du bureau du procureur général lui disant que la subornation de témoin est un crime.

— Bon sang. À quoi pensait-elle ?

— Elle essayait de me protéger. Je lui ai dit la vérité, pour qu'elle ne le fasse plus.

— Ne le dis à personne d'autre.

— Mais pourquoi ? C'est la vérité.

— Ryder... tu veux que je t'aide ou pas ?

— Oui, je le veux.

— Alors, suis mon conseil et *ferme ta bouche*. N'en parle à personne et dis-lui de ne rien dire à Papa. Dieu seul sait ce qu'il ferait de ces informations. Si le procureur général cite Maman à comparaître, elle devra témoigner honnêtement ou aller en prison s'il s'avère qu'elle a menti. Tu viens de lui donner des informations qu'elle n'avait pas auparavant et qui constituent désormais un fardeau juridique pour elle. N'en parle à personne d'autre.

— Je ne veux pas faire subir un procès à la famille.

— Attends d'avoir une représentation juridique appropriée avant de faire quoi que ce soit. Je reviens très vite vers toi.

La ligne coupe avant que je puisse le remercier pour son aide.

Je déteste la tension qui règne entre nous. Nous avons travaillé dur et longtemps pour remettre notre relation sur les rails après que je lui ai tout avoué, au début. Je lui ai imposé un fardeau, à lui aussi, avec cet aveu. Je l'ai surpris à me regarder à différents moments, comme s'il essayait de comprendre comment j'avais pu faire une chose aussi ignoble après avoir été élevé dans le respect des femmes et des filles, pour les protéger et les honorer.

J'aimerais savoir *pourquoi* j'ai fait ce que j'ai fait, mais je n'ai pas la réponse à cette question et je ne l'aurai jamais. Juste avant mon mariage avec Caroline, j'ai suivi une thérapie pendant un certain temps, car je luttais avec le fait d'avoir menti à ma future femme, sans parler de la culpabilité que je ressentais d'avoir fait cela à une jeune femme innocente dans un moment de folie diabolique. Sans me confesser complètement au thérapeute, je lui ai fait comprendre que j'avais commis un acte terrible que je regrettais profondément et que j'avais du mal à vivre avec. Il m'a parlé de me racheter auprès des personnes que j'avais blessées, ce qui n'était pas possible dans ma situation.

Mais j'aimerais pouvoir. J'aimerais dire à Neisy que ce que j'ai fait est méprisable et mal, et que si c'était à refaire, je ne me serais jamais approché d'elle ce soir-là. Mais s'il y a une chose que j'ai apprise, c'est que ce qui est fait est fait.

J'espère que l'avocat à qui Cam parle appellera bientôt. Je veux plaider coupable pour en finir avec tout ça, pour mes proches et pour moi.

Peut-être que si j'avoue mes crimes et accepte ma punition, j'aurai une chance de revoir mes enfants un jour.

Mon téléphone portable n'a cessé de sonner, avec des appels des médias qui veulent une déclaration sur ma campagne suspendue au Congrès et sur les accusations criminelles. Je les ai tous ignorés.

Je reçois un message de Cam. *Prends l'appel de l'indicatif 617.*

Le téléphone sonne trente secondes plus tard d'un numéro 617.

— Allô ?

— Ryder Elliott ?

— Oui.

— Bridget Doyle à l'appareil. Je suis avocate de la défense. Est-ce que c'est un moment propice pour parler ?

— Oui.

Je me passe les doigts dans les cheveux et soudain les nuits blanches me rattrapent sous une déferlante d'épuisement.

— Votre frère m'a présenté votre situation.

— Ils ont un dossier très solide.

— C'est vrai, mais il y a des choses que nous pouvons faire pour nous défendre.

— Si ces choses comprennent l'atteinte à la réputation de la victime ou des témoins, c'est pour moi un obstacle impossible à franchir. J'aimerais discuter d'une reconnaissance de culpabilité.

— Je vais contacter le procureur.

— Vous n'allez pas essayer de m'en dissuader ?

— Pas si vous ne voulez pas vous défendre avec véhémence. Je ne peux pas faire grand-chose pour vous sans cela. Je vais les contacter et je reviendrai vers vous.

— Merci.

Je raccroche et le désespoir et l'épuisement m'assaillent de toutes parts.

Cam appelle quelques minutes plus tard.

— Comment ça s'est passé ?

— Elle va leur parler d'un plaider-coupable.

— C'est tout ? Tu ne vas pas te battre ?

— Pas s'il faut s'en prendre à Neisy et à Blaise, ce que Bridget ferait pour monter ce qu'elle appelle une défense véhémente. D'ailleurs, comment lutter contre deux témoins oculaires ?

— Il y en a un *deuxième*?

— Ramona Travers nous a vus quitter la fête ensemble. Après que j'ai été mis en examen, elle s'est manifestée.

— Oh, mon Dieu. Ça empire de minute en minute. Ne fais rien tout de suite. Laisse l'hystérie retomber un peu.

— Ça ne changera rien à ce que je ressens. Je choisis de ne pas m'infliger, ni à moi ni à ma famille, un procès que je perdrai de toute façon. Au moins, de cette façon, il restera un peu d'argent pour Caroline et les enfants.

— Je ne sais quoi dire.

— Il n'y a rien à dire. Le passé m'a rattrapé, et maintenant je dois payer le prix.

— Tu as l'air incroyablement calme à propos de tout ça.

— Qu'est-ce que je peux faire d'autre ?

— Rien, je suppose.

— Que sais-tu de la situation à propos de vous autres et de la déclaration sous serment ?

— J'ai demandé à Bridget de s'en occuper.

— J'espère vraiment qu'il ne se passera rien avec ça.

— Tu n'es pas le seul, mon frère.

CHAPITRE 27

Denise
LE PRÉSENT

Les quatre enfants sont malades et je suis en train de devenir petit à petit folle à force de m'occuper d'eux toute seule pendant que Kane est à Washington pour trois jours. Dieu merci, il doit rentrer ce soir, car je crois que j'ai aussi de la fièvre. Je ne lui en voudrais pas s'il s'enfuyait pour échapper à nos microbes plutôt que de rentrer à la maison, mais il ne ferait jamais une chose pareille.

Le téléphone sonne, et je me précipite pour que cela ne réveille pas les jumeaux, qui sont grincheux et malheureux depuis des jours.

— Bonjour, chuchoté-je.

— C'est Denise ?

— Oui.

— C'est Josh Spurling du bureau du procureur général du Rhode Island.

Je me lève et emporte le téléphone dans la cuisine. Les jumeaux se sont écroulés sur le canapé en regardant *Baby Shark*, une raison de plus pour que je perde ce qu'il me reste de mon équilibre mental.

— Que puis-je faire pour vous ? lui demandé-je. J'ai le cœur qui se serre pendant que j'attends d'entendre ce qu'il a à dire. Avec ma vie si occupée et chaotique, il est facile d'oublier de temps en temps ce qui se passe au Rhode Island.

— M. Elliott a exprimé le souhait de plaider coupable en échange d'une peine moins lourde.

J'ai une réaction immédiate, viscérale et négative aux mots « peine moins lourde ».

— Denise ?

— Je suis là. Quelle serait sa peine ?

— Nous proposerions cinq ans de prison et trois ans de liberté conditionnelle après sa sortie. Il est probable qu'il fasse moins de cinq ans s'il se comporte bien en détention. Il serait considéré comme un criminel condamné et devra figurer à vie sur le registre des délinquants sexuels de l'État. L'accord est subordonné à l'approbation du juge qui supervise l'affaire.

— Il ne faut pas que je l'approuve, moi aussi ?

— Nous aimerions avoir votre soutien lorsque nous présenterons l'affaire au juge.

— Et si ce résultat n'est pas suffisant pour moi ?

— Cela vous éviterait de revivre l'agression en audience publique.

Jusqu'à ce qu'il dise cela, je n'avais pas réalisé à quel point j'attendais avec impatience l'occasion de témoigner, de lui faire comprendre pleinement, à *lui*, ce qu'il m'a fait subir.

— Qu'est-ce qui serait suffisant ? demande Spurling.

Sans hésiter, je réponds :

— Je veux qu'il vienne s'asseoir dans une salle d'audience, avec ses nombreux partisans derrière lui, et qu'il entende que non seulement il m'a violée, mais qu'il m'a aussi volé ma virginité et qu'il m'a mise enceinte. Je veux qu'il entende parler de mon horrible fausse couche et du fait que j'ai eu besoin de transfusions tellement j'ai perdu de sang. Je veux que lui et toutes les personnes qui le soutiennent sans poser de questions écoutent Blaise témoigner qu'*elle était là* et qu'elle a vu ce qu'il a fait. Je veux que tous les hommes qui ont menti en disant que j'avais des mœurs légères soient effrayés de ce qui va leur arriver à en perdre la tête. Je veux que ce qu'ils m'ont fait *soit reconnu*.

Je tremble sous le coup de l'émotion, mais je suis déterminée à aller jusqu'au bout.

Charlotte entre dans la cuisine et me regarde avec inquiétude. Elle n'a pas l'habitude de m'entendre parler ainsi à qui que ce soit.

Je lui tends la main et passe mon bras autour d'elle. La chaleur de son corps contre le mien a immédiatement un effet apaisant.

— Je vais parler au procureur général et je vous rappelle.

— Merci.

— Qu'est-ce qui ne va pas, Maman ?

— Rien, ma chérie. Tout va bien. Comment te sens-tu ?

— Mieux.

— C'est une bonne nouvelle. Papa sera à la maison dans quelques heures. Et si on s'installait sur le canapé avec les garçons pour regarder un film ?

— C'est à moi de choisir.

— Tout sauf *Frozen*. J'ai vu le film tellement de fois cette semaine que je rêve de neige la nuit.

Elle rit.

— *Cendrillon*, alors ?

— Les garçons vont adorer.

— Sauf Levi.

— On regardera *Cars* après pour lui. Va préparer tout cela. J'arrive tout de suite.

Lorsqu'elle part en direction du salon, je m'appuie contre le plan de travail et ferme les yeux, inspirant par le nez et expirant par la bouche. Suis-je folle d'exiger d'être entendue au tribunal alors que j'aurais pu faire disparaître toute l'affaire en acceptant le plaidoyer ?

Non, je ne suis pas folle.

La dernière fois que j'ai affronté ces personnes au tribunal, j'étais une adolescente brisée de dix-sept ans qui n'avait aucune idée de comment se défendre contre le mal qui m'avait été fait par lui et tous ceux qui le soutenaient.

Je ne suis plus une jeune fille. Je n'ai plus peur d'eux comme avant. Je veux qu'ils paient pour ce qu'ils m'ont fait, pas seulement au pénal, mais devant le tribunal de l'opinion publique, où ils règnent depuis bien trop longtemps comme des rois.

Je serai leur perte.

———

Blaise
LE PRÉSENT

Je reçois le message que Houston m'a dit d'attendre de Ramona Travers Silvia, me demandant si nous pouvons nous rencontrer pour parler. *J'ai fait ma déclaration sous serment au procureur général, qui m'a dit que je pouvais te contacter.*

Cela me ferait plaisir, mais ça ne peut pas se faire en public.

Peux-tu venir chez moi à Bristol ? Je suis libre après 17 heures en semaine.

Demain, vers 17 h 30, cela te conviendrait ?

C'est parfait. À demain.

Elle donne son adresse, qui est à une trentaine de minutes de chez Jack, en traversant deux ponts.

Je pose mon téléphone et retourne à ce que je faisais dans l'atelier de Jack, à savoir essayer de créer un système de classement pour son travail qui ait un sens pour quelqu'un d'autre que lui. Cela s'avère être une proposition bien plus compliquée que je ne l'avais imaginée, mais j'aime un bon défi.

Chaque fois que je lève les yeux de ce que je fais, je le surprends en train de me regarder.

— Je ne suis pas artiste, mais il me semble qu'il te faut garder les yeux sur ce que tu fais et non sur moi.

— Tu es bien plus agréable à regarder. Viens me rendre visite.

— Je suis déjà là.

— Mais tu es loin, là-bas.

Levant les yeux au ciel devant sa moue triste, je vais à lui.

— C'est mieux comme ça ?

— Oui, mais là, ce serait encore mieux.

Il m'installe sur ses genoux et m'enlace.

— Voilà, dit-il.

Fenway nous voit nous blottir l'un contre l'autre et pousse un grognement perturbé qui nous fait rire. Elle est très contrariée par notre couple, mais heureusement, elle ne m'en veut pas d'avoir pris un peu l'attention de son mec préféré depuis mon arrivée. Elle me fait encore plein de bisous mouillés et baveux.

— C'est difficile d'accomplir quoi que ce soit avec toi et tes moues qui me distraient.

— Tu as fait énormément de travail en quelques jours. Tout ce côté de la pièce est à nouveau utilisable.

— J'ai à peine frôlé la surface.

— Tu vois pourquoi j'avais besoin de toi, hein ?

— Il m'a fallu deux secondes, une fois que je m'y suis mise vraiment, pour me rendre compte que tu avais besoin d'une assistante à plein temps.

— Est-ce que tu te présentes pour le poste ? Il offre des avantages *incroyables*.

Il m'embrasse dans le cou, ce qui me fait frissonner.

— Je n'aimerais rien de mieux que tu me gardes à plein temps.

Il me fait perdre le souffle et la tête avec ses mots, ses lèvres et ses mains qui ne cessent de bouger.

Un énorme boum m'arrache à ses genoux.

J'atterris brutalement sur le sol.

— C'est quoi ce bordel ? Il se retourne pour regarder par la fenêtre. Putain de merde ! Tu vas bien ?

Je saisis la main qu'il me tend pour m'aider à me relever alors que Fenway aboie frénétiquement.

— Qu'est-ce que c'était ?

— Les chalets sont en flammes. Appelle le 911.

Il s'élance dans l'escalier et je le suis sur des jambes tremblantes, tout en essayant d'appuyer sur les chiffres avec des doigts qui refusent de coopérer.

— Neuf-un-un. Quelle est votre urgence ?

— Il y a un incendie.

Je m'efforce de me souvenir de l'adresse et parviens finalement à la communiquer.

— Les pompiers sont en route. Y a-t-il quelqu'un à l'intérieur ?

Je me tiens devant la porte arrière, abasourdie par l'ampleur du brasier qui consume le chalet où je logeais il y a encore une semaine.

— Pas que nous sachions.

— Restez en ligne jusqu'à ce qu'ils arrivent.

Jack a tiré un tuyau d'arrosage à travers la cour et l'a orienté vers le bâtiment, mais cela ne fait aucune différence avec les flammes.

Fenway me pousse en aboyant frénétiquement, essayant de passer pour aller « aider » Jack.

— Non, ma fille. Tu restes ici, toi. C'est dangereux.

Et si le feu avait pour but d'attirer Jack loin de moi afin que quelqu'un puisse lui faire du mal ? La peur me submerge dans une vague de panique. J'attrape le collier de Fenway, j'ouvre la porte et je crie à Jack de revenir.

Il lâche le tuyau et se précipite vers moi.

Quand je vois l'expression terrifiée sur son visage, je réalise, à ce moment précis, avec le feu qui brûle derrière lui, que je l'aime.

Avant que je n'aie le temps de digérer cette évolution, il monte les marches en trombe.

Je lui ouvre la porte.

— Qu'est-ce qui s'est passé ? Qu'est-ce qu'il y a ?

Je lâche Fenway et le serre dans mes bras.

— J'avais peur que ce soit une ruse pour te faire sortir à découvert.

Il sent la fumée et la sueur. Je l'aime.

— Je suis désolée si je t'ai fait peur. Mon cerveau est en train de s'emballer.

Ses bras sont des lianes serrées autour de moi.

— Je comprends. Ne t'inquiète pas.

— Je suis désolée pour le chalet.

— On n'en a rien à foutre du chalet. Du moment que tu vas bien, c'est tout ce qui compte.

— Du moment que nous allons tous bien.

J'inclus notre Fenway adorée, et ajoute :

— C'est ce qui compte.

Je veux dire à Jack que je l'aime. Maintenant que je le sais, l'envie de partager cela avec lui est énorme.

Mais les pompiers arrivent tout feu tout flamme, sans vouloir faire de mauvais jeu de mots, et pendant toute l'heure qui suit, nous nous occupons d'eux.

Quand Jack leur dit que je suis un témoin dans l'affaire criminelle contre Ryder Elliott, ils font appel à un inspecteur des incendies criminels. On nous dit que l'enquête va prendre un certain temps et que nous devons vaquer à nos occupations en attendant. Comment suis-je censée faire cela après que quelqu'un a pu *mettre le feu à* sa propriété à cause de moi ?

— Je… Je devrais partir, lui dis-je.

Mon cœur se serre à l'idée de le quitter après ce que nous avons partagé, surtout maintenant que je suis certaine de l'aimer, mais je ne peux pas le mettre en danger, ni lui, ni Fenway, ni sa propriété.

— Non, tu ne devrais pas.

— Ils ont fait ça à cause de moi. Qu'est-ce qu'ils vont faire la prochaine fois ?

Il pose ses mains sur mes épaules et me regarde dans les yeux.

— Je veux que tu sois ici avec moi, où je peux t'aider à te protéger.

Je suis tellement déchirée entre ce que je dois faire et ce que j'ai envie de faire. Où pourrais-je aller pour qu'ils ne me trouvent pas ? Je serais dans la même situation si je restais avec ma mère.

— Je ne me sens pas à l'aise de rester ici. Ils ont *brûlé* ta propriété.

— L'inspecteur des incendies criminels ?

— Quoi, à propos de l'inspecteur ?

— C'était un ami proche de mon père. Ils ont fait l'école des pompiers ensemble. Il est excellent dans son métier. Il trouvera le coupable et lui fera regretter d'être né.

— Ton père était pompier.

— C'est exact. Il a été mis à la retraite anticipée pour raisons médicales en tant que lieutenant après son diagnostic. Il serait probablement devenu capitaine s'il n'était pas tombé malade.

Jack me prend dans ses bras.

Blottie contre lui, respirant son odeur de terre et de bois qui m'est devenue si familière, je ne me souviens presque plus pourquoi j'ai pensé que c'était une bonne idée de le quitter. Mais le sentiment qui m'a envahie lorsque je l'ai vu debout dans la cour, complètement exposé à quiconque voudrait lui faire du mal, rien que pour me blesser, moi, me revient alors.

— Ce n'est pas juste envers toi. J'ai apporté cette folie dans ta maison paisible.

Il relève mon menton pour m'embrasser.

— Ce n'est pas tout ce que tu as apporté. Sais-tu à quel point j'étais seul avant que tu n'arrives ? Je n'avais même pas réalisé à quel point c'était devenu grave jusqu'à ce que tu sois là pour tout arranger. Et ne va pas croire que n'importe quel invité aurait pu faire cela pour moi. Des tonnes de gens ont séjourné dans les chalets depuis que je les ai ouverts l'année dernière. C'est *toi* qui as tout changé pour moi.

— Tu as fait la même chose pour moi. Je n'avais aucune idée de combien je me sentais seule jusqu'à ce que je te rencontre.

— Alors, pourquoi les laisser nous séparer quand nous avons attendu si longtemps pour nous trouver ?

— Je ne veux pas que toi ou Fenway soyez blessés ou que ta propriété soit attaquée à nouveau.

— La seule chose qui nous importe vraiment, à Fenway et à moi, c'est de te garder en sécurité. Si tu veux partir d'ici, alors nous irons tous, mais il n'est pas question de te laisser partir seule, à moins que ce soit ce que tu veux.

— Bien sûr que non.

— Alors, faisons nos bagages et partons ensemble quelque part jusqu'à ce que tout cela soit terminé.

— Mais ton travail est ici et…

— Je peux travailler n'importe où. Montons dans le pick-up et partons.

— J'ai une chose à faire demain.

— Alors on partira après. L'endroit grouille de flics et de pompiers. Personne ne s'approchera de nous ce soir.

Pour la première fois depuis des heures, je relâche la profonde respiration qui était bloquée dans ma poitrine depuis l'instant où j'ai compris ce qui se passait dehors.

— Ça va ? demande-t-il.

— Non, ça ne va pas. Rien de tout cela ne va.

— Rappelle-toi que c'est temporaire. Une fois que tu auras témoigné, ce sera fini.

— Pas s'ils arrivent à t'atteindre ou à atteindre Fenway. Ce ne sera jamais fini si cela arrive.

— Nous, ça va aller, et toi aussi. On va faire en sorte, hein Fenway ?

La chienne aboie puis s'assoit, le sourire aux lèvres et la langue pendante comme d'habitude.

— Tu vois ? C'est unanime.

J'ai tellement envie de lui dire ce que je ressens, mais pas juste après que sa propriété a été endommagée par ma faute. Je n'ai jamais été près de dire à un homme que je l'aimais, alors je ne suis pas du tout sûre du bon moment pour faire une telle chose. Mais je sais que ce n'est pas le moment maintenant. Je veux que ce soit spécial et que ce ne soit pas fait sous la contrainte.

Il prépare le dîner pour nous, de délicieuses pâtes au poulet et au brocoli, qu'il accompagne de pain croustillant et du rosé frais qu'il m'a fait découvrir.

— C'est délicieux. Merci.

— Tout le plaisir est pour moi. Où devrions-nous aller pour échapper à ces absurdités ?

Il prend son verre de vin sur la table et se cale contre son siège.

— Je ne sais pas. Que proposes-tu ?

— Un de mes amis de la RISD dirige un lieu saisonnier au Cap qui est mis en hivernage à cette période de l'année. Tu veux aller voir ?

— Ce serait génial. J'adorerais.

Il pose son verre, attrape son téléphone et envoie un message.

Mon téléphone sonne. C'est un appel de Providence, ce qui me noue l'estomac.

— Allô ?

— Bonjour Blaise, c'est Josh Spurling du bureau du procureur général.

— Bonjour Josh.

— Je voulais vous informer de quelques faits nouveaux. Tout d'abord, Ryder Elliott était intéressé par un accord qui lui aurait permis de plaider coupable et de purger une peine de cinq ans, assortie d'une période de probation de trois ans et d'un enregistrement à vie comme délinquant sexuel. Cependant, Denise a exprimé son mécontentement à l'égard de cet accord, et nous allons donc procéder à un procès.

Ma première pensée en entendant cela est *waouh, tant mieux pour elle.*

— Une audience préliminaire aura lieu vendredi prochain à la Cour supérieure de Newport. Je ne suis pas encore sûr de l'heure, mais j'aurai besoin que vous témoigniez.

— Je serai là.

— Parfait. Merci.

— Je devrais vous faire savoir ce qui s'est passé ici.

— Qu'est-il arrivé ?

Je lui parle du texto de Sienna, de l'animal mort sur le perron, de la visite de Mary Elliott et de l'apparente attaque à la bombe incendiaire de la propriété de Jack.

— Houston m'a informé des premiers incidents, qui sont tout à fait inacceptables. Nous l'avons fait savoir à M. Elliott et à sa famille.

— Et si ce n'était pas eux qui faisaient tout ça ?

— Qui d'autre ?

— Un certain nombre d'hommes sont impliqués dans la dissimulation qui faisait partie de l'affaire initiale. Ils pourraient penser que se débarrasser de moi leur simplifierait les choses.

— Nous enquêtons sur cet aspect de l'affaire et nous leur donnerons également un avertissement. Si quelque chose d'autre se produit, je veux que vous m'appeliez immédiatement. En attendant, je vais demander à la police d'État de surveiller l'endroit où vous logez.

— Mon ami et moi prévoyons de partir demain pour le Cap pour quelques jours.

— Envoyez-moi par SMS l'adresse où vous serez, et je demanderai à la police d'État de renforcer ses patrouilles dans les alentours.

— Vous pensez vraiment que c'est nécessaire ?

— Je ne veux pas prendre de risques avec votre sécurité.

— D'accord, eh bien… Merci.

— Merci à *vous* de vous mettre dans cette situation.

— Ce n'est pas un problème.

Ce n'est pas vrai, mais je n'ai pas envie de discuter de la psychologie de cette situation avec lui.

— Les hommes qui ont signé la déclaration sous serment originale vont-ils avoir des

ennuis ? demandé-je.

— Nous exigerons que chacun d'entre eux fasse une déclaration publique affirmant que ce qu'ils ont dit à l'époque au sujet de Denise était faux. Comme ils étaient mineurs à l'époque, ils ne seront pas poursuivis.

— Cela me semble incroyablement injuste, même si l'un d'entre eux est mon propre frère.

— Je comprends et je suis d'accord, mais nous avons les mains liées par la loi. Rien n'empêche Denise de les poursuivre au civil.

— J'espère qu'elle le fera.

— Nous verrons bien ce qui se passera, je suppose. Je vous contacterai la semaine prochaine pour confirmer l'heure.

Après avoir dit au revoir, je me sens déstabilisée. Je mets Jack au courant de ce que Josh a dit.

— Je devrais me sentir coupable d'espérer que Denise poursuive mon frère et les autres gars qui ont inventé des mensonges scandaleux à son sujet pour protéger Ryder, mais je ne me sens pas du tout mal. Ils le méritent. Ils étaient peut-être mineurs, mais ils étaient assez grands pour savoir ce qu'il en était. Nous l'étions tous.

— Ils savaient exactement ce qu'ils faisaient quand ils ont menti à propos d'elle, c'est certain, et je ne pense pas que tu devrais te sentir mal d'espérer qu'ils soient punis. Leurs mensonges ont probablement influencé le juge.

— Je n'ai aucun doute à ce sujet. Ryder aurait peut-être déjà purgé sa peine sans eux, et tout cela ne serait plus qu'un mauvais souvenir pour les personnes concernées. Mais ils ont tout risqué pour le protéger parce qu'ils pensaient qu'il était *impossible* qu'il ait pu faire une telle chose.

— Les petites villes sont comme ça. Les gens resserrent les rangs autour des personnes qu'ils connaissent depuis toujours et font des suppositions basées sur ce qu'ils croient savoir.

— Je me souviens d'une chose que ma mère a dite cet été-là, après l'inculpation de Ryder. Arlo était furieux et voulait que nous le soyons aussi. Il a dit que nous connaissions Ryder parce qu'il avait pratiquement grandi dans notre maison, ce qui était vrai. Mais ma mère a dit que nous n'avions aucune idée de la façon dont il se comportait quand les parents ne regardaient pas. Arlo n'avait pas apprécié. Il attendait de nous une loyauté aveugle, parce qu'il pensait savoir comment Ryder se comporterait dans n'importe quelle situation.

— Personne ne sait comment quelqu'un se comporte en tête-à-tête, sauf l'autre personne avec qui il est.

— Exactement.

— Ça a dû être tellement dur pour toi de l'entendre défendre Ryder alors que tu savais ce qui s'était passé.

— C'était de la torture. Je me suis sentie malade vingt-quatre heures sur vingt-quatre pendant des mois. Je ne pouvais ni manger, ni dormir, ni penser à autre chose qu'à ce que j'avais vu et à ce que je n'avais pas fait.

Il me tend la main depuis l'autre côté de la table.

Je joins mes doigts aux siens.

— C'est presque fini, dit-il.

— Parfois, je me demande si ça ne le sera jamais.

CHAPITRE 28

Je reviens d'une comparution de routine au tribunal régional de Newport et quelqu'un m'attend devant mon bureau. Comme elle a la tête baissée, je ne vois pas son visage, seulement ses longs cheveux noirs et brillants.

— La femme de Ryder Elliott, dit Marge à voix basse.

Oh, merde.

— Merci.

Je m'approche d'elle.

— Caroline ?

Elle lève les yeux vers moi, et je ne peux m'empêcher de souffler en voyant le chagrin et la tristesse qui ont ravagé son visage.

— Je suis désolée de vous déranger. Ryder et Dallas ont toujours parlé de vous en termes élogieux, et… je…

— Entrez.

Je tiens la porte pour qu'elle entre dans mon bureau avant moi.

Après avoir fermé la porte, je m'assois derrière mon bureau tandis qu'elle prend l'une de mes chaises de visiteur.

— Que puis-je faire pour vous ?

— Je ne sais pas exactement. Je… Je crois que je veux comprendre…

Elle lève les yeux vers moi, des yeux marron gonflés et rouges, ornés de demi-cernes sombres sous les yeux.

— Pourquoi tout cela se produit-il maintenant ?

Sa voix est à peine un murmure.

— Parce qu'un témoin a vu l'attaque.

— Où était ce témoin pendant tout ce temps ?

— Elle a grandi à Hope, mais elle a vécu loin de là pendant la majeure partie de sa vie d'adulte.

— Pourquoi admettre cela maintenant ?

— Je crois que c'est parce qu'elle a appris qu'il se présentait au Congrès.

— Donc pendant toutes ces années, elle savait qu'il avait fait cela, mais elle ne l'a dit à personne ?

— Oui.

— *Pourquoi ?*

Son ton est plein de désespoir.

— Parce qu'il était l'ami proche de son frère, entre autres.

— La sœur d'Arlo.

— Oui.

Je marque une pause, pas sûr si je dois en dire plus. Mais elle est venue me voir pour obtenir des réponses. C'est la moindre des choses que de lui dire ce que je sais.

— Vous devez comprendre ce qui s'est passé lorsque Ryder a été inculpé pour la première fois. En tant qu'étudiant et athlète exceptionnel, il était extrêmement populaire auprès des autres jeunes. Il était très admiré pour avoir soutenu Louisa pendant des années de maladie grave. Les gens étaient choqués qu'il soit accusé d'un tel crime.

— Pensiez-vous qu'il l'avait fait ?

— Je ne savais que croire. Denise était une de mes amies. Elle ne parlait que du petit ami qu'elle aimait et qui vivait à l'étranger à l'époque. J'avais du mal à croire qu'elle puisse inventer une telle histoire, mais ça ne collait pas avec ce que je savais de lui, vous comprenez ?

— Je suppose.

— C'est devenu très moche pour elle quand la nouvelle de l'arrestation s'est répandue. Les amis de Ryder l'ont attaquée sur Facebook et au tribunal, la forçant à quitter la ville. Blaise a dû voir comment ça s'est passé pour Denise et a craint que la même chose ne lui arrive si elle signalait ce qu'elle avait vu. Je n'excuse pas ce qu'elle a fait, mais ayant moi-même été adolescent, je comprends qu'elle ait eu peur de parler.

— Il m'est très difficile de croire que l'homme que j'ai aimé de tout mon cœur, le père de mes enfants, soit capable d'une telle chose.

— Je n'ose imaginer à quel point cela doit être difficile pour vous.

— C'est comme si quelqu'un était mort, même s'il est bien vivant. Il est mort pour moi, je suppose, car comment pourrais-je jamais lui pardonner une chose pareille ? Non seulement il m'a menti pendant toutes ces années, mais maintenant quelqu'un dit qu'il a *bel et bien* attaqué cette pauvre fille…

Elle ne semble pas remarquer les larmes qui coulent sur ses joues.

— Avant notre mariage, il m'a dit qu'il avait été accusé. Il m'a regardé droit dans les yeux et m'a juré qu'il n'avait rien fait.

Je me lève, je fais le tour du grand bureau qui était celui de mon père et je m'assois sur la chaise à côté de celle de Caroline, en lui tendant un mouchoir en papier. C'est alors qu'elle semble se rendre compte qu'elle pleure.

Elle prend le mouchoir et s'essuie le visage.

— Je vous remercie. J'apprécie votre gentillesse.

— Je suis désolé que cela vous arrive, à vous et à votre famille.

— Avez-vous le droit de dire cela ? demande-t-elle avec l'esquisse d'un premier sourire.

— Peut-être pas, mais je connais Ryder depuis longtemps. Le récit du témoin a été un choc énorme pour moi aussi.

— Quand il a été inculpé la première fois, vous ne pensiez pas qu'il était coupable ?

— Je ne pouvais pas concilier l'accusation avec le gamin que je connaissais. Il était ami avec Dallas depuis des années.

— Dallas est passé à la maison ce matin. Il est dévasté, lui aussi.

— Je le sais.

— Est-il en colère contre vous ?

— Il n'est pas content après moi, mais j'espère qu'il finira par comprendre que j'ai un travail à faire.

— Alors notre famille n'est pas la seule à être déchirée par tout cela?

— Non, vous n'êtes certainement pas les seuls.

— La fête où l'agression a eu lieu… C'était chez vous ?

Je hoche la tête.

— Chez mes parents. Ils n'étaient pas en ville, et j'ai profité au maximum de l'occasion. Si c'était à refaire, je n'aurais jamais organisé cette fête.

— Personne ne vous en veut.

— Je le sais, mais j'étais responsable d'avoir fourni de l'alcool à des mineurs. J'ai eu de la chance de ne pas être poursuivi pour cela.

— Je suppose que nous avons tous nos regrets.

— En effet.

— Mes amis en ville… Ils ont été incroyables, ils se sont mobilisés autour des enfants et de moi, ils ont apporté de la nourriture, du soutien et tellement d'amour.

— Je suis content que vous ayez cela.

— Moi aussi, mais je n'arrête pas de penser que je devrais emmener les enfants loin d'ici, pour qu'ils n'aient pas à subir cette histoire.

— C'est ce que vous voulez faire ?

Elle secoue la tête.

— J'adore Hope. Nous avons un groupe d'amis et de voisins merveilleux, et la famille de Ryder est là, aussi. Les enfants sont proches de leurs cousins. Je sais que ce serait un traumatisme supplémentaire pour eux si nous déménagions, mais que se passera-t-il quand ils seront au lycée et que les autres enfants ressusciteront ces horreurs ?

— Peut-être devriez-vous vous inquiéter de cela à ce moment-là. Concentrez-vous sur l'instant présent. Si c'est plus facile pour vous de rester ici, faites-le. Ce n'est pas forcément pour toujours.

— Vous avez raison. C'est vrai. Je suis désolée d'avoir pris autant de votre temps.

— Ce n'est vraiment pas un problème.

— Ryder a toujours dit beaucoup de bien de vous. Je comprends pourquoi.

— Ça fait plaisir à entendre.

J'attrape les cartes de visite que je garde dans un petit support sur le bureau et je lui en tends une.

— Mon numéro de portable y figure. Si je peux faire quoi que ce soit pour vous, même si ce n'est qu'écouter, appelez-moi.

— Merci d'être si gentil avec une femme désemparée.

— Ce n'est pas un problème du tout.

— La mère de Ryder est venue pour rester avec les enfants, pour que je puisse avoir un peu de temps pour moi. J'ai pris la voiture et j'ai atterri ici.

— J'en suis content.

Elle me fait un sourire timide.

— Vous êtes très gentil.

Je suis profondément touché par son chagrin.

— C'est gentil à vous de le dire.

J'aimerais pouvoir faire plus pour elle que simplement l'écouter.

— Je vous laisse retourner au travail.

Je la raccompagne jusqu'à son monospace et lui tiens la portière côté conducteur.

— Appelez-moi. Dès que vous aurez besoin de parler, je serai toujours là pour vous écouter.

— Je le ferai. Merci encore, Houston.

— Je vous en prie.

Je la regarde partir, un peu abasourdi par cette rencontre avec une femme que je n'ai croisée qu'en passant et que je connaissais à peine avant qu'elle ne vienne me voir. Dallas et sa femme, Jane, sont de grands amis de Ryder et Caroline depuis toujours, et j'avais certainement entendu dire à quel point ils l'adoraient. Mais c'est la première fois que je lui parle directement.

Je suis de tout cœur avec elle. Personne ne devrait avoir à subir ce qu'elle vit.

Blaise
LE PRÉSENT

Après une nuit agitée marquée par des rêves d'incendies, de pistolets Glock, d'animaux morts et de gens qui me poursuivent dans les bois, je suis une loque au réveil. D'après les aboiements, j'en déduis que Jack est dehors avec Fenway. Je me demande depuis combien de temps ils sont debout.

Je fixe le plafond pendant un long moment, repensant aux événements des derniers jours et arrivant à la même conclusion qu'hier : je devrais partir d'ici jusqu'à ce que tout soit terminé. Jack n'avait pas prévu tous ces drames lorsqu'il m'a loué sa maison. Aujourd'hui, ce magnifique petit chalet n'est plus qu'un tas de décombres en cendres fumants et très probablement une scène de crime.

À cause de moi.

Je ne peux pas supporter de penser à ce qu'il pourrait arriver d'autre avant que tout soit fini.

Si quelque chose lui arrivait, à lui ou à Fenway, ou à la maison que ses parents lui ont laissée...

Et s'ils avaient essayé d'incendier cette maison où sont entreposées toutes ses œuvres d'art inestimables ?

Je suis en train de céder à la panique lorsqu'il apparaît dans l'embrasure de la porte, tenant deux tasses fumantes.

La panique est rapidement remplacée par une profonde reconnaissance pour cet homme incroyable, qui est entré dans ma vie dans les circonstances les plus étranges et qui n'a jamais faibli, malgré de nombreuses raisons de le faire.

— Bonjour.

Fenway entre dans la chambre en bondissant et monte sur le lit pour me faire d'incessants bisous matinaux qui me font pouffer de rire.

— Couchée, ma fille, dit Jack.

Pour une fois, elle s'assoit.

— Waouh, les miracles existent vraiment.

Je caresse ses oreilles soyeuses.

— C'est une très bonne fille.

— Non, elle ne l'est pas.

Avant Fenway, je n'aurais jamais pensé que les chiens pouvaient sourire. Elle m'a prouvé le contraire. Je suis aussi dingue d'elle que de son papa.

Jack s'assoit sur ce qui est devenu son côté du lit et me tend une des tasses.

— Merci.

— Tu as bien dormi ?

— Pas très bien. Beaucoup de rêves bizarres.

— Tu as tourné et viré.

— Je t'ai empêché de dormir ?

— Pas du tout.

— Je pensais…

— Oh, là, là.

L'idée de le quitter, lui et Fenway, est douloureuse, mais je veux faire ce qui est juste. Je sais ce que ça donne de ne pas le faire, et je ne veux plus jamais me retrouver dans cette situation-là.

— Qu'est-ce qui te préoccupe ? demande-t-il.

— Je devrais m'en aller.

Il secoue la tête.

— Non, tu ne dois pas.

— Jack, écoute-moi. La situation pourrait beaucoup s'empirer avant de s'améliorer, et même si j'adore l'idée de m'enfuir au Cap avec toi, nous laisserions ta maison sans défense. S'ils me surveillent, ils savent maintenant que tu comptes pour moi. Je ne supporterais pas qu'ils te fassent du mal d'une manière ou d'une autre.

— Cela me ferait du mal si tu partais. J'ai attendu toute ma vie pour ressentir cela, Blaise.

Sa tendresse est ma perte. Mes yeux se remplissent de larmes.

— Moi aussi, mais…

Il se penche sur les oreillers pour m'embrasser.

— Pas de mais. Nous sommes ensemble jusqu'à la fin.

— Je ne veux pas que la fin soit amère. Voilà ce que je dis.

— C'est une façon de parler, et tu le sais. J'ai contacté mon ami Cory ce matin, et il vient aujourd'hui pour installer des caméras et un système de sécurité.

— Combien ça va coûter ?

— Ça vaut son pesant d'or, et ça fait un moment que j'ai l'intention de le faire, d'autant plus que nous avons maintenant des invités ici en été. Je ne veux pas que tu t'inquiètes à mon sujet.

Il me caresse le visage.

— Mais je suis inquiète. Cela pourrait durer des mois.

— Est-ce que cela veut dire que tu prévois de rester ici pendant des mois ? Peut-être encore des années ou des décennies ?

— Je suis sérieuse.

— Moi, aussi. Si je pouvais avoir ce que je voulais, je voudrais que tu restes pour toujours.

— Ah, c'est comme ça, alors ? demandé-je avec un sourire coquin. Il est capable de me faire oublier tous mes soucis et mes peurs comme personne d'autre ne l'a jamais pu.

— C'est comme ça depuis un bon moment, au cas où tu ne l'aurais pas remarqué.

— J'ai remarqué.

— Alors, qu'en dis-tu ?

— Quelle est la question déjà ?

— Voudrais-tu rester pour toujours et rendre ma vie complète ?

Je suis choquée, presque sans voix.

— Euh… C'est comme une… euh… une demande en mariage ?

Est-ce que ma voix est aiguë et grinçante, ou c'est juste une impression ?

— Pas encore, répond-il en riant. C'est plutôt une déclaration d'intention.

Il m'embrasse, avant de continuer.

— Quand je ferai ma demande, ce sera bien plus romantique qu'assis dans un lit un café à la main.

— C'est plutôt romantique, si tu veux mon avis. Personne ne m'a jamais apporté de café au lit.

— Si je te promets de faire ça tous les jours jusqu'à la fin de ta vie, tu envisageras de rester ?

— Oui.

Ses yeux s'écarquillent, ce qui me fait rire.

— C'est tout ce qu'il te faut ?

— Oui.

— Tu n'es pas compliquée.

— C'est ce que tu aimes chez moi.

— J'aime tellement de choses chez toi qu'il me faudrait toute la journée pour te les énumérer toutes.

— Je suis libre toute la journée.

— Au cas où tu ne l'aurais pas remarqué, je t'aime, Blaise.

— Je t'aime aussi.

Je suis tellement soulagée de pouvoir le lui avouer.

— Quand je suis venue ici pour réparer une terrible erreur du passé, dis-je, je n'ai pas imaginé une seule seconde que je pourrais y trouver mon avenir.

— Quand j'ai construit les chalets, je n'ai jamais imaginé qu'un jour la femme de mes rêves pourrait en louer un.

— Tu es très doué pour les compliments.

— Même avec les problèmes que tu rencontres, je n'ai jamais été aussi heureux de ma vie que depuis ton arrivée.

— Je ressens la même chose, mais comment puis-je être aussi heureuse au milieu de la folie qui règne dans ma vie ?

— La folie est dehors. Laissons-la où elle est, d'accord ?

— Ça me semble parfait.

— Alors on reste ici et on fait face ensemble ?

— Je suppose que oui.

— On ira au Cap après le procès.

— J'ai hâte.

Il prend ma tasse et la pose à côté de la sienne sur la table de nuit.

— Maintenant, comment devrions-nous fêter cette décision plutôt importante ?

— Je n'arrive à penser à rien.

— Vraiment ?

Son expression de surprise me fait rire, ce qui arrive souvent avec lui.

Je n'avais pas réalisé à quel point le rire me manquait jusqu'à ce que Jack l'intègre à nouveau à ma vie quotidienne.

— Tu viens de devenir sérieuse, là. Qu'est-ce qui se passe ?

Il m'embrasse dans le cou et me fait frissonner.

— Je pensais à quel point le rire me manquait jusqu'à ce que tu me rappelles ce que c'est que rigoler tout le temps.

— Je ferai de mon mieux pour que tu continues à rire tous les jours.

— Parfois, je me demande comment cela peut être vrai. Je ne te connaissais même pas il y a six semaines, et maintenant je ne peux pas imaginer ma vie sans toi.

— Alors mon travail ici est presque terminé.

— Pas du tout ! Ton travail ici ne fait que commencer.

— Oh merde, à quoi je m'engage ?

— À toute une vie être ma personne préférée.

— D'accord, volontiers.

Lorsqu'il m'embrasse, j'oublie les nombreuses inquiétudes et peurs avec lesquelles je me suis réveillée et je ne pense plus qu'à lui, car il me fait rapidement me cramponner à lui. La bouffée de désir qui se produit avec lui est nouvelle pour moi, et je ne peux pas m'en passer. Mais je veux lui donner autant qu'il m'a donné, alors je pousse sur sa poitrine pour qu'il se couche.

Quand il s'est installé sur le dos, il me regarde d'un air curieux.

— Qu'est-ce qui se passe ?

— Juste un petit peu de ceci.

J'embrasse son torse et me blottis contre les poils de sa poitrine, ce qui le fait gémir.

Fenway aboie et nous rions.

— Il va bien, ma fille, dis-je au chien.

Il fait tourner mes cheveux autour de son index.

— Tu en es sûre ?

— Laisse-moi vérifier, d'accord ?

— Oh oui, s'il te plaît.

Les yeux dans les yeux, j'embrasse ses muscles abdominaux bien dessinés tandis que mon menton effleure son érection.

Il prend une grande inspiration et tire doucement sur mes cheveux.

Qui aurait cru que cela pouvait être excitant ?

Je romps le contact visuel pour enrouler ma main autour de son épaisse érection et la prendre dans ma bouche.

Je n'oublierai jamais le son qu'il émet, la façon dont ses mains s'accrochent à mes cheveux et comment ses hanches se soulèvent du lit. J'ai fait cela une poignée de fois et je n'ai jamais apprécié. Pas comme maintenant avec cet homme que j'aime et qui m'aime. Son excitation est la mienne. Son plaisir est le mien. L'amour change tout.

Je mets tout en œuvre pour lui.

— Blaise… Attends…

Il pousse un cri quand je le suce doucement avant de le laisser se libérer de mes lèvres.

— Faisons cela ensemble, dit-il.

Je me mets à califourchon sur lui et je le taquine sérieusement.

Son regard, rempli d'admiration, se pose sur mon corps.

— C'est la chose la plus sexy que j'aie jamais vue, murmure-t-il.

Je le prends en moi, si lentement que ses yeux se retournent.

— Ça ne peut pas l'être, dis-je.

— Oh, si, c'est tout à fait vrai.

Ses mains glissent de mes hanches à mes seins, ses pouces effleurent le bout de mes seins.

— Mm, si chaude.

Être avec lui, c'est comme le meilleur des délires.

J'espère que ça ne s'arrêtera jamais.

CHAPITRE 29

Blaise
LE PRÉSENT

Nous passons toute la journée au lit.

Vers quinze heures, je lui dis :

— Je n'ai jamais fait ça avant.

Ma tête est posée sur son torse et il passe ses doigts dans mes cheveux. Il est obsédé par leur toucher soyeux.

— Jamais fait quoi ?

— Passé une journée entière au lit avec quelqu'un.

— Qu'en penses-tu pour l'instant ?

— J'ai hâte de recommencer.

— On le fera aussi souvent que tu le voudras.

— Tu vas te faire virer.

— Je suis à mon compte. Je peux faire ce que je veux.

— Tu as des échéances imminentes.

— Ça va le faire. J'y arrive toujours. Ne t'inquiète pas.

— Je dois trouver un emploi si je veux rester ici.

— J'aurais besoin d'une assistante personnelle.

— Je ferai cela gratuitement. Il faut que je trouve quelque chose pour aider à payer les factures.

— Comment te dire...

Je me pousse pour mieux le voir.

— Me dire quoi ?

— Bah, que le travail rapporte pas mal d'argent. Assez pour que nous soyons tranquilles. Tu n'as pas besoin de te soucier d'aider à payer les factures. Tu peux faire ce que tu veux.

— Tu as dit que tu avais construit les chalets pour t'aider à payer les impôts locaux.

— C'est vrai, mais ce n'est pas comme si je ne pouvais pas payer les impôts sans les chalets.

— Oh.

— Pour tout te dire, je me sentais un peu seul ici avec Fenway, même si elle est de très bonne compagnie. Je me suis dit que ce serait bien d'avoir des gens autour de moi. C'est la vraie raison pour laquelle j'ai construit les chalets.

Avec un sourire sexy, il finit :

— Et regarde ce qui est arrivé.

— Tu paresses toute une journée au lit.

— La meilleure journée que j'aie jamais passée.

— Moi aussi. Il faut quand même que je trouve un travail quelconque.

— Tu es incroyablement douée pour organiser les choses, n'est-ce pas ?

— C'est ce qu'on m'a dit.

— C'est ce dont j'ai besoin. Vraiment. J'ai six cents e-mails que j'ignore depuis des semaines. Mon agent a appelé trois fois, et je ne veux pas lui parler parce qu'il me donne mal à la tête. Il est question d'une exposition de mon travail à la RISD, mais je n'ai pas envie de m'en occuper. Cela fait longtemps que je réfléchis à embaucher quelqu'un pour gérer tout ça. Le poste est à toi si tu le veux, et ce serait un travail rémunéré avec tous les avantages sociaux.

— Des avantages en nature ?

L'expression sur son visage n'a pas de prix.

— Je suis sérieux, et quoi que tu puisses penser, je ne suis pas en train de créer un emploi pour toi. J'ai besoin de toi, de toutes les façons possibles.

— Je vais y réfléchir.

— Vraiment ?

— Oui, vraiment.

Je me penche au-dessus de lui pour regarder l'heure sur la table de nuit.

— Il faut que je prenne une douche et que j'aille à Bristol, dis-je.

— Tu veux que je vienne avec toi ?

— C'est bon. Je ne m'absenterai pas longtemps. Tu es sûr que ça ne te dérange pas que je prenne la voiture de ta mère ?

— Sûr et certain. Je la sors au moins une fois par mois pour la maintenir en état de marche, et il y a le plein.

— J'en prendrai soin.

— Je ne suis pas inquiet.

Une demi-heure plus tard, il m'accompagne au garage et me remet les clés.

— Sois prudente.

— Oui, je ferai attention. Mets-toi un peu au travail avant que tu ne te fasses virer.

Il m'embrasse, le sourire aux lèvres.

— Reviens vite. Tu me manques déjà.

— Personne ne m'a jamais dit le genre de choses que tu me dis.

— Je suis content de le savoir. Il va falloir que je reste au sommet de ma forme.

— Tu t'en sors très bien jusqu'à présent.

— Tu me le diras, si ça change.

— Tu seras le premier à le savoir.

Je dois m'arracher à ses bras, car le quitter est la dernière chose dont j'ai envie.

— Je t'enverrai un message quand je serai sur le chemin du retour.

— Je serai ici à t'attendre.

Je l'embrasse une dernière fois avant de monter dans le SUV Volvo bordeaux de sa mère, où une odeur persistante de quelque chose de léger et de floral me fait regretter une femme que je ne rencontrerai jamais. Je veux en savoir plus sur les deux parents de Jack, pour avoir l'impression de les connaître.

Pour me rendre chez Ramona, j'emprunte deux ponts, l'un neuf et spacieux, l'autre vieux et branlant. Le vieux me fait peur, comme lorsque j'étais adolescente et que je l'empruntais autrefois pour me rendre à un match de football ou de crosse.

Je détestais conduire sur ce pont à l'époque, et je le déteste encore aujourd'-hui. Je déteste également que la nuit tombe de bonne heure depuis la fin de l'heure d'été. Il fait déjà nuit à 17 h 15 lorsque j'entre dans la ville pittoresque de Bristol, connue pour accueillir la plus ancienne parade du 4 juillet du pays. Nous y allions tous les ans quand nous étions jeunes, jusqu'à ce que nous gran-dissions et préférions passer du temps avec nos amis plutôt que de sortir en famille. Les sorties à six semblent dater d'il y a un million d'années, maintenant.

Ramona habite à proximité de l'avenue Metacom, dans un quartier soigné composé de maisons traditionnelles à étage. La sienne est peinte en blanc, avec des volets bleus et un jardin bien entretenu. Je me gare dans l'allée, derrière un monospace argenté.

Elle m'accueille à la porte, ressemblant beaucoup à ce dont je me souviens d'elle au lycée : petite, cheveux courts et lunettes à monture métallique.

— Entre, me dit-elle. Ça me fait plaisir de te voir après tout ce temps.

— Moi aussi.

Sa maison sort tout droit d'une émission de décoration.

— C'est magnifique.

— Merci. C'est un peu un hobby, mais ce n'est pas facile de la garder belle avec trois enfants dans les pattes.

— Tu as beaucoup de talent.

— Oh, merci. Cela me permet de ne pas devenir folle avec le travail, les enfants et tout le reste.

— Que fais-tu comme travail ?

— Je dirige un cabinet de chiropracteur.

— Je parie que tu es très occupée.

— Oui, en effet. Je peux t'offrir un café, un thé, de l'eau ou un Coca light ?

— De l'eau, ce serait parfait. Merci.

Elle apporte l'eau pour moi et un coca light pour elle à la table où nous nous assoyons l'une en face de l'autre.

— Il faut vraiment que j'arrête, mais je suis accro, dit-elle à propos de la boisson gazeuse.

— Je l'étais, moi aussi. J'ai arrêté il y a environ cinq ans.

— Il faut que je m'y mette sérieusement, mais nous ne sommes pas là pour parler de Coca light.

— J'étais soulagée d'apprendre que tu t'étais manifestée, toi aussi.

— Pareil. C'était dur de garder ces informations pendant tout ce temps. Ce qu'ils lui ont fait subir…

— Je sais. J'en étais malade, mais pas assez pour risquer de détruire ma propre vie pour la soutenir. J'en suis venue à me détester à cause de ça à l'époque, et je continue à me détester aujourd'hui.

— Je comprends ce sentiment, dit Ramona en soupirant. Je voulais tellement le dénoncer que ça me torturait à l'époque, mais j'ai continué à lire ce qu'ils disaient d'elle et j'ai essayé d'imaginer comment ce serait s'ils s'en prenaient à moi. Je n'arrivais pas à me manifester.

Je tends la main par-dessus la table et la pose sur la sienne.

— Je comprends tout à fait. Mon frère était l'un de ses meilleurs amis. Il était outré qu'elle accuse Ryder d'une telle chose.

— Ça a dû être très dur pour toi.

— Oui, oui.

— C'était déjà assez dur pour moi de les avoir vus marcher ensemble vers les bois. Je n'ose pas imaginer ce que ça aurait été d'être témoin de l'agression.

Je secoue la tête.

— Horrible et déchirant.

Après une pause, j'ajoute :

— J'étais avec une amie qui m'a convaincue que nos vies deviendraient un enfer si nous disions quoi que ce soit. Elle m'a pratiquement traînée de là pour m'obliger à partir.

— Je suis vraiment désolée. Est-ce qu'elle témoigne aussi ?

— Non. Elle a des relations personnelles.

— C'était Sienna ?

— Je, euh…

— Je comprends. Elle sortait avec Cam à l'époque et est son épouse maintenant.

— C'est exact. J'ai dit au procureur que je ne parlais qu'en mon nom.

— Je comprends. Je ne dirai jamais rien. Ne t'inquiète pas.

Elle boit une gorgée de son verre.

— Quand j'ai appris que tu t'étais présentée comme témoin, dit-elle, j'étais dans un sale état. C'est la première fois que j'ai raconté à mon mari ce que j'avais vu et comment cela m'avait affectée. Il m'a encouragée à me manifester à mon tour.

— Je suis heureuse que tu l'aies fait.

— Je veux que tu saches… Même si je ne le lui avais pas dit, ni à lui ni à personne d'autre, ce que j'avais vu cette nuit-là, je n'ai jamais cessé d'y penser ou de me demander quel genre de personne j'étais pour être restée silencieuse alors qu'une autre jeune femme se faisait traîner dans la boue. Ça m'a hantée.

— Moi aussi, et c'est un grand soulagement de parler à quelqu'un qui comprend vraiment. Cela m'a fait remettre en question tout ce que je pensais savoir sur moi-même.

— Oui, c'est exactement ça. Je n'ai pas été élevée comme une personne qui reste silencieuse face à l'injustice. Je suis une bénévole très active dans un centre local d'aide aux victimes d'agressions sexuelles et auprès de la ligne téléphonique d'urgence de l'État pour les victimes de viol. Les gens m'ont complimentée pour mon engagement, mais je n'ai jamais eu l'impression de mériter ces éloges. Il me semble que c'est le moins que je puisse faire.

— J'ai fait du bénévolat du même type en ville pendant des années. C'était un travail important et utile, mais il n'a pas apaisé ma conscience comme je m'y attendais. Pas comme le fait de m'être enfin manifestée.

— Rapporter ce que j'ai vu a été extrêmement libérateur.

— Mais ce n'est pas sans conséquence. Je n'arrête pas de penser à sa femme et à ses enfants, qui ont vu une bombe exploser au beau milieu de leur vie lorsqu'il a été arrêté.

— Tu sais que c'est de sa faute à lui, pas de la tienne, n'est-ce pas ?

— Intellectuellement, oui. Sur le plan émotionnel ? J'ai de la peine pour elle et pour ses enfants. Tout le monde dit que c'est une personne charmante.

— Qui a été mariée à un violeur qui lui a probablement menti sur son passé.

— C'est ça.

— Que sais-tu de Neisy ? J'ai souvent pensé à elle au fil des ans, mais il n'y a rien sur elle en ligne depuis qu'elle a terminé ses études secondaires en Virginie.

— Houston m'a dit qu'elle est mariée à son petit ami d'enfance. Ils ont quatre enfants et vivent dans la région de Norfolk. Il est officier de marine.

— Oh, waouh ! Je suis ravie d'apprendre qu'elle va bien. Cela a dû être une bombe pour elle aussi.

— C'était le cas, et au début, elle n'était pas sûre de pouvoir y participer. Après y avoir réfléchi, elle a appelé Houston pour lui dire qu'elle était partante, et qu'elle voulait que les garçons qui avaient signé cette déclaration sous serment à son sujet soient également punis.

— C'était dégoûtant, ça. J'ai largué Brody après qu'il m'a dit ce qu'ils faisaient. J'espère qu'ils auront tous ce qu'ils méritent.

On entend des portières de voiture se fermer dehors.

— C'est ma famille qui rentre du cours de danse. J'ai deux filles de sept et neuf ans et un fils de quatre ans.

Ils entrent par le vestibule de la cuisine, dans un brouhaha de petites voix enfantines et de sacs qui tombent lorsque leur père leur demande d'enlever leurs chaussures.

Les filles ont des cheveux blonds et bouclés, et des visages de chérubins. Elles se précipitent dans les bras de leur mère, et puis elles semblent me remarquer.

— C'est mon ami Blaise du lycée. Blaise, voici Audra et Heidi, mon fils James et mon mari Tony.

— Je suis ravie de vous rencontrer.

Le petit garçon est timide et se cache derrière son père. Les filles sont très polies et me serrent la main en me disant qu'elles sont également ravies de me rencontrer. Un sentiment de besoin profond s'empare de moi sans crier gare. Comment serait-ce d'avoir un jour une petite fille à moi ? Je n'ai jamais désiré avoir un enfant, mais maintenant, tout semble possible.

— Je ne veux pas abuser de ton temps. Je suis contente qu'on ait pu parler.

— Moi aussi, dit Ramona en me raccompagnant à la porte. Restons en contact, d'accord ?

— Ça me ferait très plaisir.

Nous nous prenons dans les bras et disons au revoir. En quittant sa maison, je m'émerveille de voir comment deux personnes qui se connaissaient à peine au lycée sont devenues les actrices principales de ce feuilleton télévisé. Il fait nuit noire lorsque j'arrive au pont. Je me souviens que ma mère détestait cette période de l'année où l'hiver de la Nouvelle-Angleterre s'installe dans une obscurité froide et morne qui dure des mois.

Je suis sur le pont, pensant qu'il me faut appeler ma mère pour prendre de ses nouvelles, lorsque des phares brillants derrière moi m'aveuglent. Je règle le rétroviseur, mais cela ne suffit pas à réduire l'éblouissement. Alors que je franchis le sommet du pont, je suis percutée par-derrière. Le choc me projette dans la circulation en sens inverse. Je freine brusquement, la voiture tourne sur elle-même, et je hurle à l'idée de plonger dans l'eau noire et glacée en contrebas.

C'est ma dernière pensée avant que tout ne devienne noir.

CHAPITER 30

Jack
LE PRÉSENT

J'ai une tonne de travail à faire, mais je n'arrive pas à me concentrer sur quoi que ce soit.

C'est incroyable de voir à quelle vitesse Blaise est devenue le centre de mon existence. Si on m'avait demandé avant qu'elle n'arrive si j'étais heureux, j'aurais dit oui. J'aime mon travail et je me suis adapté à la vie sans mes parents, j'ai réglé leur succession et j'ai survécu aux premières années sans eux pour les anniversaires et les vacances. Mais aujourd'hui, je me rends compte qu'il y a une énorme différence entre être bien et être vraiment heureux.

Blaise m'a rendu plus heureux que je ne l'aie jamais été.

Elle m'a envoyé un texto pour me dire qu'elle était en route depuis Bristol, alors j'emmène Fenway jouer dehors jusqu'à ce que Blaise rentre à la maison.

Lorsque nous arrivons dans la cour, les nouveaux éclairages sont activés par le mouvement.

Fenway est déconcertée pendant une seconde par la lumière, mais elle s'en remet rapidement en voyant que je tiens sa balle préférée.

Nous jouons pendant une demi-heure, jusqu'à ce qu'elle soit si fatiguée qu'elle s'allonge devant moi, signe que le jeu est terminé.

Je suis en train de ramasser la balle lorsqu'un 4x4 de la police entre dans la cour, le gyrophare allumé.

Mon estomac se serre et la peur me glace de la tête aux pieds.

Houston saute de la voiture.

— Jack… Blaise a eu un accident.

Je ne peux ni bouger, ni penser, ni respirer, ni faire quoi que ce soit d'autre que de subir la vague d'effroi qui me submerge. S'il vous plaît, non. Pas elle, aussi. Je savais que j'aurais dû partir avec elle.

— Jack ? Viens avec moi. Je vais te conduire à elle.

— Où… où est-elle ?

— Ils la transportent à Charlton.

Fenway aboie, comme pour demander ce qui se passe. J'aimerais pouvoir le lui dire.

— Il faut que je prenne Fenway. Je ne peux pas la laisser seule ici.

Pas avec des gens qui mettent le feu à ma propriété.

— Mets-la sur la banquette arrière. Je la garderai avec moi pendant que tu seras avec Blaise.

Je sais que je suis censé bouger, marcher, être utile, mais la peur de perdre Blaise si peu de temps après l'avoir trouvée me cloue à l'endroit où Houston m'a trouvé.

— Elle a besoin de toi, Jack.

Ces quatre mots parviennent enfin à briser l'effroi et à me pousser vers la maison pour attraper la laisse de Fenway et mon portefeuille.

Houston nous conduit jusqu'à Fall River gyrophare et sirène en marche, ce qui n'arrange en rien mon anxiété.

— Qu'est-ce que tu sais sur ce qui s'est passé ?

— Quelqu'un l'a emboutie sur le pont de Mount Hope, et elle s'est retrouvée dans le trafic venant en sens inverse. Un camion l'a percutée de face.

Quand je pense à comment cela a dû être, j'ai envie de vomir.

— Elle a dû être terrifiée.

— Elle était inconsciente quand les secours l'ont trouvée.

— Ont-ils attrapé celui qui l'a emboutie ?

— Il a pris la fuite, mais les gens qui étaient dans la voiture derrière le pick-up qui l'a percutée ont relevé la plaque, et ils sont en train de le chercher.

— C'était intentionnel. Quelqu'un l'a suivie et a attendu de lui faire ça sur le pont, où ce serait le plus effrayant possible.

— Probablement, dit Houston, d'un air aussi sombre que moi.

— Va-t-elle s'en sortir ?

— Je n'ai pas de nouvelles depuis qu'ils ont dit qu'ils l'emmenaient, mais ils l'ont transportée à Charlton et non à l'hôpital du Rhode Island.

— Qu'est-ce que ça veut dire ?

— Charlton n'est pas un centre de traumatologie de niveau 1, alors que l'hôpital du Rhode Island l'est.

— C'est donc une bonne nouvelle.

— Je pense que oui, mais je n'en suis pas sûr.

— Si c'est quelque chose de positif, je le prends volontiers.

La radio de Houston se met à crépiter avec un appel du centre de régulation.

— Commissaire, la police de Bristol nous a informés que la victime qui a été transportée à Charlton…

Mon cœur s'arrête lorsque la communication radio s'interrompt.

— Quoi ? Qu'est-ce qu'elle a ?

— Centre de régulation, veuillez répéter votre dernière transmission.

Je retiens ma respiration et je prie comme je ne l'ai pas fait depuis des années. *S'il vous plaît. S'il vous plaît. S'il vous plaît.*

— Commissaire, la victime est réveillée et alerte.

Le soulagement est si grand que je m'effondre immédiatement en larmes. *Je vous remercie. Je vous remercie. Merci.*

Houston continue de communiquer avec le répartiteur, mais je fais la sourde oreille. J'ai entendu la seule chose qui compte pour moi. Elle est vivante, réveillée et alerte.

Je lui lance un regard furtif.

— Il faut faire quelque chose pour la garder en sécurité jusqu'à ce que tout soit terminé.

— J'ai déjà parlé à Josh Spurling au bureau du procureur général. Ils vont la mettre dans une maison sécurisée de la police d'État avec une protection permanente. Ils vont aussi placer des officiers chez toi.

— Je veux être avec elle, et Fenway va là où nous allons.

— C'est ce que je leur ai dit. Je te ramène chez toi pour que tu fasses tes bagages.

— Merci, Houston. Pour tout, surtout pour avoir envoyé Blaise chez moi quand elle avait besoin d'un endroit où rester. J'espère que je pourrai t'en remercier jusqu'à la fin de mes jours.

— C'est génial. Je suis très content pour vous deux.

— Moi aussi, je suis content pour nous. Il ne faut pas qu'il lui arrive quelque chose.

— J'ai bien compris. On s'en occupe.

Nous arrivons aux urgences de Charlton quelques minutes plus tard. Il s'arrête devant la porte.

— Vas-y. J'ai Fenway. Appelle-moi quand tu seras prêt à rentrer.

— Merci encore.

— Pas de problème.

Alors qu'il démarre, j'entre par les portes automatiques. À la réception, je demande Blaise.

— Êtes-vous un membre de la famille ?

— Oui.

C'est le « mensonge » le plus facile que j'aie jamais dit. Je suis sa famille et elle est la mienne. Nous n'avons pas besoin d'une cérémonie ou de vœux pour que ce soit vrai.

— Laissez-moi vérifier son évolution. Je reviens tout de suite.

J'ai envie de dire à cette femme de se dépêcher, que Blaise est très vite devenue la personne la plus importante de ma vie, que je veux l'épouser, fonder une famille avec elle et tout avoir avec elle. Mais je ne dis rien de tout cela. Je reste simplement là et je pense *très fort* à ce que Blaise représente pour moi pour que l'infirmière comprenne. Je suis tellement content de lui avoir dit que je l'aimais. J'avais envie de le lui dire depuis un moment.

Comment est-ce arrivé ? Comment cette beauté rousse a-t-elle pu devenir plus importante pour moi que ma propre vie ? Un jour, je m'occupais de mes affaires, de ma maison et de mon chien, tout en développant ma carrière artistique. Le jour d'après, elle était là, et tout avait changé. Je n'ai jamais vraiment cru au destin, aux âmes sœurs, au grand amour et à tout cela. Mais maintenant, je comprends. Je comprends pourquoi des gens parfaitement sains d'esprit font les choses les plus folles pour s'accrocher à l'amour une fois qu'ils l'ont trouvé.

C'est ce qu'il y a de plus précieux et parfait au monde, et tout ce que je veux, c'est ressentir cela pour le reste de ma vie.

L'infirmière revient et me fait signe de la suivre.

Je me déplace si vite que je manque de lui rentrer dedans quand elle me fait franchir les doubles portes du service des urgences qui grouille d'activité. Nous empruntons un couloir, passons devant plusieurs chambres de patients jusqu'à ce que nous nous arrêtions devant la sienne.

Je retiens un cri en voyant la coupure sur son front, les ecchymoses sur son visage et son bras immobilisé dans une sorte d'attelle gonflable.

Ses yeux se remplissent de larmes quand elle m'aperçoit.

J'ai du mal à me contenir en allant vers elle. Mon cœur bat la chamade quand je réalise que je suis passé à deux doigts de la perdre.

— Mon amour… lui dis-je.

Son menton tremble.

— Je vais bien.

— Oui, tu vas bien. Tu vas t'en sortir à merveille.

Je caresse sa joue intacte et l'embrasse doucement.

— J'ai eu tellement peur.

— Je n'ose même pas imaginer.

— J'ai toujours détesté conduire sur ce pont.

— Tu n'auras plus jamais à le faire. Je t'emmènerai chaque fois que tu auras besoin d'aller là-bas.

— Et la voiture de ta mère… J'espère qu'elle n'est pas fichue.

Je n'y avais pas pensé.

— Ce n'est qu'une voiture. La seule chose qui compte, c'est que tu t'en sois sortie.

Son menton continue de trembler pendant que des larmes glissent le long de ses joues.

— Je n'ai fait que penser à toi, dit-elle.

— Pareil, ma chérie. Dès que tu es partie, j'ai commencé à penser à toi, et quand Houston est venu me dire que tu avais eu un accident…

Je secoue la tête.

— J'aurais dû y aller avec toi, ajouté-je.

— Alors tu aurais été blessé, aussi.

Ses yeux s'écarquillent soudain.

— Où est Fenway ?

— Avec Houston.

— Oh, c'est bien. C'est bien.

— Je ne la laisserai jamais seule.

— Tu ne peux pas, à cause de tous les problèmes que j'ai causés.

— Ne dis pas ça. Tu m'as tant donné. Des choses que je n'ai jamais eues auparavant.

Je ne peux m'empêcher de toucher toutes les parties d'elle que je peux atteindre. Son magnifique visage, ses cheveux soyeux, la main qui tient la mienne si fort.

— Ils vont nous mettre en sécurité jusqu'au procès, lui dis-je.

— Tu vas détester. Ton travail est à la maison.

— Je peux l'apporter.

— Cela bouleverse tellement ta vie.

— Oui, c'est vrai, dis-je en souriant. Tu es le meilleur bouleversement qui soit.

— Je suis sérieuse.

— Moi aussi, dis-je en embrassant le dos de sa main. Je n'ai jamais été aussi sérieux à propos de quoi que ce soit.

Ils la laissent sortir à vingt-deux heures ce soir-là en lui ordonnant de consulter un médecin orthopédiste demain au sujet de son entorse aiguë au poignet.

Houston nous attend devant la porte des urgences.

Fenway devient folle sur la banquette arrière lorsqu'elle nous voit nous approcher de la voiture.

Une infirmière pousse Blaise dans un fauteuil roulant, et moi, je la suis, portant un sac en plastique rempli des affaires avec lesquelles elle est arrivée.

J'aide l'infirmière à l'installer sur le siège avant et je lui mets la ceinture de sécurité, en avançant prudemment pour ne pas la blesser.

— Ça va comme ça ?

— Oui, merci.

Le nez de Fenway apparaît dans l'espace entre l'appui-tête et la portière, sa langue s'adressant à Blaise.

— Je suis là, ma petite puce, dit Blaise.

Elle tend la main pour frotter le museau de Fenway. Cela lui vaut un coup de langue humide dans la paume de sa main.

— Pousse-toi, ma fille, dis-je en m'installant sur la banquette arrière.

La chienne est tellement heureuse de me voir qu'elle fait ce qu'on lui dit, pour une fois.

— J'espère qu'elle ne t'a pas rendu fou, dis-je à Houston.

— Pas du tout. Elle a été très gentille. Nous sommes passés voir mes parents et nous avons joué à la balle dans le jardin.

— Elle a dû adorer ça.

— Oui, oui. Son enthousiasme nous a fait rire.

— Merci encore d'avoir pris soin d'elle pour nous.

— C'était un vrai plaisir.

— Alors, c'est quoi le plan ?

— Je vous emmène à la planque de Cranston pour ce soir. Nous avons tout ce qu'il faut pour vous là-bas. Demain, un officier de la police d'État vous ramènera chez vous pour préparer le reste de ce dont vous avez besoin. Ils ont positionné deux officiers chez vous pour des gardes tournantes de vingt-quatre heures.

— Que sait-on du pick-up qui a heurté Blaise ?

— Il appartient au père de Ryder. Nous le recherchons.

— Quoi ? murmure Blaise.

— Ce n'est pas la première fois qu'il a des ennuis, dit Houston en me jetant un coup d'œil dans le rétroviseur. Il a été arrêté la première fois que Ryder a été inculpé pour avoir harcelé la famille de Denise.

— Je n'aurais jamais imaginé qu'il y aurait autant d'ennuis à mon retour, dit Blaise l'air exténué. Je savais que les gens paniqueraient à l'idée qu'il y ait un témoin, mais pas comme ça.

— Rien de tout cela n'est de ta faute, Blaise, dit Houston.

— J'ai l'impression que si.

Je pose ma main sur son épaule.

— Ce n'est *pas* le cas. Tu n'as rien fait pour mériter qu'ils s'en prennent à toi de cette façon. C'est de sa faute à *lui*. Pas la tienne.

Elle n'a rien à répondre. Je vais devoir continuer à lui rappeler qui a commis un crime et qui pas.

La maison de Cranston se trouve dans une rue banale, composée de pavillons traditionnels bien entretenus. Je m'attends à voir des véhicules de la police d'État à l'extérieur, mais il n'y a que des SUV banalisés. Je sors et je fais le tour de la voiture en courant pour venir aider Blaise.

— Fais doucement.

— C'est tout ce que je peux faire pour l'instant.

Houston prend Fenway sur le siège arrière et nous suit dans la maison où quatre officiers en civil nous accueillent.

Blaise s'appuie sur moi et fait des petits pas délicats.

— Par ici, dit l'un des agents en nous conduisant à la chambre principale au bout du couloir.

Ils nous laissent seuls pendant que j'aide Blaise à s'installer dans son lit, en la calant avec de nombreux oreillers.

— Ça va comme ça ?

Son teint blême a perdu tout son rose habituel.

— Oui, oui.

— Qu'est-ce que je peux t'apporter ?

— Un verre d'eau serait super, et je suis censée aller chercher des médicaments à la pharmacie.

— Je vais demander à Houston de le faire.

J'embrasse le côté non blessé de son visage et je vais voir Houston.

— Quelqu'un doit aller chercher des médicaments à la pharmacie.

— J'y vais.

Je lui donne une feuille de papier qui explique que des ordonnances ont été envoyées à une pharmacie ouverte vingt-quatre heures sur vingt-quatre, ainsi que ma carte de crédit.

— Merci, lui dis-je.

— Je reviens tout de suite.

— Où puis-je trouver un verre ? demandé-je à l'un des agents.

Il m'indique le placard en question.

Je retourne dans la chambre avec un verre d'eau froide.

Comme elle a les yeux fermés, je pose le verre sur la table de nuit.

— Je ne dors pas, murmure-t-elle.

— Je n'étais pas sûr. Voici l'eau.

— Merci pour tout ce que tu fais.

— Ce n'est pas grand-chose.

— Si, ça l'est. J'ai gâché ta vie.

— Ma vie était si ennuyeuse jusqu'à ce que tu arrives.

Je m'assois avec précaution sur le matelas à côté d'elle.

— La seule chose qui compte, c'est que tu vas t'en sortir.

— Ce n'est pas la seule chose qui compte, dit-elle en pleurant.

— Pour moi, si. S'il te plaît, ne t'inquiète pas pour moi, pour ma vie, pour mon travail ou pour quoi que ce soit d'autre. Tout ira bien.

— Je devrais tout simplement leur donner ce qu'ils veulent et refuser de témoigner, pour qu'ils nous laissent tranquilles.

— Pas question, Red. Tu es allée trop loin pour laisser tomber maintenant. Bientôt ce sera fini, et nous aurons tout le reste de notre vie ensemble.

— Tu viens de me donner un surnom ?

— Peut-être.

— Bien que j'aie été rousse toute ma vie et que j'aie eu un million de surnoms y faisant référence ainsi qu'à mon prénom, personne ne m'a jamais appelée comme ça.

— Ça te va si je le fais ?

— Oui, ça me va. Tu as des nouvelles de la voiture de ta mère ?

— Elle est abîmée, mais réparable.

— C'est un grand soulagement. Je sais à quel point c'est important pour toi d'avoir sa voiture.

— J'ai l'impression que ma mère a peut-être joué un rôle en te protégeant.

Fenway entre dans la chambre et saute sur le lit à côté de Blaise.

Avant que je puisse lui dire de faire attention, elle se met à plat ventre et s'avance lentement et prudemment, comme si elle savait qu'il lui fallait être douce.

— Bonjour ma belle. C'est la meilleure des fifilles.

Blaise lui gratte les oreilles et en échange gagne une lèche douce et tendre sur son poignet.

— Ça fait plaisir de savoir qu'elle peut être sage de temps en temps.

— Je l'aime.

— Elle t'aime aussi, dis-je en embrassant celle que j'aime sur son front. Repose-toi. Je reviens tout de suite.

Vingt minutes plus tard, Houston est de retour avec les médicaments, qui assomment Blaise rapidement. C'est un soulagement, car elle souffrait.

— Est-ce qu'on sait s'ils ont arrêté le coupable ? demandé-je à Houston.

— Pas encore, mais tout le monde le recherche.

CHAPITRE 31

Ryder
LE PRÉSENT

Je suis tiré d'un sommeil agité par quelqu'un qui tambourine à la porte d'entrée. *Qu'est-ce qu'il y a encore ?* me demandé-je en allant voir ce qui se passe.

Ma mère resserre la ceinture de son peignoir en ouvrant la porte à des flics qui brandissent leurs badges.

— Nous cherchons David Elliott.

Le plus âgé des deux policiers est mon camarade de lycée, Caleb Anders. Il ne me regarde pas.

— Il n'est pas là.

— Où est-il ?

— Je ne sais pas. Il n'est pas rentré tout à l'heure.

— Pouvez-vous le localiser ?

— Non.

C'est un mensonge. Elle nous suit à la trace depuis des années.

— Pourquoi le cherchez-vous ? demandé-je.

— Il a eu un accident de voiture tout à l'heure.

— Il va bien ? demande Maman.

— Nous n'en savons rien. C'est une des raisons pour lesquelles nous aimerions lui parler. Pourriez-vous l'appeler ?

Maman hésite.

— Fais-le, lui dis-je avec un sentiment d'impuissance.

Ils ne seraient pas ici si mon affaire n'était pas impliquée d'une manière ou d'une autre, c'est sûr. Nous ne pouvons rien faire qui puisse aggraver la situation.

Elle sort son téléphone de la poche de son peignoir et appelle Papa.

— Où es-tu ? La police te cherche.

Je ne peux pas entendre ses réponses.

— Rentre à la maison tout de suite.

Après une pause, elle dit :

— Dave, on a besoin de toi. S'il te plaît, ne fais rien de stupide.

— Madame, où est-il ?

Elle met sa main sur le téléphone, pour que mon père ne l'entende pas.

— Que va-t-il lui arriver ?

— Il va être arrêté et inculpé de tentative d'homicide, d'avoir quitté le lieu d'un accident, d'avoir causé intentionnellement un accident et de suspicion d'incendie criminel.

— *Quoi ?*

Son cri transperce l'air autour de moi.

— Il ne ferait pas ça ! balbutie-t-elle.

On entend un clic, indiquant que mon père a mis fin à l'appel.

— Malheureusement, il a bien causé l'accident. Nous avons de nombreux témoins ainsi que les images des caméras de Mount Hope qui montrent le moment de l'impact.

— Qui a-t-il heurté ? demandé-je, craignant de connaître déjà la réponse.

— Blaise Merrick.

— Est-elle...

— Elle a survécu à ses blessures.

— Êtes-vous sûre de ne pouvoir le localiser ?

Les mains de Maman tremblent lorsqu'elle vérifie son téléphone.

— Il l'a éteint.

J'utilise le mien pour envoyer un message à Cam. *Papa a percuté la voiture de Blaise sur le pont MH. Elle s'en est sortie avec des blessures. Les flics sont ici en ce moment, ils le recherchent pour ça et pour suspicion d'incendie criminel. L'un des flics est Caleb Anders.*

Putain de merde. À quoi pensait Papa ? Et incendie criminel ?? C'est du délire ! Où est-il ?

Aucune idée. Il a coupé sa localisation.

Je vais voir ce que je peux trouver.

— Cam s'en occupe, dis-je à Maman en la guidant pour qu'elle s'assoie sur le canapé.

La lueur des lumières d'urgence devant la maison pénètre par les rideaux. Je suis sûr que les voisins se sont rassemblés dans la rue.

— Comment a-t-il pu faire ça ? demande-t-elle en pleurant. Ça ne lui a pas servi de leçon, la dernière fois ?

La descente aux enfers de mon père est de ma faute. Tout est de ma faute. Il n'aurait jamais fait les choses dont on l'accuse si je n'avais pas fait ce que j'ai fait.

Nous avons appris il y a deux jours que Neisy avait rejeté l'accord de plaidoyer. Elle veut que l'affaire soit jugée. Par conséquent, le procureur général a retiré l'offre en cours, et je serai jugé. En outre, les dix hommes, dont Cam, Arlo et Dallas, qui ont signé la déclaration sous serment il y a quatorze ans, sont tenus de la désavouer publiquement et de s'excuser auprès de Neisy pour éviter des poursuites pénales. Cela les exposera à des responsabilités civiles potentielles si elle décide d'intenter une action en justice. Et pourquoi s'en priverait-elle ?

Hier, j'ai payé les vingt-cinq mille dollars d'avance sur honoraires à Bridget pour diriger mon équipe de défense et préparer l'audience préliminaire de vendredi. Il ne reste plus que cinq mille dollars sur le compte commun que je partage avec Caroline, ce qui est terrifiant avec les paiements de l'hypothèque et de la voiture qui arrivent à échéance le premier du mois. Il ne restera pas grand-chose pour subvenir aux besoins de ma famille une fois ces factures payées.

J'étais encore en train de digérer ces conséquences choquantes, et maintenant ça.

Mon téléphone sonne et c'est Cam qui m'appelle.

— Alors ?

— En plus de l'avoir percutée sur le pont et de l'avoir envoyée dans la circulation en sens inverse, ils pensent que Papa a mis le feu au chalet où Blaise avait séjourné à LE.

Je reste sans voix.

— C'est grave, Ry. Il va faire de la prison ferme pour ça, et tout ça pour rien. Il pourrait même la tuer que sa déclaration sous serment serait toujours utilisée au tribunal.

Comment allons-nous encore payer un autre avocat de la défense ?

— Tu es là ?

— Ouais. Je ne sais pas quoi dire.

— Il pourrait peut-être monter une défense de folie temporaire. Son fils a été inculpé, il a perdu les pédales. C'est un peu poussé, mais ça pourrait lui permettre d'être interné plutôt que d'être envoyé en prison.

— Je peux essayer de lui parler.

— C'est moi qui m'en occupe à partir de maintenant. Ne t'en mêle pas. Tu as déjà assez à faire.

Avant que je puisse répondre, ça raccroche.

Ma femme m'a quitté et a emmené mes enfants.

Maman est inconsolable.

Mon frère est furieux.

Mon père est en état d'arrestation – une fois de plus.

Et tout cela à cause de moi.

Je ne me suis jamais autant détesté.

———

Cam
LE PRÉSENT

Ma famille est en train de s'effondrer, et il n'y a pas la moindre chose que je puisse faire pour l'éviter.

— Qu'est-ce qui ne va pas ? demande Sienna en sortant de notre chambre.

Je me suis levé quand j'ai reçu le premier message de Ryder.

— Mon père est soupçonné d'avoir essayé de tuer Blaise.

— Oh, mon Dieu. Qu'est-ce que je peux faire ?

— Reste ici avec les enfants et n'en parle à personne.

— Où vas-tu ?

— Essayer de le trouver.

Je passe dans la chambre pour enfiler un jean et un pull, j'attrape mon portefeuille et je me dirige vers le garage.

— Blaise va bien ?

— Elle est blessée. Je ne sais pas si c'est grave.

— Tu me tiendras au courant ?

— D'accord.

Je me tourne vers elle.

— S'il te plaît, Sienna. N'en parle à personne.

— Je ne le ferai pas. Je ne ferais jamais cela.

Avec un hochement de la tête, je la laisse dans la cuisine et je me rends au garage. En parcourant la ville où j'ai vécu toute ma vie, à la recherche du pick-up Chevrolet noir de mon père, j'essaie de penser à où il pourrait bien se trouver.

Ces derniers jours ont été les pires de ma vie. Bien pires que la première fois que Ryder a été inculpé. Les enjeux sont tellement plus importants maintenant que nous sommes mariés et que nous avons une famille. Plus d'une fois ces derniers jours, je me suis dit que j'aurais dû me manifester dès que Ryder m'a fait ses premiers aveux.

Si je l'avais fait, il aurait déjà purgé sa peine et ce cauchemar appartiendrait au passé, pour nous tous. Au lieu de cela, la situation est mille fois pire que ce qu'elle aurait été à l'époque. C'est sûr qu'avec le recul, tout devient vraiment clair.

Je prends un appel d'Arlo.

— Je viens d'apprendre que les flics recherchent ton père. Qu'est-ce qui se passe ?

— Il a essayé de tuer Blaise.

— Il a fait *quoi* ?

— Tu m'as bien entendu.

— Allez… Il a vraiment essayé de la tuer ?

— Peut-être même deux fois. Le chalet où elle séjournait à LE a été incendié.

— J'ai entendu dire qu'il y avait eu un incendie, mais pas que cela la concernait.

— Elle n'était pas dans le chalet à ce moment-là, mais ils peuvent toujours inculper mon père pour tentative de meurtre en plus de l'incendie volontaire s'ils peuvent prouver qu'il la visait, ce qui est bien sûr le cas.

— Je dois dire, mec… Ça risque d'être le terminus pour moi.

— Qu'est-ce que tu veux dire par là ?

— J'ai soutenu Ryder pendant toutes ces années, je l'ai défendu, j'ai quitté mon emploi pour travailler sur sa campagne, et puis j'ai entendu qu'il était prêt à plaider coupable, ce qui nous a exposés tous à des responsabilités pénales et civiles potentielles. Il n'a pensé qu'à lui-même lorsqu'il a négocié cet accord, et maintenant ton père essaie de *tuer* ma sœur ? Je ne suis pas d'accord avec ce qu'elle fait, mais il a essayé de la tuer ? *Deux fois ?*

— Arlo...

— Il n'y a rien que tu puisses dire. Tout ce temps, je l'ai cru quand il disait qu'il ne l'avait pas fait. J'ai misé ma propre réputation sur sa parole. Mais ce n'étaient que des conneries, hein c'est vrai ? Il a *bel et bien* attaqué Neisy. Il l'a *vraiment* violée. Et il nous a menti pendant *des années*, et maintenant ses mensonges pourraient nous coûter, à moi et aux autres, tout ce que nous avons. Ton père a essayé de *tuer* ma sœur pour sauver un violeur. C'est bon, putain.

Il raccroche.

Mon cœur est brisé. Arlo a été un frère pour nous, mais je ne lui reproche pas de couper les ponts. Notre famille se désintègre sous mes yeux. Pourquoi quelqu'un voudrait-il rester près de nous ?

Je cherche mon père pendant des heures, tout en essayant de l'appeler à plusieurs reprises.

Je suis sous le choc lorsqu'il me rappelle.

— Qu'est-ce qui t'a pris ? demandé-je.

Il s'effondre en sanglots.

— Il fallait que je fasse quelque chose pour le sauver.

— Tu n'as fait qu'empirer les choses.

— Ce n'est pas ce que je voulais.

— *Qu'est-ce que tu pensais qu'il se passerait* quand tu as essayé de *tuer* Blaise Merrick *à deux reprises* ? Cela n'aide pas Ryder.

— Je pensais que si elle ne pouvait pas témoigner…

— Ils ont sa déclaration sous serment !

— Ils peuvent l'utiliser ?

— Oui, Papa. Ils peuvent l'utiliser.

— Je devais faire quelque chose avant qu'ils ne détruisent sa vie.

— Il a détruit sa vie tout seul.

— Pourquoi dis-tu une chose pareille ?

— Parce que c'est vrai. Il a fait ça tout seul, et il nous entraîne tous dans sa chute.

— Qu'est-ce que tu sais ?

— Je connais la vérité, Papa, et si tu m'avais posé cette question avant de t'en prendre à Blaise, peut-être que tu n'aurais pas empiré les choses pour Ryder et pour nous autres.

— Comment aurait-il pu faire une telle chose ?

— C'est à lui qu'il faut demander ça. En attendant, tu dois te rendre à la police.

— Je ne le ferai pas.

— Il le faut !

— S'ils veulent m'attraper, ils devront me tuer.

— Papa, est-ce que tu penses à Maman, à tes petits-enfants ou à quelqu'un d'autre que toi-même quand tu dis une chose pareille ?

— Je vous aime tous, mais je ne resterai pas là à les regarder détruire ton frère.

— Tu ne peux pas empêcher ce qui lui arrive !

— Je vais vous montrer.

Il raccroche, ce qui m'effraie car je me rends compte qu'aussi mauvaise que soit la situation actuelle, elle pourrait encore s'aggraver.

J'appelle la police de Hope et demande à parler à Caleb. Ils me disent qu'ils vont lui demander de me rappeler, ce qu'il fait quelques minutes plus tard.

— J'ai parlé à mon père. Il ne veut pas se rendre.

— Tout l'État est à sa recherche, Cam. On finira par le trouver.

— Il a dit que si vous le voulez, vous devrez le tuer. Il est déterminé à sauver Ryder.

— Merde. OK, merci pour l'info.

— Tu me tiendras au courant ?

— Si je peux. C'est plutôt chaud. Essayer de tuer un témoin qui s'apprête à témoigner contre son fils, c'est très grave.

— Je comprends et je suis désolé. Je ne sais pas à quoi il pensait.

— Tiens bon, Cam. Je te contacterai si je le peux.

— Merci.

Je rentre à la maison peu de temps après, alors qu'il devient évident que nos vies sont détruites.

Ça, c'est clair à ce stade.

Ryder m'appelle.

— Tu as trouvé Papa ?

— Non, mais je lui ai parlé, et il est dans un sale état. Il croyait aider Ryder. Et Arlo a appelé aussi. Il coupe les ponts avec nous. Que Papa ait essayé de tuer Blaise, ç'a été la fin pour lui, surtout après avoir entendu que tu allais plaider coupable.

— Je voulais en finir pour nous tous. Je pensais que si je prenais mes responsabilités, cela sauverait le reste d'entre vous.

— Au lieu de cela, tu nous as exposés à des responsabilités civiles qui pourraient nous ruiner.

— Ce n'est pas assez de dire que je suis désolé. Je le sais.

— Je dois y aller.

— Cam…

Je mets fin à l'appel. Je n'en peux plus pour l'instant.

À la maison, je reste assis dans la voiture pendant un long moment, réfléchissant à l'horrible bourbier dans lequel nous nous trouvons.

Sienna s'approche de la porte du garage, me voit assis là et sort pour monter dans la voiture.

— J'allais te demander comment ça s'est passé, mais je vois bien que ce n'était pas terrible.

— Pas terrible du tout. Il pensait aider en essayant de se débarrasser d'elle, et il dit que les flics vont devoir le tuer parce qu'il ne se rendra pas.

— Oh, mon Dieu.

— Arlo a appelé aussi. Il a fait une croix sur nous tous.

— Je suis désolé, Cam.

— Tout le monde est désolé, mais si l'un d'entre nous avait fait ce qu'il fallait à l'époque, rien de tout cela ne serait arrivé.

Elle s'éloigne.

— Tu me fais des reproches à *moi* ?

— Non, c'est à moi que j'en veux. Si seulement j'avais fait quelque chose quand il m'a dit qu'il l'avait fait.

— Tu ne l'aurais jamais fait. Cela ne sert à rien d'avoir des regrets. C'est inutile. Tu faisais partie de l'équipe Ryder depuis l'instant où tu as été placé dans ses bras tout bébé, et il n'y avait aucune chance que tu te retournes contre lui, que ce soit à ce moment-là ou plus tard.

— Ça m'a hanté. Que nous ayons fait ce que nous lui avons fait…

Je n'avais jamais dit cela à voix haute auparavant. Je secoue la tête.

— J'en étais malade.

— Moi aussi, dit-elle, mais pense à ce que nous étions à l'époque et à ce qui était important pour nous. Nous avons fait ce que nous pensions être juste.

— Nous étions assez âgés pour avoir plus de discernement, Sienna.

— Oui, je suppose que c'est vrai. Alors, qu'est-ce qu'on fait maintenant ?

— Maintenant, on attend et on espère que mon père n'aggravera pas les choses.

CHAPITRE 32

Blaise
LE PRÉSENT

Vendredi matin, je commence à me sentir un peu mieux, même si j'ai encore mal de la tête aux pieds. Je n'avais pas eu d'accident de voiture auparavant. Ce n'est pas quelque chose que je recommande. Mon visage est couvert d'ecchymoses colorées et mon poignet gravement foulé est enserré dans une attelle gonflable. Heureusement, je peux me doucher avec. Le brushing est un défi, puisque c'est mon poignet droit, mais je fais ce que je peux avec mes cheveux. Je ne m'embête pas à me maquiller.

Qu'ils voient ce que le père de Ryder m'a fait.

D'après ce que j'ai entendu, cela a fait les gros titres que M. Elliott a essayé de me tuer et qu'il a incendié le cottage où je séjournais. La police continue de le rechercher, mais sans succès jusqu'à présent. Tant qu'il est en liberté, je suis en danger, c'est pourquoi nous sommes toujours dans la maison sécurisée de la police d'État, plusieurs jours après y avoir été amenés.

J'ai parlé à ma mère tous les jours depuis l'accident, ainsi qu'à mes deux sœurs.

Teagan est hors d'elle.

— J'espère que c'est clair maintenant pourquoi tu ne t'es pas manifestée quand c'est arrivé.

— Je suppose que c'est l'avantage d'avoir failli être assassinée.

— Ne plaisante pas avec ça, Blaise. Rien de tout cela n'est drôle.

— Non, ça ne l'est pas, mais c'est toujours mieux que de garder le secret.

— Je t'admire pour ce que tu fais. Malgré tout ce qui s'est passé, tu es déterminée à obtenir justice pour Denise.

— Merci, mais j'aurais aimé être assez courageuse pour la défendre à l'époque.

— Tu le fais maintenant, et je suis sûre que c'est important pour elle.

— Je suppose que je vais le découvrir. Je la rencontre avant l'audience.

— Oh, bon sang. Comment tu te sens par rapport à ça ?

— Ça va. Elle a demandé cette rencontre. Je pense que c'est le moins que je puisse faire.

— Tu es une sacrée battante, Blaise. Je suis fière de toi.

— Merci. Ça me touche beaucoup.

Ma grande sœur est fière de moi. C'est vraiment cool. Ses compliments me touchent plus que je ne saurai le dire.

— Je serai au tribunal avec Maman.

— Vous n'êtes pas obligés de faire ça.

— On sera là pour te soutenir. J'ai mes propres regrets, tu sais. Si je n'avais pas été une pétasse égoïste à l'époque, tu serais peut-être venue me demander de l'aide. Je suis désolée que tu aies eu l'impression de ne pas pouvoir le faire.

— Ce n'est pas grave.

— Si, ça l'est. Cela me fait de la peine que tu aies souffert en silence pendant tout ce temps, pensant que tout le monde te détesterait si tu te manifestais.

— Arlo me déteste probablement.

— Il s'en remettra une fois qu'il aura compris que son bon copain est archicoupable. Je te rappelle que rien de tout cela n'est de ta faute, Blaise. Laisse la responsabilité à sa place sur ceux qui la méritent.

— J'essaie. Merci pour ton soutien. C'est important pour moi.

— Tu as mon soutien et mon amour. Je veux avoir la chance de te connaître à nouveau et que tu connaisses mes enfants… Je le veux tellement.

— Moi aussi. On va y remédier bientôt. Je te le promets.

— Chose promise, chose due.

— Merci encore, Teagan.

— Je t'aime, petite sœur.

— Je t'aime aussi.

J'ai sangloté pendant une demi-heure après cette conversation l'autre jour. Ma grande sœur m'aime. Elle est désolée que j'aie eu l'impression de ne pas pouvoir lui en parler quand c'est arrivé. Qu'est-ce qui aurait été différent, si cela avait été une possibilité ? Et ce qu'elle a dit à propos d'Arlo m'a aussi donné de l'espoir. Peut-être finira-t-il par me pardonner à un moment ou à un autre. Ce serait quelque chose, non ?

La police d'État nous conduit au tribunal de Newport et nous escorte à l'intérieur une heure avant l'audience, devant un énorme groupe de médias qui a été placé derrière un cordon sur le côté de l'escalier en pierre. L'inculpation d'un ancien candidat au Congrès pour agression sexuelle est un événement majeur dans ce petit État, surtout lorsque deux témoins oculaires se manifestent quatorze ans après les faits. Les médias ont épluché l'histoire sous tous ses angles, allant jusqu'à publier les transcriptions de l'audience préliminaire qui s'est tenue la première fois que Ryder a été inculpé.

Nous passons sous un portique détecteur de métaux. Mon sac à main est scanné comme dans un aéroport.

La main de Jack dans le bas de mon dos m'apporte le soutien dont j'ai tant besoin en ce moment. Il est resté à mes côtés pendant que je me reposais, que je me remettais de mes blessures et que je me préparais à témoigner aujourd'hui.

Josh Spurling nous attend à l'intérieur et nous escorte jusqu'à une salle privée.

— Comment vous sentez-vous ? me demande-t-il.

— J'ai encore mal, mais je me sens mieux.

— Je suis heureux de l'entendre. On m'a dit ce matin qu'on allait appeler les U.S. Marshals[1] pour retrouver M. Elliott.

— Ce sera un soulagement d'apprendre qu'il est en détention.

— En effet. Merci d'avoir accepté de voir Denise avant l'audience.

— Pas de problème.

— Je peux vous apporter quelque chose ?

— Non, ça va. Merci.

— OK, j'amènerai Denise dès qu'elle arrivera.

Pendant que nous attendons, Jack s'assoit à côté de moi et me tient la main gauche. J'apprécie tellement qu'il ait insisté pour être avec moi aujourd'hui. Son soutien inébranlable me fait l'aimer encore plus que je ne l'aimais déjà.

Environ dix minutes après notre arrivée, la porte s'ouvre et Denise entre, accompagnée d'un grand bel homme avec une coupe de cheveux militaire.

Elle est encore d'une beauté saisissante. Ses joues sont un peu plus rondes et elle a une maturité qu'elle n'avait pas auparavant, mais je l'aurais reconnue n'importe où.

Ils s'assoient en face de nous.

— Merci d'avoir accepté de me rencontrer. Voici mon mari, Kane.

— Enchantée, Kane. Voici mon ami, Jack.

— Enchantée, Jack, dit-elle en s'éclaircissant la gorge et me regardant dans les yeux. J'ai été horrifiée par la nouvelle de l'accident. Tu vas bien ?

— Ça va aller.

— Je suis vraiment désolée de ce qui s'est passé.

— Merci, mais ce n'est pas de ta faute.

---

1. Policiers fédéraux spécialisés dans la recherche de fugitifs.

— J'ai demandé à te voir parce que je voulais te remercier de t'être présentée comme témoin.

Je ne m'attendais pas du tout à ce qu'elle dise cela.

— Je ne mérite pas tes remerciements. Ce que j'ai fait est ignoble.

— Je ne t'en veux pas. Nous savons tous ce qui te serait arrivé si tu l'avais signalé à ce moment-là. En te manifestant aujourd'hui, tu me blanchis et tu me donnes une justice que je pensais ne jamais obtenir.

— Cela aurait dû se produire il y a longtemps. Je regretterai toujours de ne pas l'avoir fait.

— Mieux vaut tard que jamais.

Je suis étonnée par sa gentillesse et sa grâce.

— Je déteste absolument la façon dont tu as été traitée, dis-je, depuis la première minute où tu as rejoint notre classe jusqu'à la fin de cet épouvantable été-là. Tu ne méritais rien de tout cela.

— Je sais que je ne le méritais pas. J'ai suivi de nombreuses thérapies au fil des ans et j'ai fini par comprendre que cela n'avait rien à voir avec moi et tout à voir avec leur manque de confiance en eux.

— Je suis néanmoins désolée pour ce que tu as enduré. J'aurais aimé être là pour toi, comme je le souhaitais à l'époque.

— Tu es là maintenant.

— On m'a dit que vous avez quatre enfants. Tu as des photos ?

— Bien sûr que oui.

Elle sourit en me tendant son téléphone avec une photo de deux enfants plus âgés tenant des bébés dans leurs bras.

— C'est Charlotte, Levi, Hudson et Hayes.

— Ils sont magnifiques.

— Ils sont pleins de vie.

— Je n'en doute pas.

— Pendant que tu as mon téléphone, mets ton numéro dans mes contacts. J'aimerais rester en lien si cela te va.

— J'en serais ravie. Merci pour ta gentillesse à mon égard. Je ne m'y attendais pas.

Je mets mon numéro dans ses contacts et lui rends le téléphone.

— La colère ne m'a menée nulle part. La gentillesse et la compréhension des autres ont été bien plus productives.

— C'est comme cela que nous devrions tous vivre.

Après avoir frappé à la porte, Josh passe la tête.

— Nous sommes prêts à vous recevoir au tribunal, mesdames.

— C'est parti, dit Denise avec une grimace. Finissons-en pour revenir ensuite à des choses plus agréables.

— Oui, j'espère bien.

Josh Spurling nous accompagne dans la salle d'audience et nous montre où nous asseoir.

— Gardez Denise et Blaise près des allées pour quand elles seront appelées à témoigner.

Il dit à Denise :

— Vous vous souvenez de la juge Denton de la première fois, n'est-ce pas ?

— Oui, je m'en souviens.

— On a de la chance. Elle préside aussi cette fois-ci.

Lorsque nous sommes assis, avec Denise et Kane devant nous, Jack passe son bras autour de moi en signe de soutien public.

— Merci pour tout, murmuré-je.

Il m'embrasse sur la tempe.

— Tout le plaisir est pour moi, mon amour, sauf pour la partie où tu as été blessée.

Un murmure feutré derrière nous précède l'odeur du parfum familier de ma mère qui emplit mes poumons.

— Nous sommes là, Blaise, dit-elle.

Jack se déplace pour que je puisse me tourner – lentement et prudemment – et voir Maman et Teagan derrière moi. Le mouvement me fait grimacer. Mes côtes sont incroyablement douloureuses depuis l'accident.

— Merci d'être venues.

— Bien sûr qu'on allait venir. Comment te sens-tu, mon trésor ?

Le regard de ma mère s'attarde sur les hématomes de mon visage qu'elle a déjà vus sur FaceTime.

— Un peu mieux chaque jour, dis-je.

— C'est un tel scandale. Ça n'aurait jamais dû arriver.

— Je suis bien d'accord, dit Jack.

Maman lui jette un coup d'œil et lève un sourcil.

— Oh, euh, voici Jack Olsen. Jack, ma mère, Deena, et ma sœur, Teagan.

— Je suis ravi de vous rencontrer toutes les deux, dit Jack.

— De même, répond Teagan. Blaisey nous a caché quelques secrets.

— Blaisey, hein ? demande Jack en souriant.

— Tu n'as pas le droit de m'appeler comme ça et elle non plus.

Je lance à ma sœur un regard enjoué qui me vaut un sourire. Elle sait à quel point je méprise ce vieux surnom. Cet échange typique entre deux sœurs, le premier depuis des années, remplit mon cœur d'un désir ardent pour bien davantage. Jusqu'à présent, je ne me rendais pas du tout compte à quel point June, Arlo et elle me manquaient.

En parlant de mon frère, il entre par la double porte, jette un coup d'œil rapide vers le côté de la défense de la salle, puis me surprend en disant à ma mère et à ma sœur de lui faire de la place derrière moi.

Qu'est-ce qui se passe ?

— Salut, Blaise.

— Salut, Arlo.

— Je suis désolé que tu aies été blessée dans l'accident. Tu vas bien ?

— Ça va.

Il tend la main à Jack.

— Arlo Merrick.

Jack la lui serre.

— Jack Olsen.

— C'est vous, l'artiste ? demande Arlo.

— Oui, c'est moi.

— Mes enfants adorent vos livres sur les crocodiles.

— Oh, merci. Ça fait plaisir à entendre.

Ce n'est que parce que je me suis retournée pour voir ma famille que je remarque l'entrée de Ryder dans la pièce. Il porte un costume sombre et semble ne pas avoir dormi depuis des semaines. Son regard se pose brièvement sur moi avant qu'il ne détourne les yeux.

Ramona entre ensuite avec son mari, suivie de Cam, Sienna et Mme Elliott.

Sienna me regarde pendant un long moment, l'expression indéchiffrable, jusqu'à ce qu'elle finisse par détourner le regard.

C'est la première fois que je la vois depuis que nous avons quitté le lycée, après avoir gardé nos distances l'une par rapport à l'autre pendant notre dernière année d'études. Nombre de gens m'ont demandé pourquoi nous ne nous fréquentions plus. J'ai esquivé la question chaque fois qu'on me l'a posée.

Elle a l'air plus âgée et un peu plus lourde qu'au lycée, mais elle a eu quatre enfants depuis. Elle porte encore ses cheveux bruns bouclés dégradés autour du visage, comme à l'époque.

— C'est l'ex-meilleure amie ? demande Jack à voix basse.

— Oui.

— Est-ce que je peux être ton nouveau meilleur ami ?

Je me tourne vers lui le sourire aux lèvres.

— Tu l'es déjà.

— Yes !

Il serre le poing triomphalement, mais discrètement pour que je sois la seule à le voir.

Je suis tellement, tellement reconnaissante d'avoir Jack, de pouvoir rentrer à la maison avec lui une fois que tout sera terminé et de passer tous les jours avec lui à l'avenir. Je ne peux rien imaginer de mieux que cela.

Après l'audience, nous irons à New York pendant quelques jours pour emballer mes affaires, afin que Kim puisse emménager à partir de janvier. Elle est très enthousiaste à l'idée de reprendre mon travail et mon appartement, et je suis heureuse de clore ce chapitre de ma vie et d'en entamer un tout nouveau, rempli d'amour, d'aventure et de passion.

Il ne me reste plus qu'à survivre à cette audience et à ce procès pour passer aux bonnes choses.

CHAPITRE 33

Caroline
LE PRÉSENT

Je n'avais pas prévu de venir. À quoi bon entendre les détails de ce qu'on l'accuse d'avoir fait à cette pauvre fille ? Je me suis posé la question. Mais comme les enfants sont à l'école et à la maternelle ce matin, je me suis retrouvée en train de prendre une douche et de m'habiller pour aller au tribunal. Je ne veux pas que Ryder ni qui que ce soit d'autre s'aperçoive que je suis là, alors j'attends dehors jusqu'à ce que je sois sûre que tout le monde est arrivé.

En regardant les marches en pierre, je me demande encore une fois si je ne suis pas folle d'être venue ici.

Personne ne me reprocherait de rester loin de tout cela.

— Caroline ?

— Oh, bonjour Houston.

Est-ce bizarre de penser qu'il est beau dans son uniforme, alors que je suis ici pour voir mon mari accusé de viol ? Je deviens de plus en plus bizarre ces derniers temps.

— Il me semblait bien que c'était vous.

— Oui, c'est moi, en train de me demander ce que je fais ici.

— N'importe qui dans votre situation serait curieux.

— Vraiment ? C'est ce que vous pensez ? Parce que ça me semble un peu masochiste.

— Ça pourrait vous aider à tourner la page, si on peut dire cela comme ça.

— Alors vous ne pensez pas que je suis folle de m'infliger cela ?

— Pas du tout. Ça vous aiderait de vous asseoir aux côtés d'un ami?

Je lève les yeux vers lui avec gratitude.

— Cela m'aiderait beaucoup. Je me demandais aussi ce qui m'avait pris de venir ici toute seule.

— Je serai heureux de m'asseoir avec vous et d'être là pour vous tant que vous aurez besoin d'un ami.

— C'est très gentil de votre part, Houston.

— Pas de soucis. On y va ?

— Je suppose que oui.

Nous montons les marches ensemble. Il me tient la porte, m'aide à passer la sécurité et me dirige vers la bonne salle d'audience. Il rend tout cela plus facile que si je ne l'avais pas rencontré à l'extérieur.

Nous prenons place au dernier rang, au moment même où le procureur appelle Denise à la barre.

En écoutant son histoire, j'essaie de réconcilier sa description des événements avec l'homme que je pensais connaître si bien depuis dix ans. Le Ryder qu'elle décrit ne ressemble en rien à mon mari.

Je crois tout ce qu'elle dit. Je peux entendre la douleur et l'angoisse dans sa voix lorsqu'elle en revit l'horreur.

— Après l'agression, qu'avez-vous fait ? demande le procureur.

— Je suis rentrée chez moi et j'ai pris une douche. J'étais sous le choc, traumatisée et blessée.

— Pouvez-vous décrire vos blessures ?

J'ai envie de me boucher les oreilles pour ne pas l'entendre réciter les nombreuses façons dont l'agression l'a fait souffrir.

— Je… Je n'avais jamais fait ça avant, alors ça m'a fait mal longtemps après.

— Y a-t-il eu d'autres conséquences à l'agression par l'accusé ?

— Oui, je suis tombée enceinte.

— Oh mon Dieu, murmuré-je. Juste quand je pensais que ça ne pouvait pas être pire...

Houston saisit ma main glacée et la place entre ses mains chaudes.

— Qu'est-il arrivé au bébé ?

— J'ai fait une fausse couche juste avant que l'ADN du bébé ne permette de le relier à l'accusé.

Un tumulte s'élève de la salle d'audience, contenu par la juge qui frappe de son marteau et rappelle tout le monde à l'ordre.

— Aucun débordement ne sera toléré dans ma salle d'audience.

Dans le silence qui suit sa directive, j'entends clairement quelqu'un pleurer.

Je me penche pour mieux voir et je constate que Ryder a la tête entre ses mains pendant qu'il écoute le témoignage de Denise. Pleure-t-il d'entendre combien elle a souffert ?

— Madame Messner, pouvez-vous décrire votre état d'esprit général dans les mois qui ont suivi l'agression ?

— Je n'ai jamais été aussi déprimée. Non seulement parce que j'ai été agressée et que j'ai subi une fausse couche douloureuse, mais aussi parce que son frère et ses amis se sont ralliés à lui par la suite, affirmant que j'avais couché avec eux tous, ce qui était un mensonge.

— Ces hommes ont-ils admis avoir menti ?

— Oui, ils l'ont avoué.

Cela provoque de nouveaux cris et des chuchotements plus intenses qui amènent la juge à frapper de nouveau de son marteau.

— Merci, Madame Messner. Rien d'autre.

Alors que cette dernière quitte la barre des témoins, Josh dit :

— L'État appelle Ramona Travers Silvia à la barre.

Ramona prête serment et s'assoit.

— Madame Silvia, pouvez-vous nous dire où vous étiez la nuit en question ?

— J'étais à la fête organisée par Houston Rafferty chez ses parents à Land's End.

— Pendant que vous étiez à la fête, avez-vous vu Ryder Elliott ?

— Oui, je l'ai vu.

— Avez-vous vu Denise Sutton Messner, connue à l'époque sous le nom de Neisy ?

— Oui, je l'ai vue.

— Les avez-vous vus ensemble à un moment ou à un autre ?

— Je les ai vus quitter la fête ensemble et entrer dans les bois.

— Avez-vous signalé cela aux autorités après que M. Elliott a été accusé d'avoir agressé sexuellement Mme Sutton ?

— Non, je ne l'ai pas fait.

— Pourquoi ne l'avez-vous pas signalé ?

— Parce que j'avais peur que les autres jeunes me fassent ce qu'ils avaient fait à Mme Sutton lorsqu'elle l'avait dénoncé.

— Pourquoi avez-vous choisi de vous faire connaître maintenant ?

— Parce que j'ai entendu dire que quelqu'un d'autre avait été témoin de l'agression et s'était manifesté. Je voulais faire de même. J'ai toujours regretté de ne pas l'avoir fait auparavant.

— Aviez-vous déjà entendu dire que Ryder Elliott avait des comportements déplacés avec les jeunes filles ou les femmes ?

— Objection ! Tout ce qu'elle a entendu de quelqu'un d'autre est un ouï-dire et est irrecevable.

— Refusée. Je veux entendre sa réponse.

— Madame Silvia ?

Ramona se lèche les lèvres avant de parler.

— Une fois, à la bibliothèque, alors que nous étions en première année, il m'a acculée dans un coin et m'a dit qu'il me trouvait jolie. Il s'est approché de moi de très près. J'avais peur qu'il essaie quelque chose de plus, mais heureusement quelqu'un d'autre est arrivé, et il a reculé.

Un souffle parcourt la salle d'audience et les gens recommencent à chuchoter.

— Avez-vous signalé l'incident à quelqu'un ?

— Non, j'avais peur. Il était si populaire, et je... Eh bien, je ne l'étais pas.

— Avez-vous entendu quelqu'un d'autre dire qu'il était agressif ou inapproprié avec eux ?

— Objection !

— Refusée. Veuillez répondre à la question, Madame Silvia.

— Quelques personnes ont dit des choses ici et là, comme quoi il n'était pas aussi dévoué à Louisa que ce qu'il voulait faire croire, que c'était un dragueur et n'avait pas peur de les toucher s'il en avait envie... Ce genre de choses.

— Objection !

— Rien d'autre. Merci, Madame Silvia. Vous pouvez disposer.

La salle d'audience est plongée dans le chaos et Madame la Juge ne cesse de frapper du marteau pour faire régner l'ordre dans son tribunal.

Je n'arrive pas à croire ce que j'entends sur l'homme que je croyais si bien connaître. Je n'avais jamais entendu dire de Ryder que c'était un homme au comportement inapproprié ou déplacé auprès des femmes. Mais je crois Ramona. Quelle raison aurait-elle de mentir ? Quelle raison aurait quiconque de témoigner sous serment quelque chose comme cela, si ce n'était pas vrai ?

Après le départ de Ramona, Blaise Merrick est appelée à la barre.

Elle lève sa main droite, soutenue par une attelle, et jure de dire la vérité.

— Madame Merrick, pourriez-vous expliquer à la Cour les blessures évidentes que vous avez subies ?

— J'ai eu un accident de voiture sur le pont de Mount Hope en début de semaine.

— Cet accident a-t-il été causé intentionnellement par quelqu'un d'autre ?

— J'ai été percutée par l'arrière par un pick-up, qui m'a poussée dans le sens inverse de la circulation, où j'ai été heurtée de plein fouet. On m'a dit plus tard que la plaque d'immatriculation du pick-up qui m'a emboutie était celle de M. David Elliott, le père de l'accusé.

Josh remet plusieurs documents au juge.

— Je demande à la Cour de noter que M. Elliott fait l'objet d'une intense chasse à l'homme à laquelle participent désormais les U.S. Marshals. Il est toujours en fuite. Lorsqu'il sera arrêté, il sera inculpé de deux chefs d'accusation, pour tentative de meurtre sur la personne de Mme Merrick, et pour incendie criminel, après que le chalet où elle séjournait a brûlé.

— C'est noté, dit le juge en fronçant les sourcils.

— Pouvez-vous dire à la Cour ce que vous avez vu la nuit en question ?

Les détails ne sont pas moins atroces la deuxième fois que je les entends.

— Qu'avez-vous fait après l'agression de Mlle Sutton ?

— J'ai fait tout ce qu'il ne fallait pas faire. Je me suis inquiétée pour moi-même alors que j'aurais dû m'inquiéter pour Denise. J'aurais dû aller la voir, lui proposer de l'aide et dire à la police ce que j'avais vu. Je n'ai rien fait de tout cela parce que j'avais peur que tout le monde me déteste si je disais la vérité.

— Pourquoi aviez-vous si peur ?

— Tout le monde aimait Ryder. C'était une star dans notre classe. J'avais peur que personne ne me croie. Et c'était l'ami le plus proche de mon frère, ce qui faisait qu'il m'était encore plus difficile de croire ce que j'avais vu.

Blaise lance un regard furtif à Arlo, qui se tient la tête baissée.

— J'aime mon frère, continue-t-elle. Je ne voulais pas que tout le monde me déteste, alors je suis restée silencieuse, et cela a failli me tuer.

— Comment ça ?

— J'avais tellement de problèmes de santé. Anxiété, dépression, troubles alimentaires. J'étais littéralement malade de culpabilité.

— Et vous n'aviez aucun de ces problèmes avant d'être témoin de l'attaque ?

— Aucun. Je me suis retirée de ma vie d'étudiante en dernière année de lycée, et dès que j'ai pu, je suis partie à loin à l'université, dans un autre État, et j'ai essayé d'aller de l'avant. Je ne suis retournée au Rhode Island qu'une seule fois avant de revenir cette fois-ci, et c'était à la mort de mon père.

— Pendant que vous grandissiez ensemble à Hope, aviez-vous déjà entendu parler de Ryder Elliott comme étant inapproprié ou agressif avec des filles ou des femmes ?

— Objection !

— Refusée. Veuillez répondre à la question, Madame Merrick.

— Non, je n'avais jamais vu ni entendu dire ce genre de chose, c'est pour-quoi j'ai été si choquée par ce que je l'ai vu faire à Denise. Il était avec Louisa depuis des années.

— Pourquoi avez-vous décidé de vous manifester maintenant ?

— J'ai appris que Ryder se présentait au Congrès, et je ne pouvais pas vivre avec ce secret une minute de plus. Je suis rentrée chez moi et je l'ai signalé le lendemain.

— Madame Merrick, est-ce que quelqu'un d'autre a été témoin de l'agres-sion de Mme Sutton, à votre connaissance ?

— Je ne parle qu'en mon nom.

— Madame Merrick, dit le juge, vous êtes sous serment. Veuillez répondre à la question.

— Madame Merrick, dit Josh, quelqu'un d'autre a-t-il été témoin de l'attaque ?

Je vois clairement que Blaise ne s'attendait pas à ce qu'ils la poussent sur ce point.

— Oui.

— Qui était cette personne ?

— Sienna Lawton Elliott.

Une fois de plus, le chaos éclate.

Je suis choquée jusqu'à la moelle d'entendre que Sienna, ma belle-sœur et mon amie, savait depuis le début que Ryder avait fait cela et ne me l'a jamais dit.

— Je crois que j'en ai assez entendu, murmuré-je à Houston.

Il se lève et me fait signe de le précéder pour sortir de la salle d'audience.

Je suis surprise qu'il me suive.

— Je vous demanderais si vous allez bien, si ce n'était pas impossible dans les circonstances…

— Quatre personnes ont raconté la même histoire, y compris ma propre belle-sœur, qui sait depuis tout ce temps que j'ai épousé un violeur. C'est beaucoup à digérer.

Je lève les yeux vers lui, des yeux emplis de larmes.

— Je n'ose imaginer.

— Au moins, maintenant, j'en suis certaine.

— Ça vous aide ?

— D'une certaine façon. Depuis qu'il a été arrêté, j'ai toujours eu à l'esprit qu'il s'agissait peut-être d'une grave erreur. Mais le déni n'est plus une option, n'est-ce pas ?

— Non, ça ne l'est pas.

— Merci d'avoir été là pour moi aujourd'hui, Houston. Vous m'avez vraiment aidée.

— J'aurais aimé pouvoir faire plus.

— Vous êtes exactement ce dont j'ai besoin – un ami. Alors, merci encore.

— Est-ce que je pourrais prendre de vos nouvelles un peu plus tard?

— Bien sûr, ce serait gentil.

— Laissez-moi vous raccompagner à votre voiture.

***

Sienna
LE PRÉSENT

. . .

Ce n'est pas possible. S'ils m'appellent à témoigner, je refuserai. Ils ne peuvent pas m'obliger, non ? Je me tourne vers Cam, mais il regarde droit devant lui.

Madame la Juge est furieuse. Elle tape de son marteau et demande de l'ordre dans le tribunal.

Les regards incendiaires de toutes les personnes présentes dans la salle d'audience me brûlent la nuque.

J'ai envie de mourir sur le champ.

— Qu'est-ce que je fais s'ils m'appellent ? chuchoté-je à Cam.

— Tu y vas et tu dis la vérité.

— Je ne peux pas faire ça.

— *Tu es obligée de le faire.*

L'avocate de la défense, une blonde glaciale qui porte des talons de 10 cm, s'approche de Blaise, les bras croisés. Elle n'avait pas de questions à poser à Denise ou à Ramona, mais elle fixe Blaise suffisamment longtemps pour que celle-ci se tortille sur le banc des témoins.

— Quatorze ans, c'est long.

— Oui, c'est vrai.

— Et pendant tout ce temps, vous n'avez jamais signalé ce que vous avez vu, ni à la police, ni à vos parents, ni à qui que ce soit, est-ce exact ?

— Oui.

— Pourquoi ?

— J'avais peur de ce qui m'arriverait si je le faisais. C'était un membre important de ma communauté, le meilleur ami de mon frère…

— Mais n'aviez-vous aucune compassion pour la femme qu'il aurait soi-disant agressée ?

— J'ai pensé à elle tous les jours pendant ces quatorze années.

Elle regarde brièvement Neisy.

— Chaque jour sans exception. J'en étais malade.

— Pourquoi maintenant ?

— J'ai appris qu'il se présentait aux élections, et je ne pouvais plus vivre avec ce secret.

— Qu'est-ce que cela vous apporte de vous manifester après tout ce temps ?

— Rien d'autre que la possibilité de réparer une terrible erreur. Comme vous pouvez le voir, cela a été loin d'être facile pour moi.

— Pourquoi devrions-nous croire un seul mot de ce que vous dites à propos de quelque chose qui se serait passé il y a si longtemps que vous pouvez à peine vous en souvenir ?

Blaise est inébranlable en fixant l'avocate.

— Je me souviens de chaque seconde. Je me souviens de chaque détail de cette journée et des jours qui ont suivi. Selon le commissaire de la police de Land's End, ma description des événements correspondait exactement à celle de Mme Sutton, et il n'y avait aucun moyen pour moi de savoir ce qu'elle avait rapporté.

Je ravale ma salive. Elle est très crédible.

Après une longue pause, l'avocate dit :

— Rien d'autre.

Blaise est congédiée de la barre des témoins.

Elle retourne à sa place sans me regarder.

Je n'arrive toujours pas à croire qu'elle m'ait dénoncée alors qu'elle avait promis de ne jamais le faire.

— L'État appelle Sienna Elliott à la barre.

Je suis rivée à mon siège.

— Objection. Ce témoin n'est pas sur la liste qu'on nous a fournie.

L'avocate de la défense se tient debout.

— Refusée.

— Madame Elliott ?

Le procureur me regarde avec insistance, et ajoute :

— Vous pouvez témoigner de votre plein gré, ou nous pouvons vous citer à comparaître.

Cam me donne un coup de coude.

— *Vas-y.*

Lorsque je me lève et que je me dirige vers l'avant de la salle, mes jambes tremblent et j'ai l'impression que je vais m'évanouir.

On m'ordonne de lever la main droite et de jurer de dire la vérité, toute la vérité et rien que la vérité.

Pouah. Je n'ai pas envie de le faire. Je ne veux pas faire ça.

— Madame Elliott, étiez-vous avec Mme Merrick la nuit en question ? Et je vous rappelle que vous êtes sous serment.

— J'étais là.

— Avez-vous vu Ryder Elliott attaquer Denise Sutton ?

J'hésite avant de hocher la tête.

— Et vous avez choisi de ne pas l'aider et de ne pas signaler le crime aux autorités ?

— Oui.

Mon visage brûle de honte.

— Pourquoi ?

— Je sortais avec son frère, que j'ai épousé par la suite. J'ai fait ce que je pensais être le mieux pour mon petit ami et sa famille.

— Au détriment d'une jeune femme qui avait été agressée ?

— Je ne la connaissais pas du tout. J'ai grandi avec lui. Ce qu'il a fait est terrible. Mais… J'ai fait ce que je pensais être juste à l'époque.

— Et le regrettez-vous ?

— Parfois.

Denise
LE PRÉSENT

Le témoignage de Sienna est choquant et dévastateur, car j'ignorais jusqu'alors que quelqu'un était avec Blaise. *Parfois*, elle regrette de m'avoir laissée dans les bois, brisée et en sang. *Parfois* seulement ?

Quel genre de monstre n'est pas hanté par une telle chose ?

Kane resserre son bras autour de moi.

Cela doit être atroce pour lui aussi.

— Quand Ryder Elliott a été accusé d'avoir agressé Mme Sutton, les gens l'ont-ils cru ?

— Non, personne n'y a cru.

— Mais vous saviez que c'était vrai, n'est-ce pas ?

Sienna baisse les yeux.

— Oui.

— L'avez-vous dit à quelqu'un ?

— Non.

— Même pas à votre petit ami ?

— Non.

— Donc vous n'avez jamais dit à l'homme que vous avez épousé ce que vous avez vu son frère faire ?

— Je le lui ai dit récemment.

— Après que Blaise Merrick a rapporté ce qu'elle a vu, vous ne vous êtes *toujours* pas manifestée ?

— Vous ne comprenez pas !

— Vous avez raison. Je ne comprends pas. Rien de plus.

J'ai envie de me lever et d'applaudir Josh pour avoir démoli Sienna. J'espère qu'elle sera bien pour le reste de sa vie dans sa ville minuscule, maintenant que tout le monde sait à quel point c'est une connasse.

Sienna quitte le stand et se dirige directement vers Blaise, la giflant avant que quiconque ne puisse anticiper son intention.

— *Espèce de salope !* Tout ça est de ta faute ! Pourquoi tu n'as pas *fermé ta putain de gueule ?*

Cam attrape sa femme par-derrière et l'éloigne de Blaise.

Les adjoints du shérif les entourent et menottent Sienna qui hurle comme une hyène.

— Je veux qu'elle soit inculpée d'agression et d'outrage au tribunal. Faites-la sortir de ma salle d'audience, dit Madame la Juge en frappant du marteau.

Je me tourne vers Blaise.

— Ça va ?

— Je, euh, je pense que oui. C'est juste un bleu de plus, hein ?

Je vois bien qu'elle prend ça à la légère pour le bien des autres, mais ses yeux sont vitreux avec le choc.

— J'en ai suffisamment entendu, dit le juge. Monsieur Elliott, vous êtes renvoyé à votre procès. Vous resterez en liberté sous caution jusqu'au procès qui débutera le 20 février.

— Attendez ! Je veux plaider coupable.

Ryder se lève. Son avocate lui attrape le bras.

— Ryder, assoyez-vous.

Il résiste aux efforts de l'avocate pour le faire s'asseoir.

— Non ! dit Ryder, en se tournant vers moi, l'air angoissé. Je suis vraiment désolé, Denise. Je ne sais pas ce qui m'a pris. Je l'ai fait, et je veux subir ma punition pour que nous puissions tous trouver la paix.

Un rugissement venant de derrière Ryder annonce un homme qui vole pour venir le plaquer.

L'homme devient fou, distribuant des coups de poing à Ryder qui hurle à pleins poumons.

— *Comment as-tu pu faire ça à ma sœur ? Elle t'aimait de tout son cœur ! Elle était en train de mourir, et c'est ça que tu faisais ?*

Oh, mon Dieu. Le frère de Louisa.

— *Fils de pute !*

Le temps que les députés adjoints séparent le frère de Louisa de Ryder, ce dernier est inconscient et saigne.

— *Toutes ces années, il nous a menti en faisant semblant de se soucier de la mémoire de ma sœur ?*

L'homme est complètement hors de contrôle et se débat contre les adjoints qui tentent de le menotter.

— Putain de… merde.

Trois mots chuchotés par Kane qui résument assez succinctement la situation.

La juge frappe de son marteau, exigeant de l'ordre dans le tribunal alors que les ambulanciers arrivent pour Ryder.

— Je veux voir les avocats dans mon bureau. Tout de suite.

Madame la Juge frappe à nouveau son marteau.

— La séance est levée.

Elle quitte la salle avec Josh et l'avocate de Ryder derrière elle, alors que Ryder est transporté de la salle sur un brancard.

— Qu'est-ce qui vient de se passer ? demande Kane, apparemment aussi choqué que nous autres.

— La petite amie de Ryder, Louisa, était entrée en soins palliatifs au moment de l'attaque. Ça, c'était son frère.

— Oh, bon sang. Waouh. Alors tout ce temps, il pensait que Ryder était innocent.

— On dirait bien.

Un groupe d'adjoints du shérif veille à ce que la salle d'audience soit évacuée dans le calme, tandis que les gens discutent entre eux en sortant, se disant choqués par le déroulement de l'audience.

Cam Elliott se présente devant moi.

— Je voulais vous dire en personne que je suis désolé de ce que nous avons fait après l'inculpation initiale de Ryder. Les autres gars et moi allons présenter des excuses publiques et fournir les premiers fonds pour créer un centre d'aide aux victimes de viol pour les adolescents de la région.

— J'accepte vos excuses et j'apprécie le geste.

Je suis sûre qu'ils font cela en espérant que je ne les poursuivrai pas pour avoir sali ma réputation, mais peu importe. Leur centre fera beaucoup de bien aux jeunes qui, comme c'était le cas pour moi, n'ont nulle part où se tourner après avoir vécu un tel traumatisme.

— Je suis désolé pour tout ce qui s'est passé, ajoute Cam.

— Merci.

Ses excuses ne changent rien, mais je ne peux pas nier que cette journée comporte un élément de satisfaction.

Josh me fait signe.

Kane et moi nous dirigeons vers lui.

D'un geste, il nous invite à le suivre dans un coin tranquille de la pièce.

— Le juge est enclin à permettre à Ryder de plaider coupable pour en finir une fois pour toutes. Je lui ai dit que vous y étiez opposée. Elle veut savoir si c'est toujours le cas.

Je prends une grande inspiration en réfléchissant à ce qu'il vient de dire.

— Je voulais ce que j'ai eu aujourd'hui : que les gens entendent, en audience publique, qu'il m'a vraiment violée, qu'il m'a mise enceinte et m'a brisée. Je voulais qu'ils entendent de la bouche de Blaise et de Ramona que je n'inventais rien.

Je jette un coup d'œil à Kane, qui ne me regarde qu'avec amour et admiration, avant de continuer.

— J'ai eu ma journée au tribunal, et plus encore. C'est suffisant pour moi.

— Je leur ferai savoir que vous êtes disposée à une négociation de peine.

— Merci pour tout, Josh.

— J'aimerais pouvoir dire que c'était un plaisir, mais au moins la justice a été rendue ici, même si cela a été compliqué.

— Quelle peine va-t-il recevoir ?

— Très probablement de cinq à dix ans, suivie de plusieurs années de liberté conditionnelle et d'une inscription à vie sur la liste des délinquants sexuels. Il y aura une autre audience pour fixer la peine dans quelques semaines. Il sera alors placé en détention.

Une fois de plus, je jette un coup d'œil à Kane pour jauger sa réaction. Il fait un signe d'approbation subtil de la tête.

— D'accord, dis-je à Josh. Concluez l'accord.

— Je vous tiens au courant.

Une fois qu'il est parti, je me glisse dans les bras de Kane et le laisse m'envelopper de son amour.

— Je suis sacrément fier de toi.

— Merci pour ton soutien indéfectible pendant tout ce temps.

— Je t'aime. Je t'ai toujours aimée et je t'aimerai toujours.

— Je t'aime aussi. Plus que tout. Je dois envoyer un message à mon père.

Il voulait venir au tribunal, mais je lui ai demandé de ne pas le faire, sachant que ce serait trop bouleversant pour lui d'entendre les détails de ce qui m'est arrivé. Je lui envoie un texto vite fait pour lui dire que tout va bien et que je l'appellerai plus tard. Puis je range le téléphone dans ma poche et me tourne vers mon amoureux.

— Tu sais ce qu'on a ? demandé-je.

— Quoi donc ?

— Vingt-quatre heures sans les enfants avant notre vol de demain.

— Oui, en effet. Comment aimerais-tu passer ce temps ?

— Allons dans un hôtel chic, faisons-nous apporter à manger dans la chambre et oublions tout ça.

— Je suis entièrement d'accord, ma chérie.

Blaise
LE PRÉSENT

Jack bout d'une colère blanche depuis que Sienna m'a frappé.

Ce fut un choc pour moi aussi. Quand elle s'est approchée de moi, j'ai à peine eu le temps de réagir qu'elle était déjà en train de me gifler tellement fort que j'en ai vu des étoiles.

— Je n'arrive pas à croire qu'elle t'ait frappé, putain, dit Jack lorsque nous sommes dans le 4x4 de la police d'État. J'espère qu'ils vont mettre le paquet contre elle.

Nous avons quitté les membres de ma famille en leur promettant de les revoir bientôt. Je m'en réjouis déjà.

— Je vais bien, dis-je.

— Bah, pas moi ! C'était *n'importe quoi* !

Je ne l'ai jamais vu aussi énervé, et le fait que ce soit par rapport à moi me semble extrêmement sexy. Personne ne s'est jamais soucié de moi à ce point, à part ma propre famille.

— Viens ici, lui dis-je.

— Je suis là.

— Viens plus près.

Il détache sa ceinture, se glisse sur le siège et passe son bras autour de moi.

— Je vais bien. Tu vas bien. Fenway va bien. Tout va bien.

— Elle t'a frappée, bordel.

— Je sais, et ça m'a fait mal. Mais c'est fini maintenant.

— J'en ai marre que les gens te fassent du mal.

Je m'enfouis dans son étreinte pleine de tendresse.

— Je n'arrive pas à croire ce que Ramona a dit au tribunal, dis-je. Elle ne m'a pas parlé de l'incident à la bibliothèque quand nous nous sommes retrouvées.

— Je me demande pourquoi.

— Elle avait probablement peur que les gens se retournent contre elle comme ils l'ont fait avec Denise quand elle a dénoncé le viol. Je parie que Ramona n'en aurait jamais parlé à personne si elle n'avait pas été interrogée sous serment.

— Cela a certainement aidé à établir une sorte de mode de comportement.

— Ce qui ne fait qu'ajouter au choc. Un choc qui n'en finit pas. Je n'avais aucune idée que Ryder pouvait être comme ça jusqu'à ce que je le voie de mes propres yeux.

Mon téléphone portable sonne.

Jack se redresse pour que je puisse attraper mon téléphone dans la poche de mon manteau.

— C'est Josh.

J'appuie sur le bouton pour prendre l'appel, et je manque de faire tomber le téléphone. Tout est plus difficile avec ma main et mon bras droits dans l'attelle.

— Salut, Josh.

— Eh bien, c'était un sacré spectacle, hein ?

— Ça oui, alors.

— Tu vas bien ?

— Ça va.

— Sienna est poursuivie pour coups et blessures volontaires.

— Oh, waouh. D'accord.

— Et nous sommes parvenus à un accord entre Denise et l'avocate de Ryder. En attendant l'approbation de Ryder une fois qu'il sera en mesure d'en accepter les modalités, il fera cinq à dix ans avec ensuite plusieurs années de sursis probatoire après sa sortie de prison et une inscription à vie sur le registre des délinquants sexuels.

— Alors c'est fini ?

— Sous réserve que Ryder approuve l'accord, et c'est ce qu'il avait indiqué vouloir faire, et puis que le juge le condamne, oui, c'est fini.

Je ferme les yeux et expire profondément. C'est fini. Une fois pour toutes, c'est vraiment fini.

— Vais-je devoir témoigner contre son père ?

— Je viens d'apprendre qu'il a été pris dans une fusillade avec les Marshals de l'ouest du Massachusetts. M. Elliott a été tué.

— Oh, mon Dieu.

Comment est-il possible que je me sente désolée pour les Elliott, même après que M. Elliott a essayé de me tuer ?

— La bonne nouvelle, c'est que nous pouvons vous libérer tous deux de votre mise sous protection, maintenant qu'il n'est plus une menace.

— D'accord.

— Ça va, Blaise ?

— Ça va aller. Avec le temps. Je n'aurais jamais pu imaginer tout ce qui s'est passé depuis que j'ai dénoncé ce que j'avais vu à Houston.

— Personne n'aurait pu le prédire.

— Pour ce que ça vaut, je ne pense pas qu'il faille poursuivre le frère de Louisa pour quoi que ce soit. Il a déjà assez souffert.

— Je suis plutôt d'accord. J'en discuterai avec le procureur général. Nous ferons ce que nous pouvons pour lui.

— Merci pour tout, Josh.

— Il n'y a pas de quoi. Merci pour ton courage. Cela a fait toute la différence dans ce cas.

— C'est fini, dis-je à Jack après avoir mis fin à l'appel et lui avoir annoncé que M. Elliott a été tué.

— Dieu merci, dit-il.

— Je veux rentrer chez moi et dormir pendant une semaine.

Je marque une pause, puis je le regarde, me sentant soudain timide et j'ajoute :

— Je ne sais pas à quel moment c'est arrivé, mais maintenant quand je pense à chez moi, je pense à ta maison.

— Ça tombe plutôt bien, parce que quand je pense à la maison, je pense à toi, et je sais exactement quand c'est arrivé.

— Quand ça ?

— Le jour où une magnifique rousse est entrée dans mon allée et a bouleversé toute ma vie de la meilleure des façons.

Je pose ma tête sur son épaule, stupéfiée par tout ce qui s'est passé. En rentrant chez moi pour réparer une terrible erreur, j'ai aussi trouvé le grand amour.

— J'ai l'impression que tu es ma récompense pour avoir enfin fait ce qu'il fallait.

— Je peux me contenter d'être ta récompense pour un travail bien fait.

ÉPILOGUE

DEUX ANS PLUS TARD…
Ryder

Je vis pour le dimanche, quand j'ai le droit de voir mes enfants, qui ont maintenant neuf, sept et cinq ans. Ils grandissent si vite, ce qui me brise le cœur. Je loupe tout avec eux, mais au moins j'ai une heure par semaine pour rattraper le temps perdu et m'assurer qu'ils savent que je les aime toujours, même si je ne peux pas être avec eux tous les jours.

Les enfants sont incroyablement indulgents et j'ai beaucoup de chance qu'ils m'aiment encore, malgré tout ce que je leur ai fait subir. Ils m'envoient des photos et des lettres par la poste, ils préparent des friandises qu'ils m'apportent et ils me disent toujours qu'ils m'aiment, bien que je ne le mérite pas.

J'ai passé quelques mois difficiles après avoir été attaqué par Marty dans la salle d'audience, où il m'a brisé la mâchoire et infligé une commotion cérébrale qui m'a longtemps affecté. Il a été inculpé d'un délit mineur, et cela me suffit. Je ne lui reproche pas son emportement. Je le méritais, mais j'aurais pu me passer d'avoir la mâchoire fermée par des fils métalliques pendant deux mois. Ça a été un vrai calvaire.

Environ six mois après le début de ma peine à la prison d'État de Cranston, j'ai reçu les papiers de divorce de Caroline. Bien qu'elle ait emmené les enfants me voir toutes les semaines, je n'ai eu aucune nouvelle d'elle pendant tout ce temps-là, alors je n'étais pas entièrement surpris. Mais cela m'a fait très mal de signer ces papiers et de les lui renvoyer. Je l'ai fait parce que c'était ce qu'elle voulait, pas parce que je ne l'aime plus.

Je l'aimerai toujours, mais notre mariage a pris fin le jour où j'ai été arrêté sur le terrain de football.

Il y a des choses dont on ne revient jamais. Mentir à ma femme pendant presque dix ans en fait partie, et je l'assume au même titre que toutes mes autres erreurs.

J'ai trouvé Dieu en prison.

Cela peut sembler drôle venant de moi, mais alors que je ne voulais rien savoir de ce qui se passait à l'église lorsque j'étais gamin, je suis réconforté par le pardon que Dieu offre à toutes ses créatures, même à celles qui sont comme moi. Je participe à une étude biblique hebdomadaire et j'ai lu le Saint Livre du début à la fin à deux reprises. J'apprends quelque chose de nouveau chaque fois que je le lis, et il m'apporte une paix immense, que j'ai eu du mal à trouver pendant longtemps.

Bridget me dit qu'il est question d'une libération anticipée pour moi, peut-être dans un an ou dix-huit mois. Je ne me fais pas trop d'illusions. J'ai appris à prendre les choses au jour le jour, sachant que si je sors, ou quand je sortirai, j'aurai de nouveaux défis à relever. D'une part, je ne sais pas comment je pourrai subvenir à mes besoins en tant que criminel condamné. D'autre part, Caroline a la garde complète de nos enfants, et le temps que je passerai avec eux sera encore limité.

Mais je l'accepte. Je prendrai ce que je pourrai.

Les enfants viennent toujours seuls dans la salle de visite.

Caroline les attend devant la porte.

Ils me serrent dans leurs bras et m'embrassent comme ils l'ont toujours fait, réclament toute mon attention et partagent avec moi les dernières nouvelles de leurs amis, du sport qu'ils pratiquent, de leur nouveau chien et de leurs cousins.

— Houston nous construit une balançoire, me dit Grace.

Ces mots frappent mon cœur comme une flèche enflammée.

— Houston ?

— C'est l'ami spécial de Maman, ajoute Élise.

Je peux à peine continuer à respirer après avoir entendu cela. Bien sûr qu'elle voit quelqu'un. Mais Houston, qui était mon ami ?

Cela fait mal.

— Tu es fâché, Papa ? demande Miles qui est assez grand pour comprendre comment ces choses marchent.

— Pas du tout. Ta maman mérite d'être heureuse.

C'est certainement le cas.

Nous jouons au jeu de l'échelle qu'ils ont apporté.

Élise gagne pour la toute première fois et est tellement excitée que j'en ai les larmes aux yeux.

Notre heure est terminée bien avant que je ne sois prêt à les laisser partir.

— Hé, les gars, faites-moi de gros câlins pour qu'ils me durent toute la semaine.

Ils se montrent toujours à la hauteur.

— Tu es en sécurité ici, Papa ? me demande Grace tout doucement.

— Je le suis, ma puce. Ne t'inquiète pas pour moi.

— Tu nous manques.

— Vous me manquez aussi. Mais continuez à m'envoyer des lettres.

— J'ai gardé toutes celles que tu m'as envoyées, dit Élise.

— C'est très gentil.

Miles est le dernier à me serre dans ses bras.

— Je t'aime, mon pote. Plus que tout au monde.

— Je t'aime aussi, Papa. J'ai hâte que tu rentres à la maison.

J'espère qu'il sait que je ne reviendrai pas chez lui, mais que je serai dans un endroit proche où je pourrai les voir bien plus souvent qu'aujourd'hui. Du moins, c'est ce que je souhaite.

La porte s'ouvre et le gardien dit aux enfants qu'il est temps de partir.

Lorsqu'ils me serrent à nouveau dans leurs bras, les filles sont en larmes, mais Miles est toujours aussi stoïque. Il pose une main sur l'épaule de chacune d'elles pour les diriger vers la sortie.

Caroline apparaît à la porte, l'air incertain.

Je suis surpris de la voir. C'est la première fois qu'elle essaie de me voir ici.

— Tu vas bien ? me demande-t-elle.

Je hausse les épaules.

— Aussi bien que possible.

Elle hoche la tête.

— Tu vois Houston ?

La question la surprend.

— Les enfants ont dit quelque chose, expliqué-je.

— Je… Euh… Oui, je le vois.

— C'est un mec bien.

— C'est un mec très bien.

— Je suis content pour toi.

— Je… Je devrais y aller.

— Merci de les amener me voir. Je vis pour le temps que je passe avec eux.

— Eux aussi. Prends soin de toi, Ryder.

— Toi aussi.

Après leur départ, je demande si je peux utiliser le téléphone. La plupart du temps, on me le refuse, mais parfois, comme maintenant, on me dit oui.

Cam

. . .

J'attends que le thé soit bien infusé avant d'apporter la délicate tasse et sa soucoupe à ma mère dans la véranda où nous passons le plus gros de notre temps dernièrement. Quelques mois après cette terrible journée au tribunal, nous avons vendu nos deux maisons et avons déménagé à Tampa. Ma mère a sa propre suite accolée à la partie principale de notre maison. Les enfants adorent l'avoir avec nous, et elle s'est bien adaptée à sa nouvelle vie, après avoir perdu son mari de façon si dramatique et avoir vu son fils aîné être mis en prison.

Bridget a réussi à faire réduire l'accusation d'agression de Sienna à un délit mineur. Cette dernière a dû payer une amende de mille dollars et a été condamnée à effectuer cent heures de travaux d'intérêt général.

Nous avons déménagé dès qu'elle eut purgé sa peine.

Je vais être honnête. J'ai envisagé de divorcer après son comportement au tribunal, mais au final, j'ai décidé de rester avec elle pour le bien de nos enfants. Notre mariage est un travail en cours. Nous avons de bons et de moins bons jours, mais nous tenons le coup en tant que famille dans cette nouvelle vie que nous nous construisons loin de la seule maison que nous avions jamais connue.

J'ai obtenu l'autorisation de pratiquer le droit en Floride et j'ai décroché un emploi qui me permet de payer les factures. C'est loin d'être ce que je gagnais au Rhode Island, mais j'espère pouvoir trouver quelque chose de mieux une fois que j'aurai travaillé un certain temps dans ce cabinet.

Chaque jour qui passe ici sans que notre passé revienne nous hanter est une bénédiction. Cela n'aurait pas été possible chez nous, où tout le monde sait ce que mon frère, mon père et ma femme ont fait.

— Comment est le thé, Maman ?

— Il est parfait, mon chou. Merci.

— De rien.

Depuis ce terrible automne-là, Maman souffre d'une mélancolie qui est nouvelle pour elle, mais le fait d'être avec mes enfants l'aide. Elle adore les accompagner à l'arrêt de bus, et c'est pratique qu'elle soit là pour les surveiller chaque fois que nous avons l'occasion de sortir, ce qui n'est pas souvent le cas.

C'est étrange de vivre une vie aussi solitaire, alors que nous avions l'habitude d'être entourés d'amis de longue date. Si j'ai un jour la chance d'avoir à nouveau ce genre de communauté autour de moi, je ne la considérerai plus jamais comme acquise, comme je le faisais avant que tout ne parte en vrille.

Mon téléphone sonne. C'est un appel de la prison de Cranston au Rhode Island.

En décrochant, j'accepte les frais du coup de fil.

— Salut, me dit Ryder. Merci d'avoir pris l'appel.

Je n'ai pas accepté d'appel de lui pendant un an après ce jour-là au tribunal. Ma mère m'a demandé de lui parler pour son bien à elle, alors j'ai fini par le faire.

— Qu'est-ce qu'il y a ? Ce n'est pas le jour des visites ?

— Les enfants étaient là. Ils viennent de partir.

— Comment vont-ils ?

— Ils vont très bien. Je suis étonné de voir à quel point ils ne sont pas perturbés de devoir venir ici pour me voir.

— J'espère qu'ils ne se souviendront pas beaucoup de cette période de leur vie.

— Ils m'ont dit que Caroline voyait Houston.

— Ah, bon ? Vraiment ?

— Oui, les enfants ont dit qu'il leur avait construit une nouvelle balançoire et qu'il était l'ami spécial de Maman.

— Ça a dû être dur pour toi de l'entendre.

— Je suppose que ça devait arriver un jour ou l'autre. C'est juste que je n'imaginais pas Caroline avec mon ami.

— Ce n'est pas comme si c'était un ami proche, et elle ne le connaissait pas du tout à travers toi.

— Quand même. Ça craint. Je savais que ce n'était pas gagné, mais j'avais encore un petit espoir qu'on pourrait se remettre ensemble après ça…

— Ça n'arrivera pas, Ry. Avec ou sans Houston dans le tableau.

— Comme je l'ai dit, je savais que ce n'était pas gagné.

— Ce qui compte, c'est que tu as toujours tes enfants dans ta vie.

— Je le sais. Comment ça va, vous ?

— On va bien. Lucy a une exposition d'art ce soir qui l'enthousiasme, et Duncan est en train de devenir un vrai joueur de basket. Les petits ont tellement grandi. Je t'enverrai de nouvelles photos.

— Ça me ferait tellement plaisir. Dis-leur qu'ils me manquent et que je les aime.

— Je n'y manquerai pas. Tu veux parler à Maman ?

— Bien sûr.

Je tends mon téléphone à ma mère et je vois son visage s'illuminer au son de la voix de Ryder. Pour leur laisser le temps de parler, je retourne à l'intérieur et je me dirige vers mon bureau, où je m'assois et fixe du regard la photo de mes parents et de mes frères et sœurs. Elle date de l'époque où nous vivions encore tous à la maison.

Il me semble que c'était dans une autre vie.

Caroline

. . .

Nous rentrons de notre visite hebdomadaire à la prison – et même après tout ce temps, je n'arrive toujours pas à croire que j'emmène mes enfants voir leur père en prison – et nous trouvons Houston dans le jardin en train de mettre la dernière touche au portique en bois pour balançoire qu'il a construit pour les enfants. Celui que Ryder avait installé il y a des années avait commencé à pourrir, ce que j'ai ressenti comme une métaphore pour ma vie.

Le thérapeute avec lequel j'ai travaillé après l'arrestation et l'incarcération de Ryder m'a encouragée à emmener les enfants le voir, et à le garder dans leur vie parce que c'était dans leur intérêt, même après tout ce qui s'était passé.

Au début, j'ai rechigné à l'idée de les emmener là-bas.

Mais il leur manquait tellement que j'ai fini par décider de le faire.

Je suis contente de l'avoir fait. Ils sont plus heureux quand ils le voient, ce qui rend les choses plus faciles pour moi.

Mes frères sont venus de Pennsylvanie un week-end, peu après le départ de Ryder, et ont transformé notre sous-sol en un appartement qui est maintenant loué à une charmante femme âgée nommée Mme Dugan. Elle est devenue une grand-mère supplémentaire pour les enfants et est toujours heureuse de les garder pour moi. Grâce à son loyer et aux recettes de mon entreprise de pâtisserie, j'ai pu conserver la maison. Il ne reste pas grand-chose pour les extras, mais nous ne manquons de rien.

Et j'ai Houston, qui est la plus grande bénédiction pour moi et mes enfants dans cette nouvelle vie étrange que nous sommes en train de nous construire.

Ce qui a commencé comme une amitié s'est récemment transformé en quelque chose de plus, et je ne pourrais pas être plus heureuse de partager cela avec quelqu'un qui a été là pour moi pendant la pire période de ma vie. Comprenant à quel point j'étais fragile encore longtemps après le départ de Ryder, Houston n'a jamais cherché à aller plus loin que l'amitié.

Il a appelé et envoyé des messages régulièrement pour prendre de mes nouvelles, il est venu en courant une fois quand j'avais un raton laveur dans ma poubelle, et il a été un ami formidable pour moi.

Il m'a fallu lui demander s'il voulait plus, et entendre son *oui* enthousiaste, pour que nous sortions de la zone d'amitié et que nous nous retrouvions là où nous sommes aujourd'hui, c'est-à-dire dans une situation très agréable.

Hier soir, nous nous sommes laissé emporter sur mon canapé après le coucher des enfants et nous avons failli aller jusqu'au bout. Je rigole en pensant à cette expression que j'utilisais au lycée. Ce soir, il m'a invitée à dîner chez lui, et je suis tout à fait consciente que cette fois, nous allons conclure l'affaire.

Mme Dugan garde les enfants et je vais faire l'amour avec Houston Rafferty.

J'ai tellement hâte.

C'est incroyable, vraiment, comme j'ai cru un jour avoir trouvé l'homme avec qui je passerais le reste de ma vie et comme j'ai été bêtement heureuse avec lui. J'ai construit toute mon existence autour de lui, et quand il est parti, je me suis retrouvée en mille morceaux. Je ne laisserai plus jamais cela se reproduire. Même si je pense être amoureuse de Houston, je reste prudente.

Il y a tellement de choses en jeu avec mes enfants et leurs cœurs magnifiques.

Mais en regardant Houston les pousser sur les balançoires et rire de leurs questions sans fin tout en y répondant patiemment, je sais que je n'ai pas à m'inquiéter avec lui. Il est aussi gentil et fiable qu'il est sexy.

Il me surprend en train de le regarder et me sourit.

Une bouffée d'excitation me traverse.

Houston laisse les enfants jouer et vient me voir.

— Coucou, me dit-il.

— Coucou. C'est superbe. Merci encore d'avoir fait tout ce travail.

— J'ai adoré chaque minute.

— Y compris la partie où tu as dû recommencer à mi-parcours ?

— Même ça.

— Menteur.

Je le pousse gentiment et il rit.

— Comment ça s'est passé aujourd'hui ?

— Comme d'habitude.

— Comment vas-tu ?

— Comme d'habitude, dis-je avec un petit sourire.

Il m'enlace et cela rend tout encore mieux. Ses étreintes sont devenues essentielles pour moi.

— Quand pouvons-nous nous échapper ? murmure-t-il.

— J'ai besoin d'une heure pour leur donner à manger, et ensuite je suis entièrement à toi.

— J'ai tellement hâte.

— Moi aussi.

———

Denise

Comment mes petits garçons peuvent-ils avoir déjà *trois ans*? C'est la question que je me suis posée pendant des semaines en préparant leur fête d'anniversaire.

317

Ils entrent dans la pièce en courant, ensemble – ils sont tout le temps ensemble – blonds, les joues roses, et très espiègles. Je les aime à la folie.

Je me penche pour les serrer dans mes bras.

— Qui a hâte de faire la fête ?

— Nous !

— Ils sont surexcités, dit mon père lorsqu'il arrive du couloir où se trouvent les chambres des enfants.

Nous sommes revenus vivre dans le comté de Fairfax, à proximité de nombreuses personnes avec lesquelles Kane et moi sommes allés au lycée. Nous avons plus de cinquante enfants qui viennent à la fête, ce qui est dingue, mais nous ne pouvions laisser personne de côté.

Kane arrive du garage en portant le gâteau que je lui ai demandé d'aller chercher pour moi.

— On veut voir, s'écrie Hudson en se précipitant sur Kane, manquant de peu de le faire tomber en le percutant au niveau des genoux.

Hayes vient en courant juste derrière lui pour voir le gâteau en forme de camion de pompiers que j'ai commandé il y a trois mois.

J'arrive juste à temps pour sauver le gâteau.

— Encore une journée chez les fous, dit Kane en riant. Il m'embrasse.

— Celle-ci va être encore plus dingue que d'habitude.

— Cinquante enfants, tu dis ?

Je lui adresse un haussement d'épaules désinvolte.

— J'ai besoin d'un verre.

Mon père arrive derrière moi et me serre les épaules.

— Tu es incroyable, Dee.

— Pourquoi tu dis ça ?

— Tu fais tout et tu donnes l'impression que c'est facile.

— Oh, merci, Papa. Je suis ravie qu'Anita et toi ayez pu venir à la fête.

— Nous n'aurions manqué ça pour rien au monde.

Il me retourne pour que je sois face à lui avant de continuer.

— Je veux que tu saches à quel point je suis fier de toi, de Kane et de mes magnifiques petits-enfants. Tu as survécu, Dee. Et tu as prospéré.

— J'ai eu beaucoup d'aide.

— Et maintenant, tu rends la pareille en aidant d'autres jeunes femmes qui ont vécu la même chose.

— C'est un travail très gratifiant.

— Raison de plus pour que je sois si fier.

Je suis allée étudier le soir et le week-end pendant un an pour être formée à travailler avec les filles du centre d'aide aux victimes de viol. Au début, Kane et mon père craignaient que ce soit trop pour moi. Parfois, ça l'est. Mais j'aurais tellement aimé disposer à l'époque des ressources que nous mettons à la disposition des adolescentes en situation de crise. Cela aurait fait une énorme différence pour moi, et je sais que je fais toute la différence pour elles.

Charlotte et Levi reviennent de dehors en courant pour me dire qu'ils ont fini de placer les ballons dans la cour.

On sonne à la porte.

Kane se frotte les mains.

— Que la folie commence.

Blaise

— Pousse encore un grand coup, Blaise. Tu gères.

Je ne gère pas. Pas du tout. Je perds la tête à cause de la douleur, de la pression, de l'épuisement, et je suis *affamée*, bordel.

— Je suis tellement fier de toi, mon amour, dit Jack en essuyant la sueur de mon front avec un linge frais qui est la meilleure chose que j'aie jamais ressentie.

— Nous y voilà ! dit la sage-femme pleine d'entrain. Même son prénom, Poppy, est pétillant d'enthousiasme.

J'ai envie de la gifler pour lui faire perdre son côté pimpant.

Jack me soutient les épaules pendant que je donne une puissante poussée qui aboutit *enfin*, près de vingt-quatre heures après que j'ai perdu les eaux à la maison.

— Votre jolie petite fille est là ! annonce Poppy.

Ce n'est que lorsque Jack essuie mon visage que je réalise que des larmes coulent sur mes joues.

— Tu as réussi, Red. Elle est magnifique.

Ils me l'apportent, enveloppée dans une couverture blanche toute douce, et dès que mon regard se pose sur ses traits délicats, je vois qu'il a raison. C'est la plus belle chose que j'aie jamais vue.

— Oh, waouh, regarde-la. Elle est magnifique, tout comme sa mère.

Il essuie ses propres larmes.

— Tu es obligé de dire ça. Tu en es la raison.

— Oui, c'est vrai.

Bouffi d'orgueil, il gonfle sa poitrine comme il le fait depuis que nous avons appris que j'étais enceinte.

— Et pour information, c'est la vérité, ajoute-t-il. Elle te ressemble comme deux gouttes d'eau.

Je ne le vois pas, mais je n'ai pas la force de débattre de quoi que ce soit pour l'instant. J'ai juste envie de regarder le bébé que j'ai cru que je n'aurai jamais, à l'époque où ma vie était un vrai gâchis. Le recul m'a permis de comprendre cela. Tout était un désastre pendant les quatorze années au cours desquelles j'ai gardé ce terrible secret.

Dès que j'ai dit à Houston ce que j'avais vu, ç'a été comme si ma vraie vie pouvait enfin commencer.

Jack Olsen est au centre de cette nouvelle vie.

Nous nous sommes mariés il y a un an et avons fait une petite fête informelle dans le jardin de la maison. Toute ma famille était présente, ainsi que quelques amis improbables, dont Houston Rafferty et Caroline Elliott. J'ai été choquée d'entendre qu'ils formaient un couple lorsque cela a été rendu public et je me suis d'abord méfiée de la présence de Caroline, mais elle est adorable. Elle ne m'en veut pas pour le rôle que j'ai joué dans l'échec de son mariage, ce qui est remarquable.

Elle est un exemple de grâce et de persévérance, et j'en suis venue à l'admirer pour la façon dont elle a continué sa vie.

Contre toute attente, Denise Messner est également devenue une amie proche, un texto à la fois, au cours des deux dernières années. Elle fait partie des nombreuses personnes qui attendent la nouvelle de l'arrivée du bébé.

La vie est un voyage étrange, terrible et merveilleux.

J'ai aussi découvert une toute nouvelle carrière grâce à Jack, en m'occupant de lui ainsi que de deux de ses camarades de classe de la RISD. Le travail est amusant, intéressant et stimulant, et le fait que je puisse passer la majeure partie de la journée avec lui est le meilleur des avantages.

— Comment s'appelle-t-elle ? demande Poppy.

— Diana Elizabeth Olsen, déclaré-je, en l'honneur de la mère de Jack et de ma grand-mère.

— C'est un prénom magnifique pour une fille magnifique.

— Bonjour Diana II, dit Jack en pleurant.

Il était bouleversé quand je lui ai dit que je voulais lui donner le nom de sa mère.

— Merci beaucoup pour elle, Red, murmure-t-il en m'embrassant, puis en embrassant le bébé.

Je continue d'être stupéfiée par les nombreuses façons dont la vérité m'a libérée, mais rien n'est plus incroyable que l'amour de cet homme et la vie que nous construisons ensemble.

Diana et lui valent bien tout l'enfer et toutes les souffrances que j'ai dû endurer pour arriver jusqu'à eux.

Je ne les considérerai jamais comme faisant partie du décor, ni eux ni aucune de mes autres nombreuses bénédictions.

Si vous êtes victime d'une agression sexuelle, ou qu'une personne de votre entourage l'est, sachez qu'il est possible d'obtenir de l'aide auprès d'organisations telles que la Fédération nationale solidarité femmes (FNSF), qui gère la ligne d'assistance téléphonique nationale pour les agressions sexuelles au 3919 et en ligne à l'adresse https://solidaritefemmes.org. *Vous pouvez également contacter le Collectif féministe contre le viol (CFCV) qui aide et soutient les victimes de violences sexuelles quelles qu'elles soient (viol, agressions sexuelles et harcèlement sexuel), en téléphonant au* 0 800 05 95 95, *ou en ligne* www.cfcv.asso.fr. *Les appels sont anonymes et gratuits.Pour plus d'informations et pour trouver les associations près de chez vous, consultez en ligne la page* arretonslesviolences.gouv.fr

NOTE DE L'AUTEURE ET REMERCIEMENTS

Ouf ! Je n'ai pas la *MOINDRE* idée de ce qui a inspiré cette histoire, mais dès qu'elle m'est venue, je suis devenue obsédée par son écriture. J'ai grandi dans une petite ville et je vis encore dans une petite ville maintenant. Tout le monde se connaît. Les liens sont profonds. Non seulement les enfants se connaissent les uns les autres depuis toujours, mais c'est aussi souvent le cas de leurs parents. Même leurs grands-parents sont proches. Je voulais mettre Blaise dans une situation où elle sentait qu'elle n'avait pas d'autre choix que de se taire sur ce dont elle avait été témoin. Et puis je voulais qu'elle *souffre*. Le reste a suivi et m'a saisie à la gorge à chaque instant de l'écriture du roman.

Je tiens à préciser que Hope, Monroe et Land's End sont des villes fictives du Rhode Island que les gens du coin reconnaîtront comme Portsmouth, Tiverton et Little Compton. Je veux insister sur le fait que si les descriptions de chaque ville sont fidèles à la réalité, il n'en va pas de même pour les noirceurs dépeintes qui, elles, sont fictives, et c'est pourquoi j'ai changé le nom des villes. Mes enfants ont vécu une expérience merveilleuse en grandissant à Portsmouth, et nous sommes reconnaissants d'avoir une incroyable communauté d'amis qui sont comme une seconde famille dans notre petite ville – et la plupart d'entre eux se connaissent depuis toujours !

J'ai été tiraillée à propos d'inclure le point de vue de Ryder dans cette histoire, mais j'ai décidé que la meilleure façon de voir sa vie s'effondrer à cause de ses actes horribles était de la voir de son angle à lui. L'exploration de la façon dont une vie prometteuse peut être ruinée et une famille changée à jamais en l'espace de quelques minutes horribles, m'a profondément fascinée.

Je me suis également beaucoup investie dans l'histoire de Denise et dans la façon dont elle a repris sa vie en main avec l'aide de son petit ami et de son père dévoués. Mais plus encore, j'ai aimé la voir découvrir son propre pouvoir et sa force intérieure au fur et à mesure que l'histoire se déroulait. J'ai frissonné quand j'ai tapé « Je serai leur perte ».

Je m'attends à ce qu'il y ait une controverse sur la question de savoir si Blaise est un personnage sympathique ou un des méchants.

J'espère qu'à la fin, vous aurez plus de sympathie que de dédain pour cette adolescente prise dans un tsunami qui a failli la noyer.

Comme je l'ai fait dans d'autres livres, tels que RESTER À FLOT, j'ai pris plaisir à écrire sur la zone « grise » qui existe entre le bien et le mal et sur le fait que nous ne pouvons souvent pas dire avec certitude ce que nous ferions dans une situation jusqu'à ce que nous y soyons confrontés. C'est alors que le blanc du bien et le noir du mal s'estompent au profit du gris, où la plupart des choses se passent dans la vie. J'aime ce genre de dilemme, ou plus précisément, j'aime cela dans la fiction. Pas tellement dans la vraie vie !

Si vous ne me connaissez pas et que vous ne connaissez pas mes livres, BIENVENUE à la fête ! DANS L'AIR CE SOIR-LÀ est mon 105ème livre ! Vous trouverez des informations sur mes autres romans sur marieforce.com/books. La plupart de mes livres sont disponibles sur KindleUnlimited. Il y a un récapitulatif complet de ce qui est disponible dans KU sur marieforce.com/ku.

Si vous cherchez quelque chose de similaire à ce livre, jetez un coup d'œil sur THE WRECK, (L'ÉPAVE), un titre unique, et/ou la série Fatal/First Family. Rejoignez ma liste de diffusion en vous inscrivant sur marieforce.com/connect pour rester en contact. Vous pouvez également me trouver ici : @marieforceauthor sur TikTok, Instagram et Threads. Likez ma page Facebook à l'adresse suivante : facebook.com/marieforceauthor.

Rejoignez le groupe de lecteurs DANS L'AIR CE SOIR-LÀ sur :
www.facebook.com/groups/intheairtonightreaders/

après avoir terminé le livre pour discuter de tous les rebondissements avec d'autres lecteurs. Veuillez noter que les spoilers sont autorisés dans ce groupe.

Je remercie tout particulièrement Liz Berry, MJ Rose et Jillian Greenfield Stein de Bluebox pour leur soutien et leur enthousiasme à l'égard de DANS L'AIR CE SOIR-LÀ. Je suis ravie de travailler avec vous, femmes merveilleuses, pour apporter ce livre aux lecteurs ! Merci également à l'équipe de Simon & Schuster, qui a placé le livre de poche dans leurs points de vente.

Un grand merci au Commissaire Russell Hayes (retraité), du service de police de Newport, RI, pour son aide concernant les détails relatifs aux procédures judiciaires et d'application de la loi dans l'État de Rhode Island. Grâce à Russ, j'ai pu déterminer comment la chaîne des événements devait se dérouler lorsque Blaise revient au Rhode Island pour dénoncer un crime qui s'est produit quatorze ans plus tôt. Le Dr Sarah Hewitt, infirmière en pratique avancée, m'a grandement facilité la tâche en m'expliquant le déroulement du rendez-vous de Denise à la clinique et en répondant à mes nombreuses questions d'ordre médical et relatives à la grossesse.

Comme toujours, un grand merci à l'équipe qui me soutient au quotidien : Julie Cupp, Lisa Cafferty, Jean Mello, Nikki Haley, Ashley Lopez et Rachel Spencer, ainsi que mes lecteurs bêta, Anne Woodall, Kara Conrad, Tracey Suppo et Gwen Neff. Merci à mon amie de longue date et auteur extraordinaire, Sarah Mayberry, pour ses commentaires perspicaces.

Tout mon amour à Dan, Emily et Jake, qui font que ma vie est pleine de rires et de pitreries, ainsi qu'à mes bébés à fourrure, Sam Sullivan et Louie, qui sont mes compagnons de tous les instants, tout comme mon « petit-chien » Tommy dont je suis la « mamie ».

Enfin, aux lecteurs qui me suivent partout où ma muse folle m'emmène, merci de m'avoir offert la carrière de mes rêves. Je vous aime tous énormément !

Bisous,
Marie

QUESTIONS POUR CLUB DE LECTURE

1. Blaise pense qu'elle ferait toujours ce qui est juste dans n'importe quelle situation, jusqu'à ce qu'un événement l'amène à remettre en question tout ce qu'elle croit sur elle-même et les autres. Voyez-vous Blaise comme un personnage sympathique ? Pourquoi, et sinon, pourquoi non ?

2. La ville de Hope est un personnage à part entière de ce livre, avec des liens profonds entre des générations de familles et d'amis. Lorsque l'un des leurs est accusé d'un crime odieux, les habitants de la ville resserrent les rangs autour de lui. Avez-vous vécu cette dynamique dans votre ville natale ou connaissez-vous quelqu'un qui l'a vécue ? Comment cela s'est-il passé pour vous ou pour cette personne ?

3. Dans sa note à la fin du livre, l'auteure mentionne qu'elle s'est demandé si elle devait inclure le point de vue de Ryder dans le livre. Finalement, elle a décidé qu'elle voulait montrer comment la vie de celui-ci s'était effondrée à cause de ses actions des années auparavant. Comment avez-vous ressenti le fait que son point de vue est montré dans l'histoire ?

4. Cam, le frère de Ryder, joue un rôle central dans l'histoire. Il découvre très tôt que les accusations portées contre son frère sont vraies et, comme d'autres, il fait tout ce qu'il ne faut pas après avoir appris la vérité. Il va jusqu'à signer une déclaration sous serment qui salit la réputation de la jeune femme qui a accusé Ryder de viol. Plus tard, nous assistons à la dérive de la vie de Cam et de son frère, à la suite d'actes qu'ils ont commis des années auparavant. Avez-vous de l'empathie ou de la colère envers Cam pour ce qu'il a fait afin de protéger son frère et leur famille ?

5. Denise vit sa vie quatorze ans après la nuit qui a changé son existence,

lorsque Houston Rafferty se présente à sa porte pour lui annoncer qu'un témoin s'est fait connaître et peut confirmer son histoire. Comment pensez-vous que vous vous sentiriez si quelque chose comme cela vous arrivait ? Plus tard, nous apprenons que Denise et Blaise sont devenues des amies improbables. Si vous étiez Denise, auriez-vous pu vous lier d'amitié avec Blaise ?

6. Denise et Blaise sont toutes deux associées à des hommes aimants qui les soutiennent. Quelle différence pensez-vous que les personnages de Kane et de Jack ont faite pour chacune des femmes et comment leur amour et leur soutien ont-ils influencé le destin de ces femmes ?

7. Houston Rafferty se retrouve dans une position peu enviable après que Blaise s'est présentée comme témoin d'un crime qui s'est déroulé des années auparavant à la fête qu'il avait organisée. Qui plus est, son frère a signé la déclaration sous serment en faveur de Ryder des années auparavant et risque de perdre sa réputation et son métier si Houston engage de nouvelles pour-suites contre Ryder. Pensez-vous que Houston a bien géré l'affaire ? Qu'auriez-vous fait différemment si vous aviez été dans sa situation ?

8. Dave Elliott franchit de nombreuses lignes rouges dans ses efforts peu judicieux pour protéger son fils. Avez-vous ressenti de la compassion pour lui en tant que parent ou avez-vous été dégoûté par les choses qu'il a faites pour « protéger » Ryder ?

9. Caroline Elliott est abasourdie par les accusations portées contre son mari, surtout lorsqu'elle apprend qu'il lui a menti sur le fait d'avoir violé Denise. Que pensez-vous des actions de Caroline après que la vérité est révé-lée, et que pensez-vous de sa nouvelle histoire d'amour avec Houston ?

10. Sienna Elliott apparaît comme plutôt égoïste dans l'histoire, mais elle pense à ce qui est le mieux pour Cam et sa famille dès qu'elle se rend compte de ce que Ryder a fait. Selon vous, quelle est l'importance du concept de loyauté dans une telle situation ? Est-elle une héroïne ou une méchante dans cette histoire ?

11. Avez-vous déjà été témoin d'un crime ? Si oui, avez-vous le sentiment d'avoir fait ce qu'il fallait avec l'information ? Si vous étiez témoin d'un crime comme celui-ci, avec toutes les complications que cela implique pour Blaise et Sienna, que feriez-vous ? Gardez à l'esprit que vous avez dix-sept ans et que vos amis sont le centre de votre vie, comme c'est le cas pour la plupart des adolescents.

12. L'épilogue montre les personnages principaux deux ans après la fameuse journée au tribunal. Que pensez-vous de leur situation à ce moment-là ?

LISTE DES PERSONNAGES, DANS L'ORDRE D'APPARITION

Blaise Merrick, 31 ans, de Hope, Rhode Island, cheveux roux, yeux bleus. Vit à New York et manage la star de Broadway, Wendall Brooks.

Wendall Brooks, l'employeur de Blaise, star de Broadway qui joue dans « Grey Matter ».

Deena Merrick, la mère de Blaise.

Teagan Merrick, 34 ans, la sœur de Blaise qui attend son cinquième enfant.

Doug, le mari de Teagan.

Ryder Elliott, 32 ans, camarade de classe de Blaise, meilleur ami du frère de celle-ci, Arlo.

Arlo Merrick, 32 ans, frère de Blaise, mari de Jen.

Sienna Lawton, 31 ans, ancienne meilleure amie de Blaise, mariée à Camden Elliott, le frère de Ryder, mère de quatre enfants, dont Lucy et Duncan.

Juniper Merrick, 28 ans, sœur de Blaise, surnommée June ou Junie.

Camden « Cam » Elliott, 31 ans, frère de Ryder, camarade de classe de Blaise, mari de Sienna, avocat, quatre enfants, ami proche d'Arlo.

Houston Rafferty, 35 ans, commissaire de police à Land's End, frère de Dallas et Austin, fils de Chuck, ancien commissaire de police.

Dallas Rafferty, 31 ans, frère de Houston et Austin, marié, avec trois enfants.

Austin Rafferty, 28 ans, sœur de Houston et de Dallas, vit en Californie, mariée, avec deux petits garçons.

Brooke, 32 ans, était dans la classe d'Arlo, avec un an d'avance sur Blaise et Sienna.

Denise Sutton Messner, 31 ans, camarade de classe de Blaise, femme de Kane

Messner, 31 ans. Surnommée Neisy quand elle était adolescente, mère de quatre enfants, son surnom à l'âge adulte est Dee.

Louisa Davies, décédée à l'âge de 18 ans de la maladie de Hodgkin, était la petite amie de longue date de Ryder Elliott.

Kane Messner, 31 ans, mari de Denise, capitaine de corvette dans la Marine.

Capitaine Rick Sutton, père de Denise, capitaine de vaisseau dans la Marine.

Ronnie, cousin de la mère de Denise, propriétaire du restaurant « The Daily Catch » où Denise et Houston ont travaillé ensemble.

Dr Cummings, capitaine de corvette dans la Marine, travaille au dispensaire de la Marine.

David Elliott, père de Ryder et de Camden.

Mme Dalton, une voisine de la famille Sutton. Elle emmène la mère de Denise aux réunions AA.

Neil DeGrasso, Procureur général adjoint, procureur de l'affaire initiale contre Ryder Elliott.

Juge Morgan Denton, juge qui préside le premier cas contre Ryder.

Chuck Rafferty, père de Houston, Dallas et Austin, ancien commissaire de police à Land's End et dont la femme est l'ancienne directrice de l'école primaire.

Mary Elliott, mère de Ryder et de Camden, ainsi que de deux filles plus âgées dont le prénom n'est pas mentionné.

Jack Olsen, 35 ans, propriétaire de chalets à Land's End, ami de Houston, l'amoureux de Blaise, illustrateur professionnel.

Fenway, 3 ans, la Golden Retriever de Jack.

Joshua Spurling, l'assistant du procureur général qui poursuit l'affaire rouverte contre Ryder Elliott.

Victor Roberts, le procureur général du Rhode Island, en place depuis un peu moins de trois ans.

Levi Messner, 6 ans, fils de Denise et de Kane.

Charlotte Messner, 9 ans, fille de Denise et de Kane.

Hayes et Hudson Messner, les jumeaux de neuf mois de Denise et Kane.

Gretchen, voisine de Denise.

Caroline Elliott, femme de Ryder, mère de trois enfants.

Miles Elliott, 7 ans, fils de Ryder et Caroline.

Grace Elliott, 5 ans, fille de Ryder et Caroline.

Élise Elliott, 3 ans, fille de Ryder et Caroline.

Marty Davis, frère de Louisa.

Petey Johnson, coéquipier de Miles.

Jalen, coéquipier de Miles.

Rich Morton, ami de Camden depuis la faculté de droit, il travaille dans le bureau du procureur général.

Ramona Travers Silvia, 31 ans, camarade de classe de Blaise, Ryder, Camden et Sienna. Elle vit maintenant à Bristol avec son mari Tony et leurs trois enfants, Audra, Heidi et James.

Brody, un des hommes qui a signé la déclaration sous serment en faveur de Ryder. Il est brièvement sorti avec Ramona.

Bennett Gormley, avocat, s'occupe de la mise en accusation de Ryder.

Maggie, la sœur de Caroline Elliott, vit en Philadelphie.

Michael, coéquipier de Miles.

Lori, la mère du coéquipier de Miles, Michael.

Aimée, voisine et amie de Caroline.

Jen, la femme d'Arlo Merrick, une des meilleures amies de Caroline.

Jane, la femme de Dallas Rafferty.

Kim, la collègue de Blaise qui reprend le travail de celle-ci avec Wendall.

Bridget Doyle, l'avocate de la défense de Ryder.

Marge, travaille dans l'administration au commissariat de Land's End.

Caleb Anders, officier de police de Hope, camarade de classe de Ryder, Cam, Blaise et Sienna.

Mme Dugan, locataire de Caroline.

Anita, petite amie de Rick Sutton.

Diana Elizabeth Olsen, la fille de Blaise et de Jack.

Lieux :

Hope, Rhode Island, ville où habitent depuis toujours Teagan, Arlo, Blaise et Juniper Merrick, Ryder et Camden Elliott, Sienna Lawton, et où a brièvement vécu Denise Sutton.

Land's End, Rhode Island, ville natale de Houston, Dallas et Austin Rafferty.

Monroe, Rhode Island, ville entre Hope et Land's End, accessible depuis Hope par un pont au-dessus d'une rivière.

The Daily Catch, restaurant à Monroe où Houston et Denise ont travaillé ensemble.

Bristol, Rhode Island, de l'autre côté du pont de Mount Hope, Rhode Island, ville où habite Ramona Travers Silvia.

Rhode Island School of Design, une école d'art de grande renommée située à Providence, RI, et l'université de Jack Olsen.

Lycée Bishop Stang, lycée catholique à Dartmouth, Massachusetts, l'ancien lycée de Jack Olsen.

École des arts Tisch, l'université de Blaise Merrick à New York.

Newport, Virginie, lieu de résidence de Denise and Kane Messner.

Hôpital Mémorial de Charlton, situé à Fall River, Massachusetts.

Hôpital du Rhode Island, situé à Providence, Rhode Island, le seul hôpital ayant un centre de traumatologie de niveau 1 dans la région.

Cranston, Rhode Island, ville à quelques kilomètres au sud de Providence.

AUTRES LIVRES DE MARIE FORCE

Titres Uniques
Dans l'air ce soir-là
Cinq Ans Sans Lui
Un An Plus Tard

Série Les nuits de Miami
Livre 1 : Combien je ressens
(Carmen & Jason)
Livre 2 : Combien tu comptes
(Maria & Austin)
Livre 3 : Combien je t'aime
(Dee & Wyatt)

La Série Quantum
Livre 1: Virtuous
(Flynn & Natalie)
Livre 2: Valorous
(Flynn & Natalie)
Livre 3: Victorious
(Flynn & Natalie)
Livre 4: Rapturous
(Addie & Hayden)
Livre 5: Ravenous
(Jasper & Ellie)

MARIE FORCE

Livre 6: Delirious
(*Kristian & Aileen*)
Livre 7: Outrageous
(*Emmett & Leah*)
Livre 8: Famous
(*Marlowe*)

L'île de Gansett
Livre 1: Quand on est fait pour l'amour
(*Maddie & Mac*)
Livre 2: Quand on est fou d'amour
(*Joe & Janey*)
Livre 3: Quand on est prêt pour l'amour
(*Luke & Sydney*)
Livre 4: Quand on rencontre l'amour
(*Grant & Stephanie*)
Livre 5: Quand on espère l'amour
(*Evan & Grace*)
Livre 6: Quand vient la saison de l'amour
(*Owen & Laura*)
Livre 7: Quand on aspire à l'amour
(*Blaine & Tiffany*)
Livre 8: Quand on attend l'amour
(*Adam & Abby*)
Livre 9: Quand Vient le Temps de l'Amour
(*Daisy & David*)
Livre 10: Quand on est Destiné à l'Amour
(*Jenny & Alex*)
Livre 10.5: Quand Surgit L'Amour
(*Jared & Lizzie*)
Livre 11: Gansett à la tombée de la nuit
(*Owen & Laura*)

La série Rester à Flot
Livre 1: Rester à Flot
Livre 2: Marquer le pas
Livre 3: Tout recommencer
Livre 4 : Le retour
Livre 5: L'amour pour toujours

BIOGRAPHIE DE MARIE FORCE

Marie Force est l'auteure de nombreux *New York Times* bestsellers en romance contemporaine, suspense et érotique. Ses séries comprennent Fatal, First Family, L'Île de Gansett, Butler Vermont, Quantum, Rester à flot, Les nuits de Miami et Wild Widows. Elle a également écrit 12 titres autonomes, et d'autres sont à venir.

Ses livres, traduits en plus d'une douzaine de langues, ont été vendus à plus de 13 millions d'exemplaires dans le monde entier et sont apparus sur la liste des bestsellers du *New York Times* plus de 30 fois. Marie est aussi numéro 1 sur la liste des meilleures ventes du *Wall Street Journal* ainsi que bestseller sur *USA Today* et *Spiegel* en Allemagne.

Ses buts dans la vie sont simples : passer autant de temps que possible avec ses deux enfants adultes, continuer à écrire des livres aussi longtemps que possible et ne jamais prendre un vol qui fera la une des journaux.

Restez en contact !

Rejoignez sa liste de diffusion sur marieforce.com/subscribe

E-mail : *marie@marieforce.com*

Réseaux sociaux:

Facebook : *facebook.com/marieforceauthor*

Instagram : @marieforceauthor

TikTok : @marieforceauthor

Threads : @marieforceauthor

Vous trouverez plus d'informations sur Marie Force à *marieforce.com*.